九部的椎影宫

赵森 / 改编

FOR THE
YOUNG ONES

浙江文艺出版社
Zhejiang Literature & Art Publishing House

图书在版编目（CIP）数据

九部的检察官 / 赵森改编. -- 杭州：浙江文艺

出社, 2024. 9. -- ISBN 978-7-5339-7718-4

Ⅰ. I247.5

中国国家版本馆 CIP 数据核字第 2024QK4815 号

图书策划　许龙桃　张　可
责任编辑　张　可
营销编辑　宋佳音
责任印制　吴春娟
版式设计　吕翡翠

九部的检察官

赵森　改编

出版　　浙江文艺出版社
地址　　杭州市环城北路 177 号
邮编　　310003
电话　　0571-85176953（总编办）
　　　　0571-85152727（市场部）
制版　　浙江新华图文制作有限公司
印刷　　浙江新华印刷技术有限公司
开本　　710毫米×1000毫米　1/16
字数　　393千字
印张　　19.5
插页　　2
版次　　2024年9月第1版
印次　　2024年9月第1次印刷
书号　　ISBN 978-7-5339-7718-4
定价　　69.80元

目录

楔 子

2018年12月。

滨河省人民检察院接到举报线索,检察机关派驻监狱检察室主任宗有亮收受罪犯家属贿赂,勾结监狱监管人员违规帮助服刑人员争取减刑、假释,收受数额触目惊心。

滨河省人民检察院检察委员会决定,对宗有亮立案侦查同时通报纪委。

可就在全院上下一心,高压查办之态下,宗有亮失踪了!

第 一 章

雷 旭

　　雷旭——滨河省人民检察院第五检察部主办检察官,负责司法人员职务犯罪查办,是滨河省年轻有为的百变检察官。

　　经过数个昼夜的奋战,他坚信宗有亮不会法术,不会"失踪"。

　　"吕琛,你那边情况怎么样?"雷旭靠在沙发椅上,一手按压疲劳的额头,一手拿着手机给吕琛发送着消息。

　　吕琛,雷旭的大学同学,俩人一毕业就都在滨河省检察院工作,是同学、是战友。可这会儿吕琛是真打算当"逃兵"了。

　　"大哥,不是我说你,马上就要刮台风了,你就不能也回家休息休息,全城封锁,台风压境,就算是宗有亮会魔法他也飞不出去吧?"

　　滨河省马上要刮台风了。出港的船停了,出岛的飞机也停了。

　　宗有亮就算是神仙,天上都"限号"了,他还能飞啊?

　　"大哥,休息休息吧,工作不是一天能干完的,人也不是一天就能抓完的,身体才是革命的本钱。"

　　雷旭何尝不懂这个道理,可他不能停。他犹豫下撤回了要发送的消息,敷衍地回了两个字:收到。

　　吕琛看着手机是既无奈也没辙,只能希望雷旭能调整好自己。

　　休息了十五分钟,雷旭起身把窗户关上,看着窗外黑沉沉的天,台风是越来越近了。

　　宗有亮你能在哪呢?

　　雷旭关上百叶窗,窝在沙发上发呆,翻看着手机里的相册,脑袋陷入回忆,不知不觉,天彻底黑了。

"一个小时了吗?"雷旭自言自语着去开灯,使劲伸个懒腰让自己状态回满,重新梳理卷宗,他不信找不到一点关于宗有亮藏身地方的线索。

宗有亮一定还在滨河!

天气预报播报今年的19号台风"红云"近日将在滨河省登陆,登陆时中心附近最大风力可达9级,要滨河省人员做好防台准备。

"师父,来雨了!"椰城雅苑小区排污口,小谷一手遮着脑袋一手焦急地跟师父老赵打手势。

"赶紧抽完这个口!"老赵冲徒弟大喊,雨水冲刷走了他的声音,他不得不使劲跟徒弟打手势。

"不行啊师父,雨水倒灌排污池,根本抽不完啊。"

"抽不完也得抽!"老赵压着雨衣跑到跟前冲徒弟耳朵大喊,"不赶紧抽空排污池,等台风来了就没时间了。"排污池一旦堵塞,整个椰城雅苑下水道都得堵塞,到那时候可就不是抽排污池那么容易了。

小谷愤愤不平,人家下雨在家吃火锅,自己却要在这抽大粪!

天上下雨,空气里弥漫着粪便的味道,他强忍着恶心操作排污系统,看着胶皮管子绷得笔直,一口一口地把排污池里的粪便吸上来。他忍不住冲排污车嘟囔:"你是吃饱了,我还饿着呢!"

雨水灌了一身,老赵拉他上车后对他说:"等着吧,估计最快也得半个小时。"

小谷用毛巾擦干手机屏幕,把手机立在支架上打开直播,嘴里抱怨:"这椰城住的都是有钱人,拉屎都一股茅台味。"

老赵听了忍不住龇牙笑他:"行啊,厉害了,能出徒了,闻粪便还能闻出来喝什么了?"

直播间进来两个人。

小谷急忙打招呼:"大家好,我是粪青小谷。"打完招呼,继续跟师父对话:"你没闻到? 那满池子的茅台味你没闻出来?"

"别瞎扯淡了,你喝过茅台吗,还茅台味。"

"我怎么没喝过……"小谷还没说完就被师父打断,老赵拍打他让他赶紧下车干活。

"师父,你不信你闻闻……"小谷嘟囔着跳下车跑到车后面,继续冒雨干活去了。

直播间人数在减少,盯着手机屏幕车内的背景,雷旭陷入沉思。小谷的话如醍醐灌顶,让迷茫中的雷旭忽然抓住一点灵光。他急忙给吕琛打电话:"吕琛,你查下椰城雅苑最近的进出记录,还有附近的摄像头,看看有没有可疑车辆和人员进入,我怀疑宗有亮就躲在椰城。"

"椰城？那可是老小区了。"

"新旧你先别管，注意保密！"雷旭挂了电话，还是不放心，准备亲自去一趟。他之所以怀疑宗有亮在那，是因为宗有亮有个外号叫"茅台主任"。当然，雷旭也不信他躲在那还有心情喝酒，就算喝，也不可能喝到拉屎都是茅台味。可他如果为了躲避检察机关追赃，把茅台全倒入下水道呢？

台风临近，气压降低。沼气跟酒精融合在一起溢出排污口，这是很有可能的。

雷旭穿着雨衣站在椰城小区门口，抽粪车还在继续工作。他不动声色凑近，假装路过闻了一下，果然有很大的酒精味。虽然他分辨不出来是不是茅台，但是酒精绝对错不了。

"喂，吕琛，你那头怎么样了？对，我已经到了，好，一会儿我们在物业会合。"

"大哥，这么大雨就不能休息一天吗？"物业办公室，吕琛头发跟鸡窝似的在抱怨，保安调出十六屏幕监控，上面是小区两个进出口、两个地下车库、一条街道、一个俯拍摄像头画面。

"把这个放大，时间再往前倒一天。"吕琛指着其中一个画面说道。

"这辆车有登记吗？"雷旭看见一辆黑色奔驰在12月7日凌晨1点进入地下车库后再没出来。

雷旭跟吕琛对视一眼："从7号开始再放一遍，我看看。"雷旭让保安把视频倒退，他悄悄记下车牌号。

"谢了，下这么大雨还折腾你们一趟。"

"没事，配合你们工作是我们的义务嘛。"保安笑呵呵地把雷旭跟吕琛送出保安室。

吕琛看了眼黑压压的天空，叹了口气："我女朋友买了火锅，现在有肉有锅唯独缺我。"

"你把车主信息发我，剩下的事我办。"

吕琛语重心长地劝道："雷旭，封港停运了，宗有亮除非有翅膀，不然飞不了，查案不差这一天，回去放松下吧，总这么紧绷着迟早会出事的。"

雷旭紧了紧雨衣，把帽子往下拽拽，冒着雨钻进车里："你给我车主信息就行，其他的不用你管。"

一阵破拖拉机般轰鸣，雷旭开着辆老皮卡车驶离了。

吕琛满眼无奈，虽然嘴硬要吃火锅，可该死的肌肉记忆愣是把车开回了检察院。

雷旭开车绕着椰城雅苑转了一圈。小区共有两个出入口、十六栋楼，但靠近小谷排污口的只有两栋。这两栋楼跟其他十四栋楼还不同，楼顶都安装着热水器，应该建造时间更早。

12月7日凌晨那辆奔驰车从2号地下停车场入口进入，而2号停车场入口就在这两栋楼中间。这难道是巧合？

雷旭又转了一圈，看清两栋楼上面热水器的牌子。

"咔、咔！"变速箱颤抖，车抛锚了！雷旭看了眼窗外，瓢泼大雨，打电话叫救援来帮忙拖车。趁着等拖车的工夫，雷旭下车从2号地下车库门摸下去，阴暗潮湿的地下停车场有一摊一摊的水迹，棚顶路面还在往下滴水，他用手机手电筒在地下停车场找了一圈。

终于找到了那辆奔驰车，车上一层浅灰，仪表盘上放着两面红旗车摆件，后座上散乱扔着几个信封。一看就知车主是在机关单位上班的。

雷旭用手机拍了张清晰的车牌照片发给吕琛。

吕琛："OK。"

雷旭正拿着手机拍照，忽然进来曹师傅的电话："喂，你在哪呢？"对面断断续续，听着是拖车来了。

他走出地下停车场，皮卡旁边停着辆拖车，男人正冒着雨把车架放下。

"曹师傅，我自己来吧。"雷旭赶紧上前帮忙。

"嗯，不是我说你，你这破车就不能不开了？"曹师傅裹紧雨衣叼着烟把拖车钩扣在皮卡上，"你赶紧的吧，下这么大雨我要回家了。"

雷旭钻进拖车的副驾驶："不耽误你回家，拖进停车场我自己修就行。"

"你还自助啊！"老曹咬着烟嘴，使劲往前推动挡把，继续说道，"你这是仗着自己会修车，真把我这当自助餐了啊！"

"我哪敢啊。"雷旭拍拍曹师傅，替他把浇灭的烟头重新点燃。

"不是，咱说就算是吃自助餐是不是也得买个门票啊，要不这破车你也别修了，卖我得了。"

车子晃动着开进停车场，老曹伸出一条胳膊敲打车门，让徒弟们出来卸车。两人躲进雨棚里指挥工人。

"哎，哎，慢点，慢点！"破旧不堪的灰色皮卡车被吊起，前轮发出"吱嘎"的响声，吊臂微微晃动，皮卡车整个车身都要散架一般，车身斑驳的车漆一层一层地掉落，挡风玻璃上贴着长长一串年检标志帖，副驾驶车玻璃由一长条黄色胶带固定。

"我跟你说正经的呢，你这破车真没啥修的价值了，我收过来也就是摆个样子而已，不然你开出去卖，别人也就能给你个废铁价。"

"我这车有收藏价值，我舍不得卖！"说着，雷旭绕着车转了一圈，跑到车后座去拿工具箱。

曹师傅把翘起来的车皮抠掉,看着里面泛黄的铁皮。"我知道你们这种人,有情怀,舍不得卖跟着自己半辈子的老伙计,可你这破车现在得一年两检了,你不嫌麻烦吗?"曹师傅不理解地问道。

"一天两检我也不卖!"雷旭笑呵呵地翻开工具箱,把里面的矿泉水瓶扔地上,在里面一顿翻找,拿出油腻的扳手跟螺丝刀。

曹师傅看他又是这副德行,无奈摇头,走到雨棚里又腰看他。

"你这么修,开路上也不安全啊!"

"怎么会不安全呢,我这一年可是零事故。"

"是,它自己就坏了!"曹师傅走出来指着发动机上那些螺母,"你看那螺母都没有螺纹了,你这来来回回拆了装、装了拆,不嫌麻烦吗?"

老曹说他的,雷旭修自己的。无奈之下老曹直摆手:"要不是看要刮台风了,这次真不让你修了,连场地费都不给我!"

雷旭拧紧最后一颗螺丝,抱起工具扔进后备厢,从里面拿出一罐喷漆晃了晃,把字模贴在车门上,喷了"暖暖太阳能热水器"几个字。

老曹看他喷绘的几个字一脸疑惑:"你搞什么,你究竟是干什么的?"

雷旭晃晃漆罐,里面还有,应该还能用,顺手又扔回后备厢,拉开车门上了车。

在老曹疑惑的目光中他从车窗递出来一沓零钱。

"这次就这些。"

"喂,你到底是干什么的?"老曹追着问。

钥匙拧着打火,车子虽然还抖动,但能动了,雷旭一脚油门离开。

台风已经登陆。白昼如黑夜,狂风肆虐,棕榈树被刮得张牙舞爪。雷旭的破车行驶在狂风暴雨之中。

雨刮器吱嘎吱嘎地响着,雷旭把车开进椰城雅苑小区地下停车场2号门。收音机里播报着天气预报。

他在等吕琛的消息。

"雷旭,真有你的,那辆车是宗有亮前妻的弟弟孙云骁的,他登记的地址是椰城雅苑9号楼3单元1201,不过孙云骁并不在那住,现在屋子里是谁还不确定。"吕琛电话里激动地和雷旭同步信息。

"我有办法确定是谁在住,但你要多久才能赶到椰城雅苑?"雷旭看见台风要来了,他不想冒险。

"二十分钟。"

雷旭计算时间,吕琛二十分钟赶到还来得及。

他看了眼越来越黑的天,下车走消防通道楼梯进了3单元,在门口垃圾桶里翻找出两个外卖袋,上十二楼敲响了1201。

里面很快传来一个男人的声音："谁?"声音很警惕。

雷旭一下就听出是宗有亮,心脏瞬间提到了嗓子眼,肾上腺素都在快速分泌。

"送外卖的。"

"我没叫外卖!"

从始至终,宗有亮都没有开门的打算。

雷旭不能再纠缠,他低着头装模作样打手机:"喂,不好意思,我在3单元1201,哦,对不起,我马上来4单元,对不起,我提前点了确认送达,对不起……"雷旭一边说话,一边退进电梯。

已经确定目标,下一步就是怎么让他开门。

雷旭回到车上拽下来两个大旅行包,里面是他事先准备好的暖暖热水器的工装跟雨衣,他换上衣服冒着暴雨爬上椰城雅苑3单元楼顶。

一排排热水器呈矩阵式排列,巨大的自来水水罐和太阳能水罐有序地交错排列,他压着雨衣在中间穿梭,找到1201的位置。

雷鸣电闪,暴雨狂风。

雷旭一手扶在热水器上,一手拿出一个样式大小相仿的铭牌——上面印着品牌名称和维修电话,他把铭牌贴在墙上反复摩擦做旧,然后钉在1201热水器支架上。

暴雨使他睁不开眼睛,他拿起一块石头瞄准1201的热水管。

天空中一道闪电肆虐而过,他瞄准热水管狠狠砸下去,在雷鸣声中砸出一个窟窿,然后拿出事先准备好的黑色颜料一股脑倒进去。

做完这一切,他急忙返回车里。

看看时间,还有十分钟到下午五点。

宗有亮正郁闷地坐在卫生间,一手拄着脸,一手往马桶里倒茅台,身旁散乱地扔着十多个拆碎了的茅台原箱。他反复机械地重复着倒酒。

门外忽然响起沉重的敲门声和女人不耐烦的吼声。

"好了没有?"

"好了我不就出来了!"宗有亮很烦,现在任何一个声音都让他烦躁。

"我跟你说的事,你办了没有?"

"我一个驻监检察室主任,办事哪那么容易啊!"

"那你倒是过问一下啊,你再不过问,他们就把我弟弟欺负死了!"

孙云娣现在也很烦,要不是为了自己弟弟,她才不会招惹这个麻烦。

"哼,你弟弟还能被欺负死? 他不欺负别人就不错了。"

"你这叫什么话? 我弟弟不是你弟弟? 对! 我弟弟已经不是你弟弟了。当初怎么就信了你了,什么假离婚哪,我看就是真离婚吧。"

孙云娣话没说完,宗有亮不耐烦地开门呵斥她:"你还有完没完!"

"砰!"门再次被关上。

孙云娣还想说话,但犹豫下使劲瞪了门一眼,就折回主卧去洗澡了,她要洗洗这身晦气。

"啊!"孙云娣突然在屋子里尖叫出声。

宗有亮踉踉跄跄跑出卫生间,孙云娣围着浴巾跑出来,指着卧室内卫生间开着的门。宗有亮推开门看见淋浴房里淌着黑水,就关上了水龙头。

"怎么这么倒霉,水都是臭的!"女人气愤至极。

宗有亮没有理会孙云娣的牢骚,准备穿衣服上天台去看看。孙云娣拉住他,拿起手机要打电话:"给物业打电话,让他们叫人来修啊。"

手机被宗有亮一把夺走,他冷漠地看着眼前这个让自己极度厌烦的女人:"不用给物业打电话,你先擦擦,我上去看看。"

"用不用那么麻烦!"

宗有亮没有理会她在后面咆哮,他现在必须事事小心。

暴雨把天台冲刷得很干净。宗有亮踩着水坑找到热水器,看见被雷破坏的热水管,在周围摸索一阵找到电话铭牌。回到房间他把铭牌扔给孙云娣:"打电话,叫他们来修。"

雷旭在给吕琛打电话。他已经确认1201里的就是宗有亮,他不会听错宗有亮的声音。

"我还要堵一会儿,你给局里打电话让他们增援你……"吕琛在电话另一头焦急地说着。

正当这时,副驾驶扔着的手机振动了,这是雷旭今天新办的手机卡。

他打断吕琛,接起另一部电话。

"喂!你们卖的什么破热水器,怎么流出来的全是污水!"电话里传来一个女人愤怒的声音。

"您好,请问您使用的是什么牌子的热水器?"雷旭明知故问。

听见电话里那漫不经心的声音,孙云娣就一阵恼火,忍不住在电话里咆哮:"你们家有几个牌子的热水器? 别磨叽,赶紧来给我修理,洗澡洗到一半全是污水,你让我还怎么洗!"

雷旭故作沉思,然后问她一句:"您好,请问您家热水器是哪年购买的?"

"两三年了吧,怎么,你什么意思?"

"不好意思,您的热水器已经过了保修期,上门维修可能需要您支付维修费用。"

"行了,别磨叽,赶紧来吧。"

孙云娣真是气疯了,她一年都不会来这个房子住上一次,没想到住上一回还赶上台风天,又遇到这种闹心事。

雷旭问她家的地址,孙云娣没有任何犹豫就说出了椰城雅苑3单元1201的地址。

雷旭看了眼时间,又看了看座椅上还没有挂断的另一部手机,沉吟下问道:"您看明天上午9点可以吗,我们今天已经下班了。"

"不行!"孙云娣直接打断他。

"那您需要支付上门费100元,您看可以吗?"

"不就是想要钱吗……"孙云娣翻着白眼挂断了电话。

雷旭看着被挂断的电话再看了眼窗外。

鱼上钩了。

"从局里派人肯定是来不及了,你还要多久?"雷旭接电话开的是扬声器,吕琛一直在听,他不确定道:"最快要十分钟。"

雷旭在心里掐算着时间。十分钟不到,孙云娣再次打来电话催促,威胁他再不来就投诉。

"吕琛,你到哪了?"窗外台风敲打车窗,雷旭急得有些烦躁。

"马上,我已经看见椰城了!"电话另一头的吕琛也是心急如焚。

不能等了。再等下去,宗有亮肯定会怀疑。

雷旭迟疑下拿起工具箱下车:"吕琛,我尽量拖时间,你到了直接上来。"

椰城雅苑3单元1201。

雷旭按下门铃,同时按下隐藏在工具箱中的摄像机。孙云娣很警惕,她把门上的小防盗窗打开,仔细观察雷旭。

"您好,我是暖暖热水器售后维修。"雷旭率先开口跟她打招呼,为了打消她的顾虑,还特意抬手跟她示意下手中的工具箱。

"你先上楼去看看热水器怎么回事,怎么流出来的都是污水。"孙云娣一脸不耐烦地继续抱怨,"你们可真行,我买回来一共也没用几次就坏了。"

雷旭礼貌地笑笑,给她看自己身上湿漉漉的雨衣。"我刚从楼上下来,是雷电劈坏了太阳能热水管,我已经维修过了,就怕热水管的碎碴儿流下来堵住漏水阀,得进来检查一下。"雷旭为了让她相信特意补充一句,"要不然回头你漏水阀堵住还得打电话叫维修。"

孙云娣很不耐烦地拉开门说:"等台风走了我就换个牌子的热水器。"一边嘴里嘟囔一边从抽屉里拉出来两只鞋套扔过去。

雷旭弯腰套上鞋套,手里的工具箱努力保持上扬姿势,让它可以录下屋里的环境。

他跟在孙云娣身后进了卧室,路过卫生间时看见了紧闭的门。

"你快点!"孙云娣让开门口,让他进屋去检查。

热水器安在主卧的卫生间里。雷旭边走边仔细观察,屋里明显有男人睡觉的痕迹,他站在卫生间假装检查热水器漏水阀,又放水检查了下地漏,在地漏里他看见了明显不属于孙云娣的毛发。

"好了。"雷旭起身转过来走到门口,看了眼卫生间紧闭的门。

"那是主卫吧。"说完朝着卫生间走去。

"哎,你别过去。"孙云娣急忙拦住他,一脸警惕地看着他,"主卫没有热水器,你不用过去。"

"那不行,总阀门应该在主卫,我得进去看看。"

"不行,你赶紧走!我不修了!"孙云娣像被踩住尾巴的猫,激动地往外推他。

雷旭站在那看着卫生间紧闭的门,阴恻恻地冷笑:"行,那你把维修费结算一下。"

"行,你赶紧走,100块钱我到门口转给你。"孙云娣依旧很警惕,怕他闯进主卫。

"不对,不是100块钱。"

"那是多少?"孙云娣没想到他狮子大开口,拿起手机要报警。

"我告诉,我们小区的监控都是联网的,你要再不走我就报警了!"

"行啊,那就报警吧。"雷旭也不害怕,站在那等她报警。

孙云娣这时彻底明白了,雷旭根本不是什么维修工,她警惕地看着他:"你到底是谁,你想干什么?"

雷旭看着卫生间紧闭的门,幽幽开口:"你不是要报警吗,让警察来看看你们家还有多少茅台可以倒进下水道。"说完从工具箱里拿出微型摄像机,并亮出检察官证。

"我是滨河省人民检察院检察官,雷旭!"

仿佛一道惊雷在孙云娣脑袋里炸响,她急忙张开双手拦住雷旭,冲卫生间喊:"老宗,快跑。"

卫生间内传出一声异响。

雷旭推开孙云娣,一个箭步冲过去一脚踹开门,一股海风夹杂着茅台的味道迎面吹来,卫生间内堆积着一箱一箱的茅台,唯独不见宗有亮的身影。

看见还在晃动的窗户,雷旭心中一惊。

2018年12月17日,星期一。

滨河省人民检察院召开党委扩大会议,副处级以上检察官全员参会。雷旭坐在第三排,一脸颓废。

副检察长刘立明带领全院学习最高人民检察院向教育部发送的检察建议书,督促落实《青少年法治教育大纲》和"一号检察建议",同时研究部署2019年滨河省人民检察院工作。

散会后，人员陆续起身离场。

刘立明在签完一份文件后叫住准备离开的雷旭："调查工作配合得怎么样了？"

雷旭颓废地站在那，回忆起那天宗有亮坠楼的情景也是一脸无奈："我说得很清楚了，那天在我进入卫生间之前宗有亮就已经坠楼了，我进屋后也有全程录像，而且我也出示证件了，是那个女人不依不饶阻止我查案才导致宗有亮坠楼。"

"有录像有什么用，人家家属根本不认可，你也是老侦查员了，怎么还能一个人进入嫌疑人家中！"刘立明有些生气。

雷旭也头疼这些，他都已经解释很多遍了："刘检，我解释过了，吕琛当时已经在路上……"

"行了，好好配合工作，不要有抵触心理。"刘立明严厉打断他，转而话锋一转问他，"你对未检工作了解多少？"

"未检？"雷旭一时怔住，后继续说道，"刘检，未检的工作我没干过啊。"

"没干过可以学嘛。行了，宗有亮的案子你就不用管了，经院党组研究决定，给你换一个新的工作岗位，派你去吉平市贤湖区做未检工作。"

雷旭一脸震惊地说："刘检，我刚才跟您汇报了，未检的工作我从没接触过！"

"国家这些年相继出台了多部关于未成年犯罪的法律法规，雷旭，你要知道未检的工作同样重要，未检工作就像一道防风林，咱把这防风林给它扎好了，里边的花花草草才能长好，祖国才能有希望！"刘立明的口吻不像是在商量，分明就是通知。

雷旭不置可否。他纠结地看着刘立明："刘检，我就是让组织给发配了呗？"

"注意你的措辞，这是组织上对你的信任，你到下面是一把手，锻炼两年也算是镀一层基层工作经验，雷旭，你要经得起考验！"刘立明软硬兼施，把他发配了还不忘给他打打气。

刘立明一句话把雷旭甩出好几百公里，雷旭还得热情地保证完成任务，想不出拒绝的理由。

"雷旭，你是全能型人才，一个全新的工作岗位才更具挑战性，我相信你在哪都能干出成绩，宗有亮的事你就不要再想了，准备好了就去吉平市贤湖区主持未检的工作吧。"

吉平市——距离滨河省省会二百多公里。雷旭开他那辆破皮卡至少得开六个小时！

台风走了，空气中充满了清新的味道。

雷旭也走了，脸上写满了心酸。他绝不是贪权，他只是不甘。看着副驾驶的储物盒，心里五味杂陈，一脚刹车车停下了。

"你要死啊！"在后面刺耳的刹车和谩骂声中，雷旭掏出手机拨给吕琛："宗有亮的案子绝不能停，我知道你想说什么，宗有亮这是畏罪自杀，这个案子没那么简单！"

红灯变绿,后面狂按喇叭。

"雷旭,你先去报到,后面的事后面再说。"吕琛刚从刘立明办公室出来,回头看了眼紧闭的办公室门,把手机换到另一只手压低声音说,"这件事现在高检压力很大,他家属已经来闹过很多次了,刘检的意思就是先劝他们不要闹。"

后面喇叭不停地催促,雷旭一阵心烦,启动车子驶过路口。

"雷旭,你现在最适合的就是不要在高检再出现,同样,宗有亮的案子现在最适合的就是先放一放,还有贤湖区也不是你想的那么简单,你的性格你也知道,去磨炼磨炼也好。"

"吕琛,总之这个案子你不能扔。"雷旭刚想再说两句,通话中断了,应该是有电话进来了,他微微皱眉挂断吕琛电话。

吉平市贤湖区人民法院。

一双锃亮的女士皮鞋在通往法庭的通道里快步走着,都子瑜妆容整洁,穿着笔挺的检察官制服,怀里抱着一摞卷宗。

身后跟着的是狼狈地拖着皮箱的助理检察官刘柳,她对都子瑜说:"都姐,来得及,不用走这么快。"

"我需要再了解下犯罪嫌疑人出庭后的心态,看他是否真的悔罪认罪。"

"是!"刘柳大口喘气,她开始小跑跟在身后。

少年法庭,都子瑜作为公诉检察官出庭。随着审判员宣布开庭,犯罪嫌疑人张广齐被带入法庭。

他眼神里充满了绝望。出庭前,援助律师曾告诉他要被判刑三年。他很害怕,他不是害怕这三年牢狱之灾,他是害怕自己进去以后,家里唯一的亲人没人照顾。

"张广齐。"

"到!"

都子瑜叫他名字刚要问话,他过激的反应吓了众人一跳。看他那反应过来后的沮丧表情,都子瑜心里有了打算。

"审判长、审判员:根据《中华人民共和国刑事诉讼法》第一百八十九条、第一百九十八条和第二百零九条的规定,我们受贤湖区人民检察院指派,代表本院,以国家公诉人的身份,出席法庭支持公诉,并依法对刑事诉讼实行法律监督。"

都子瑜发言都不用看卷宗就能够熟悉地说出卷宗内关于张广齐犯罪的一切证据。

张广齐站在被告席,心渐渐跌入谷底。

"……综上所述,我院起诉书中指控被告人张广齐犯故意伤害罪的事实清楚,证据确凿、充分,依法应当认定被告人罪名成立。但鉴于本案被告人到案后能如实供述自己的罪行,积极认罪悔罪,因此,本着教育感化挽救的原则,建议法庭根据被告人的认罪态度、犯罪情节、社会危害性等,判处被告人张广齐有期徒刑一年,缓期两年执行。"

都子瑜落座,看了张广齐一眼,后者满脸感激,一脸的不敢相信。

"公诉人,你应该知道张广齐犯的是故意伤害罪,在检察院之前提供的起诉意见书中明确书写建议量刑是一到三年,张广齐,作为玉前村村民,因与同村邻居发生口角,失手致人轻伤,案发后虽然能够主动投案自首并且能够积极悔罪认罪,但他并没有获得受害人谅解,这点你要清楚。"审判长在给都子瑜梳理张广齐的犯罪过程。

案件审判第一位要考虑的是受害人,其次才是嫌疑人。

张广齐虽然主动投案,认罪悔罪,积极赔偿,但他的实际赔偿金额并没得到受害人谅解,这也是本案难以量刑的重要因素之一。

"审判长,我到玉前村做过实地调查,张广齐的家里只有一个年迈的奶奶,以他们家庭的经济条件不足以满足受害人提出的赔偿条件。"

"审判长,知错能改,善莫大焉,张广齐今年只有十七岁,正是他的天真、无知和冲动让他坐在了今天的被告席上,遵纪守法与违法犯罪有时只是一念之差,我们希望他能够充分领悟这威严的法律中所包含的厚重的仁爱。"

都子瑜一番话说得张广齐无地自容,他颤抖地冲都子瑜鞠躬。

审判长跟审判员交流后通知道:"本庭宣布,休息十分钟。"并且起身之后叫都子瑜跟他去后面的休息室。

十分钟后,众人回到法庭。

审判长宣读法庭意见,都子瑜听了忍不住叹口气,拿出笔记本在密密麻麻的日程上画掉第一栏"9点,张广齐"。

庭审结束,张广齐被法警带离,忽然回头冲都子瑜深深鞠了一躬,都子瑜微微愣了一下,转而翻出下一场案件卷宗。刘柳拖着皮箱跟在后面,她已经习惯了这个工作狂。

法院外,法警徐张荔发动了汽车。都子瑜坐进副驾驶,开始翻看下一场案件的卷宗。刘柳把行李箱放在后座的座椅上。

徐张荔忍不住问:"结束了?几年?"

都子瑜眼睛始终盯着卷宗不曾离开一分,认真翻阅卷宗顺便回答她的问题。

"一年,缓刑两年。"接着,都子瑜合上卷宗开始投入新的工作,对徐张荔说,"走,去看守所!"

刘柳坐在后座抱怨:"这么一大箱子走到哪都要拖着,太沉了,放车里不行吗?"

"小柳,你记住,卷宗不离人这是规矩,我告诉你就是把院长丢了,都不能把卷宗丢了,如果丢了,那可是天大的事!"

刘柳被都子瑜吓得赶紧闭嘴。徐张荔忍不住看后视镜嘲笑她一句:"小柳,怎么这才刚来就适应不了都姐的节奏了?"

"不是不适应,就是有点累。"刘柳晃动酸麻的手腕,不过都子瑜的话她都记住了。

剩下一整天时间她都拖着一个皮箱跟在后面，跑遍了全吉平市公安局、看守所，看着都子瑜在笔记本上一道道画掉的日程安排，她已经有点要累虚脱了。而徐张荔则永远是在车里等待、开车，再等待。

天终于暗了。都子瑜也终于画掉了一天的全部行程。

刘柳拖着疲惫硬撑着把皮箱送回检察院，再三确定卷宗没丢后，她拖着八十斤疲惫的身躯下楼，看见都子瑜还精神十足地在车上说话，她整个人从头到脚地佩服。

"给你。"她刚上车，都子瑜就分给她一个汉堡。

"都姐，这算是给我加餐了是吗？"刘柳眼泪差点没夺眶而出。

"别说得那么惨，我也不是天天都这样。"

"都姐，我能回家吗？"刘柳柔弱地问。

"你还想加班？"都子瑜揶揄道。

听见这话，刘柳终于压抑不住内心的兴奋："报告都姐，我前面拐个弯就到家了，汉堡我留着拿回家吃。"

"辛苦你了，才刚上班第一天就跟着我跑这么多地方，是不是有点不适应这么大强度的工作？"

"嘿嘿，不辛苦。"

徐张荔笑着把车开到刘柳家楼下，叮嘱她回家好好休息，以后跟着都姐比这累的工作还有呢。

看着刘柳进了小区，都子瑜问徐张荔："大荔，哪天去市院报到啊？"

"快了。"徐张荔也不隐瞒，去市检察院工作是她的心愿。

都子瑜埋怨地看她一眼："真舍得我啊！"

"老都，咱俩就不要再煽情了好不好，估计我走之前你转主任的事也能正式公布了，到时候你可得先请我吃饭。"

"我那还八字没一撇的事儿呢，你可别瞎说。"

"你行了吧！"徐张荔打断她，"小道消息早传出来了，和我还谦虚呢我的都主任。"

都子瑜嘴上谦虚，但那压不住的嘴角早把她出卖了，那点小心思全写脸上了，徐张荔忍不住调侃她。

雷旭进入吉平市还要经过一段荒凉的土路，他不是第一次来这。之前办案子也来过，领略过贤湖区的自然风光，只是没想到自己以后要在这里工作。

正胡思乱想，后视镜里一辆重型卡车掀起滚滚尘土，渐行渐近。就在还有一段距离超车时，卡车忽然加速，直奔他皮卡车撞来，眼看就要追尾。幸亏雷旭早有防备，猛打方向盘，急踩油门直接冲下路基。

重型卡车擦着不足一米的距离呼啸而过，皮卡车前轮陷入坑里瞬间熄火。雷旭惊魂未定地望着消失在尘土中的卡车。

"未检工作任重道远啊。"雷旭捏了一把冷汗,这差点就出师未捷身先死啊。好不容易车再启动,晃晃悠悠朝着贤湖区人民检察院驶去。

"陈检,您找我。"都子瑜敲门进入贤湖区人民检察院副检察长陈亭毅的办公室。

陈亭毅对这个徒弟很满意,指着面前沙发:"来,坐下说。"

都子瑜心里微微紧张。

"子瑜啊,九部成立了,这可是咱们机构改革的重拳啊。"陈亭毅笑呵呵看着都子瑜,继续说道,"高检院内设机构改革落地,未检工作也被提上前所未有的地位,省院对未检工作也是高度重视,考虑到我们地区未检工作的特点,尤其是近几年涉未成年案件居高不下,所以未检工作任重道远,怎么样? 有什么想法没有?"

"我哪敢有什么想法? 都听院里的安排。不管是去九部从事未检工作,还是继续留在一部,我不都是咱院自己培养的人嘛。"都子瑜回答得很谦虚。

陈亭毅非常满意,关心地问道:"你来院里多少年了?"

"十一年了,一毕业就来了。"

陈亭毅忍不住感慨:"十一年啊,九部成立了,你有没有什么想法?"

"我听院里的。"都子瑜认真地回答道。

"呵呵,好,我们准备让你去担任……"陈亭毅大手一挥,话没说完电话响了。

他停顿下示意都子瑜稍等,接起电话:"喂,我是陈亭毅,啊……刘检啊,对对对……刚刚举行完入额的宣誓仪式,嗯……宣布了,我们就是没单独举行成立仪式,但是人马齐备,办公室都准备好了。"

陈亭毅边听电话边示意都子瑜喝水。

"嗯嗯嗯……好,好,明白,明白,那就让组织部尽快走流程吧,不然我们也不好宣布啊,好的,好的,再见刘检。"陈亭毅挂了电话,笑呵呵看着都子瑜。

都子瑜满脸笑容。

"子瑜啊,还是省里想得周到,知道咱们刚成立九部人手不够,派了一名具有丰富办案经验的同志过来壮大咱们的队伍。"

都子瑜愣了一下,小心翼翼地确认:"那个,陈检,您刚才说院里要推荐我担任?"

"九部副主任啊。"陈亭毅笑着恭喜都子瑜,"你们九部这回可是咱们院的中坚力量,连主任都是副处级,省院对咱们这个九部可是相当重视啊。"

"省院下来的?"

"对啊,百变检察官,雷旭,听过吧!"

都子瑜微微愣住,挤出一丝笑:"听过。"

陈亭毅看了眼时间,对都子瑜说道:"你回去准备准备跟我一起去迎接咱们的雷主任吧,说这话人应该就快到了。"

从看守所回来,刘柳就在收拾九部办公室,院里已经传开她们这一组要担负九部的工作。她举着手机在屋里拍了一圈,把办公桌跟文件柜都照了遍。

"当当当当,大家好,我是检察官助理刘柳! 今天是我们部成立的第一天,必须记录一下。看,这就是我们新成立的第九检察部,原来的未检办。什么是未检办呢? 就是未成年人检察工作办公室。我们的负责人都子瑜是员额检察官……知识点来了,什么是员额检察官呢? 就是经过遴选考试进入员额编制内的检察官,他们个个都是理论功底深厚、办案经验丰富的精英检察官……"

徐张荔提着两大提厚厚的文件包走了进来,重重地放到地上。

刘柳把镜头直接对了上去:"看,这位就是从法警大队专门借调到我们第九部的带刀护卫徐张荔,荔姐! 荔姐可是全国女子五十二公斤级的散打冠军。"

"五十二公斤有什么好炫耀的吗? 我告诉你,我今天心情不好,别拍了!"徐张荔抢过手机直接关掉,"赶紧干活去,新主任马上就到了。"

刘柳一愣:"什么叫新主任? 都姐不就是主任吗?"

徐张荔看她一眼,忍不住吐槽一句:"都副主任! 刚宣布的!"

"不对吧! 都姐一直主抓未检工作,也是院里的老人了,未检工作没人比她更合适了呀,再说,不是说九部成立后都姐就可以提副科当主任了吗?"

"你去问陈检!"徐张荔把档案拍在桌子上,也是一脸不甘心的表情。

都子瑜走到门口,刘柳吓了一跳,急忙把手机收起来。

"小刘你先别拍了,去领一套新墨盒过来。"都子瑜特意将刘柳支开。

"哦。"刘柳一溜烟跑了。

都子瑜看她走远,又看赌气的徐张荔,忍不住拍拍她:"这次就当特殊时间你再贡献一次吧,我知道去市里的机会不多,但咱们的人手也确实不够……"

"哎呀,这个事就不提了,你都成副职了,我还能说啥。"徐张荔意识到不对,心里叹口气尴尬地说,"我去看看杨姐,这搬个办公室比搬家还累。"

都子瑜有些失落地看着办公室中最里面那张主任办公桌,心里五味杂陈。

从上午一直开车开到了下午,太阳划过了整个天空。后视镜依旧有节奏地晃动,检察官制服悬挂在后排的位置。

威严的国徽终于映入眼帘,贤湖区人民检察院巍峨的大门前,雷旭一脚刹车。车身惯性晃动,右前轮"吱嘎"一声掉落,惯性下继续前行,笔直地滚入贤湖区检察院正义女神像的脚下。

雷旭眼瞅着车轮胎滚进了检察院,门口门卫跟保安冲过来急忙拦住他:"你干吗的,这车怎么停的,轮胎怎么跑院里来了?"

"不好意思，你好，我叫雷旭，是……"

门卫还在纳闷，陈亭毅从楼里疾步走出来，连忙打招呼："哎呀，雷检察官，您终于来了。"他很热情地跟雷旭握手，"我们可都盼着您来呢。"

雷旭尴尬地跟他握手。陈亭毅看见轮胎忍不住问："这轮胎？"

"呵呵，是我的。"雷旭尴尬道。

陈亭毅急忙喊门卫老赵："老赵，你赶紧叫司机来把车开走去修一下。"

"那就麻烦你了。"雷旭把车钥匙交给老赵。

领导都发话了，老赵点头去喊司机，很快过来两人把轮胎搬回来，用支架把车固定住。

陈亭毅拉着雷旭往里走："九部现在是万事俱备就差你了，哈哈。不过我是怎么也没想到省检会派你这个百变检察官来担任我们九部主任，以后可要辛苦你了。"

"是百变，变来变去把自己变没了。"雷旭苦笑着调侃自己，顺路也在观察贤湖区检察院。

这老旧小楼比不上省高检气派，但每天倒是可以少走很多台阶。

"人都到齐了吗？"雷旭问。来之前，政治部告诉他贤湖区九部已经挂牌，除了他这个主任还有副主任一名，检察官若干协助他办案。

"都准备好了，听说是你这明星检察官来当主任，可把她们给乐坏了，都在办公室等着你训话呢。"俩人说着话上楼，走到九部。

看着空空如也的办公室，雷旭忍不住尴尬笑下："陈检，您说的人呢？"

"刚才还在这里呢，估计是去接你走走岔路了。"陈亭毅尴尬地掏出手机，"那个，你等我下，我这就叫她们回来。"

陈亭毅走到门口给都子瑜打电话："你人呢，雷主任都来了，你们怎么一个人也没有？"

"陈检，突发一起校园伤害案件，公安局要求我们提前介入，我在公安局了解情况呢。"都子瑜语气紧急。

"那，那其他人呢！"陈亭毅继续问道。

"徐张荔要去法院押送文件，刘柳、杨甜在档案室整理未检卷宗。"都子瑜在电话里进一步解释。可这怎么跟商量好的似的，陈亭毅嘴角忍不住抽搐。

"那雷主任怎么办，人已经到了，你们一个个都不露面，以后还怎么在一起工作？"

"那没办法，要不陈检您先陪着。"都子瑜说完要挂电话。

陈亭毅气得无可奈何，忍不住说道："我知道你有情绪。"

"我没情绪！"都子瑜声音冷淡，没有丝毫感情。

陈亭毅叹口气："晚上你们年轻人好好聚聚，九部以后还要靠你们共同努力。"陈亭毅这回不用都子瑜解释，直接在电话里把事定下来。最后通知大家："行了，你们都去忙吧!"

雷旭在屋里转了一圈,看了一眼未来的工作环境。主任办公桌上摆放着四个椰子,上面分别写着"雷主任好"。

陈亭毅站在门口酝酿几秒,笑呵呵走进来,看见雷旭在看椰子,忍不住过去笑道:"哈哈,她们这是在欢迎你呢,椰四……Yes的意思!"

"呵呵。"都说新官上任三把火,雷旭这三把火没烧起来,先让人给了个下马威。

"事发突然,你也知道基层就这样,说忙立刻就忙。"陈亭毅帮着圆场,"要不然,我给你简单介绍一下吧。"

陈亭毅说着走向杨甜的办公桌,依次介绍。

"咱们九部一共有五个人,我就先从杨大姐开始介绍吧,老书记员了,从参加工作就在咱们院,是行走的智能档案库;还有这位,徐张荔,我们都叫她大荔,是法警大队的,公安大学毕业,散打冠军,九部成立之后人手不够,让她帮一下日常工作;刘柳,法学硕士,检察官助理,年轻人,二十六岁,头脑很活,院里宣传工作她也是一把好手,是个好苗子。"

雷旭附和着。

陈亭毅走向都子瑜的座位:"你还不知道你的副手是谁吧,我给你介绍下,员额检察官,姓都,叫都子瑜……"

雷旭听到这个名字愣住了,此时恰好窗外汽车鸣笛,雷旭连忙借机打断陈亭毅:"陈检,咱们院还有其他部门,要不我去别的部门试试?"

陈亭毅脸色一变道:"雷旭啊,你来是组织部定的,不是我说改就能改的,你别开玩笑。而且咱们院人手不够,一个萝卜一个坑,都在案子上。再说了,我给你的配置,老中青都有,文武双全,多好啊。"

雷旭无奈地点点头。

陈亭毅又说:"唯独有一件事我对不起你,因为未检工作女同志干更合适,所以除了你,其他都是女同志。"

雷旭愣住:"大力?"

陈亭毅连忙解释:"那是荔枝的荔。"

雷旭恍然,无奈地接受了安排。

陈亭毅笑笑:"剩下的等晚上你们见面了再互相了解吧,晚上6点,她们几个给你接风,我晚上有事就不过去了。"

"不用这么客气。"雷旭不想去。

"去吧,顺便尝尝我们这儿最好吃的椰子鸡。"陈亭毅很热情。

"椰子鸡!"雷旭意外,似有难言之隐。

"对呀,回头我给你个地址,到了推门就进,四个女的一桌的就是她们。"说罢,陈亭毅便往外走去。

雷旭无奈地看着陈亭毅消失,转身回看办公室,看到那四个椰子,怎么看都浑身刺挠。

贤湖的夕阳还是很美的,街上有很多人在闲逛。

雷旭开车拐进胡同差点撞上前面一个戴着小黄帽的小电驴。他找宽敞地方把车停下,按照导航步行去老六椰子鸡——建在海堤旁的一家小店。

陈亭毅说得对,老六椰子鸡是真火,屋里四个女人一桌的台面有好几桌!

四个小姑娘不对,四个中年妇女也不对,四个老太太更不是!

远处的天际线闪烁着金色的灯带,雷旭尴尬地站在门口。小黄帽提着电瓶绕过他走在前面,一回头,皮卡丘的头盔认出了雷旭:"是雷主任?"

雷旭正忙着找人,看见她忍不住问:"你是?"

杨甜热情地介绍自己:"我是杨甜,咱们九部的,十年前我去省院参加干部轮训班,那时候你刚分配到省院做助理,我们见过。"

雷旭想不起来了,尴尬地问道:"那个,杨大姐,咱们其他同事呢?"不是说吃饭吗,怎么就见一个人?

杨甜绕过雷旭往里看,冲里面挥下手让雷旭跟着她。

徐张荔正在跟刘柳探讨近期发生在校园的未成年人暴力伤害案件,看见她冲她热情招手。

杨甜走过去热情介绍:"大荔,你看谁来了。"

"哟,雷主任,您上座。"徐张荔抬头看了眼,阴阳怪气地拉开一张椅子。

"你好。"雷旭看她那腕力,忽然想起那两个十公斤的哑铃片。

"雷主任您快坐,他们家菜特别好吃,我们几个刚点了些,您看您还有什么想加的吗?"刘柳很热情地跟雷旭打招呼。

雷旭坐下后扫了眼旁边的空位:"都主任还没来吗?"

"应该快了。"徐张荔看了眼手机。

几人正在说话,都子瑜过来打声招呼,她今天穿了一身套装,还化了淡淡的妆。

"不好意思,我迟到了。"

"哟,化妆了!"刘柳没心没肺地说了一句。

都子瑜急忙否认:"哪有,我不每天都这样吗?"

雷旭尴尬起身跟都子瑜握手:"都子瑜同志您好,我叫雷旭。"

"雷主任好,以后您叫我小都就行,坐吧。"

众人落座,气氛变得压抑。

服务员拿来五个生椰,杨甜热情地放在众人面前。

"雷主任也是政法大学毕业的吧?"刘柳满脸好奇地看着这个副处级领导。

"嗯。"雷旭点头算承认。

"我也是,都姐也是!"刘柳惊讶地看着他们,"那你俩在学校应该见过吧?"

雷旭和都子瑜愣了下,雷旭看向都子瑜:"你们班主任是?"

"我们班主任是刘文。"

"哦,大文子老师?"

"对。"

雷旭想了下说:"我是洪卫老师带的。"

"难怪呢,我入校的时候,洪老师都已经升主任了。"都子瑜显得很平淡。

"不管怎么样,山不转水转,我们聚到一块儿就是缘分,我来之前,陈亭毅检察长给我挨个介绍了一下大家的基本情况。我印象最深的就是杨大姐,还有就是大荔,五十二公斤级柔道冠军。"雷旭勉为其难地做了个开场白。

徐张荔翻着白眼纠正道:"散打。"

雷旭尴尬地点头,算是记住了,嘴里幽默地说道:"那更能打,你现在的功夫,每天还……练不练?"

"不练,摔你也没问题。"徐张荔一点面子都不给留。

众人哄笑,雷旭只好跟着尴笑。

杨甜看差不多了,举起面前的椰子说道:"咱们今天就以椰子代酒欢迎雷主任加入我们。"

雷旭一脸尴尬,嘴上急忙说客气,举起椰子跟众人碰了一下,然后把椰子放在一边。

都子瑜注意到他的小动作,嘴上说道:"雷主任,椰子不酸。"

雷旭看了眼椰子,一脸的郁闷,只好勉为其难地举起椰子轻轻抿了一口。

这次算是正式认识过,雷旭放下椰子,从兜里掏出一个小本本笑哈哈地说:"我来之前呢,也做了一点功课哈,想着我也不能来了以后不干活,你们看……"雷旭说着翻开小本本。

众人笑着看他,看他想说什么。

雷旭认真地翻开小本本,指着上面一行字说道:"有这么一个案子,就是12月6日,吉卫中学涉未成年人食品安全案,这个是现在的重中之重,所以我打算……"

"雷主任,这个案子在我手上,我已经处理一半了,不过没关系,你要想接手,我马上转给您。"都子瑜一脸严肃地打断他。

雷旭急忙摆手:"别别别,你做,你继续做。"说着抓了抓过敏的脖子,然后继续往后翻:"那这个,10月8日,东湖中路有一个何胜抢劫案,这个金额巨大,我以前也是跟金融……"

这次徐张荔打断他："雷主任，这个案子已经移交市院了，卷宗是我送的。"

"送得好。"雷旭忍不住使劲皱下眉头，使劲挠下脖子继续往后翻。

"那还有一个9月6日，玉中村张广齐故意伤害案，这个卷宗还没送……"

"对，这个案子今天刚审判，都姐出的庭，判一年缓两年。"这次是刘柳。

"判得很人性。"雷旭无奈合上小本本，揣进兜里，然后一脸认真地看着都子瑜，诚恳地说道："那都子瑜同志，您看我还可以干些什么，有没有什么工作是我能具体抓一下的？"

"主任，不好意思，因为我们这九部不也刚成立嘛，很多案子还在转过来的过程中，所以现在还真没……"都子瑜喝口椰子，一脸无奈地看着他。

"那个翎华中学法治副校长的职务不是一直没人接手吗？"杨甜为了化解尴尬急忙打断两人。

"哦，那这个我可以去接，虽然我现在对孩子的工作可能还没有什么经验，但总得练习一下，是吧？"雷旭如释重负，有活不算无。

都子瑜放下吸管，使劲咽下椰子汁道："雷主任，你才刚来，对我们院里的情况还不太熟悉，要不你先熟悉下院里的情况，然后再认识下其他科室的同事，这样以后也方便工作。"

雷旭还想再争取下，刚开口就被徐张荔跟刘柳打断，两人跟着起哄说都子瑜说得对。

"雷主任，要不您下个令，咱们先开饭？"都子瑜给雷旭来了个不大不小的下马威。

雷旭暗暗叹口气，看样子以后的工作不好干啊。搓搓手揭开锅盖，看着里面沸腾的椰子鸡就跟现在的自己差不多，他忍不住笑道："那咱们就开饭吧。"

徐张荔、刘柳去调蘸料，都子瑜更是头也不回，杨甜忍不住问他："雷主任，您不去调料吗？"

雷旭看了眼调料台，不好意思地说："我吃空口。"等杨甜走后，他一脸无奈地又抓了下过敏的脖子。

第 二 章
道阻且长

雷旭对贤湖区不熟,又没人帮他找房子,只能暂时住在院里的单身宿舍。忙了一天,他拖着疲惫的身体倒在床上。刚发出鼾声,外面忽然响起了八段锦的音乐。

"双脚开立,与肩同宽。屈膝下蹲,掌抱腹前。"

"中正安舒,呼吸自然。心神宁静,意守丹田。"

雷旭被惊醒,看了眼时间,才6点!他迷迷糊糊坐起来拉开窗帘,是门卫老赵在院子里做操。

他披件衣服下去,老赵看见他,急忙暂停录音机,一脸抱歉疾跑几步过来打招呼。

"哎呀,雷主任,吵醒你了吧,对不起,实在对不起啊,我这一个人在这住惯了,每天早上都习惯在这锻炼一段。"

"没事,没事,您继续,我觉得这个挺好,能强身健体又能给我当免费的闹钟,我还挺爱听的。"

老赵意外:"没想到现在还有年轻人喜欢八段锦。"于是就按下播放键,继续锻炼!

雷旭一脸苦闷相回到宿舍,坐在床铺上发呆。

而6点半是都子瑜每天准时开启高效能一天的时间。

烧水、刷牙、洗脸、泡方便面……敷衍回复完母亲叮嘱吃早饭的微信,都子瑜换上检察官制服,顺路捧着泡面碗,随手在墙上的工作计划表上打钩,一套动作行云流水,此时才早上7点。

7点30分,雷旭走进办公室,发现外间办公区变成了三张桌子,里面变成了两张桌子,一张桌子上堆满了文件跟办公用品,走近一看,全是刘柳的东西,刘柳的桌子对面是都子瑜的办公桌。

小隔间里的会议桌被抬了出来,自己的办公桌被放了进去,上面已经摆好了各种新的办公用品,雷旭不解地走进隔间,然后坐办公桌后,一抬头正好看见门外面都子瑜跟刘柳的办公桌。

关上门,雷旭憋屈地在屋里走了两圈。这是把自己给隔离在小隔间了!

他走到外面,挨个办公桌前坐下试试,哪都比他那个小隔间宽敞通透。他走进走出,犹豫半天决定把桌子搬出来。

刚把转椅搬出来,徐张荔就扛着一桶纯净水走进来,她见状急忙把水桶放地上,过来阻止他:"雷主任,你这是干什么?"

"啊,徐大荔。"

"是张荔!"

"啊,不好意思哈。"雷旭一脸尴尬,手里还搬着椅子呢,示意她让一让。这椅子可不比她那哑铃轻松。

"雷主任,你干吗呢?"徐张荔拦挡在他前面,看了眼小隔间:那里面多好啊,有网线有电话,房间还是独立的,出来干吗!

"张荔,你先让让,我要坚持不住了。"

"是徐张荔!"徐张荔甩他白眼,看他虚成那样,一只手把椅子抢过来"咣当"一声扔在地上。

"雷主任,这种体力活您吩咐就行……"徐张荔把手搭在椅背上,一脸聆听教诲的样子。

雷旭手拄着腰站起来,长喘口气说:"我想搬出来跟大家在一起,这样工作也方便些。"

"方便吗? 在里面不也一样吗? 又没有多远。"徐张荔的话让雷旭很窝火。在里面是没多远,问题是彻底把他给孤立开了,知道的他是九部主任,不知道的还以为他是九部团宠呢,被单独关在屋里。

"我想跟大家在一起,在外面一起办公也方便交流,你也知道我刚从省院下来,对未检工作还不了解,在外面大家可以多交流,我也能多学习学习。"雷旭谦虚地说道。

"雷主任,您怎么要搬出来呀?"刘柳刚进门就听雷旭要搬出来,把包放椅子上,一脸可惜地看着小隔间,"那可是我们昨天好不容易才搬进去的,什么网线、电线、电话线都是找人重新铺的,弄到大半夜呢,我腰都闪了!"刘柳一脸不悦地发牢骚。

"怎么了这是?"杨甜在门口就听见屋里好像在争吵,进来看雷旭在搬椅子,一脸不解地说道,"在里面多好,一个人多清静。"

"杨大姐,要不咱俩换换?"

"这不行,我级别不够啊。"杨甜连连摆手。

雷旭响当当一个主任,心里真是郁闷,但他还是准备坚持把办公桌搬出来,已经搬出来了，就坚持到底。他把椅子推到一边，进屋去搬桌子。长条桌子，他一个人搬不动，使劲拽两下勉强把桌子挪动。脸涨成猪肝色，他一气呵成，把一半桌子拽出门口。

都子瑜来正看见他在搬桌子。

都子瑜："雷主任，您这是？"

雷旭："我呀，搬桌子，这样便于我和大家打成一片。"

都子瑜犹豫下说道："要不，大家一起吧。"毕竟人家是主任，让主任一个人搬桌子成何体统。

"没事，没事，我一个人来就行。"雷旭吞吞吐吐，脸都要憋紫了。

都子瑜看了雷旭一眼，又看向徐张荔。

"哎呀，还是我来吧。"徐张荔有些无奈地说道。

"都搭把手吧。"都子瑜喊大家帮忙。

四个女人一人抬起一个桌角，都子瑜把雷旭给挤到了外面，他想伸手都没地方。

他反而成了多余的那个。

一大清早，九部都在搬桌子，路过门口的不知道还以为要打扫卫生。

雷旭把转椅挪开，指挥大家把桌子放正。他坐下看外面风景，心想还是在这敞亮。

都子瑜回到自己座位，若无其事地甩了一句："坐在外面的确是方便跟女同事打成一片。"

雷旭整个人目瞪口呆。有心想解释，眼睛转了一圈，其他人都假装没听见在低头工作。

"那个……其实坐里面也方便打成一片。"雷旭识趣地补了一句，一个人又灰溜溜把桌子推回了小隔间。

刘柳用眼神示意徐张荔，后者使劲瞪她一眼。

雷旭笨拙地挪动桌子，没一个人再上来帮忙。

一上午时间，等他再坐下，脸都变得憔悴了。窗外还是一样的景色，可怎么看都索然无味。

门外忙得热火朝天，都子瑜时不时喊一声刘柳帮忙，自己在小隔间无所事事。

"那个，你们要是忙不过来我可以帮忙。"没人回应。小隔间网速是挺快，就是这屋隔音效果也挺好。雷旭看着窗外抓耳挠腮，无聊地翻看《贤湖区人民检察院工作手册》。眼睛一会儿看都子瑜站起来往外走，一会儿又看徐张荔抱着一摞卷宗回来。

"今天的工作都写在板子上了，大荔，你今天继续送卷宗，刘柳跟我去开庭，还得回访，大姐你把卷宗抓紧整理出来，我们要赶紧建档。"

"好。"

"嗯，那昨天12309转过来的案子，什么时候去？"杨甜忽然想起检察服务中心转过来的案件。

都子瑜停下手里工作犹豫道："我今天没时间啊，要不等我跑完这几个地方我晚上来接你？"

"那学校就放学啦。"

都子瑜蹙眉回想一天的工作："可我今天真抽不开身啊。"

看她们为难，雷旭便知机会来了，急忙试探性地从小隔间出来："那个，我有时间，我全天都有时间。"

"主任！咱不是说好了吗，您把领导做好就行了。"徐张荔怪雷旭插嘴。

"领……领导该怎么做？"

"领导坐着就行啊。"

"大荔！"都子瑜低声呵斥她。

杨甜倒是一脸笑容，看着雷旭："主任，要不你坐坐我那个小拉风？"

雷旭一脸蒙："小……拉风？"

杨大姐的电动车后座，戴着黄色皮卡丘头盔的雷主任深深低头。

"雷主任，您别不好意思，贤湖窄巷子多，您那大车进不来，不想受累还得靠我这小拉风。"杨甜迎着风大喊。

雷旭在后面"嗯"了一声。

两人停在一处拐角，杨甜给他介绍："前面就是第六中学，你看开在学校侧门那几家商店没有，规定说不准销售香烟给未成年人，可他们都滑头得很，想尽各种办法规避风险，甚至买烟卖烟还有暗号，你要是直接进去问有没有烟，人家压根就不卖你。"

雷旭已经发现有学生拿着烟从商店里跑出来。

"那我们进去……"

"放心，有人帮我们都录下来了。"杨甜打断激动的雷旭。

果然在那几个学生跑走没多久，有人过来跟杨甜打招呼，告诉她视频都录下来了。

那人看了一眼坐在后座的"皮卡丘"。

"这是我领导。"杨甜开口解释，后者恍然大悟。

雷旭想试试，他让杨甜把小拉风停好，过去把那两个刚从小超市里出来的学生叫住，问他们手里的香烟。话还没说完，两个学生急忙把香烟扔在地上，转身就跑。

雷旭捡起地上的香烟进小超市质问："老板，你销售香烟给未成年人，你知不知道这是犯法的，严重的可以吊销你烟草销售资格证。"

"什么卖给未成年人？你是哪里的，你有证据吗？"老板矢口否认，骂骂咧咧赶雷旭出去。

雷旭无奈从超市出来，又看见一伙孩子聚在墙根激动热闹地谩骂，好奇之下过去看个究竟，结果看见他这伙孩子就一窝蜂地散了，地上散落的是刚刮开的刮刮乐。超市竟然销售给未成年人香烟、博彩制品!

这六中的校园环境是真恶劣。

可雷旭像是一拳打在棉花上,明明超市里就有香烟跟刮刮乐,老板见他就是一口否认,甚至还叫嚣要打人。

后半段路上,雷旭垂头丧气地窝在小拉风后面,杨甜忍不住想劝他。

路过一家文身店,雷旭更是直接暴跳如雷让杨甜停下,他竟然看见屋里在给未成年人文身。他气得暴走,跳下车冲进文身店。

老板居然还热情地上来招呼他:"文身吗?"

"文个屁!"雷旭是真生气了,他指着趴在床上的小孩质问老板,"我问你,这么大的孩子也能文身吗?"

老板看他是来找碴的,拧着眉头问他:"他又不是不给钱,为什么不能文?"

"未成年你看不出来吗,不能给未成年人文身你不懂吗?"

"你是他爹啊,你管得着吗?"

"我是贤湖区人民检察院专管未成年人案件的,你说我管得着吗?"说着雷旭亮出了工作证。

文身店老板丝毫不惧,眼底还闪过一抹嘲笑。

"我给未成年人文身犯哪条法律了,我是犯罪了吗? 检察院你不去管那些犯罪的嫌疑人,你跑我这来管什么闲事,他爹都没不同意,你瞎起什么哄,要不你上法院起诉我?"

雷旭没想到检察官的身份没吓唬住老板,而这老板一脸的有恃无恐明显是研究过法条。"你懂的还挺多,虽然还没有明确的法律规定不准给未成年人文身,可是他才多大,你良心不会痛吗?"

老板一脸的不屑,良心值几个钱?

杨甜停好车看见雷旭在跟人争吵,进屋小声劝他:"这家店,我们之前来过,算了,先走吧。"

"这么小的孩子,如果是你儿子,你会给他文身吗?"雷旭气不过还想说。

那孩子忽然从床上坐起来,朝雷旭叫嚣:"你谁啊你,我爸都管不了我,你管我!"

"走吧。"杨甜拉雷旭往外走。

文身店老板一脸不屑,在身后叫嚣:"慢走啊,等有了法再来管我吧!"

雷旭受挫,推着小拉风一言不发。杨甜看他情绪不高,安慰他:"等抓了现行,好好办他们一下。"

雷旭心不在焉。

"抓现行跟办大案要案还不一样吧,雷主任,要我说最可恨的还是那些卖烟的跟文身店的老板,那些孩子大多是一时猎奇,可我们要追着不放,万一有个磕碰,咱们也不好交代,所以说啊,未检工作,道阻且长啊。"

雷旭听明白她是在安慰自己,长叹口气敷衍一下。两人再次骑车来到第六中学。

校长办公室,主任跟校长都在,校长把一个皱巴巴的信封交给雷旭,旁边是一脸轻松的两个学生。信封里居然是拼凑出来的一封敲诈信。

"我都知道了,但是我可以保守秘密,转一万块钱到这个账号,不然我就发到网上。"下面居然是收款二维码。

看那两个最多也就三四年级的学生,雷旭忍不住问道:"你们这是在哪学的?"

两个十一二岁的学生,一高一矮,矮个子的男孩微胖,高个子的男孩有点发育不良。

高个子男孩一脸无所谓地看着雷旭:"和电视里学的。"

雷旭跟杨甜不解地看着校长。

"他俩看了点香港黑帮电影就有样学样自己弄了十几封敲诈信,跑到别墅区,专门拣家里没人的房子一家塞了一封。"主任说起来就头疼,"要不是人家看二维码头像是穿着六中校服的学生,人家就报警了。"

最后主任向雷旭跟杨甜请教:"两位检察官,这种事我们该怎么处理啊?"

杨甜看那两个学生,忍不住提高音量喝问:"你们知不知道在这上面写'敲诈信'三个字代表什么意思?"

矮个胖学生摇头,反问:"写信不应该有标题吗?"说完,一脸迷茫地看着杨甜。

杨甜被气得半死:"我还不知道写信应该有标题,我问的是你们知不知道这代表什么意思,你们犯法了知道吗?"

"写封信就犯法了?"矮个胖学生看同伙。

"又不会被枪毙,你怕什么!"高个学生始终无所谓的态度。

杨甜真是被他们无所谓的态度给气到了,一点不知道问题的严重性。

雷旭忍住笑,板住脸问他俩:"你们看的什么电影?"

"《龙虎计中计》啊!"

"那他们最后成功了吗?"

"成功了啊!"提起电影,两个学生更放松了,滔滔不绝地跟雷旭讲起了电影里的手段。

"雷主任,我们不是来讨论电影的。"杨甜打断雷旭。心想这么小的年纪就不学好,长大流入社会还能好?

杨甜很严肃地问校长:"报警了吗?"

校长难为情地摇头。

"那现在是你们自首还是我来报警,我告诉你们两个,你们现在已经构成敲诈勒索罪,用威胁的方式向他人索要财物就是敲诈勒索,就像你们给这些人发的信,他们分别给你们转了一万块钱，就构成了数额巨大，判下来起码要十年。"

"我现在报警，你们就会立刻被关进看守所等待法院判决！"杨甜直接把两个学生吓哭了。雷旭不忍心，急忙劝说两个学生："别害怕，没关系的，阿姨吓唬你们呢，不是还没有转账吗，不会真的判你们的。"

杨甜狠狠地瞪雷旭一眼："你这是纵容犯罪！"说完更加严厉地看着那两个学生，举起手中的敲诈信呵斥道："他才是骗你们，光这些威胁性的文字，就算你们一分钱没拿，那也是犯罪，叫敲诈勒索未遂罪！就算是觉得好玩想开玩笑，也已经触犯了法律，法律不是你一句'我觉得好玩、我想开玩笑'就能蒙混过关的，这叫犯罪懂不懂！"

回检察院的路上，杨甜问雷旭："雷主任，你还没结婚吧？"

雷旭很沮丧，一言不发。

杨甜忍不住要教育雷旭，外出办案两人必须统一思想，法律不是儿戏，没有红脸白脸，尤其是对那样的孩子。你要是不吓唬他，让他知道什么可为、什么不可为，他下次还会犯的。

回到检察院，雷旭看见下楼的陈亭毅，急忙跑过去拉住他："陈检，你还是给我换个科室吧。"

陈亭毅被他叫住，听他又是老生常谈，忍不住语气加重："雷旭啊，你怎么又跟我提这件事，我不是说过，你是组织部任命的，不是儿戏，而且九部我就指望你能出成绩呢。"

"我对未检业务实在是……不熟啊！"回想起白天一天发生的事情，雷旭感觉自己像是回到了小学当小学生。

"行了，你就别考虑其他部门了，九部刚成立很多事都需要慢慢来，都是在摸着石头过河，以后这件事就不要再提了。"

"陈检……"

陈亭毅直接往外走，根本不给他再说话的机会。

雷旭一脸的生无可恋。后面几天也一样是无所事事，每天看都子瑜她们忙得不可开交，自己像个多余的人一样坐在那，看她们在黑板上一道道画着钩儿，有时候他想开口，都没机会。几次想发表下建议，可人都不往他这瞧上一眼。唯一能帮上忙的就是偶尔帮着收拾下办公室的卫生，每天看着她们上班下班。

检察院的大门开了又关，每天留下的都只是自己，就像是被锁在这个牢笼里的孤独的鸟。

哦，还有看门老赵和八段锦。

看着雷旭埋在卷宗里都快看不见人了，杨甜忍不住说了一句："雷主任，九部刚成立，很多事还没有理顺，所以，大家都还在忙自己手里原先的案子，您刚调过来，没有案子办也是正常的,您别着急。"杨甜是想劝劝他。

雷旭除了苦笑,也只能表示理解,多看看卷宗就当是了解未检工作的性质了。

杨甜不好再说什么了,不过临出门想起一件事:"雷主任,您还记得上次吃饭我提的那个法治副校长的事吗?"

雷旭回想了下,忍不住开口:"你说是那个翎华中学?"

杨甜点点头:"我觉得您可以……试试。"

"好,我明天就去,谢谢你杨大姐!"雷旭终于找到事情做,很激动。

翎华中学他做过功课,贤湖区私立学校。虽然还没去过,但跟办案比,他有信心能胜任这个法治副校长。而且,在他查看的这么多卷宗里,未成年人的案件涉及贤湖区很多学校的学生,但翎华中学的一个没有。

相对而言,这所学校,应该是那种氛围很好的学校。

但高二学生姜筱洁过得并不开心,因为她前几天刚打了一名女同学。

原因是在食堂打饭,女同学骂她,她就摘下耳机,用自己的餐盘劈头盖脸砸了下去,要不是老师来拉架,她相信自己会一直砸下去。

而在她家,她的父亲姜林海每天就会做饭吃饭,至于她母亲,除了不停地让她吃各种维生素,就是强势地安排她的一切。生活在这样的家里,姜筱洁很痛苦。

每天早上姜林海都会照惯例做饭,用果汁机打碎一些蔬菜,把绿色的汁液倒进杯里,然后轻轻地敲门叫母女吃饭。

卧室里,李笑颜举着手机回复工作信息,拉开门直接坐在餐桌前,看向女儿的卧室。

姜林海急忙过去要敲门。

姜筱洁从房间里走出来,走出房门那一刻,她脸上就挂上了笑容,只是眼睛里丝毫没有笑意,她麻木地走进洗手间。

李笑颜瞥了一眼姜林海,姜林海急忙起身走到餐桌后面的柱子前,小心地把每一样维生素打开,把维生素放在一个小药盒里,拿上餐桌摆在筱洁面前。

姜筱洁从洗手间出来,耳朵上戴着耳机直接坐在餐桌前。

姜林海很小心地把药盒往姜筱洁面前推了推,又递过去一杯温水。

姜筱洁看了眼药片,又看了看李笑颜,低头玩着手机,边玩边吃饭。

李笑颜对她这个态度很不满意,用手敲了敲桌子,又指了指耳机,示意姜筱洁把耳机摘下来。

姜筱洁没办法只能照做。

"你少玩一会儿手机,会死吗?"

姜筱洁一言不发,只是微笑着看了眼李笑颜面前的两部手机。

"我靠手机养活你们爷俩,你呢? 我要是再看见你明天拿着这个东西,我一定把它砸了。"

姜筱洁把手机关掉，放在李笑颜面前。

继续吃饭。

姜林海急忙把手机拿回来，看着女儿吃饭。

"我最近太忙没时间去你们学校，有时间我应该去问问你们老师，你每天在学校里都学些什么，对你妈就这个态度？"李笑颜索性也关掉手机，抱着胳膊靠在椅子上看着姜筱洁。

"你这是跟谁甩脸色呢？"姜筱洁面无表情吃饭的样子彻底触怒了李笑颜，"我在跟你说话，你听不见吗？"

姜林海害怕这娘俩吵起来，小心翼翼给姜筱洁夹了一根香肠。

"你做的这是什么？有大早上吃猪肉肠的吗？"李笑颜直接拿姜林海撒气，然后又看着姜筱洁说道，"你最近胖了很多！"

姜林海立刻把绿色蔬菜汁推到姜筱洁面前，把香肠从盘子里拿掉，又把药盒一把推到姜筱洁面前。

姜筱洁藏在桌下的手已经抠出了血，但仍面带微笑把维生素一片一片放进嘴里，然后用蔬菜汁喝了下去。

她这么做，李笑颜很满意。"你知道你最大的问题是什么吗？"李笑颜继续教育女儿。

"你总觉得自己特别有主见，我问你，你妈会害你吗？妈就是做药的，这里面每一颗维生素都有它固定的营养，你说你不好好补充维生素，你考试能考好吗？能考上重点大学吗？

"天天就知道画你那个破画，有什么用？翎华中学是什么地方，你以为是谁都能进得去的吗？你那些同学都什么家庭，你知道我托了多少关系才把你送进去的吗？你知道我花了多少钱吗？只有你和妈妈一起努力才能有更好的未来，将来才能送你出国，这些你能指望谁？还不是得指望你妈妈！"

姜林海赶紧给姜筱洁夹菜："你妈这也是为了你好。"话还没说完就被李笑颜狠狠地剜了一眼。

姜筱洁看着眼前的一切，耳朵里响起的是悲伤而疏离的音乐，她悲伤、绝望，但她只能眼睁睁看着自己一颗颗吃维生素，重复着眼前的一切。

翎华中学确实如李笑颜说的那样，能来这上学的家里都很有钱，起码雷旭那辆破车在校门口就显得格格不入。

以至于保安都把他列为重点观察对象，一直在关注他。

门口有老师在抓上学迟到的学生。门卫看见雷旭，一脸警惕。

雷旭亮出工作证,门卫一脸狐疑:"检察院的,找我们校长?"

"别误会,我们有正常工作对接……"雷旭解释一句,保安才释怀,可下一秒还是一脸为难:"要不你给校长打电话吧。"

"我打了,一直忙音。"雷旭来之前给校长打过电话,可对方一直不接自己电话。

"那我打也没用啊,他说话我又听不懂。"保安看雷旭不明白的表情,解释道,"我们校长是外国人,张嘴ok闭嘴no的,我听不懂,你还是再打打电话吧,反正没有预约我不能让你进去。"

"那能打给他秘书吗?"雷旭退而求其次,想让保安帮忙联系秘书。保安想了下回保安亭去打电话。

秘书接电话时正在跟校长汇报工作:"有一位检察官来咱们学校和您对接法治副校长的事情。"

"我说过,我们不需要,让门卫告诉他我很忙,把他拦回去。"

门卫挂断电话出来告诉雷旭:"秘书说校长很忙。"

"那有没有说什么时间能忙完?"

保安摇头:"那没有。"

雷旭想了下,想着今天来都来了,怎么也要见一面,所以他想进去继续等。

"那不行,你不能进去。"保安拦住他,"没有预约不能进去。"

"你不是刚跟秘书通过电话吗?"

保安指了指周围的摄像头:"秘书说没时间,又没说让你进去,我们这周围全是监控,我要是私自让你进去,回头要扣我工资的。"

雷旭无奈,坐回车里。他坐在车里一页一页翻看都子瑜给他打印好的宣讲稿,掏出笔在上面逐字逐句地修改,时不时抬头看进出学校的人。

一上午时间,雷旭发现翎华中学并不像宣传的那样玄乎其玄,起码他这一会就看见至少有三个学生翻墙出来逃课。

他用手机拍下来,然后上网输入翎华中学,查找关于这里的新闻和词条。

那三个学生走到墙角隐蔽的地方把一个学生堵在角落,掏他的衣兜,在里面翻找,把里面的零钱掏出来递给一个小大哥模样的学生。

这还是学生吗? 雷旭拉开车门过去要阻止。

小大哥看见雷旭,扔掉烟头,在那学生头上拍了一下,用眼神吓跑他,然后拉着同伴火速走开。

这种环境还说不需要法治副校长! 雷旭决定不再等了。

他绕着翎华中学走了一圈,记下摄像头的位置,然后从车后备厢掏出来水电工服装。他苦涩地笑笑,没想到这衣服还能派上用场。

校长办公室里杰森穿着西装，悠闲地喝着咖啡，秘书进来打断他说有人被拦在门口要见他。杰森很不高兴，看见门外扛着梯子的工人很不耐烦。

"我说过，不要什么事都打扰我。"说完看见工人还在，又优雅地指了指办公室，"你修你的。"

标准的双标。

雷旭把梯子重重扔在地上。

"哦，你轻点！"杰森很不高兴，他今天糟糕透了，看见秘书还傻站在那，忍不住抱怨，"不是告诉你了，通知他我们不需要，我们学校是一所合法的学校，OK？这里的家长支付高昂的学费……你怎么还不修，没有需要维修的就赶紧走！"

雷旭无动于衷。

"你修什么？"秘书忍不住问。

"我修法律的，找你们校长，这位是吗？"

雷旭亮出工作证自我介绍："你好，我是贤湖区检察院的，叫雷旭。"

看见他的工作证，杰森差点抓狂。

"你是怎么进来的？"杰森很好奇。

"不是有句话，这个世界上没有任何一扇门能拦得住一架梯子。"

杰森无奈，用笑容掩饰尴尬。

"非常抱歉，今天我是刚刚听说您，您就进来了，我们今天确实非常忙，开了一整天的网络视频会议。"

"知道您忙，我来也不打算打扰您太久，咱们直接聊正事就好，我们这个检察院想要派驻一名法治副校长，就是我来你们学校，给学生做一个安全宣讲……"

杰森忍不住打断他："我恐怕做不到，因为没有法律规定说这是我们必须执行的义务。"

"对，确实没有法律要求，但是这么做能给学生普及法律知识，增强他们的保护意识，对学生有好处。"

"No！"杰森打断他，"我们是一所私立学校，像您说的这些我一个人说了不算，要经过Parent's Committee投票。"

秘书急忙翻译："是家委会。"

杰森很满意秘书，比个OK，示意赶紧送人离开。

"这么复杂？"雷旭陷入沉思，没想到会这么复杂。

"可不是吗，特别遗憾，但是家长们交着这么高昂的学费，又不是来学法律的，我们这边的课程表，要是不能完成，那我怎么跟家长解释交代这个事？"

雷旭不解："但是如果你们的学生需要法律方面的帮助，甚至真的出了问题，你又怎么跟学生家长解释呢？"

杰森无语，翻白眼："我们这个学校作为这个小城市最有名的私立学校，我们的安保设施非常齐全了，用你们的话说叫固若金汤！"

"固若金汤也没挡住我一架梯子。"

杰森尬笑下："你说得对，我们下一步就会加强安保，绝对不会再让您，哦，让人偷着进来。"

秘书急忙解释："我们学校之前从没发生过这种事情，而且今天你是偷偷进来的，如果我们的安保发挥作用，检察官您还能进来吗？不过以后绝不会再发生这种事情。"

杰森感到头疼，一个劲说："雷检察官，没有安全宣讲，也不会再出现这种安全问题……"让秘书送检察官离开。

秘书拿出一份小礼物交给雷旭："雷检察官，请您收下。"

杰森一脸自信："一点心意，交个朋友。"

雷旭掏出手机对准杰森。杰森以为他要合影，还整理下领带。结果雷旭不是要拍照，他开的是录像。秘书感觉不对，挡住杰森："雷检察官，我们校长还有网络会议……"

雷旭收起手机，看向秘书："Your chinese is very good, and you understand people. 你还真是个中国通。"说完留下一脸尴尬的杰森和秘书。

雷旭扛着梯子，堂而皇之地从翎华中学出来，门卫被他吓了一跳："你怎么进去的？"

"等你明白我是怎么进去的，就什么都晚了。"

雷旭扛着梯子，在门卫一脸惊讶中往外走，忽然想到什么又折回来把梯子放在地上，苦口婆心地劝他："兄弟，你是学校大门的第一道岗，你这要是漏人了，里面可什么都有可能发生，有点责任心行不行。"

门卫"嗯、嗯"地听他教诲，眼睛始终盯着门外。

等门外那破车被拖上拖车扬长而去，他指了指外面一脸不屑道："那车是你的吧。"

"哎，我的车！"雷旭要去追车。

"梯子拿走！"门卫喊他回来扛梯子。

雷旭又折返回来扛起梯子跑出去。

门卫一脸不屑地吐口唾沫："还等我想明白，等你想明白车都没了！"

雷旭追了好几条街，梯子都没放下。可惜车追不上了。

他放下梯子蹲在地上喘气，这真是出师不利，没想到想当一个法治副校长这么麻烦。再折回翎华中学，人都放学了。

学生陆续往外走，门卫这次很警惕，眼睛始终盯住他看。没办法，今天只能放弃了。

雷旭把梯子还给超市，又买了一瓶水，喝着水往外走。远处几个翎华中学的学生凑在一起化妆，雷旭下意识地走过去。

"你们说姜筱洁前两天刚在学校食堂打完架，这又在天台逼张芸芸吃药，学校怎么还不开除她？"

"她妈有钱呗。"

回想前几天，姜筱洁以跳楼威胁张芸芸在天台吃药，几个女生说得津津有味。雷旭听了很震惊。

"她家也就那样，不见得多有钱。对了，狐光让咱们晚上八点到，价格还是老样子，等散场了，我们去睡帽网吧？"

"网吧？网吧不去了，一个星期没回家了。"

"你又不去，那我摇人了。"化完妆的女生开始打电话，"喂，徐哥……晚上出来玩呗，都是翎华的大美女……晚上狐光见，老时间，拜拜。"

雷旭假装在打电话，偷偷用手机拍下远处几个女生。

等她们化完妆离开，他用地图搜索下"狐光"——贤湖区热度最高的酒吧。

雷旭若有所思，决定先取回车。雷旭前往贤湖区交警队，缴纳了拖车费，取回了车。

在停车场，他直奔副驾驶拉开储物盒，目光落在储物盒里的一朵白纸花上。

雷旭陷入沉思，回想起葬礼上那个十二岁的少年，胆怯的目光和手中的纸花，还有那礁石上的尸体。再看白纸花，雷旭目光慢慢变得深邃。

皮卡车"失而复得"，眼下他只能先把贤湖区九部的事办妥，还有宗有亮，一步一步来吧。

开车回检察院，门口忽然冲出来一个四五岁的小男孩，冲着他伸手拦车："停车，这是检察院，你不能进。"有模有样的，雷旭都忍不住乐了。这个孤独的检察院，什么时候跑进来一个孩子。

"小朋友，你是谁啊？"雷旭探出脑袋问道。

"我是赵星星，这里是检察院，你不能进去！"稚嫩的童声。

雷旭刚想再逗他几句，老赵火急火燎跑过来，一把把孩子抱在怀里。

"雷主任，对不住啊，您快进来。"

"老赵，你还敢雇童工啊！"

"哪有，哪有，雷主任，这是我孙子……星星，不许胡闹，快叫雷叔叔。"老赵拍打孩子后背，让他叫人。

小孩瞪大眼睛仰头看爷爷，老赵指着雷旭让他快叫人。

"雷叔叔好！"星星稚嫩而胆怯地看着雷旭。

雷旭忽然想起葬礼上那个少年，一样的眼神，一样的胆怯。雷旭有些愣神，不过片刻就恢复过来，只是脸色有些难看。他冲星星勉强笑笑，伸出一只手打招呼："星星好。"

雷旭把车开进检察院，倒入车库。刚进检察院大门，就看见刘柳一脸兴奋跑过来："雷主任，快点，来大活了，有个事非你不可。"

"什么事？有案子了！"雷旭眼睛都亮了，急忙往楼梯上跑。

"哎，回来，你跑过了，咱们办公室在二楼！"刘柳在身后喊。

"哦！"

雷旭应一声转身扶着楼梯扶手下来。"我这一着急跑过了，小柳，到底是什么案子，你先跟我说一声。"

"没案子，哪有案子？"刘柳眨巴着大眼睛道。

"没案子！"雷旭愣在楼梯上，眼睛往二楼办公室方向看，"没案子，怎么还非我不可？"

"是电视台记者，省台来的，点名要采访你。"小柳一脸兴奋。

"省电视台的记者说是各地都在开展关于未检工作抓落实的督导，想来咱们院采访一下主要负责人。"临了刘柳又补充一句。

她这么着急跑出来就是提前跟雷旭说一声，让他有个准备，也好听听他打算说些什么。

雷旭勉强笑下，慢悠悠走下楼梯。

"小柳，这种事就不用非我不可了，采访你们谁都一样。"雷旭道。

刘柳闻言，立刻歪下脑袋，双手在胸前摆手，像是个小学生一样推托："我们可不行，这种事非你不可。"

"你让都副主任去吧，她一直在抓具体业务，我还不了解情况，也不知道该说些什么。"

"雷主任，您就别谦虚了，人家记者是带着采访提纲来的，您按上面的回答就行。"

雷旭蹙眉要发火，省台来采访未检工作无非是最近网络舆论热，想借这个机会有一波热度，当然也能推进下未检工作。

可等过段时间，热度没了，未检工作该什么样还什么样，该怎么推进还是怎么推进，老百姓只关心什么事对自己有好处，根本没人会去关心这些，采访谁还不都是一样。

"要不，你去吧，咱们院的外宣工作一直都是你负责。"

刘柳一听雷旭这么说，立刻就拒绝了，看看周围小声说道："雷主任，您才是领导，我们都不行，人家省台记者点名说了要采访主任，是主任，副的都不行。"刘柳一口拒绝,雷旭只能硬着头皮上了。

刘柳跟在后面往办公室走,路上问他:"雷主任,您紧张吗?"

"我紧张什么!"雷旭心想这有什么可紧张的。

等到了办公室,他愣在门口。一屋子人,检察院的人、记者、灯光师,还有挂着腰包的化妆师。

"怎么这么多人?"雷旭小声嘟囔一句。

"雷主任,终于等到您了。"一进屋,省台记者就过来热情打招呼,然后雷旭就被按在了打好灯光的座位上。

"瘦了,比在省里工作的时候瘦了。"省电视台记者在端详雷旭。

雷旭一脸拘束,左右看看,终于尴尬地问了一句:"那个,我们认识?"

"雷主任,您不记得我了? 我们见过的,在省检,我采访过您的。"

"啊,哦。"

"今天这期节目省里非常重视,是要上新闻的,您千万别紧张。"

马主持给他介绍化妆师小云:"我们省台第一化妆师,小云这次一定要给雷主任化得精致一些,遮遮他一脸的疲惫,让他显得更加抖擞一些,更好地展现我们检察官的风采。"见雷旭一脸疑惑地看着他,"认出我来没有?"

"牛主持?"雷旭猜测。

马主持打断他:"马,我姓马!"

"呃,不好意思。"

"去年我不采访过您吗? 在您的办公室里。"

"对对。"雷旭笑着掩饰尴尬。

"雷主任,这次采访的提纲你都看过了吧? 你觉得我们给你写的这个关于未成年人案件的问题专不专业?"

"啊。"雷旭看见都子瑜过来急忙喊住她,"子瑜同志,来来来。"他像抓住了救星,急忙拉住都子瑜给马主持介绍:"马主持,这位是我们九部的副主任都子瑜同志,未检工作她最在行。"

"哦,副主任。"马晶莹面无表情道。

"你好,马主持。"都子瑜礼貌打招呼。

"马主持,我们子瑜同志常年坚守在一线……"

"不,不,不,主任,人家采访的是您,还得您来。"都子瑜打断雷旭,把雷旭推过去。

"不,这不是谁是主任的问题,就是我觉得你更了解未检工作,所以我觉得……"

雷旭一脸尴尬被按下,遥望都子瑜潇洒地转身。

"雷主任,我们开始吧。"

"好。"

灯光都聚在采访席，马晶莹让雷旭放松，摄影机对准雷旭。

马晶莹把话筒放到雷旭面前道："雷主任，您是远近闻名的百变检察官，处理过那么多的大案要案，现在来到了咱区里，在这个新成立的第九检察部，我相信您也会接手很多棘手的案件，那想请问的是，处理这些案件的时候，您遇到的最大的阻碍和困难是什么？请您聊一聊。"

困难，阻碍。

雷旭小声嘟囔着，眼神不自觉飘向门口那帮人。他目前最大的阻碍就是门口站着看热闹的这帮人，但他不能说，这是采访，这要是说了，就好像九部不团结一样。

摄像头顺着他目光往门口扫，都子瑜急忙摆手："拍主任，主任。"

马晶莹看雷旭愣神，小声喊他："雷主任，雷主任？"

"啊，困难肯定有，毕竟我对未检还不了解，阻碍嘛……"他卡壳了。

"停！"马晶莹摆手，把提纲给雷旭。

"雷主任，您先看看问题提纲，我一会都会在这里选问题问您，您先有个准备，别紧张，我们很快的。"

"哦，好。"雷旭小心地翻看提纲，终于将采访敷衍过去。

采访结束，雷旭强颜欢笑，和众人一起送走电视台的人。

老赵兴奋地问："车里就是电视台的牛主持吧？"

刘柳纠正道："马主持。"

老赵："小柳，你是咱们院里负责宣传的，马主持是来采访你的吧，我跟你说我可老喜欢看他的节目了……"

刘柳见雷旭黑着脸，用眼神把老赵后面的话瞪了回去。

都子瑜见状安慰雷旭："雷主任，其实今天挺好的，我们九部刚成立，就受到了省电视台的重视。"

刘柳连忙接话："对，整体效果也很好。"

雷旭黑着脸，面无表情地问她："怎么好？"

刘柳诺诺道："各方面。"

雷旭盯着刘柳："哪方面？"

都子瑜帮忙解围："今天的妆，不是，主要是访问的部分，还是挺好的。"

雷旭自嘲一笑："哼，你们高兴就好！"说完就转身离开了。

第 三 章

解释误会

"生气了?"

"主任!"

雷旭根本不理会身后,把衣服拉链拉开就往外走。

"雷主任!"都子瑜叫住雷旭,"雷主任,我是想说,我们未检工作才刚刚展开,我觉得今天你给我们开了一个好头。"

"呵呵,这就算开头了?"雷旭不屑回头,侧眼看了都子瑜一眼,"全院都知道我是新调来的,我现在对未检工作连皮毛都不了解,你们任何一个人都会比我今天说得好。"

"小柳,你是'两微一端'嘛,专门负责宣传,今天把你放在那都会比我说得好,那怎么你不去? 都副主任,你天天在一线抓业务,又是员额检察官,你怎么就不能去呢,干吗非得让我来呢?"雷旭很有情绪,他在发泄这几天憋屈在心里的郁闷情绪。

"但是您是我们九部的主任……"都子瑜想要解释。

"对,就因为我是九部的主任!"雷旭转过身直视都子瑜,情绪略显激动道,"就因为我抢了您的主任位置,所以你们就把所有的工作都分配好了,一个具体活都不留给我,当我是傻子吗?"

"从我第一天来你们就商量好的!"雷旭加重说了一句。看都子瑜不说话,雷旭讽刺道:"采访让我一个不懂具体业务的主任来,你们还真是把我当主任啊,把我放在火上烤得真暖和。"

都子瑜一脸奇怪地看他。

刘柳忍不住说:"雷主任,是陈检看您不在,专门把我们叫去办公室跟我们说的今天这个采访必须你来做,都副主任还特意说了您刚来不了解情况,可还是不行,他说您是省里来的,跟马主持熟悉,这件事非你不可!"

"小柳你先回去吧。"都子瑜让刘柳回去。

雷旭刚要继续说话,楼梯口下来一人,他闭上嘴等人下楼,这期间跟都子瑜四目相对,等人走了,他气也消了。

"对不起,我刚才话说得重了。"就剩下都子瑜跟他,他开口道歉。

"你刚才太激动了。"都子瑜也很意外,没想到雷旭会有这么大情绪。

雷旭一脸失落往外走,走到破卡车里换衣服。

都子瑜跟在后面,递给他一包纸巾:"擦擦脸吧。"

"谢谢。"

"其实,我理解你现在的心情,我承认,椰子跟椰子鸡是我故意安排的,因为赌气,我们分手十多年了,你一次都没联系过我,但我一直关注你,知道你在省院发展得很好,挺为你高兴的。"

雷旭没说话,背对着她擦脸。

"宗有亮的案子,我多多少少听到一点,其实我知道你心里应该挺委屈的,还因为这个案子被下派到我们这里……还要和我一起工作。不过好在只有一年,这一年我会全力配合你做好未检工作,作为副主任我会服从你的安排,配合你的工作,以上下级的关系友好相处,一年之后我们各归其位。"

都子瑜没想到自己还会跟雷旭说这么多。她以为两人再次见面也许不会面红耳赤,但可能也只是点头之交,从没想过会再在一起工作。

雷旭无可奈何。他很想解释,但解释又有什么用?他把纸巾叠起来放进兜里,说了一句:"其实,我今天,我……因为我……"

"陈检是我师父,今天这个采访我不知道他为什么会这么安排,但我相信他肯定有他的理由。"

"哎!"关键时刻嗓子说不出话,雷旭只能叹口气,还解释什么……他费半天劲挤出个:"嗯。"

"没别的事了,雷主任,以后合作愉快。"都子瑜像是很轻松地说出这句话。

说完还不忘指了指雷旭手中的纸巾:"雷主任,那个纸巾?"

"哦,哦,哦!"雷旭一阵慌乱,把剩下的纸巾还给都子瑜。

"那我先走了哈!"都子瑜好像很洒脱,转身往回走。

"好,哎!"雷旭下意识想叫住都子瑜。

"有事?"都子瑜回头。

"那个,一会儿有事吗?要不要一起吃宵夜?"

"哎哟,雷主任,真不好意思,我今天有事。"

雷旭想到都子瑜会拒绝,脸上尴尬地示意都子瑜没事了,笑着让她走。

都子瑜想翻个白眼,但忍住了,无奈地解释一句:"雷主任,我今天是真有事,因为前面那个案子还没处理完,我走不开。"

雷旭表示理解。目送都子瑜消失在楼梯上,他想到刚才自己那一番牢骚真是丢人,绞尽脑汁地想挽回下面子,也想提升下九部的凝聚力。

他在九部微信群里发消息:"今天辛苦大家了,我请大家吃宵夜。"

刘柳:"我都快到家了。"

徐张荔:"我脚都泡上了!"

杨甜:"我这儿陪老曹康复训练呢。"

一连三条消息加一个表情,雷旭是备受打击。

"雷主任?"老赵忽然叫住雷旭,"雷主任,来我这喝点茶吧,去火的。"

雷旭受挫,唉声叹气地跟着门卫去喝茶。

刚坐下,手机振动。

都子瑜在群里发消息:"雷主任刚到吉平对这还不熟悉,你们就陪着他一起去吃点好吃的呗。"

其他人统一回复:"好的,收到!"

……

滨河省检察院。

孙云娣被调查组留在这配合调查了四十八小时。经过调查组核实,宗有亮任职期间利用职务之便的违法犯罪行为,严重损害司法公正,但考虑他已经死亡,涉案财务予以收缴,案件予以撤销。孙云娣已经跟宗有亮离婚两年,对宗有亮收受财物之事并不知情,与案件无涉。

省高检对面马路上,一辆黑色豪车已经熄火等候多时。孙云娣坐进车里,看了看驾驶员的背影。

"他跳楼那天,我就在楼下。"孙云骁并没回头。

那天孙云骁刚好把车停在楼下,目睹了宗有亮从楼上跳下来。

孙云娣对宗有亮的死并不上心,反而很严肃地说了一句:"雷旭到吉平了!"

孙云骁厌恶地看了眼省高检进进出出身穿制服的人,"嗯"了一声,发动汽车。

车绕着省高检开了一圈,孙云骁把钥匙扔给后座的孙云娣。

"你要找的东西找到了吗?"孙云娣捡起钥匙问他。

"没有!"

"你找仔细了?"

"你家才多大个地方,我就差掘地三尺了!"

孙云娣收起钥匙,嘴里嘟囔着:"没想到,老宗处处防着我,反而让我没受到牵连。"

不过孙云娣很不解:"这么多地方都没有,那东西能在哪呢?"

孙云骁气愤地捶打下方向盘："谁说不是呢,现在好了,知道的人全都死了!"

孙云娣很是疑惑："到底是什么啊,你这么着急找它?"

"那就是个炸弹,除非不响,响了就是你死我活的大事。还有啊,我找东西这事千万别让劫哥知道,不然的话,我就跟我姐夫一样死路一条。"

"你说你就应该早点告诉我,我先探探你姐夫的话,现在好了,人都没了,总不能让死人开口吧。"孙云娣一脸埋怨,自己这个弟弟从来不知道轻重。

"现在说那么多有用吗!"提起这事孙云骁就烦躁。

孙云娣还想多说两句："雷旭调到吉平贤湖区检察院了,好像是负责未检,你以后多小心一点,你开的那些网吧、酒吧都会和他打交道。"

"不用搭理他,我看他在吉平还能兴起多大的浪!"提起雷旭,孙云骁眼底就闪过一抹狠色。

孙云骁不以为然的样子,让孙云娣很生气："你别小看雷旭,雷旭跟别人不一样。他很有手段,要不是他揪着你姐夫不松手,你姐夫也不会是这个下场,你一定要小心。"

孙云骁忽然踩下刹车,一脸兴奋地回头："姐,你说他为啥抓着我姐夫不放?"

孙云娣愣住,不明白他意思。

"你说,丁永刚也死了,那东西会不会在他那儿?"孙云骁声音很冷,车内气温都跟着降低。他眼神阴沉地说着狠话："我本来想弄死他替你出出气,现在想想,哼,幸亏他小子命大,在来吉平的路上逃过一劫!"

"孙云骁,你做事之前能不能先过过脑子,雷旭没你想的那么简单!"

孙云骁撇嘴,他是没当回事,回头继续开车,不过眼睛忽明忽暗不知道在想什么。

另一边,徐张荔脚都泡干净了还得出来吃饭。上了出租车她就给都子瑜打电话抱怨："让他采访还不乐意,我听说他跟你甩脸子了?"

"一场误会,都解释清了。"

"你还真当自己是副主任了,都开始替别人说话了,我跟你说,今天要不是你在群里发消息,我才不会去,我这是给你面子!"徐张荔嘴都要撇到出租车下面去了。

都子瑜还在加班,看了眼窗外的车流,忍不住笑她："你大荔可不是心眼这么小的人哦,好了,大家都是同事,以后可别这么说了。"

"行了行了,在路上了!"徐张荔挂断电话看见拐角处的昏暗灯光,搞不懂为什么要来这种地方吃宵夜。

杨甜骑着她的小拉风,徐张荔过去帮她停车。刘柳过来张望一眼："雷主任呢? 不会请我们吃宵夜他自己没来吧!"

雷旭在车里看见刘柳跟徐张荔一左一右帮杨甜停车,下车走到她们跟前。

他倒是穿了一身名牌,还戴了墨镜!咱就说,大晚上的戴墨镜给谁看啊。

杨甜难以置信地看着他："主任,您饿坏了吧。"

"嗯。"

"可这是酒吧一条街,您是不是约错地方了?"

"来都来了,就在这吃吧。"

杨甜看不出来雷旭还是这样的人。看着灯红酒绿的奢靡场所,她提着手里的电瓶说道:"雷主任,我们来这种地方是要受处分的。"

"这有我想吃的特色菜,别的地方没有。"雷旭把车钥匙交给刘柳,让她把杨甜手里的电瓶放在他车上。

"来这就别叫主任了。"

"知道了,雷叔!"刘柳接过车钥匙。

雷旭挑选一家狐光酒吧。

他刚才来的时候在门口观察过,这里的装修很气派,重金属音乐震耳欲聋,门口停放着各色豪车。

酒保很热情,把人领进卡座。雷旭示意大家放松,他解开衣服拉链,刚坐下就有服务员过来。

服务员机灵地转动眼珠子问:"老板,您今天什么局,想怎么玩?"

"来点开心果。"

服务员白雷旭一眼:"老板,我们这是有最低消费的,1688起!"

徐张荔忍不住问:"雷哥,今天你请吗?"

"对!"

"有刺身吗?"徐张荔问服务员。

"有。"

"多少钱?"雷旭问一嘴。

"888!"服务员手比画个八。

"Double(双倍)。"徐张荔笑得很开心,有人请客就是好。

"喝点什么?"

"来一套。"

"来一套什么?"服务员有点蒙,这几位不像是经常来夜场的人。

"来个神龙套!"雷旭豪气干云。

刘柳也忍不住摩拳擦掌压抑着小兴奋喊:"可以可以,小神龙来一套,小神龙我最爱喝了,一天喝好几个呢。"

服务员蒙了,什么小神龙? AD钙奶吗,可我们这里有吗? 昏暗灯光下他忍不住打量这几个人,要么是家里贼有钱那种出来嘚瑟,要么就是眼前这个戴着墨镜的傻子想追这里的哪个姑娘。不过,不管哪个,都是大客户,他立马贼热情地招呼几人。

他愣神这工夫,徐张荔按住刘柳,使劲给她使眼色,示意她打开执法记录仪。

服务员恢复过来,腰弯得更低了,小心翼翼赔着笑脸,跟雷旭说:"哥,这个不会也要double吧?"

雷旭没说话,看上去很不高兴。

服务员犯难了,心里狠狠骂自己蠢货,怎么问这么傻的问题。他犹豫下措辞开口,小心道:"哥,你什么都要double不如充个会员吧,正好我们今天有活动,要不你等我下,我去叫我们主管。"

服务员急匆匆跑过去叫主管,今天晚上来大客户了,这要是充个最高级的会员,他今天晚上提成都够他这个月工资了。

至于闹事,他没想过,毕竟在贤湖区乃至吉平市也几乎没有人不知道他们狐光酒吧,所以他现在越看那几个人越像有钱的傻子。

服务员走后,杨甜忍不住问:"什么是神龙套呀?"

徐张荔扫了一下二维码给杨甜看。

"妈呀,这不就是酒吗,八万八一套,我一年的工资啊,这都能换辆车了,你们这俩孩子疯了。"

雷旭把墨镜拿下来给杨甜戴上:"姐,今天你就踏踏实实坐那扮个老板,其他的不用管。"

不一会,一个穿着开衩西服打扮妖娆的主管走了过来,一看就是妈咪。她直压着雷旭的腿坐下,靠上他说道:"各位老板好呀,今天想怎么玩?"

"这位才是老板。"雷旭往边上挪了挪,指了指杨甜。

杨甜坐在那是真不敢说话。

妈咪看她一眼,又转着眼珠子看雷旭:"几位老板,今天想怎么玩呀?"

"当然是怎么开心怎么玩。"

"听说你们点了double的神龙套,老板不差钱,但是哥给妹妹捧场,妹妹也不能让哥破费不是,要不哥办个会员卡,我给你个贴身的折扣价,充20万送5万,怎么样?"妈咪说话时整个人都快贴雷旭身上了。

"先不说办卡的事,你们这有主食吗?"杨甜打断她。

"大姐会玩呀,马上给你安排!"妈咪打了个响指,服务员递上iPad。刘柳打开,里面都是少爷的照片,递给杨甜。杨甜摘墨镜放下,拿起iPad翻了翻。

然后,她把平板递给雷旭:"小雷,这个我不要。"

雷旭翻了几页,找出几张未成年少女的照片递给杨甜看:"姐,这个怎么样?"

杨甜弄不清雷旭到底想干什么,配合他"嗯"了一声。

雷旭转头将iPad交给妈咪:"你这照片都十级美颜了,还是本人吗?"

妈咪用手指挑逗雷旭:"哥,我们今天来了一批新人,你要不要尝尝?"

忽然音乐声炸响,神龙套队伍走一圈,礼花放起来,四个人看着酒、刺身上来了。

刘柳激动地要去拿酒。

雷旭一把打断："小柳,你现在应该干什么?"

小柳"哦"了一声比个OK:"我得先发个朋友圈!"

妈咪让雷旭跟着她走。

路过厕所,妈咪故作神秘地指了指门口让他进去。

雷旭看了眼厕所,是一扇旋转门通向两边,左边男厕,右边女厕。走进里面,中间洗手池墙上有一扇玻璃。是单面玻璃,可以直接看见女厕里面的情况。

雷旭站在洗手间看,对面是一群女孩子围在那补妆。雷旭拿手机通过玻璃把对面拍下来,其中一个身上有文身的女孩引起了他的注意。

几个女孩子补好妆要出去,雷旭先一步堵在厕所门口。

女孩看见雷旭,又看了看他手里的手机:"大叔,你挡住我了?"

"你是翎华中学的吧?"

文身女孩一愣,转身就跑,雷旭正要去追,被妈咪拉住:"老板,怎么样,有喜欢的没有?"

妈咪拉着他回到卡座。第二套神龙套已经送上来,几个酒保围在卡座周围举着灯牌。

刘柳假装自拍,跟神龙套合影又单独录神龙套。

杨甜忍不住要了份蛋炒饭,她是真饿了。

"姐,你不吃药了?"

杨甜吃着蛋炒饭,又用手机拍刺身。

徐张荔提醒她:"姐,这是真的刺身,不用拍。"

"我知道,我拍下他怎么摆盘的,回头我给我们家老曹也这么摆。"

几个人自顾自地拍照。

"咱俩也拍一张呗。"徐张荔拉住妈咪。

"这是什么?"

小小的摄像头,红灯一直在闪,妈咪忍不住问。

"这个啊,是执法记录仪呀。"

狐光酒吧外面已经被警笛声包围,全是看热闹的人。

两名工商人员抬着神龙套从里面走出来,后面是被警察边走边教育的一群小蜜蜂。徐张荔在配合公安机关数着走出来的未成年人,刘柳各处拍照取证。杨甜忍不住小声问:"雷……总,你怎么知道他们神龙套是假的?"

雷旭笑而不语。

杨甜一阵恍惚:"那刺身不会也是假的吧?"

"姐，你踏踏实实吃吧，刺身跟蛋炒饭都是真的，1900多块呢，我都买完单了。"

"不是一份888吗，两份应该是1776啊！"

雷旭忍不住看她一眼："杨老板，您还吃了一份168的蛋炒饭。"

"啥，这么贵！"杨甜不敢相信一份蛋炒饭168，一脸不好意思，"今天晚上真是让你破费了哈。"

徐张荔过来跟雷旭汇报："10个未成年人，都交给公安了，他们负责通知家长。"

"10个？"雷旭在厕所查是11个。

"对，10个！"徐张荔刚查过，不会错。

"好，大姐你跟大荔早点回去休息吧，明天一早还要上班，小柳你再跟我去吃一顿宵夜，再去睡帽网吧。"

"睡帽网吧？"刘柳忍不住问。

"对，大荔刚才不是说了吗，10个未成年人，少了1个。"在厕所雷旭听见她们在镜子那头聊天，在说晚上去老地方过夜，老地方就是睡帽网吧。

姜筱洁背着书包进了睡帽网吧，熟练地坐到了一个位置上，开机上网。

打开社交软件，找到人向对方要天台监控视频。

网吧门口挂着醒目的标语"未成年人禁止入内"。

雷旭在网吧里扫了一眼，让刘柳开机上网。

"包夜还是计时？包夜划算。"老板问他俩。

"行，那就包夜吧。"雷旭往网吧里走，仔细看了一圈，都是戴着耳机在打网游，或是看电影，或是仰面朝天睡觉，可就是没有一个未成年的。

找到位置坐下，雷旭看刘柳。

刘柳摇头，也没有发现。

雷旭感到奇怪，打开网页浏览历史记录，也没有发现异常。

随后打开了Windows的程序对话框，输入一行代码，程序开始自检，提示"未发现异常"。雷旭在屋里打量一圈，总感觉哪不对。他起身往厕所走，刘柳急忙跟上他。

厕所很大，打扫得很干净，怎么看这都像是一家正规的网吧。

雷旭忽然想起，门口吧台对面也有洗手间。他转身看了看吧台，又转过来看了看厕所。

他疾步往吧台走，直奔吧台正对面的洗手间。

"哎，洗手间在里面，这个不能用！"

"这个为什么不能用？"雷旭问一句。

"这个是会员专用。"网管走出吧台拦住他，示意他想上厕所去里面。

"有区别吗？"雷旭问。

"当然有区别！"网管指了指门上挂着的牌子"VIP专用"，"要是都一样，我们这要

VIP干什么，你想上厕所就去里面那个，这个你不能用。"网管态度生硬，雷旭看了一眼门上挂着的会员专用牌子。

"网管，我机器不好使了！"刘柳把脑袋藏在显示屏下面举手。

"啊，来了！"网管本能地往人堆里看了一眼。

雷旭趁网管分神，一个不注意直接推开卫生间进去了。

"啊，你别进……"来不及了。

雷旭已经进去了。

"你这人要闹事还是怎么的，我告诉你了，你不能进来。"网管跟在身后，拉雷旭让他出来。

雷旭根本不管他，径直往里走。刘柳偷着跑进来跟在后面。里面是一条狭长的走廊，雷旭越往前走，里面越有声音。

"你再往里走我就不客气了！"网管拉住雷旭。

雷旭回头看他一眼："你知道你们这是什么行为吗？你懂法吗？"三言两语说得网管一愣。

通过狭长的走廊仿佛来到了另一片天地。

夜店一样的灯光，下面是人声鼎沸的电竞海洋。放眼过去，起码一半的未成年在拍打着键盘，拼命嘶吼，还有另外一群人围在一起进行网络下注赌博。

雷旭一眼就认出那个从狐光酒吧跑掉的女孩，也是在翎华中学巷子里化妆的女孩。

雷旭走过去站在女孩身后，她正戴着耳机在打游戏。

"知不知道未成年人不能上网吧。"雷旭摘掉女孩耳机，她猝不及防，眼底闪过一抹恐慌。她起身想跑，可座椅被雷旭堵死。

"知道你现在应该在哪吗？"

"知道，知道！"女孩忙不迭点头，身体往下一出溜直接钻进桌子下面，从旁边椅子空当处钻出来绕过座椅往外跑。

其他人还沉浸在游戏的海洋中，直到警察来封了网吧的大门。

刘柳看见都子瑜忙跑过去："都姐，你怎么来了？"

都子瑜的车停在网吧后门，行车记录仪对准网吧门口。

"哟，消息够灵通的。"雷旭出来看见都子瑜，调侃一句。

都子瑜很生气。她在家正窝在沙发上敷面膜，手机忽然连续闪烁，是九部办公群。

里面发的是各个角度的神龙套，她急忙发消息可没人回。等再联系上，已经是工商局跟警察查封了狐光酒吧。还是听大荔说刘柳跟着雷旭来了这里。

"雷主任，你很有效率嘛，两个小时没见面就连吃了两顿大餐。"

"都副主任今天不是批评我对未检工作还不够熟悉吗，我这不是来学习一下吗？"

雷旭有些沾沾自喜。

"别,我可不敢批评你。"

刘柳忍不住吐槽雷旭:"我还以为雷主任进去后会大喊一声,'别动,检查,把身份证拿出来'。"

"不管怎么说,我也是从上级院调来的,对基层工作我还是有一定了解的,但是也确实还在学习阶段。"雷旭沉浸在自我感觉良好中不能自拔。

"呵呵,雷主任你确实挺有效率,而且还挺有魄力,但是咱们吉平这小地方办案的方式可能不能跟你们省里大院相比,所以你以后再有这种突击的行动,能不能提前给我们打声招呼,让我们有点心理准备,因为有的时候人除了有魄力还会有压力。"都子瑜的话像一盆冷水直接浇到雷旭头上。

刘柳正要问手机里这些照片怎么办,看雷旭被浇冷水忍不住幸灾乐祸。

雷旭稍微愣了片刻:"刘柳,一会你跟都子瑜副主任配合市场监督管理局的同志取证,我已经给他们打过电话了,他们马上就到。我的资料照片已经传过去了,一会儿你把你的东西也给他们。"

雷旭向马路走了两步,又转回头:"人无压力轻飘飘,我觉得魄力它是一种动力、行动力、创造力。有了魄力,我们队伍才能往前进;有了魄力,我们未检工作才能迈上一个新的台阶!"说完,雷旭背着手离开。

都子瑜挑眉看着他的背影:"今天晚上神龙套不是没开吗?"

一夜之间,贤湖区公安局连续封了两家娱乐场所。

孙云骁直接摔了办公室的茶杯——酒吧、网吧,这都是他的产业。雷旭仿佛是在针对他。

"同一天晚上,先去酒吧后去网吧,他刚走就接到举报,不是他还能有谁!"孙云骁跟电话里的人抱怨。

"检察官举报……有录像……有证据……不好办,少安毋躁,你知道我关一天损失多少钱吗! 你让我怎么少安毋躁!"

雷旭在贤湖区检察院养成了早起的习惯。提着刚买的早餐往回走,看见一个老奶奶正站在车边往车里打量。他疑惑地走过去,发现车门开着,车窗也碎了。

"你这车被砸成这样还要不要?"

"要啊,当然要!"雷旭差点没把豆浆洒地上,太夸张了,好歹我这也是车,被砸个玻璃我就不要了? 敢情这老奶奶是在这等着捡我这车呢,真把我这车当垃圾了。

老奶奶听他还要,一边嘟囔一边走:"也不知道是谁家的孩子,也没个大人看着。"

雷旭警觉地观察周围,然后看向车里。车被翻得很凌乱,但没丢东西。副驾驶前储物盒敞开着，一朵白纸花掉在副驾驶座地上。雷旭放下早餐，小心收起白纸花。

那是在丁永刚的葬礼上，那个十二岁自闭症男孩掉在地上的纸花。雷旭忘不了那个眼神，所以一直把纸花收藏到现在。他收回思绪，把白纸花放进储物盒。

雷旭热情地邀请老赵一起吃早餐，顺便把车钥匙给他。估计在未来很长一段时间，雷旭都要适应住在检察院了。

陈亭毅来得早，看见雷旭，上来问他："我给你打电话你怎么不接啊？"

"是吗？"

雷旭查看手机，一脸歉意："不好意思，我没听见。"

"昨天晚上你有行动？"

"是。"

陈亭毅打量雷旭，模棱两可地说道："战绩不错？一夜之间关了一家酒吧，一个网吧？"

"小试牛刀，我也是摸着石头过河在适应未检的工作。"

"你这还叫摸着石头过河？九部都参加行动了？事前你们有研究过？"陈亭毅不像是夸赞，倒像是事后问责。

雷旭回想昨天晚上都子瑜说过的话，动力这么快就变成了压力。他低头假装自我检讨："陈检，昨天都副主任也提醒我了，我确实没来得及跟您和同事们打招呼，但这的确能提高大家的应变反应能力和综合素质，对锻炼队伍有一定的好处。"

"呵！"陈亭毅忍不住讥笑一声，用很无语的眼神看雷旭，"你知道我一会要去市里开什么会吗？"

"那我哪知道。"

"开昨天晚上你们行动的情况说明会！"陈亭毅忍不住提高了音调。

"你发现的这些问题，市里之前就知道了，上周我们刚刚开了全市协调会，部署了很久，就因为你昨晚的行动全打乱了。"

雷旭蒙了。

都子瑜的话还没消化掉呢，陈亭毅的报应就来了。他一脸为难地跟陈亭毅道歉："对不起陈检，我不知道这个情况啊，您看要不我跟您一块去市里和领导们解释解释。"

"你就不用去了，等我回来再说吧。"

陈亭毅真是头疼，看见院子里破碎的车窗稍微愣了下，回头看雷旭："车又是怎么回事？"

"被砸了，我也不知道是怎么回事。"

"停在检察院还能被砸？"

"没有，没有，在外面被砸的。"

陈亭毅稍微松口气，嘱咐他道："你要小心点，这没准是因为昨天晚上的事被人打击报复了。"

"不至于吧。"

"你呀,别以为未检工作有多简单,你要注意这背后的灰色区域,以后还是要多小心点,保护好自己才能更好地开展工作。"

陈亭毅临走忍不住还在抱怨:"你呀,真是还得好好学习学习呀。"

而另一边,吉平市百大工程奠基仪式正火热进行,作为新时代的朝阳产业,电竞产业基地正在举行开业典礼。

开业典礼主持人孙云骁热情地介绍电竞产业。仕杰集团董事长祝劫西装笔挺,打扮得一看就是商业精英。

孙云骁请祝劫上台致辞。

祝劫温文尔雅,像极了一名充满儒雅气质的商人。他在一片掌声中走上台,一脸自信的微笑。

"首先,感谢政策利好,让仕杰集团有机会加入充满活力的电竞产业。不久前刚刚落下帷幕的第三届ANP亚洲电竞大赛中,吉平几位电竞选手都取得了不错的成绩,让我们更有信心把电竞基地建成国际一流的水准,包含选手培训、赛事执行、产业孵化、娱乐消费、电竞体验等内容的电竞全产业链,打造吉平的'电竞名片'!"

台下一片掌声,孙云骁拍下祝劫致辞的照片。

有祝劫站台,吉平市电竞产业一定会把握住未来的发展趋势。

至于那个雷旭,就让他去死吧!

奠基仪式结束后,孙云骁跟在祝劫身后一脸居功:"劫哥,今天的安排还满意吗?"两人前后脚进办公室,祝劫坐在沙发上对他今天的表现表示认可。

"但是不能骄傲。"

"劫哥,你啥时候把我调回总部啊?"

祝劫摇摇头,这个孙云骁哪都好就是性子急,他指着墙上的地图给他讲:"你在吉平干得不错,电竞战队、电竞酒店、网吧、酒吧都运营得不错,为什么急着回总部?"

"守在您身边,我才能进步得更快啊。"千穿万穿,马屁不穿,这话说得祝劫没话说。"您还不信任我?"孙云骁心里恼火,但脸上始终如一地忠心耿耿。

"电竞产业基地这么大的摊子我都交给你了,我还不信你?好好干!仕杰集团将来要打造'电竞+'的多元化模式,你会有更大的施展空间。"祝劫起身要离开。

孙云骁犹豫再三,喊住他,小声说:"劫哥,还有一件事要跟您汇报,雷旭已经到吉平贤湖区检察院报到了。"

雷旭,祝劫在心里默默念着这个名字,回头看孙云骁:"有什么我不知道的新消息吗?"

"暂时还没有，但也随时可以有，并且一定会神不知鬼不觉。"孙云骁说起这些事眼睛里都有光，用手比画了一个抹脖的动作。

"打住！雷旭不是你想的那么简单，不能轻举妄动。"祝劫打断他。

孙云骁不以为然，眼底闪过一丝不屑。他认为祝劫太小题大做，太看得起雷旭了。

"我警告你，别耍小聪明，做事之前多动动脑子，雷旭不像你想的那么简单！"他那点小心思祝劫全看在眼里。

"劫哥您放心，您的话我都记住了，法治社会我不会乱来的。"孙云骁把祝劫送下楼，目送他上车，一转身眼睛里全都是鄙视。

车里祝劫一直在关注他，孙云娣贴上来关心他，顺着他目光看见自己的弟弟。

"怎么了？"

祝劫转过头跟孙云娣亲昵地搂在一起："你有空多提醒提醒他，别有点小成绩就开始耍小聪明，不然会闯大祸的。"

孙云娣很不解，坐直身体看他："他又怎么惹你了，他干电竞不是干得很好吗？"

祝劫示意司机开车。在路上，祝劫告诉孙云娣："云骁哪都好就是太浮躁，遇事沉不住气，他知道雷旭到吉平了就想着动手，雷旭不是他想的那么简单。告诉他有人帮咱们盯着雷旭，他只管经营好电竞产业，别没事去招惹不该招惹的人，咱们走到今天不容易。"

孙云娣很了解自己的弟弟，她一脸忧虑地看着窗外渐渐日落的景色。

一上午陈亭毅都没有回来，看样子情况很严重。

下午，九部只有雷旭一个人，其他人都在忙。他索性翻开笔记本梳理宗有亮的案件，一边梳理，一边调查一个人——祝劫。

这个人在网上的词条全都是《吉平规划滨海新区仕杰地产竞标成功》《仕杰地产竞标滨海新区项目》等十年前的新闻。

雷旭点开第一个链接，新闻图片：会标"吉平市滨海新区规划会议"；第一排的祝劫踌躇满志，此外还有祝劫和宗有亮的合照。

敲门声打断了雷旭的思绪。

雷旭疑惑地看了看房门，把笔记本扣在桌上，起身开门看到老赵领着星星，端着一盘子排骨站在门前。

"老赵？有事吗？"

"雷叔叔好，我请你吃排骨。"星星很有礼貌地走过来，老赵摸着他的头邀请雷旭吃排骨。

"哇，这排骨好香啊，是星星做的吗？"雷旭逗星星玩。

星星摇头，看了眼爷爷，奶声奶气道："是爷爷做的。"

"呵呵,那我要谢谢爷爷了喽。"

雷旭说完抬头看老赵:"谢谢赵师傅,我这太不好意思了。"

"哎呀,有什么不好意思的,有你天天在检察院陪我,我高兴还来不及呢。"

"对了,星星今天没去幼儿园吗?"雷旭摸摸星星脑袋。

星星摇头。

"今天幼儿园下午放假,我就把他给接回来了,看我在炖排骨就吵着要给他雷叔叔送来一些。"

"谢谢星星。"雷旭道。

"雷主任,盘子烫啊,我给你放桌子上了。"老赵把排骨放到门边的柜子上,顺势打量房内陈设,看到桌子上的资料和打开的电脑页面。

"你这又要加班啊。"

"哦,没事情干,查点资料打发下时间。"

老赵察言观色,见雷旭没有让他们进去的意思,就让星星跟雷旭说再见:"雷主任,那我们就不打扰你工作了,排骨要趁热吃啊,吃完了再工作。"

"雷叔叔再见。"

"星星再见。"

目送老赵跟孩子离开,雷旭把排骨放在桌子上,看着电脑上的新闻照片他若有所思。

第四章
搜集证据

翎华中学墙外，雷旭再次看见了有学生翻墙出来逃课。

他把车停在不远处，用手机拍那三个翻墙出来的学生。他们把一个学生堵在隐蔽处，翻他的兜，把里面的零钱揣进自己口袋。

他用手机拍了下来，不知道杰森校长看见这些还会不会认为他们学校不需要法治副校长。

雷旭拉开车门，学生看见他下车立刻散开，把那个学生拉走，只留下一地还没来得及熄灭的烟头。

雷旭重新坐回车里，用手机搜索"翎华中学"，看网上所有关于学校的词条。

天台霸凌、逼吃药、食堂打架……雷旭检索到很多关于翎华中学的负面新闻，而且词条显示天台霸凌和逼吃药在学校论坛里热度很高。

可当他点进去，页面显示"404"，内容已被删除。雷旭若有所思，若不是基于事实真相，又为何会有人特意去删帖？

雷旭犹豫片刻拨打了都子瑜的电话。

电话响了两声直接断了。总说他单打独斗，这次他打算找人来帮忙，结果还不在服务区。说起来，自己这个九部主任连其他人每天去干吗了都不知道。雷旭挂断电话发动车子。

都子瑜正跟刘柳在看守所提审犯罪嫌疑人蒋鹏。按照看守所制度，她俩把手机放进了保管箱。

特殊审讯室内，刘柳在电脑前记录。

"我们是贤湖区人民检察院第九检察部的工作人员，今天依法对你进行讯问，希望你如实回答。"

蒋鹏穿着黄马甲隔窗而坐，脸上没有丝毫紧张。

都子瑜郑重地敲打桌面让他正视自己，一脸严肃地问他："你什么时候开始教唆这些未成年人实施盗窃行为的？"

"我没有教唆他们，都是他们自愿的。"

"他们自愿盗窃，然后把所得钱物交给你？"都子瑜丝毫感觉不到蒋鹏认罪的态度。

甚至刘柳都忍不住吐槽："你认罪的态度有可能会影响到法院对你的量刑。"

蒋鹏教唆未成年人去盗窃，被抓后丝毫没有认罪悔罪的表现。都子瑜已经在认真思考蒋鹏的刑期究竟该如何定量了。

"我再问一遍，你是如何物色到这些未成年人的？"都子瑜的态度僵硬，能感受出她话中的愤怒。

"检察官，这些孩子都是家里没人管的，有的是父母在外地打工，有的是父母进监狱了，还有的是被家暴，从家里跑出来……从这个角度上说，我是在接济和帮助他们，给他们生活的保障。"蒋鹏明白地告诉检察官，这件事他没错，没有他，那些孩子早饿死了；没有他，那些孩子一样该犯罪犯罪，甚至会比现在更糟糕。

既然他这个态度，都子瑜也没必要再问下去了，她坐直身体正视蒋鹏："这么说，你是在行善了，你是好人？"

"检察官，我不是吗？"蒋鹏与之对视。

"你这所谓的善事是犯罪，你知道吗？"

"我不知道，我只知道没我，他们都会饿死。"

都子瑜对蒋鹏说不上同情，但是那些被他教唆来帮助他实施盗窃的孩子，没有一个不值得同情。

她拿出一张照片隔着铁窗展示给蒋鹏："蒋鹏，你看看这个孩子，他才多大？"

蒋鹏不说话。

都子瑜再次拿出一张照片，不停地在蒋鹏面前翻转照片让他辨认："蒋鹏，这些孩子你都认得吗？"

蒋鹏不敢抬头，低头撒谎说不记得。

都子瑜看了眼照片翻转给他看："这个孩子，经警方调查发现，在过去的一年时间里，你指使他九次拉车门盗窃，四次盗窃商场顾客的手机等财物，蒋鹏，你知道教唆未成年人实施盗窃是什么罪，要判多少年吗？你是打算一直这么对抗，拒不认罪吗？你觉得没有十足的证据你会坐在这里吗？我今天来是在帮你，如果你拒不认罪、悔罪，那我将会如实提起诉讼，到时候法院会怎么判，你想过吗？"都子瑜的一连串逼问直接击碎了蒋鹏心底的侥幸。

"蒋鹏，我想和你好好谈谈……"

蒋鹏眼神复杂地看她一眼,忍不住叹口气:"他叫峰仔,今年十二岁,跑得特别快,所以那些事都……他去做。"

"那这个呢!"都子瑜换张照片。

"他叫小飞,十四岁。柔韧性好,胆子也大,主要是偷金店。"

刘柳在电脑上不停地记录,每一个孩子的特征都记录得非常清晰。

由于蒋鹏不再隐瞒,案件取得了新的进展,这对贤湖区未检工作而言又是一大突破。

雷旭回到办公室,看见杨甜在,忍不住问:"杨大姐,她们还没回来?"他已经问过老赵,说都子瑜她们一大早就去提审嫌疑人了。

"可不,还没回来,哎,六个孩子呢,都是些十二三四岁的孩子,真是又可恨又可怜。"

"还不如星星,星星好歹有爷爷管着。"雷旭接了一句。

"别提了,那祖孙俩也是苦命的人。"

杨甜这番话说蒙了雷旭,也勾起了雷旭的好奇,他忍不住问:"星星的父母?"

"哎,一言难尽啊,星星三岁的时候,他父母就离婚了。孩子虽然判给了爸爸,可他再婚后就把孩子扔给了老赵,星星妈离婚后跑去深圳打工,结果在那头也再婚了,又生了个妹妹,也不管这个孩子,结果这祖孙俩就孤苦无依地相依为命。"

"那这以后怎么办?"雷旭回想老赵,都已经到了退休的年纪还在坚持工作,恐怕也是因为星星,可这不是长久的办法。

杨甜看出他的担忧,也担忧地说:"我们都劝过他,让他起诉儿子跟儿媳,可老赵不同意。"

"那当然,谁想把亲儿子送上法庭。"雷旭无奈道。儿子离婚本身对老赵的伤害就很大,如果再跟儿子对簿公堂,那等于是把对自己的伤害又重演一遍,他当然不愿意。

"对啊,所以大家平时能帮就帮一下。星星能上咱们院旁边那个幼儿园还是陈检帮的忙,你看老赵现在接送星星多方便。雷主任您是省里来的,以后要是有机会也帮帮他们。"

雷旭点点头,能帮自然会帮。

杨甜想了下问他:"雷主任,我跟您说的那个法治副校长,您去了吗?"

翎华中学? 雷旭想起来就头疼。

他觉得翎华中学的问题不止于表面,那个杰森也绝不像表面那么好对付。他犹豫不决、模棱两可地回了一句:"还在推进。人家是国际学校,有点排斥这个事,但是我也没放弃,打算再找他们校长聊一次。"

看来他是遇到困难了,杨甜不忍心地说了一句:"我家老曹跟他们学校德育处主任关系不错,要不我打电话帮你问问?"

"好,好啊。"

李笑颜回家时,姜筱洁正拿着杯子从房间出来。李笑颜一边换鞋,一边看了姜筱洁一眼,然后又专注在通话上。

"围标这种事儿怎么能光明正大地说呢,咱们之前是说好了的,我们就是陪跑,这我得跟董事会商量一下,我现在没法答复你,我先不说了,进来了一个电话。"李笑颜放下电话换另一部手机接听。

她每天都很忙,忙得无时无刻不在盯着手机。

"喂余总,我刚进门,正说给你回……"

姜筱洁愣愣地看着李笑颜从门口一直打电话回卧室,然后关上门,全程没和自己说一句话。

姜筱洁神情失落,倒了杯水回到房间,她握住手机的指节变得发白。她一次次输入"110"又一次次删掉,痛苦地流下眼泪。

为什么? 为什么会变成这样?

她无助地看着窗外,等再拿起那杯变凉的热水,她好像下了什么决心一样,仰头把整杯水喝掉。

日子照旧,每天姜林海依旧会给她准备早餐——那让她满脸嫌弃想要倒掉的蔬菜汁。

"你妈妈让你喝这个也是为了你好。"

姜筱洁看了看姜林海,又看了眼地上嗡嗡工作的扫地机器人:"爸,你觉得你俩有区别吗?"

姜林海没想过女儿会拿他跟扫地机器人比,一脸不解地看着她。

"它跟我能一样吗,它能给你做饭,照顾你吗?"

姜林海把维生素拿到姜筱洁面前:"这都是补充微量元素的,对身体好,提高记忆力的。"

每天早上一睁开眼睛要面对的就是恶心的蔬菜汁跟各种颜色的维生素。姜筱洁情绪激动,忍不住咆哮:"我真是受够了,李笑颜把我们当人看了吗?"她用手在桌子上胡乱扫开各种维生素,发泄着愤怒的情绪:"提高记忆力? 我现在恨不得立刻失忆!"

"胡闹!"姜林海急忙把维生素抓到一起,"你妈妈这是为了你好,你要理解她。"

"我不理解! 这种日子你没过够,我过够了!"姜筱洁回想起这几年每天重复的生活,她恨不得立刻去死,她现在开始怀疑这个家还是不是家。

"你不觉得你跟设置好的机器人一样,每天就是重复着再重复着吗,你可不可悲,窝不窝囊!"

"你这孩子怎么能这么说话,我们这还不都是为你好,翎华中学……!"

"我受够了!"姜筱洁拿起书包冲出家门,根本不给姜林海说话的机会。

望着她跑出去的背影,姜林海依在椅子上,一脸的无奈:"这孩子怎么能跟你爸这么说话呢?"

翎华中学!每次吵架都是翎华中学。姜筱洁望着学校大门,她恨不得永远不用踏进这里。

今天的翎华中学跟以往不同,门口巨大条幅上写着热烈欢迎法治副校长雷旭莅临指导!

杨甜的帮忙起到了作用。一大早,一辆检察院的警车就开到了翎华中学,停在停车场。

徐张荔嚼着口香糖看着窗外,雷旭坐在副驾驶座。时间差不多了,两人先后下车,徐张荔故意走在后面,她宁愿跟着都子瑜去看守所提审,也不愿意来这当演员。

看见远处走来的两人,翎华中学德育处关主任热情上前跟二人握手。

"雷检察官,欢迎,欢迎。"

"关主任您好。"雷旭很客气,这是他第一次正式进入翎华中学。

"那个,杰森校长今天到董事会去述职,所以只能由我代为接待了。"关主任很尴尬。按理说,雷旭这个级别的人来学校,校长是应该在的。

"雷主任,里面请。"关主任边走边给雷旭介绍,"校长都交代过了,要不是您在校外搜集了那么多证据,我们哪知道安全教育和法治教育有这么大的漏洞,您看自从上次您提了建议以后,我们学校又增加了六十多个监控,今天呢,就拜托您了。"

"唯一的担心就是这个时间会不会耽误学生正课?"雷旭边走边问。

"雷校长,您这是批评我们啊,现在看来,这堂课才是正课,必须尽快补上。"

"这是阶梯教室吧?"雷旭对学校已经很熟了,毕竟上次来过。

关主任急忙点头说对,请雷旭进去。

雷旭走上主席台准备资料。

"雷主任,阶梯教室我们准备了六个班级大概三百人,然后其他班级会在教室里观看阶梯教室的画面转播,我们杰森校长对这次法治教育非常重视,您看一会儿您是不是有幻灯片什么的,我先帮您投上。"

"好,太好了。"雷旭来到贤湖区后终于感觉自己有点价值了。他把优盘递给关主任,关主任叫来人帮忙投屏,调整设备。

"雷主任,您还得有个心理准备,现在这孩子跟以前可不一样了,不好管不说,对各类讲座尤其是法治讲座没有一点兴趣不说,有的还很抵触。"关主任道。

"没关系。"雷旭对自己还是很有信心的,毕竟以前这种讲座他也参加过不少。

"那咱们现在可以开始了吗?"

"可以!"雷旭走下讲台,等待学生入场。

关主任叫来门口几个班主任,指挥他们让自己班级的学生有序进场。

大屏幕上打出标语:"法治进校园安全宣讲日,法治副校长雷旭。"

陆续有学生进来,嬉笑打闹,对着大屏幕指手画脚。

"把前面先坐满!"关主任指挥学生入座,看见有打闹的学生他很严厉地训斥,让班主任把学生姓名记下来。

徐张荔躲到窗户边,用窗帘挡住自己半边身子,躲清净。

关主任一边维持纪律,一边大声讲:"同学们,我刚才说了那么多就是为了强调我们今天请到法治副校长来作讲座的重要意义……现在,我们要隆重请出……"

台下一片嘈杂。

关主任蹙眉,提高音量:"安静,都给我安静点,我连自己说话的声音都听不到了,那是哪个班级的,你们老师呢?"

台下渐渐变得安静。关主任很满意,再次介绍雷旭。

雷旭坐在正中间的讲台上,微笑点头。

"雷主任可是我们区检察院的检察官,他能在百忙之中来我们学校进行法治讲座……"

台下又渐渐开始喧闹。

"安静!"关主任脸色很难看,声音也渐渐变冷,"我们三顾茅庐请来法治副校长,帮助你们树立正确的法治意识,是为你们的人生负责,你们不要不以为然,觉得跟自己没有关系!"

台下变得安静,关主任很满意,侧目看了眼准备得差不多的雷旭,对台下说道:"下面让我们用热烈的掌声有请雷旭校长。"

台下稀稀落落的掌声,学生们一脸的无所谓,丝毫不理会台上的雷旭。

雷旭略微尴尬地笑笑,示意大家安静,然后自我介绍道:"大家好,我叫雷旭,雷是雷霆万钧的雷,旭是旭日东升的旭……我的职业是贤湖区检察院检察官,我觉得还挺契合我这个职业的……"

雷旭开讲,台下也跟着讲。

喧嚣嬉闹,只有极少数人在听雷旭讲话。

雷旭扯着嗓子喊,台下依旧无动于衷。雷旭硬着头皮继续发言:"我今天来,一是第一次正式地以法治副校长的身份和大家见个面,认识一下,二是想跟大家聊一聊,关于未成年人在现实生活中如何运用法律的武器保护自己。"

姜筱洁平淡地看了台上一眼,冷哼一声戴上了耳机。

"雷校长,雷校长。"

"什么?"

关主任一脸无奈地走到雷旭身边跟他指了指时间:"还有一个小时。"

"还有一个小时怎么了?"

"就到时间了呀,学生就中午放学了。"

雷旭傻眼了:"可我还没开始讲呢!"

关主任也颇为无奈,刚才就说过现在的学生不好管,看雷旭那一脸自信的样子还以为他有什么办法能吸引学生的注意力。

雷旭欲言又止地看了眼台下,喊两声安静后无奈地闭上嘴。

"大荔、徐张荔!"

徐张荔正抱着肩膀看窗外,听见他喊自己,摘下耳机一脸诧异地指着自己:"雷主任,您叫我?"

雷旭点点头,又看关主任:"关主任,您能帮我个忙吗?"

阶梯教室里忽然响起音乐。

雷旭冲关主任比OK,表示可以。

徐张荔一脸无奈穿着校服,背着书包走上台。

忽然有个人穿着校服上台,台下学生短暂安静下来,关主任清清嗓子开始旁白:"现在走上台的这位同学叫小美,放学的路上,她被人跟踪了,这个流氓叫小帅。"

雷旭戴上墨镜走上台,尾随在徐张荔后面。

"漆黑的夜晚,他伸出了魔爪!"

雷旭突然扑向徐张荔,徐张荔抬手大喊一声:"停!"

"关主任,我现在该怎么办?"

关主任慌乱地举起一张白纸,上面写着:"呼救"。

徐张荔假装慌乱大声喊着:"救命啊,救命啊。"

四个壮汉冲上台,指着雷旭大喊住手,然后冲着雷旭拳打脚踢,雷旭要逃,被大汉抓回来按在地上,一阵慌乱,雷旭让四名工作人员下台,再次响起音乐。

台上忽然表演起情景剧,台下同学被逗得哄堂大笑。虽然剧情比较生硬,但总算是吸引了大部分学生的目光。雷旭比较满意,从地上爬起来示意关主任继续。

关主任尴尬地继续旁白:"现在这位同学叫小美,她又被人跟踪了,这个流氓还叫小帅,他又伸出了魔爪。"

徐张荔一脸无奈再次抬手:"停!"

"关主任,我现在该干吗?"

关主任尬笑下举起白纸,上面写着:"防狼喷雾"。

徐张荔"嗯"了一声,掏出一大瓶防狼喷雾喷雷旭,雷旭睁不开眼睛一个劲摆手。

音乐再响。

关主任忍不住尬笑："这个,这个同学还是小美,她还是被那个流氓跟踪了,那个流氓又伸出了魔爪。"

"同学们,我们这是主题表演,你们一定要认真看啊。"关主任临了忍不住解释一句,要不太尴尬了。

徐张荔生无可恋地走上台,看着背后跟过来一点都不尴尬的雷旭。真是你不尴尬,尴尬的就是别人。

雷旭穿着风衣,戴着墨镜,脸上带着职业坏笑走到徐张荔面前,然后举起魔爪。

徐张荔看向关主任。

关主任急忙点头表示明白,然后举起白纸:"110"。

徐张荔掏出手机拨电话。然后过来两名工作人员把雷旭按住,关主任再次举起:"110"。

"雷主任,您觉得这样有用吗?"徐张荔忍不住小声抱怨。

雷旭半弯着腰,努力抬头跟她平视:"快了,快了,还有一段就结束了。"

"关主任,我们继续。"雷旭吃力地喊着。

继续放音乐,关主任继续念旁白,小美走上台,后面跟着伸出魔爪的小帅。

这次跟之前不同,没等关主任举牌,雷旭就从后面捂住徐张荔的嘴,又按住她的手臂。

不能喊,也不能打电话。

关主任在桌上一顿翻找,举起最后一张:"跟他拼了!"

徐张荔使劲点头,等的就是现在。她猛地抓住雷旭的手臂,在雷旭的惊呼中直接来了个过肩摔。雷旭腾空而起,以一百八十度翻转摔倒在地上,一动都不动。

台下瞬间安静。

不用音乐,所有人都目不转睛地盯着雷旭。

徐张荔潇洒鞠躬,台下一片掌声。

"过肩摔太帅了!"

台下学生一个个起哄,注意的焦点根本不在雷旭,全在过肩摔上。

雷旭艰难地从地上爬起来,徐张荔看都不看他一眼。

雷旭强装镇定讲话:"同学们有没有发现,我们刚才一共用了几招?"

有人开始在台下跟着互动。

"呼救、防狼喷雾、报警、跟他拼了!"

"还有过肩摔!"

"呵呵,过肩摔就是跟他拼了,只是方式不一样。"雷旭笑着说道。

他很满意这个效果,看台下学生一个个跃跃欲试,他随便点了一名学生问:"如果你遇到这种事,应该怎么办?"

"跟他拼了!"学生们哄笑。

雷旭笑着掩饰下尴尬,点点头说:"不错,很有想法,但如果我告诉你,他比你高比你强大,你拼不过怎么办?"

那名学生不知道该怎么回答了。

雷旭拿过关主任面前那几张纸,一张一张地跟学生解释:"当你们遇到危险,呼救、拨打110都不管用的时候,就要跟他拼了吗?那如果拼了也不管用呢?"

雷旭把纸一张一张撕碎:"其实危急时刻,女孩子无法反抗一个甚至多个远比你战斗值高得多的犯罪分子时,只有一个办法最管用,就是跑!"

纸屑被雷旭撒向空中,学生们都愣住了。

有人在嘲笑。

雷旭噤声:"不要笑,记住,跑,拼命地跑,因为大多数的受侵害者在遭受侵害的那一刻是喊不出来的!没有机会给你反应,只有跑是最真实最本能的反应。"

台下又是一片哗然。

低头看手机的姜筱洁反而对雷旭的话产生兴趣,摘掉耳机看着雷旭,忽然开口:"那要是跑不掉呢?"

众人一下子把目光聚焦过来。

"这位同学刚才说什么?"雷旭又问一遍,他没有听清。

"我说,如果喊不出来,也跑不掉呢,我们该怎么办?"姜筱洁一脸严肃。

徐张荔也在看姜筱洁。

雷旭愣住,他没想到会有人问这个特殊的问题,他也在思索。

姜筱洁盯着他的眼睛。

"活下去!"雷旭若有所思,直视着姜筱洁很认真地回答。

姜筱洁对雷旭的回答有些意外,也有些失落。

雷旭忍不住继续说:"有些事我们躲不开,只能去承受。生活不如意也许是常态,活下去才是第一要务,当危机过去,我们要想尽一切办法爬出深渊。如何再次面对生活,重新面对自我,那是我们下一课要共同探讨的内容。"

姜筱洁坐下去认真琢磨他说的话。

雷旭看关主任在不停地提醒他时间,冲他点点头,继续说:"同学们,你们一定要记住'忍受'这两个字。如果跑也跑不了,喊也喊不出,那就只剩下这两个字了,'忍受'。不如意才是我们生活的常态。但是我们作为人,一旦跌进深渊,我们还有最后一丝底线必须守住,那就是活下去。"

"雷主任,时间。"关主任小声提醒。

"好,好。"雷旭不得不总结下,"同学们,记住人生很长,也许有很多坎坷和深渊,同样也会有很多的一马平川,所以我们更需要想的是,如何拼尽全力从深渊当中爬出来,去面对我们更精彩的人生，去创造一个更美好的未来。不过那个可能是我们下一堂课需要共同来探讨的问题，这是我的电话，麻烦大家牢记，有事的时候可以随时找我。"

雷旭再次正式地自我介绍："再介绍一遍我自己，我姓雷，雷霆万钧的雷，旭日东升的旭，我叫雷旭，愿意成为大家的朋友。"

全场掌声雷动。姜筱洁也久久地看着雷旭。

从阶梯教室出来，徐张荔走在前面，雷旭还想跟关主任再探讨下一节课的时间，徐张荔已经拉开车门，等他上车。

"雷主任，您的课很生动，真希望您还能再来给我们学生上课。"关主任嘴上谦虚，脚步可一点不慢，一直把雷旭送出教学楼。

雷旭倒是很想直接跟他约下节课的时间。徐张荔按下喇叭，示意走了。关主任站在台阶上跟他摆手，欢送他上车。

等雷旭上车，他一扭头就往回走，脸上的笑容也跟着消失了。

车刚出校门，雷旭的手机响了。

"雷校长，我是刚才向您提问的学生，我有事找您，在舞蹈教室等您可以吗？就咱们两个人。"

第 五 章

人失踪了

"大荔,停车!"雷旭叫住徐张荔。

徐张荔一脚刹车,雷旭差点没从挡风玻璃出去。徐张荔一脸愤怒地看他。

雷旭来不及解释,拍拍她手臂:"你在车里等我。"说完冲下车折返回学校。

"哎,你去哪啊?"徐张荔看他消失在校门口,愤怒地拍打方向盘,转动方向盘掉转车头。

雷旭朝着舞蹈教室方向走,路过的学生纷纷跟他打招呼,雷旭一一礼貌点头。刚结束的法治课太精彩,雷旭成了学生们喜欢的"雷校长"。

冲进舞蹈室,看到姜筱洁果然站在空旷的舞蹈室里,在课堂上会问出那样的问题,他就猜测她可能是遇到问题了。

现在又在这里见面,雷旭再次仔细观察她的神色。

"同学,你是遇到什么问题了吗?"

姜筱洁背对着阳光,脸上看不出喜怒,她用很平淡的声音说出一句让雷旭心里翻江倒海的话:"我让人欺负了。"

"同学,你能说得再清楚一点吗?"雷旭脸上波澜不惊,只是微微蹙起眉头,眼神却已经开始变得严肃。

姜筱洁转过身看着他,两人对视许久,姜筱洁说出那句让雷旭震惊万分的话:"我被人强奸了。"

雷旭喉咙蠕动:"同学,你愿意把当时的情况跟我说说吗?"

那是一段姜筱洁不愿意面对的回忆,也是无数次噩梦中惊醒的画面,那是一个暴雨将至、初雨打落在海岸的盛夏。

一个姜筱洁像往常一样在海边公园写生的周末，就是在那平凡的一天，她在一处木屋外躲雨，她被大雨淋湿，白色的衬衫贴在身上，头发贴在脑门上，可那木屋的门突然被人打开了。

姜筱洁身子往后一仰失去了重心……

姜筱洁不愿意面对这段回忆，泪水从脸上滑落。

雷旭忍不住掏出纸巾递给她，安慰她："同学，我是贤湖区检察院的检察官，你可以相信我的职业是神圣的，我可以帮你。"

姜筱洁的回忆再次被带回那个盛夏的吉平市滨海公园，她把那天发生的事情一五一十地讲给雷旭听。

那天海面和天空交相辉映，落日被乌云渐渐吞没。

天际线下的海堤上，姜筱洁手持画笔在画架上飞舞，在画纸上勾勒灰色跟蓝色。

她在水桶里涮了涮油笔，觉着颜色浓度不够，又挤了些黑色在调色板上。

天空闪过一道闪电，她也在画布上加重了乌云的颜色和那一抹惊雷，雷声开始由远及近，姜筱洁开始收拾画架跟颜料，忽然，天际线的景观照明灯打开，乌云渐渐堆积的天际线出现了一条橘红色的光带。

姜筱洁把刚刚准备收起的颜料又拿了出来，调了一些橘红色，在画面的天际线上一点一点地点出了橘红色的灯。也是这一抹橘红，耽误了她离开的时间。

一滴雨水掉落在画纸上，姜筱洁抬头看了看天空，快速收起画架和工具箱。

雨水由小变大，变得倾盆。等她跑回公园，已经暴雨倾盆，她躲在木屋下看着雨水敲打木屋，聆听着大自然的声音。

可是，木屋的门不知道什么时候被打开了，一只手死死捂住她的嘴，瞬间把她拖进了房门。姜筱洁挣扎时把画架和画板踢翻在雨中。

门，砰的一声关上了。

暴雨中划过闪电，倾盆大雨的声音掩盖了一切。

雷旭认真地倾听。

姜筱洁讲完已经泪流满面。

雷旭忍不住安慰她："孩子，你报警了吗？"

姜筱洁摇头。

"那你爸爸妈妈知道吗？"

姜筱洁还是摇头。

雷旭沉吟片刻，犹豫道："这样，我们陪着你一起去报警好吗？"

"可是，我不想让我爸爸妈妈知道。"

姜筱洁没有把这件事告诉家长，而是在这讲给雷旭听，她意欲何为？

"同学，这个事情并不是你的错，你爸爸妈妈不会怪你的，我们会一起保护你，出了问题总要解决,我们一步一步解决。"雷旭安慰道。

"只有我们报了警,我们才能把坏人抓到,把他绳之以法,让他接受制裁;只有报了警,我们检察院才能提前介入,尽可能地把你的隐私保护到最好,你同意吗?"

雷旭说着话,拿起手机想要报警。

但被姜筱洁拦住,她的手机在振动,她看了眼手机上的号码,又看了看雷旭胸前的检徽。

"那我去取个东西,跟老师再请个假。"

"那我在车上等你。"雷旭收起手机说道。他送姜筱洁离开舞蹈教室,心事重重地回到车上给贤湖区派出所打电话。

姜筱洁从舞蹈教室出来神色慌张地穿过走廊,与赶着上课的同学们背道而驰,疾步而行。

"是,把孩子直接带来你们分局,先立案,立完案我们就申请介入呗,她说案发现场是滨海公园里的一个小木屋,赵队再见,见面再说!"

徐张荔忍不住看他一眼,雷旭刚才说的她都听清楚了,讲一节课就发生这么大的案子。

"雷主任,我发现您这个讲课,跟其他检察官不太一样啊。"

"好还是不好啊?"雷旭皱了下眉头问道。

徐张荔叹口气,说道:"是不是她提问的时候,你就发现不对了?"

雷旭抬头看了眼车外,蹙眉回想阶梯教室的一幕:"猜到了一点,但没想到会那么严重。"

徐张荔不知道该说什么好,时间一点点过去,已经有学生陆续从学校往外走。徐张荔忍不住看了眼时间:"雷主任,一节课的时间都过去了还没出来,您要不要打个电话问一下?"

雷旭看了眼时间,觉得也有点长,便掏出手机拨打电话。可刚拨过去,对面就传来已关机的声音。

"关机了!"

徐张荔预感到一丝不妙,雷旭同样感到不对劲,两人急忙下车在学校里分头去找。可找了一圈,两人在学校后面再次会合,都冲对方摇头,没找到人。徐张荔手机振动,她掏出看是陌生号码,接起电话的刹那,她犹如被雷击中。

吉平市公安局贤湖分局。

徐张荔跟雷旭被分开,分别接受民警询问。

徐张荔坐在审讯椅上,她做梦都没梦到过有一天自己会坐在这。

陈亭毅跟另一名检察官已经赶到翎华中学。都子瑜跟刘柳在加班分析网上传播开的视频。

网上已经铺天盖地都是雷旭的热搜,内容为《检察官与学生单独谈话后,学生失踪》。

询问室雷旭在接受两位警察的询问。

警察给雷旭看一条手机上的热搜《某高中女生离奇失踪,失踪前曾和检察官热聊》,文章中有二人对话的视频截图,截图的脸部打码。

雷旭不知道该怎么解释,视频是真的,但是事实并不像视频解说的那样。

"当时发现这个孩子不见了,第一时间就联系了孩子父母,并且报了警,你们可以查接警记录。"

警察关掉视频:"报警这事我们知道,但是你们联系孩子父母的时候,提了姜筱洁找你报案的事情了吗?"

"没有。"

"为什么不提呢? 现在孩子父母看到热搜了,情绪非常激动,认为是你跟姜筱洁说了什么才把人家孩子给吓跑了。"警察说道。

"这种事关系到这个孩子的一生,需要进一步核实后才能跟孩子家长说,所以我就没提。"雷旭当时不是没想过跟家长说,但这种事要充分尊重当事人的意见,她都没跟父母提,自己说算什么? 直接暴露她的隐私吗?

再说,事发这么多天很多事都要进一步查证的,可谁会想到姜筱洁会闹这么一出。

雷旭颇感头疼,也很无奈。

警察也陷入了为难。"现在铺天盖地的舆论已经掩盖了事情的真相,雷主任,您就没想过后果?"

雷旭无奈地叹口气:"后果,什么后果? 如果姜筱洁不报案,那这种事就一辈子都不会被发现,凶手也会永远逍遥法外。"

"那你呢?"警察问。

"我?"雷旭勉强笑下,他想说,他都习惯了。

另一询问室,徐张荔在接受两位警衔比自己低很多的警察的询问。

"姜筱洁找雷检察官报案的时候,你在哪里?"

"我、我在学校门口的警车里等他。"

"你是警察,你懂办案程序,你当时为什么不陪着一起去?"

警察询问的口吻让徐张荔很恼火,她强忍住不发火,道:"事发突然,是我考虑不周。"

"雷检察官单独和一个女同学谈话本身就不符合程序,这个事情确实是你们的疏忽。"

"我不是说了嘛,雷主任当时特别着急,没来得及告诉我发生了什么事情,就直接冲出去了!"徐张荔脾气控制不住,声音提高很多。

警察理解她的心情,安慰她说:"当务之急,是赶紧找到这个孩子,我们也会全力配合的。"

"抱歉,给你们添麻烦了。"徐张荔也没了脾气,无奈地说了句。

翎华中学监控室里,陈亭毅跟陪同来的检察官在分析视频,关主任保安处长一大帮人陪在旁边。

可视频摆在那,雷旭一个人跟姜筱洁在舞蹈室逗留了那么久,两人还有接触,很难不让人联想网上说的那些。陈亭毅忍不住又是叹气又是蹙眉,最终是无可奈何了。

视频一遍遍播放。

跟关主任商量后,陈亭毅叫人把视频拷走。等从监控室出来,雷旭跟徐张荔已经赶了过来。

陈亭毅懒得看他们一眼,跟关主任道歉:"关主任,今天给你们学校添麻烦了,但还是希望你们能和学生家长好好解释一下,并且保持沟通,随时联系,一旦有孩子的消息,你一定要第一时间通知我们。"

关主任表示理解:"我们也希望赶紧找到孩子。"

陈亭毅跟关主任握手道别。出了教学楼,陈亭毅忍不住回头看雷旭,态度严肃,连续发问道:"跟公安都讲清楚了? 我一再强调执法不能单独行动,雷旭你之前都吃过亏,怎么就不长记性!"

雷旭一脸无奈:"讲清楚了。"

"讲清楚……"陈亭毅还想发火,话到嘴边又硬生生咽回去了,无奈地叹口气,真是怕什么来什么,他现在也不知道该说什么。

雷旭现在心思也乱了:"当时是姜筱洁坚持要单独和我说,她应该是不想让别人知道她被性侵的事。"

"大荔,当时你也在,你为什么不跟着一起去? 你是女性,男检察官不能单独讯问女性,这些你在学校就学过的呀?"陈亭毅把怒火转向徐张荔,呵斥道。

"当时雷主任接到个电话,特别着急,他也没跟我说什么事,他回来我才知道什么情况。"徐张荔低头解释一句。

"这件事怨我,在教室我就怀疑这个学生遇到了问题,是我太着急了,跟别人没有关系。"

"你跟我解释我会听,但网上会听吗?"

雷旭被问住了。

陈亭毅忍不住说他:"失踪,性侵,你们九部现在把所有事都放下,当务之急必须找到这个孩子,这个案子我们提前介入。"陈亭毅不想再听他解释,直接上车走了。

徐张荔目送车离开学校,忍不住看雷旭:"你跟别的检察官是不一样,这么多年来,我还是头一次被同行询问，关键他警衔还比我低。"徐张荔说完大步往外走。

车停在了门口，她走两步发现雷旭还站在那，忍不住喊他："走啊，我送你回家！"

"你先走吧，我自己走就行了。"

贤湖区夜晚天还是有些凉爽，雷旭边走边回忆姜筱洁的话，她说她那天回家跟她妈吵了一架，原因是她妈不想让她画画。

她浑身湿漉漉沾满泥水回家，她妈看见她不仅没有关心她，反而阻止住想上来关心她的姜海林，质问她为什么去画画，手机又为什么关机。

迎面吹着海风，雷旭在想，姜筱洁的妈妈究竟是多么强势的一个女人，她难道看不出女儿浑身湿漉漉不正常吗？

姜筱洁解释手机丢了，她妈转而升级矛盾，质问姜筱洁："你怎么不把自己丢了啊，我每天从早忙到晚，辛辛苦苦赚钱供你上学。给你攒钱将来出国，咱们是要学知识的。知识懂不懂？画画能当饭吃吗？画画叫个什么职业？我说了，不许学画画，不许学！你当耳旁风是不是？"

在舞蹈教室，雷旭曾问过姜筱洁跟父母的关系。

姜筱洁嘴唇微微颤抖，说她那天晚上回家曾问过她妈："妈，你就不想知道我为什么浑身都是水吗？"

得到的答案是冷嘲热讽："掉进水坑了？滑倒了？"除了冷漠就是嘲讽，嘲讽她为什么没摔断腿。转而继续嘟囔她学习，说她胳膊腿都好好的就不要再干些没有用的事情。花那么多钱供她上学都是为她好，不好好学习以后怎么办，怎么养活自己？

"靠画画吗？全世界有几个能靠画画养活自己的。"

姜筱洁指着一墙的奖状想证明自己没有耽误学习，可她妈的不近人情让人可怕。

她用最冷酷的语言告诉姜筱洁："从你选择画画那一刻起就彻底告别了这些，这些奖状都成了过去时，我要培养的是硕士博士博士后，不是画家。如果想当画家，就不用上翎华中学，随便找个公立学校上就行了。"

李笑颜的母爱让人窒息。

那晚，姜筱洁到最后也未能说出那天发生的事。

到她进入卧室，背后还一直都是抱怨——花多少钱，找多少人，托多少关系才送她进翎华中学，能进入翎华的学生家庭都是非富即贵，没有一个是贩夫走卒，都是这个社会的精英阶层。

她做梦都希望姜筱洁跟这群人在一起，画画有什么用！

直到姜筱洁关门，才传来一声问候，问了一句她身上的泥水是怎么回事。

也就是那天，姜筱洁一个人在卧室痛苦地服下了避孕药。

难道也是那次之后，姜筱洁就把药放在书包里？然后，雷旭想到了百度上关于翎华的那些词条,陷入了沉思。

姜筱洁一夜未归,手机关机。这让检察院很被动。

雷旭一早到办公室,都子瑜等人已经都在。

"今天都不去提审吗?"雷旭本来想缓解下沉闷的气氛,可根本没人搭理他。

他尴尬地点下头,刚坐下徐张荔就站起来大嗓门检讨:"我工作快十年了,我,我今天必须检讨,我没有在雷主任第一时间接到电话的时候,询问他电话内容,并且制止他的行为,导致孩子不见了,我有很大的责任。"

都子瑜接过她的话,安慰她:"责任在我,雷主任刚从省院调到我们这儿来,对未检工作还不太熟悉,更不了解,我没有第一时间把如何和未成年当事人接触的工作方式和注意事项告诉雷主任,所以造成现在的结果。"

"我的责任更大,咱们院的宣传一直都是我负责的,我没有及时地做好舆情的监控,导致事情恶化,最后严重地影响了咱们九部的形象。对不起。"刘柳一脸自责。

看大家都在检讨,杨甜一着急,说话磕磕巴巴的,跟着检讨:"要说姜筱洁失联这个事情,我也是有责任的,最近咱们九部好多事情,我我我心里也很着急,我也……哎呀,心里也过意不去,就是翎华中学这个法治副校长的这个职务,它的重要性其实我,我没有真正地能够、能够、能够重视起来,所以……"

"杨大姐,咱别愣检讨行吗?"

杨甜:"我……"

"是我的错,就我一个人的错,你们为什么要检讨呢?错都在我啊,都主任、小柳,跟你们有关系吗?大荔何必呢?我一个人检讨就可以啊,但是我想问问大家,我们干吗非要在这个时候、这个时间当口来分一个是非对错?孩子丢了,我们现在赶紧配合公安找孩子,这不是当务之急吗?"雷旭打断杨甜,很不解地看着众人。

"主任,你要是这个态度的话,那咱就得聊一聊了!"徐张荔忍不住提高嗓门,一副要拉开架势的模样。

都子瑜急忙拉住她,严肃地看着雷旭:"雷主任,希望您能够体谅一下现在每个人的心情。这肯定不是您一个人的事,虽然我们九部刚刚成立,但是我们是个团体,一定是每个人都有责任。"

"到底哪里不对,我简单说一下。第一,您去见姜筱洁的时候,没有第一时间告诉大荔。第二,您在没有任何准备的情况下,就对未成年当事人进行询问,您这样做,我们一定要进行二次询问,那势必会对当事人造成二次伤害。第三,孩子已经告诉您,她被性侵的事,无论如何,您得看住她!"

都子瑜说得没错,她担心的不是谁对谁错,而是这么做对当事人的影响,这不是辩论赛,输了可以重来,当事人的情绪、询问的过程,这些都要综合考虑。

但雷旭说得也没错,当务之急确实是应该先找到孩子。

"当然您说得对,雷主任,当务之急我们是找孩子,但是我想劝您啊,雷主任,希望您能改变一下工作的方向,咱们现在做的是未检工作,不像您从前在省院的时候。"

"我说了,省院的事咱能不能翻篇!"雷旭被说火了,嗓门也提起来了。

"喂,王局,您说。"徐张荔按下免提接电话,丝毫没理会雷旭发火。

"孩子的母亲情绪很激动,尤其是看了网上的热搜,我说你们的那个姓雷的检察官他是新来的吗? 怎么业务这么……"

都子瑜急忙把电话抢走,关掉免提把电话音量调小,走到窗户前一个劲点头:"是是是,我们其实都有责任,等我们这边想出解决方案后我们再和您联系。"都子瑜顾及雷旭的面子挂掉电话,临了使劲瞪徐张荔一眼。后者不以为然,低头摆弄手机。

一通电话打断了大家的检讨,屋里现在的气氛也不适合再继续上一个话题,都子瑜看向雷旭:"主任,要不我跟您一起去趟孩子家吧?"

雷旭把警车留给徐张荔,开着他那辆老旧皮卡车拉着都子瑜去姜筱洁家。一路上两人都不怎么想说话。

等到了姜筱洁家门口,雷旭看了眼都子瑜,去按门铃,可是按了半天都没人答应。

都子瑜给姜林海打电话,电话通了,可都子瑜询问对方是不是"姜筱洁爸爸"时,对面无人应答。

雷旭知道姜林海应该就在家,于是又试着敲门。都子瑜看了眼手机,拉住他:"别敲了。"

"公安那边有情况。"都子瑜把手机给雷旭看,是徐张荔发的消息,"公安那边排查了滨海公园的监控,发现了一些线索。"

雷旭把手机还回去,试探性地问都子瑜:"你一会儿有事儿吗?"

"想去滨海公园吧? 我联系下公安部门。"

都子瑜要打电话,雷旭拦住她:"不用了吧。"

"你又不按流程来!"

"我不是那个意思,我的意思是公园对外开放,我们先去摸摸周围情况,从外围入手,还到不了复勘现场那一步。"

"哦。"都子瑜把电话揣进兜里往外走,边走边说,"那外围的话,面积还不小,我让大荔跟咱们一块儿。"

"有,有必要吗?"雷旭问道。

"大荔毕竟是法警,如果需要公安那边,她可以随时对接。"

"不用了吧!"

都子瑜站在台阶下回头看他,说道:"你还记仇了? 大荔只是刀子嘴,豆腐心。"

雷旭没说话。

"不信我的话?"

"信!"雷旭没辙了。

都子瑜笑着给徐张荔打电话,让她赶过去。

雷旭和都子瑜来到滨海公园,徐张荔已经等在那里,抱着肩膀踢着石头也不看两人。

雷旭有点尴尬,跟徐张荔打招呼。徐张荔直接越过他跟都子瑜说话:"公安调取了暑假期间7月18日到8月31日滨海公园的监控,发现姜筱洁在这段时间多次来滨海公园画画。"

徐张荔拉着都子瑜往公园里走,雷旭跟在后面好像是多余的那个。三人时不时观察下周围的环境。

雷旭有点忍不住问了一句:"为什么只调取了暑假期间的?"

徐张荔不搭理他。都子瑜也跟着问了一句:"对啊,为什么只调取了暑假期间的?"

"因为姜筱洁只有暑假期间来画过画。"

"这个消息是谁说的?"雷旭又问。

徐张荔依旧不搭理雷旭。

都子瑜接着问一句:"嗯,谁说的?"

徐张荔看着都子瑜解释:"公安那边做过详细的调查,这些都是姜筱洁的妈妈说的,她很在意女儿的学习成绩,一直反对她画画。"

雷旭:"叫什么?"

徐张荔没反应。

都子瑜无奈又问了一句:"问你呢,叫什么!"

"王传力!"徐张荔也不耐烦地喊了一嗓子。

"谁问你刑警队的队长叫什么了?"都子瑜头疼,这两个人就不能好好说话吗?

雷旭也跟着说了一句:"我是问姜筱洁的妈妈叫什么?"

徐张荔怨恨地瞪着雷旭,咬牙切齿地说了一句:"李笑颜!"

都子瑜使劲挤徐张荔,跟她说:"差不多得了,大荔,工作呢别带个人情绪。"

徐张荔一脸敷衍地看着雷旭,假笑道:"主任您来了。"雷旭尴尬地点点头继续往前走。

"站住!"徐张荔在身后喊,指着头上的监控摄像头,"你现在站的区域就是姜筱洁进入滨海公园主干道的第一个画面。"

"监控显示,8月10日、14日、19日、22日姜筱洁来过滨海公园。"

徐张荔给雷旭、都子瑜汇报公安那边调查的结果,根据公安机关掌握的情况来看,姜筱洁背着画板进入公园后经常会在这附近一带的草坪上画画,而姜筱洁每次进入公园均有一个身形体态相似的可疑男性随后进入滨海公园。

但8月22日之后,8月31日之前,姜筱洁没再来过,那个可疑男子也没再出现过。

雷旭看着公园门口、主干道以及眼前这片草坪，在脑海里设想，假如有一个穿着红色帽衫的男子进入公园大门，经过主干道摄像头，进入监控盲区……

"这么大的公园，这几个时间段就他们两个进出滨海公园？"都子瑜感觉很不可思议。

"当天的天气不好，的确游人很少，监控也没拍到其他进入公园的人。"徐张荔解释一句。

"而且，在姜筱洁出现的那几个时间段里只有8月22日下雨，和姜筱洁那天描述的一致。"

雷旭若有所思，他盯着摄像头想看穿摄像头防护罩下的核心，想回到8月22日那天。他看向主干道，如果那天下雨，那个男人走出监控盲区，走向另一个大门……

"从这基本上就是进入了监控的盲区，那边那棵树是监控盲区的位置，监控盲区还包括小木屋，而小木屋就是我们案发的中心现场，姜筱洁和这个可疑男子一前一后从这个点进入盲区。"徐张荔指着监控盲区的位置给他们看。

"这么说，这个男子嫌疑最大了。"都子瑜若有所思。

"公安那边有没有更清楚一点的视频截图，能看清可疑男子面部的？"都子瑜问道。

"从监控盲区出来的时候是嫌疑人先出来，姜筱洁后出来，目前还没有清晰的照片，不过公安还会进一步图侦，一有消息会进一步通知同步于我们的。"

"好，大荔，我要再跟你确定一下，从这个点到中心现场，一直到那棵树整个范围，确定都是监控盲区对吧？"雷旭认真道。

徐张荔点点头说道："没错。"

"好，第二个问题是嫌疑人从这进入一直到从那出去，花了多长时间？"

"大概八分钟。"

雷旭想了想说道："我们要不要一起测试一下？"

"怎么测试？"都子瑜看了眼监控又看了眼公园门口，"你是想测试嫌疑人用的时间？"

"对，都主任，麻烦你从这儿贴着监控盲区边界一直往前走，走到那棵很怪的树。大荔，我们俩从这儿进入盲区，绕过小木屋，去找都主任会合，你身体素质比较好嘛，你用最快的速度跑到小木屋，再用最快的速度……"

徐张荔一脸鄙视地盯着雷旭，雷旭忍不住改口说道："其实我跑也行，那你就用最快的速度走，然后我们一起会合，好吗？"

徐张荔翻白眼，这还差不多。

都子瑜拿出手机准备计时，不确定地问一嘴："我用正常的速度？"

"对。"雷旭很坚定道。

"好！"

三人对手机时间。

雷旭看着时间，三人同时开始准备。

"三……二……一……开始！"

雷旭用最快的速度冲了出去。

都子瑜和徐张荔则分别按正常速度向指定地点走去，同时计时。

雷旭跑到指定位置靠在树下，看着来时的方向，使劲喘气，想在两人赶到之前把气喘匀了，就这也还是得益于每天早上来那么一段八段锦。

他直起身，使劲咽口唾沫朝周围看了一圈，没看见都子瑜，他心里稍微松一口气。

下一秒，一瓶水递到面前，是都子瑜。

"你到了！"雷旭尴尬地接过水，使劲灌了两口。

都子瑜瞪他一眼："逞能很有效吗？是不是有什么发现了？"

说完又拧开一瓶水递给他。

"我一瓶水够了！"

都子瑜使劲瞪他一眼，用眼神示意他把水递给刚走过来的大荔。

雷旭点下头，接过水瓶递给徐张荔。

"雷主任，你喘得这么厉害，一瓶水够吗？"徐张荔关心道。

"够用！"

"那谢谢了！"徐张荔接过水，但并没有喝。

雷旭看着两人手里满满的水瓶和自己手里已经被喝得变形的矿泉水瓶，无奈地清下嗓子，把水瓶放低。

"我们对下时间。"雷旭说道。

三人比对各自测试的时间。

雷旭一说话还喘，他使劲咳嗽一下说道："我全程都是在跑步，按照我的路线，这个人几乎没有作案的时间。"

徐张荔摇摇头："你太武断了。"

都子瑜认真揣摩了下时间，思索片刻道："按照主任的时间和路径，可疑男子只剩下一分半时间，确实没有作案时间，看来嫌疑人另有其人。"

"嗯，我觉得你说得对！"徐张荔很认可。

雷旭忍不住瞪眼看她："我刚才就是这个意思。"

都子瑜看不下去了，嘲笑大荔："大荔，你太双标了。"徐张荔有些小得意。

都子瑜手机响，她接起电话。

"都姐，你在哪？"

"怎么了，柳儿，有事吗？我在滨海公园。"

"姐,你看工作群,我已经联系好姜筱洁的妈妈了,我去接你。"

都子瑜看了眼微信群,说道:"好,我一会儿去公园门口等你。"都子瑜挂断电话。

三人同时查看手机中刘柳发来的视频。

姜筱洁在学校天台欺凌张芸芸,三人看着热搜视频,都愣住了。

"小柳马上过来接我,我和她去见姜筱洁妈妈。"

雷旭看着徐张荔:"那我现在去找张芸芸,我知道我不能一个人去,大荔配合……我配合大荔,我们一起去。"

"好,你们一起。"都子瑜交代完转身就去等小柳。

徐张荔一脸不情愿地往前走。"哎,哎,这边。"雷旭见她走错方向,连忙叫住她。

徐张荔转过身来,和雷旭道不同志不合地往前走去,上了雷旭那辆破皮卡。

徐张荔想系安全带,可座椅上那一堆杂物让她嫌弃地放弃了。她打开手机地图,上面到处都是标红的路段,她忍不住抱怨:"又是晚高峰,到处都是红,我给你选了一条最近的路,到张芸芸姑妈家,最快也得四十分钟。"

"为什么去她姑妈家? 咱们不是去找张芸芸本人吗?"雷旭忍不住问。

"他们辖区的李所说,张芸芸父母长年在国外,张芸芸平时就和她姑妈生活在一起!"徐张荔不耐烦地解释。

说完,又嫌弃地看了眼安全带和车内凌乱的环境:"我说主任,你平时就不能收拾一下车里吗?"

雷旭挺不好意思,车里这几天是有点乱。他刚要说话,猛然间看见右前方祝劫和孙云娣上了一辆豪车。雷旭有些晃神,将车刹停。

徐张荔一个趔趄,顺着他目光看过去,见有一男一女上车,调侃他:"怎么,遇到老熟人了?"

"啊……没事,看错了。"雷旭重新挂挡心不在焉地开车,向前开一段路然后向右并道,缓慢减速,让祝劫的车驶向他车左侧。雷旭往后坐,用车门边把脸挡住,让祝劫的车超过他,趁机看清车里——孙云娣怎么会跟祝劫在一起?

而旁边那辆豪车里,孙云娣正把手机上"雷旭和姜筱洁"的新闻给祝劫看:"这回够雷旭喝一壶的!"

祝劫看了一眼很生气:"这是不是又是你那猪脑子的弟弟干的?"

"干吗啊?"孙云娣把手机拿开,嗔怒道,"别什么事都往云骁身上扣,再说就算是他干的又怎么了? 这不正合我意吗?"

司机注意到后面有车在跟着他们,看了眼后视镜道:"老板,后边好像有辆车跟着咱们。"

祝劫回头看看车外的环境:"上高速,把他甩了。"

司机会意渐渐提速,在临近的路口变更车道。

雷旭迅速跟上,徐张荔一直在盯着手机,忽然变道,导航提示偏差,她急忙抬头:"哎,开过了,右转!"

"嗨……跑了个神,没事儿,天还亮着不着急。"雷旭打着哈哈追着祝劼的车汇入车流。

徐张荔眼看着车上了高速,直接把导航关掉靠在座椅上,无语地看向窗外。

刘柳接上都子瑜在下班前赶到李笑颜的公司。两人从电梯里走出来,正对着公司的商标——可佳医药网,一个妈妈搂着一个女儿的背面剪影。

跟前台表明身份后,两人被带着穿过忙碌的办公区,在一扇玻璃门后看见了李笑颜,一身名牌,穿得很干练。

都子瑜给李笑颜看手机里姜筱洁逼同学张芸芸吃药的监控画面。

李笑颜坐在沙发上表情很冷漠,不耐烦地看着手机画面……她手机为静音状态,但一直都在振动,屏幕一直在亮。

李笑颜不耐烦地接起其中一部手机:"我不接肯定有事,一个劲打什么打!"

"啪!"电话被她挂断,可下一秒,办公桌上的电话又响起。

李笑颜把视频暂停,冲门外秘书房间呵斥:"Selina!电话先不要往里接,看不见我有客人吗?"

"李总,是很重要的电话。"秘书推开门小心道。

"有多重要,我女儿不见了,有这个重要吗?如果不是,统统说我不在!出去!"

秘书不说话,赶紧退了出去。李笑颜看完视频把手机放在茶几上,双手抱在胸前,盯着都子瑜很冷淡道:"我觉得你们真挺逗的,我女儿在你们眼皮子底下丢了,你们不说找孩子反而来跟我聊这种小孩子打架的事儿。你们可真行!"

"你女儿最后一次联系你是什么时候?"

"她平时很少主动联系我,都是我联系她,失踪以后就一直联系不上。"

"那她最近有什么异常的反应吗?"都子瑜连续发问让李笑颜很不满。

"没有!"李笑颜不耐烦,语气不善道,"你们能不能把追问我的时间用到找孩子上?"

"我们一直在配合公安全力找孩子,问你的问题也是为了找到孩子,我们在怀疑,校园欺凌和你女儿失踪,这两者是有关联的。"都子瑜丝毫不受李笑颜影响。

李笑颜一声冷笑,抓起桌上的工作证"吉平市贤湖区人民检察院第九部副主任都子瑜",看了一眼,说道:"都主任是吧?我不太喜欢'欺凌'这个词,作为检察官,我希望你用词要准确。"

都子瑜非常冷静地看着李笑颜:"我就是为了准确,才用的'欺凌'二字。"

针锋相对,李笑颜在都子瑜脸上看不出任何表情,她知道,自己遇上硬茬了。

片刻后,她叹口气开诚布公道:"张芸芸的姑妈来找过我。"

都子瑜和刘柳都一愣，对视一眼后，刘柳问："张芸芸的姑妈？"

"视频里被推倒的这个女孩儿叫张芸芸，她爸妈在国外打洋工，她跟姑妈一起生活。"

"她姑妈找您做什么？"都子瑜问。

李笑颜冷笑："能干什么？要钱呗。"

"要多少？您给了吗？"

"我凭什么给她钱？法院又没判！"

"那您知道您女儿逼着张芸芸吃的是什么药吗？"都子瑜看着李笑颜问。

李笑颜冷笑一声，拿起桌面上的气泡水瓶想离开，声音充满了讥讽："这重要吗？我家维生素多的是，ABCD什么的，她爱吃什么吃什么。"

刘柳拿出一个紧急避孕药的药盒推到李笑颜面前。

"李女士，药品类的事情，你是专家。这不用我介绍吧。"

李笑颜扫了一眼药盒："紧急避孕药，给我看这个干什么？"

声音充满了疑惑，但她手指甲开始不自主地敲击着抱在怀里的气泡水瓶，发出噔噔噔的响声。

"姜筱洁在药店买过这种药。"都子瑜的话像是一颗炸弹。

李笑颜再也压抑不住愤怒："你怎么证明是我女儿买的？她才十六岁，买这种药干什么？"

都子瑜拿出一张药店的微信收款底单，上面的付款账号被黄色荧光笔标出。

"我们也想知道她买这种药干什么。这是在你们家附近的药店调取的购货收款凭证，是你女儿姜筱洁用微信付的款。"

"所以呢？这能证明我女儿给别人吃了避孕药吗？"

李笑颜情绪十分激动，要不是关系到自己女儿，她已经要叫秘书送客了。

"当然不能，所以我们九部已经提前介入调查这起校园欺凌案，希望你能配合我们……"

"真是可笑！"李笑颜打断都子瑜，声音里满是质疑，"事情还没搞清楚，你们就给定义成案件了？"

"张芸芸已经做过伤情鉴定，你女儿对她实施的暴力已经造成轻伤，是要负刑事责任的。"

李笑颜再也受不了这该死的压抑感，她愤怒起身，呵斥道："你们把我女儿弄丢了现在又来告诉我，我女儿犯罪了，你们把我女儿找到再来兴师问罪吧！"李笑颜说完起身走向门口，明显在下逐客令。

"李女士，既然你这么避重就轻，我就直言不讳了。"都子瑜起身叫住李笑颜，看着她说道，"我们怀疑校园欺凌、失踪和你女儿的另一件事情有关联，你女儿姜筱洁疑似被性侵。"

李笑颜愣住，忽然转身："你说什么？"她的表情里充满不可思议和震惊。

都子瑜很认真地看着她重复一遍："你女儿姜筱洁，疑似被性侵。"

李笑颜已经回忆不起来自己是怎么回家的了。回来的路上在等一个红绿灯的时候，她回想起都子瑜的话，绿灯了她依然没有启动，要不是交警过来，她很可能会在那一直愣神。

回到家，她冲进门，把包扔桌上，像疯了一样冲进姜筱洁的卧室。姜林海正在厨房处理食材，看到李笑颜的样子有些疑惑。

李笑颜四处翻箱倒柜，把姜筱洁的衣物书籍翻得到处都是。她又到客厅，甚至把墙上的相框也都一一摘了下来，挨个看每一幅相框的后面是不是藏了什么东西。一个相框掉在地上直接摔碎，李笑颜也毫不在意。

姜林海听到声音把手在围裙上抹了一把，走进姜筱洁的卧室："怎么了？"他看到李笑颜发丝凌乱，完全变了个人。

她疯了似的在翻找，在看到一个相框后面藏的药后，连忙翻看另一个相框，又发现一袋药。

姜林海不明所以地站在门口问她："能不能说句话啊，干什么啊这是？"

他不问还好，但他像是发泄不满的一句话直接点燃了李笑颜。李笑颜看出是避孕药后，摊开双手给姜林海展示药盒。她眼睛里翻滚着泪水，但却还是难以置信，她强忍着泪水冲姜林海质问："姜林海，这是什么？"

"这什么啊？"

李笑颜癫狂地颤抖双手："你每天除了洗衣服做饭，你还能干什么？你怎么带孩子的？"

歇斯底里的声音让姜林海更蒙，他不明所以地仔细看了眼药盒，问道："我怎么了我？"

"你女儿可能在吃这个！"

姜林海一脸不解。李笑颜把药砸到他身上，恨不能砸死他。她哭着嘶吼道："这是避孕药！"李笑颜喊完这句话，整个人像泄了气一样泪流满面。

姜林海好像被雷劈中，浑身僵硬石化在那，难以置信。"她，她怎么了？"姜林海的嗓子开始发紧。

"姜林海，你女儿，你女儿可能被欺负了！"

姜林海愣了，头皮一阵发紧，脑袋宕机在那不知道在想什么。

李笑颜哭倒在窗边。姜林海一言不发地走出卧室，机械般地回到厨房继续切洋葱，手却不受控制地颤抖。

李笑颜追出来冲他吼道："姜林海,你就是个废物! 你要么找到那个人把他给我弄死,要么你就一直当个哑巴,再也别说话了。"

李笑颜冲厨房发泄完怒火,甩门出去。

姜林海重复着继续切洋葱,只是一刀比一刀切得沉重,切得用力。最终,姜林海情绪崩溃,趴在砧板上痛哭流涕。

徐张荔看着一个又一个错过去的指示牌蒙了："主任,你是打算越开越远吗?"

雷旭早跟丢了豪车的踪迹,老脸尴尬得要死,只能赔着笑脸敷衍说下一个路口回去。

徐张荔指着前方越来越近的指示牌,读出声来:"下一个出口20公里!"

"挺远哈!"雷旭一脸尴尬,偷瞄了眼油箱。

徐张荔靠在座椅上,感觉自己简直生不如死,这人世间再没有什么值得留恋的了。她忍不住起身看着雷旭,真的很想吐槽,但还是放弃了。

"不远,从出口调头回吉平,也就一个多小时!"徐张荔说完这句话整个人靠在座椅上,她已经没有力气抱怨了,还是省着点力气坐车吧。

"别生气啊。"

雷旭不说还好,这一说彻底把徐张荔点燃了:"我能不气吗? 您看看这都几点了,咱大半夜去人家里走访,您觉得合适吗?"徐张荔一下坐起来,她真是有太多话想抱怨了。省检大明星,百变检察官? 就是这么在高速上把自己变丢的吗!

"把这茬儿忘了,这么晚过去确实不合适,要不咱改明天? 明天一大早就过去?"雷旭说一激动把这茬儿给忘了。

徐张荔深呼吸让自己保持平静,努力压下火气,不想说话。

孙云骁的车直接开到狐光酒吧,酒吧的霓虹灯重新亮了起来,酒吧已恢复营业。

客人络绎不绝,门口站着两个服务生,迎接宾客。孙云骁戴上眼镜,手下上前拉开车门,毕恭毕敬。

段威赶过来弓腰道:"孙总。"酒吧大门口处服务员看见他,急忙齐刷刷地分立两侧行礼:"孙总好。"

"都机灵着点。"

"是!"

孙云骁很满意,大摇大摆地走进酒吧。回到自己的一亩三分地,他惬意得很,一进办公室就把双脚跷在办公桌上,手上拿着雪茄,一脸得意地看着监控。酒吧如今生意火爆,丝毫不受那几天停业的影响。

孙云骁的手机响了,是祝劫来电。他忙把脚从桌子上拿下来,调整坐姿,清了清嗓子接起电话:"劫哥。"

"那事是不是你干的!"一接起电话就听祝劫在电话里发火。

"怎么了? 劫哥,什么事,这么大火气?"

"网上的事,抹黑雷旭的帖子,是不是你小子干的?"

孙云骁不说话。

"我一猜就跑不了你!"祝劫愤怒的声音仿佛要从电话那头钻过来一样。

孙云骁不以为然,把手机拿开耳朵:"劫哥,他害我停业那么多天,这事不能就这样过去,我不给他点教训,他下次还得……"

"你怎么就这么蠢?"祝劫打断他的话,提醒他道,"我让你做事之前先动动脑子,不是让你动歪脑筋! 雷旭非常多疑,对付他,千万别用这些小儿科的手法呢! 你这么做,只会打草惊蛇,引起他的注意! 弄不好会引火上身!"

"我知道了,哥。"

"你别嘴上敷衍我,雷旭可能已经盯上我们了。"

孙云骁强压着怒火想辩解两句,可听到电话里忙音发现对方竟然挂了电话,气得他直接把手机扔在办公桌上,一脸的不服。

第二天一大早,雷旭和徐张荔去走访张芸芸的姑妈。刚走进楼道,碰到正出门的张静楠。

"你好,麻烦问一下,这是张芸芸家吗?"雷旭指着一家房门问。

张静楠上下打量一眼,戒备地问:"你们是?"

雷旭出示证件:"我们是贤湖区检察院的。"

张静楠吓一跳,急忙问道:"张芸芸出什么事了,我是她姑妈?"

"有点小情况,我们想找你们家孩子了解一下,她在家吗?"雷旭没想到这么顺利,冲徐张荔得意地笑了笑。

徐张荔懒得看他,抱着双臂看楼梯。

"哦! 你们来得正好,张芸芸丢了,赶紧帮我找找孩子吧。"

一句话把雷旭定住了,徐张荔也看过来一眼。

张静楠看了眼两人,继续说道:"我给学校打电话了,学校说今天是周六,不上课的,我在家附近转了几圈也没看见人,打她电话也关机,这孩子从来不会这样的。"

"今天不知道怎么回事,到哪去了也不知道跟我说一声,这我都不知道怎么跟她爸妈交代了。"张静楠一脸抱怨。

"你是什么时候发现她不在的?"

"今天早晨啊,昨天晚上她还在呢。"

"啊!"雷旭一脸震惊,看徐张荔那无语的眼神,他简直不知道该如何言语了。

第 六 章
观点不一致

回到九部办公室，雷旭主动承认错误："我的错，都是我的错。"他真的是悔恨不已。

徐张荔也真不知该说什么，她很想问问这个雷主任，究竟知不知道自己是干什么的。昨天晚上……要不是昨天晚上，张芸芸又怎么会失踪！徐张荔用哑铃压制内心的怒火，"咔、咔"地反复上举，吓得雷旭不敢靠前半步。

"网上舆情愈演愈烈，我们现在很被动。"九部人聚齐开了两次会，都是检讨会。刘柳把网上热度比较高的几个帖子和短视频都找出来让大家看。

"对不起！我给大家道个歉，又是我的责任，我昨天晚上确实是临时有点事儿……耽搁了。"

"那我说说我这边吧。"都子瑜不想听雷旭解释，"李笑颜说张芸芸的姑妈曾私下找她索要赔偿，但被她拒绝了。"

"那难道是因为没要到钱，张芸芸离家出走了？"徐张荔举着哑铃喘着粗气。

她刚说完就被刘柳否定："没要到钱那难道不应该是她姑妈离家出走吗？毕竟是她姑妈去威胁的李笑颜。"

"那会不会是因为没要到钱，张芸芸姑妈给孩子施压导致孩子离家出走了？"

"不可能，今天我们看她姑妈那着急找孩子的样子不像是假的。"徐张荔不认可杨甜的话。

"你们发现没有，所有的事都绑在这个姜筱洁身上，仿佛都跟她有关。"杨甜说完这句话众人陷入沉思。

几人你一言我一语无缝衔接，就是不给雷旭说话的机会，他几次想开口都硬生生憋回去了。

"你们说，姜筱洁会不会在撒谎?"看众人在沉思，雷旭终于找到机会说句话。他话音刚落，四个女人都表情诧异地看向他。

"呵，我的意思是，姜筱洁会不会是撒谎了，滨海公园监控咱们也看了，我和小都也根据监控里可疑男子的路线走了一遍，这个人的作案时间并不充分。"

雷旭说完，依旧没人接话。"我是说，姜筱洁这个年龄的孩子正处在叛逆期，她会不会是想通过一些事情引起别人的关注呢?"雷旭又解释一句。

"哪个女孩子会拿这种事情博关注啊?!"都子瑜不相信。事关清白，一个未成年小姑娘，就为了引起别人的注意，拿自己一辈子幸福做赌注，谁会这么干?

"这个，我觉得吧……"雷旭还想再丰富下自己的猜想，直接被徐张荔给扼杀了。

"主任，公安那边来消息了，张芸芸一旦使用手机和身份证，公安会马上锁定她并且立刻通知我们。"徐张荔直接看都子瑜。

"大荔，你跟公安那边要时刻保持联系。"

"明白。"

雷旭嘴巴张半天，嘟囔一句："我还是坚持我的想法，我昨天……"

"主任! 您能不能不提昨天了，如果昨天咱们能及时到张芸芸家，就不会发生今天这个事!"徐张荔忽然回头怼了雷旭一句。

"我们在省院的时候那个案子……"

"您能不能别提上一个单位的事儿了，我们现在的情况和你在省检不一样!"徐张荔彻底爆发了，"省院，省院，我们这不是省院，也比不了省院，昨天晚上您为什么要忽然改变路线，我都给您导航了的，您能不能把您上个单位的事忘了，您能不能也尊重下我们这的工作。"徐张荔噼里啪啦一顿质问，把雷旭整得接不上话。

"我也不想提上一个单位的事，可是……"

"没有什么可是，主任，这是吉平，是贤湖区，是九部，不是您的省高检!"徐张荔压根不想听他解释，要不是昨天晚上他临时改变主意，也不会找不到张芸芸。现在整个九部都跟着他被动。

雷旭被质问得一句话都说不出来，办公室气氛压抑得可怕。雷旭看了眼众人，知道自己再说什么也没意义，他叹口气离开了办公室。

都子瑜嗔怒地看了眼徐张荔："雷主任刚从省院下来，一下子适应不过来工作很正常，你说你发那么大火干什么?"

"老都，你是不知道他昨天晚上都干了什么。"

"行了!"都子瑜安慰徐张荔，示意她少说两句。她一个人跟出去，在楼梯口赶上落魄的雷旭，在后面调侃地问了句："主任，你这是要去哪儿啊?"

雷旭有些意外，回头看了眼都子瑜道："你们不用继续开会了吗?"雷旭说话很官腔，很让人讨厌的官腔。

"呵呵,雷主任这是在怪我们没给你说话的机会吗?"都子瑜看了他一眼,往下走两个台阶。

雷旭一下子沉默下来。

"如果没猜错,你是不是要自己去办姜筱洁的案子?"

雷旭足足沉默了一分钟后,才开口说道:"你不用非得跟我强调'自己'两个字。"说完便要去开车。

都子瑜看了眼一条腿已经迈进车里的雷旭,提醒他道:"我只是想提醒你这样不合规矩,我陪你一起去吧?"

"好啊,都大主任能陪我一起去办案,求之不得。"雷旭拉开车门请她上车。

都子瑜看了眼他车里胡乱扔的水瓶和衬衫,淡淡说了句:"算了,还是坐我的车吧,我的车稍微干净点。"

"我车里很脏吗?"雷旭嘴上反驳着,手已经在关车门了。

坐上都子瑜的副驾驶座,他还特意往后看一眼:"也没比我车里干净多少吧。"

都子瑜冷笑一声,把车开出检察院。闻着车里淡淡的清香,雷旭开始心不在焉。

都子瑜在车汇入车流时问他:"说说你的怀疑吧。"

"啊?"雷旭看她一眼,都子瑜在专心开车。雷旭微微蹙眉,分析起这几天的经过:"两个孩子先后失踪了,失踪前还发生过被性侵和被欺凌,你不觉得这太巧合了吗?"

"姜筱洁失踪可能因为鼓起勇气和你讲出被性侵的事,说完就后悔了。张芸芸失踪可能是知道了被欺凌的事传出去了,顶不住压力。"都子瑜顺着他说自己的看法。

雷旭点点头,表示认可:"对,而且咱先不论孩子,说说家长,你不觉得李笑颜的态度太莫名其妙了吗?"

"嗯?"都子瑜示意他继续说。

雷旭微微蹙眉:"我想趁着李笑颜上班,去找姜林海聊聊,这俩孩子失踪的背后会不会有人指使?"

"也许两个孩子被威胁了呢,我大胆猜测下啊,会不会是李笑颜让姜筱洁出去避风头,让张芸芸躲起来?"

都子瑜在红绿灯前踩下刹车,转过头一脸认真地跟雷旭讲:"我觉得是你想多了,我之前接触过很多被性侵孩子的家长,他们首先考虑的是孩子的名声,避而不谈的遮羞态度是可以理解的。"

雷旭不了解未检工作,不好反驳,只能接着她的话往下说:"我们先去她家看看吧,看看亲子关系什么样就知道了。"

"事先说好,不要刺激到姜林海,毕竟这种事发生在自己女儿身上,当父亲的没有哪一个能接受得了。"都子瑜临上楼之前,嘱咐道。

雷旭无奈,这种事确实没有哪个父亲能接受得了。

都子瑜按响姜林海家门铃，门被从里面打开，姜林海系着围裙一脸警惕地看着他俩。

"这是姜筱洁的家吗？"

"你们是……？"

"哦，您是姜筱洁的父亲吧，我是贤湖区检察院的。"

雷旭说着掏出工作证给他看。姜林海面无表情扫一眼工作证问他："是我女儿有什么消息了吗？"

雷旭无奈地苦笑着摇头。姜林海有些失望地让开门口："你们先请进吧。"

姜林海转身去厨房给两人倒水，雷旭跟都子瑜站在客厅闲逛。

"喝水吧。"

"谢谢。"雷旭接过水杯握在手里，看见满墙的奖状，没话找话道，"姜筱洁学习一定很好吧。"

"还行吧，主要她妈管得紧。"姜林海请他俩到沙发坐。

"我姓都，都子瑜，我录个音可以吧。"都子瑜举起录音笔示意。

"好。"姜林海坐在两人对面。

都子瑜跟雷旭对视一眼，两人坐沙发上，顺便把录音笔放在桌上。

"您好，我叫雷旭，我们现在可以开始了吧。"

姜林海打量雷旭："您就是雷旭？"

"是我。"

"网上那些截图是你？"

"是啊，但我跟筱洁只是正常交流，而且是她说有事情要跟我说。"雷旭尴尬地点头，网上说什么的都有，现在面对人家父亲，他的心理素质再高也想解释一下。

"那筱洁最后是跟您在一起，她跟您说了什么吗？"

"筱洁在舞蹈教室确实是跟我在一起……我先问您一些情况吧，都检察官昨天去了您太太公司，跟她说明了一些情况，您太太回来有转述给您吗？"雷旭不太想直接告诉他，怕他受不了刺激，试探性地问了一句。

"没有啊。"姜林海一脸淡定。

"除了孩子失踪以外，其他情况您了解吗？"

"不知道啊，还有什么事啊？"

雷旭没想到姜林海会一问三不知，作为姜筱洁的父亲、李笑颜的丈夫，家里发生这么大的事，他竟然不知道？除非他真不知道，不然这里面……

雷旭喝口水，都子瑜接过话问："姜先生，我想问一下，您是从事什么职业的？"

姜林海指了指满屋子的奖状跟装饰："以前和我太太一起创业，后来孩子大了，总得有个人照顾家，我就回家带孩子了。"

"那也就是说,李女士主外,您主内。"

"对。"

都子瑜喝口水,她没想到姜林海会是全职主夫,倒不是说男人全职照顾孩子不好,只是恐怕没有哪个男人能做到牺牲自己的事业来照顾家庭。

"那孩子平时所有的事都是你在管?"

"对,是我。"

都子瑜略有意外,她昨天晚上把姜筱洁在学校的情况整理了下,姜筱洁是个很有个性的女孩子,按理说这种叛逆期的女孩子不应该跟妈妈更好一些吗?

"筱洁平时跟你们大人沟通多吗?"都子瑜问。

姜林海一时间犹豫起来,皱眉认真想了想:"不多,好像每天就是说那几句话。"

"哪几句话?"雷旭继续问道。

姜林海看了眼雷旭,问他:"你应该还没成家,也没孩子吧?"

雷旭尴尬笑下:"这跟成不成家有关系吗?"

姜林海看雷旭一头雾水,苦笑着说道:"等你有孩子了,你就知道家长跟孩子之间的代沟不是一两句沟通能磨平的了。"

"那你和筱洁妈妈的感情怎么样?"都子瑜想换个话题。

姜林海从抽屉里拿出一盒烟——他现在才想起来雷旭可能会抽烟,递给他一支烟,后者摆摆手,他索性把烟盒又扔回抽屉,不抽烟更好。

"你问我跟筱洁妈妈的感情怎么样?"姜林海想起都子瑜还在等自己回话。他想了想,很郑重很严肃地说了一句:"非常好,相敬如宾。"

"相敬如宾形容夫妻感情可不一定是褒义词啊,这是形容夫妻之间有距离感。"

"但是适当的距离还是能产生美的,不是吗?"姜林海说道。

雷旭说到这里没有再继续说下去,姜林海的回答太正式了。他微微蹙眉,默然地看着姜林海,他不明白这一家到底是个什么样的家庭,怎么好像很不正常。

他喝口水,问道:"你女儿失踪那天,你觉得她有什么不对劲的地方吗?"

"没有……哦,那天我说了她几句。"

雷旭很意外,他以为姜林海这样的人不会训斥女儿,他问道:"因为什么呢,是筱洁不听话吗?"

姜林海一脸懊恼:"也不是什么大事,就是孩子长大了,就多说几句,你看她妈那么忙,我不说谁说呢,但确实也没什么事,之后她就上学去了。"

雷旭一愣:"以前她有过离家出走的情况吗?"

"有过几次,不过那都是我和她妈拌嘴的时候。"

"那她最长的离家出走时间是多久?"

姜林海思考下:"她那时候都是第二天一早就回来了啊。"

姜林海说得很清楚,姜筱洁之前有过离家出走,但第二天一早都会回来,像现在这样手机关机、一直未归从没有过。

雷旭点点头,说自己记住了。姜林海从始至终都好像在配合问话,只有一开始开门时问了一句筱洁的情况,雷旭感觉这很不正常。

"那她晚上去哪了你知道吗,这可是隔夜了,你们不关心吗?"雷旭盯着姜林海问。

"她说去同学家了,还有一次是去网吧。"

"哪家网吧,你知道吗?"

"不知道。"姜林海摇摇头,"我们很相信我们家筱洁的,这些事从来都是她说,我们轻易不会问她的。"

雷旭看他蔫儿吧唧的,但说话并不糊涂,一点没有关心则乱的情绪。

"那张芸芸你听说过吗?"雷旭换个话题。

姜林海思索下,回道:"是她同学吧。"

"她家住哪儿你知道吗?"

姜林海摇头:"不知道。"

"她和姜筱洁关系怎么样?"

"应该就是一般同学关系吧。"

"那姜筱洁失踪的这个时间段,从中午到晚上,您在做什么?"

"我一直在家,收拾东西,洗洗衣服,把晚饭做好等她们。"面对雷旭一连串的发问,姜林海表现得一点也不慌张。

"雷检察官,你怎么好像在审讯我一样?"

面对他的质疑,雷旭摇头解释道:"没有,我就是着急,你说筱洁这孩子能跑哪去,对了,筱洁失踪之后你联系过她吗?"

姜林海点点头:"联系过,打电话没接,发微信也没回。"姜林海表现得很懊恼。

雷旭笑着看他扣在桌子上的手机:"方便给我看你的电话吗?"

"可以。"姜林海毫不犹豫地递上电话。

雷旭翻看一阵手机,抬头看姜林海:"你女儿到现在失踪两天了,你就给她打了三个电话?"

姜林海叹口气,显得很颓废。"打电话也没接,打再多也没用,她不想我联系她,我打多了反而会招人烦。"

"为什么?"

"雷检察官,等你将来有了孩子,等孩子到了叛逆期你就明白了,孩子到了青春期,你看得越紧越逼她反而会越刺激她,我不想刺激她,想让她自己冷静一下。"

雷旭把手机还给他,起身指了指姜筱洁的卧室:"我们方便看看筱洁的卧室吗?"

姜林海回头看了眼女儿房间紧闭的门,点点头:"可以看。"

姜林海带雷旭和都子瑜走向姜筱洁的卧室。雷旭和都子瑜走进房间，看见到处都是被李笑颜翻乱的衣服和书籍。

雷旭忍不住感慨："这有点乱哈。"

姜林海笑笑："孩子大了，我这也不方便给她收拾。"

都子瑜举起手机问姜林海："方便我们拍几张照片吗？"

"没问题。"姜林海让出房间门口。

雷旭和都子瑜仔细观察着屋子里的每一个细节，雷旭看到床下放着一沓画："这个能拿出来吗？"

姜林海弯腰看了眼："都是筱洁的画，你要是想看就拿出来吧。"

雷旭俯身，从床底下拿出几张画。

"这都是筱洁画的？"雷旭举着画仔细地看，都子瑜用手机拍照。

这几张画的风格都偏暗黑，线条不规则，色彩凌乱，其中一张画的内容关联到背景楼灯光秀上的一个商标，第三届ANP亚洲电竞大赛在吉平举行的海报。

都子瑜拍完照，雷旭把画放下，刚要整理就被姜林海打断："不用管了，一会儿我收拾吧。"

"谢谢。"雷旭看了眼都子瑜，都子瑜微微点头转过身跟姜林海说："那我们就先不打扰了。"

姜林海把两人送到门口："有筱洁的消息麻烦立刻告诉我。"

雷旭从口袋里拿出纸和笔，写下一串号码："这是我的电话，保持联络。"

"好。"姜林海接过纸条看上面的号码。

"哎对了，张芸芸她爸爸说见过你。"

"哦，那应该就是家长会见过吧，我对不上号了。"姜林海下意识地脱口而出。

雷旭看他低头仔细看号码的样子，若有所思："那我们就下次再见。"

听见电梯门关闭的声音，姜林海缓缓抬起头把纸条折进手心。

"省院下来的就是不一样。"电梯门缓缓闭合后，都子瑜调侃一句。雷旭扭头看她，目光里充满了诧异。

"你别看我，我夸你呢，没有别的意思。"都子瑜一副问心无愧的表情，"你明知道张芸芸的父母都在国外，她身边只有个姑妈，临走你还非要给人挖个坑。"

雷旭恍然大悟，抬头看了眼身后电梯角落的监控，回头盯着电梯门轻声问她："说说你的收获吧。"

"我能有什么收获？"都子瑜反问一句，"不过，他们夫妻感情应该很糟糕。"

姜林海那一副做作的表情太明显，要么是早有预谋，要么就是城府极深。当然，都子瑜现在还猜不透他是哪种，不过不管是哪种，姜林海这人不简单。

"人家不是说了吗，距离产生美。"雷旭也学会了调侃。

"是啊。"都子瑜冷笑，"三个卧室都住人，而且看样子已经分居很久了，在一个屋檐下分居这么久，估计这距离得挺美。"

"叮!"电梯门打开，都子瑜先一步下去，雷旭跟在她身后边走边思索。

姜林海坐在客厅沙发上，阳光照射不进来室内，光线已经开始变暗，可他仿佛在适应黑暗。他手里握着手机举棋不定，几次想拨打电话都放弃了。在黑暗中，姜林海内心在不断地挣扎。

同样的昏暗，不同的地点。

他鼻尖依稀还能闻到那股"陌生"的味道。仿佛回到了那天，那个黑衣人对他说："姜林海，我知道你不认命想玩把大的，所以我借了，不管你赌输赌赢，怎么拿的钱就得怎么还回来，行业规矩你也很清楚，等我们登门的话，就不像现在这样简单了。"

姜林海一个激灵，看清周围是自己家，后背已经湿了一片。他很不舒服，不喜欢这种压抑的感觉，他想起身去透透气，把窗帘拉开，窗户打开。

楼下人来人往，仿佛人群中就有那神秘的黑衣人，他再次感受到了黑衣人的威胁，他深吸口气去把灯光开到最亮。

陈亭毅拎着两大兜宵夜走进九部。今天是九部成立以来第一次加班，他这个检察长体恤下属来了。

"都忙着呢，这么晚了都饿了吧，我给大家拿了点吃的。"陈亭毅把塑料兜放在桌上。

"嚯! 陈检请客啊?"都子瑜放下手头工作，过去把塑料兜打开，把吃的拿出来分给大家。

"工作我帮不上忙，我还不能搞好后勤工作啊，赶紧都过来趁热吃。"陈亭毅一脸不好意思，边说边示意大家过来。

"陈检给大家发宵夜哦。"都子瑜说道。

"谢谢陈检!"

"我看看有什么吃的。"杨甜伸个懒腰过来跟着分吃的。

"咦? 雷旭雷主任呢? 他怎么不在?"陈亭毅发到雷旭桌子前，看见桌子是空的，忍不住问，"你们雷主任呢?"

都子瑜看了眼空办公桌，说："他去派出所了。"

陈亭毅诧异："这么晚了去派出所? 是翎华中学那边有线索了吗?"

"公安排查了翎华中学周围的监控，应该是有发现，主任和大荔一起去开案情分析会了。"

陈亭毅点点头,若有所思道:"那得抓紧点了,这个案子的舆论压力非常大。"

网上舆情一边倒,检察院到现在也没发声澄清,这本身就很被动,要是再不能找到线索,找到那两个孩子,恐怕舆论就能把贤湖区检察院给淹了。

都子瑜点点头,把吃的递给他:"陈检要不要跟大家一起同吃同乐?"

陈亭毅摆摆手:"你们吃吧,还要加班工作,一定要注意休息啊。"

"谢谢陈检。"

陈亭毅摆摆手往外走,走到门口他忽然停下,回头说道:"对了,晚上我在院里值班,有什么进展随时向我汇报,有什么需要我帮忙的尽管开口,好吧?"

"好的。"都子瑜道。

"谢谢陈检。"刘柳道。

公安给徐张荔提供了一段监控录像。分析会后,雷旭跟她围绕监控再次来到翎华中学。徐张荔指着对面的一个超市,举起手机比对后说道:"姜筱洁离开学校之后去了这个超市。"声音充满冷淡。

雷旭点点头,监控里的门头跟超市一样。

"她在超市取走了一个黑色手提包。"

"包里是什么?"

"我哪知道,她又没有对着监控把包打开!"徐张荔没好气地答道。

雷旭尴尬地把她的手机接过来,反复回放监控画面,蹙眉看了半天,不确定地说道:"你看姜筱洁拎包的姿势,这个包看着好像有点重量,是不是让公安看看?"

徐张荔翻翻白眼把手机抢回去,倒退看了一遍视频。姜筱洁走路重心偏向一侧,这黑包确实很有重量。"我会跟公安说的,让他们把视频往前看,看这个包是谁放进去的。"

雷旭点点头,说道:"好,那尽量快一点。"

"行,我现在就去公安局。"

"辛苦,辛苦。"雷旭小心翼翼道。

徐张荔前脚离开,雷旭手机后脚就响了,是个陌生的号码。他接起电话:"你好。"

"雷主任你好,我是姜筱洁的爸爸。"

姜林海!雷旭没想到他会给自己打电话,急忙打起精神注意听:"姜筱洁爸爸,你好。"

"雷主任,我们家以前有个老房子,在老区,一直说拆结果也没拆,我想着筱洁有没有可能去那,结果我来一看,她确实在这。"

"在哪?"雷旭激动地问。

"雷主任,我没敢惊动筱洁,她最近情绪比较大,我怕惊动她再出别的事情,我把地址发给你,你过来跟我一起劝劝她吧。"

"好,你先不要惊动筱洁,我马上过来找你。"

雷旭挂断电话,心里终于松了口气。姜筱洁行踪再现,对他、对贤湖区检察院无疑都是一针强心剂,无论结果如何,起码舆论的压力能小一点了。他想了下拨通都子瑜的电话:"筱洁找到了。"

都子瑜略惊,停顿下问:"你在哪,我跟你一起去。"她的第一反应就是绝对不能再让雷旭一个人单打独斗,一旦再发生问题,那雷旭算彻底万劫不复了。

颇感无奈的雷旭在电话里冷笑:"我就那么不让人放心吗,你回来接我吧。"

徐张荔开车去公安局的路上接到雷旭的电话:"姜筱洁找到了!"

她惊讶片刻,这个消息她要同步给公安,找到姜筱洁无疑对整件事的进展都有帮助。

都子瑜接上雷旭,雷旭把地址给她,是贤湖区郊区。

"那已经拆迁了,到处都是垃圾,筱洁怎么会去那?"都子瑜看了眼地址问。

雷旭说是姜林海告诉自己的,那里有他们家的老房子,以前筱洁离家出走也会去那。

都子瑜点点头,专心开车。

郊区拆得到处都是堆砌的垃圾。一栋破破烂烂的老楼前,都子瑜把车停好,楼前随处可见"拆"和"危"字。

"确定是这吗? 这都要拆了,还怎么住人?"都子瑜看了眼车外,不确定地问。

雷旭低头看了眼导航又看看窗外,确认后下车:"就是这,下车吧。"

二人下车,小心翼翼走进破楼。雷旭打开手电筒照明,都子瑜在后面抓着他,走到二楼,雷旭注意到203。

"就是这。"雷旭关掉手机,敲门,里面无人应答。他回头看了眼都子瑜,尝试推开门,房门竟然被推开了。都子瑜扇了扇飘荡的灰尘,走进房间。

"筱洁?"

"姜筱洁!"

两人在屋里喊人。走了一圈,房间里没人。回到客厅,雷旭发现桌子上有半截烧过的蜡烛,他用手摸了摸桌子,上面是干净的。

他看了眼周围,大声冲周围喊:"看样子这孩子是不在这,子瑜我们走吧。"雷旭用眼神示意都子瑜跟着自己。

"好。"都子瑜转过身跟在他后面。

屋里响起关门声,昏暗的房间陷入平静。忽然有窸窣的声音响起,窗台下的橱柜被人从里面打开,姜筱洁警惕地看了眼周围从里面爬了出来。

雷旭二人就站在房间拐角,姜筱洁见了他们下意识地要跑。

"姜筱洁！你站住！"雷旭过去拉住她，生气地问道，"姜筱洁，你什么意思，你觉得我在跟你开玩笑是吗？咱俩上次聊得好好的，我以为你信任我，我以为你愿意求助于我。"哪知道这孩子掉个头就跑丢了。

姜筱洁低着头不说话。

她不说话，雷旭更生气了，质问她道："报警这件事我是不是问过你本人意见，你也同意了。耍着我玩儿？你一走不要紧，学校多着急，你家长多着急，你知道我们的压力有多大？"雷旭连珠炮似的声音越来越大。

姜筱洁被吓得不敢说话。都子瑜忍不住过来劝他："好了，你控制下你的情绪。"

雷旭确实被气得不轻，本以为自己这次可以在九部大展拳脚，结果还是缩手缩脚。不光如此，还被姜筱洁整得差点断手断脚。他硬生生咽口气，缓和下语气，继续道："姜筱洁，你也是大孩子了，你想过别人的感受吗？这是开玩笑的事吗？我现在严重怀疑你跟我说的那些话是不是真的，你必须对你自己说的话有一个负责任的态度，你知道吗？"

"行了，你吓到她了。"都子瑜责备雷旭太严肃，把姜筱洁拉到自己身边，安抚她不要害怕。

"筱洁，别怕，叔叔也是着急，我们的出发点也是为了你好。我是雷叔叔的同事，你叫我子瑜姐就好。"

姜筱洁抿着嘴唇不敢说话，眼神惊疑不定地看她。都子瑜轻声说："我们为什么会来呢，你离家出走太多天了，你爸爸很着急，也很担心你。你爸爸说你经常喜欢一个人到这儿来待待，他不敢来，怕刺激你，就叫我们过来看看。姐姐第一次来，你能带姐姐参观一下吗？"都子瑜从事未检工作时间长，跟未成年人打交道多，对于这些缺乏安全感的孩子很有一套。

她具有亲和力的话让姜筱洁放松了一些。灵动的大眼睛虽然还充满惊恐，但已经不像一开始那样警惕，她默默地点点头，走在前面。

都子瑜跟在姜筱洁后面，用责备的眼神瞪雷旭一眼。看见门口贴着量身高的尺子，她惊讶一声道："呀，这个尺子子瑜姐姐小时候家里也有。"说完很认真地看上面画的数字，指着一处很低很低的数字说："这是你两三岁的时候吧。"

姜筱洁稍微放松了点，点点头。

"太可爱了。"都子瑜看到一个房间，走了进去，看到里面四处都是画。都子瑜很惊讶，很认真观察每一幅画，问道："筱洁，这些都是你画的？"姜筱洁又点点头。

都子瑜拿起一幅画："这是你几岁画的？"

姜筱洁很认真地看她手中的画，犹豫下摇摇头："不记得了。"

都子瑜把画展示给她看，笑着夸奖道："画得真好，姐姐小时候也爱画画，但没你画得好。"

姜筱洁带着都子瑜参观别的房间，用火柴点燃桌上的蜡烛。都子瑜看见墙上的画有一幅画的是小猫。"你也喜欢猫啊？我也喜欢猫。姐姐小时候也想养猫，但妈妈不允许，说怕影响我学习。"都子瑜看着小猫，眼睛里满是可惜。

姜筱洁盯着她看，脑袋里不由自主地把她跟李笑颜比较——李笑颜的严苛、责骂、无视。

"呀，这还有个娃娃，沙发我可以坐吗？"姜筱洁被拉回现实，点点头。

都子瑜坐下，熟练地摆弄着娃娃说："我小时候特别喜欢给娃娃编辫子，编了很多辫子。我的那只芭比娃娃还是我姥姥给我买的呢，我平时都不舍得拿出来。可是后来我听大人说，如果你经常跟漂亮的人在一起，你也会变得漂亮。从那以后，我就每天抱着娃娃睡觉。"都子瑜熟练地把娃娃的辫子夹在手指缝里。姜筱洁递过来一个橡皮筋。都子瑜接过橡皮筋，让出身边的位置拍拍沙发："来坐吗？"

姜筱洁坐下后眼睛还在盯着娃娃，一脸渴望。

都子瑜笑了下，扎好娃娃的辫子，两只手拿着娃娃在她面前晃动，展示自己的杰作。

"很漂亮是不是，像筱洁一样。"姜筱洁被她逗笑。

都子瑜看到娃娃只有一只手："哎呀，手掉了，好可惜呀。"

姜筱洁起身踩在凳子上从柜子上面拿下来一个盒子，从里面拿出娃娃的另一只手交给都子瑜。

"来，我们试试。"都子瑜接过娃娃的断臂试着给装上，却怎么也装不上。

姜筱洁失落道："修不好了。"

都子瑜注视着姜筱洁的表情问："如果娃娃的手断了，你会不喜欢她吗？"

姜筱洁看着娃娃，语气肯定："不会。"

"给我，我试试。"观察了半天的雷旭走过去，示意都子瑜把娃娃给他。

都子瑜把娃娃交给雷旭，姜筱洁紧张地拽住娃娃。

"筱洁，我们让雷叔叔试试？"都子瑜安抚她。

姜筱洁想了想，松开娃娃。雷旭接过娃娃去一边修娃娃的手。

都子瑜看姜筱洁缓和得差不多了，试探性地问她："筱洁，你为什么会跑，你是受害者，你没有错，你是应该受到保护的，真正犯错的是施害者，他们才应该受到法律的制裁。所以我们今天来是想帮你，你有什么想对我说的吗，我们聊聊好吗？"

"我……"姜筱洁很紧张，似乎不想回忆，也不想说。

都子瑜温柔地抚摸她，看着她，鼓励她："筱洁，我们今天来是想帮你，你不要害怕，有什么委屈，跟我说说好吗？"

"我……"

桌子上手机忽然振动，是姜筱洁提前设定好的闹钟。她跑到桌子下面拿出来一瓶水,跟都子瑜说:"姐姐,你等我一下。"说完,她跑进另一个房间。

雷旭一直在观察这边,看见她进房间就跟过去,结果房门从里面被锁死,他只好继续修娃娃。无意中看到柜子上的黑提包和姜筱洁从储物柜取出的黑提包一样,雷旭示意都子瑜看黑包,都子瑜了然地点头,示意他少安毋躁。

姜筱洁打开房门出来坐回到都子瑜身边,眼中有所动,但还是没说什么。她有些发抖,似乎在害怕。

"筱洁,子瑜姐姐说了,你不用怕。"都子瑜安抚她,抚摸下她的头发。

"我没怕,就是有点冷。"都子瑜把自己的衣服给姜筱洁披上,姜筱洁默默地看着都子瑜为她做的一切。

雷旭递上修好的娃娃:"给,娃娃变好了。"

姜筱洁看了眼雷旭,从他手里接过娃娃,摆弄下娃娃断掉的手臂说:"我小时候,有一次作业没写完就玩娃娃,妈妈就拿它撒气,手就是那时候摔断的。"

"所以你就是从那个时候开始发生什么都不愿意跟妈妈说是吗?"都子瑜反问道。

"我怎么跟她说呢,我说喜欢画画,她说画画没前途;我说想学游泳,她说游泳太危险了,怕我呛着;我说我喜欢舞蹈,她说那会影响学习。"姜筱洁点点头,回想起过往,她说什么李笑颜都不会同意,回忆起过往的每一件事,似乎没有一件是李笑颜同意过的。

"我喜欢的一切她都不喜欢,她只在乎学习,除了学习,就是每天逼我吃药,吃很多很多药……"

"她让你吃什么药?"雷旭怕她害怕,站在远处问道。三人在客厅说话,气氛渐渐变得缓和。

"每天要吃各种维生素A、维生素B、维生素C……各种钙片、鱼油、叶黄素、氨糖、钙镁锌、卵磷脂……我都要吃吐了,连早饭都吃不下去了。她就是这样的一个人,跟她说不明白的。"姜筱洁越说情绪越激动。

都子瑜见她情绪激动,连忙安抚她:"别着急,慢慢说。"

姜筱洁按住娃娃的指节变得惨白,她抬起头痛苦地看着都子瑜:"对不起子瑜姐姐,我不想说话了。"她虚弱地闭上眼睛靠在那,很痛苦的样子。

都子瑜被吓到,急忙喊她:"筱洁,你怎么了? 是哪不舒服吗?"

姜筱洁身体像是没有重心般倒向一侧,都子瑜急忙扶住她靠在沙发上,用手抚摸她的额头:"筱洁,你怎么了? 是不是累了?"她的额头很冰,开始有豆大的汗珠。"呀,这孩子怎么了,出了这么多汗?"都子瑜喊雷旭过来。

雷旭急忙跑过来查看,姜筱洁脸色很不好,他试探着喊了一声:"姜筱洁?"

姜筱洁闭着眼睛没有回应。

"怎么会这样,刚才还好好的。"

"会不会是饿的?"雷旭问。

"不对！"都子瑜忽然想起来什么，急忙让雷旭去另一个房间看看。

雷旭进门查看，在椅子上发现一个药盒，过去捡起来查看，下一刻急忙拿着药盒出去。

"坏了，这孩子怎么吃这个。"雷旭把药盒拿给都子瑜。

是紧急避孕药！都子瑜愣住。

"快去医院！"雷旭抱起姜筱洁，都子瑜跑去开车。

抢救室外面，姜林海瘫坐在走廊的长椅上，焦虑地看着手术室。

雷旭和都子瑜在走廊里来回踱步，面色凝重。雷旭一抬头，看见医院走廊的尽头，李笑颜正飞快地往这边跑过来，高跟鞋踩得"嘎嘎"直响。

李笑颜气喘吁吁地跑到跟前，慌张地抓着他们问道："筱洁呢？筱洁……没事吧？"

姜林海看了看李笑颜，没有说话。李笑颜看向雷旭和都子瑜，两人都眉头紧锁，不知道说什么好。

雷旭犹豫下还是看了抢救室："筱洁……正在抢救。"

李笑颜顿时蒙了，冲到抢救室门口，想扒着玻璃往里看，可是什么都看不见。她慌张地回过身，来到姜林海面前："怎么回事？你倒是说话啊！"

姜林海抬头看了看李笑颜，又低下头，还是什么都不说。李笑颜被气得把包甩在姜林海身上："废物，有本事你一辈子也别说话，你真的要把我给急死。"说完，她转过头求助似的看了看都子瑜，又看了看雷旭。

两人都表情凝重。

李笑颜急得要哭了，哀求地问都子瑜："都检察官，我女儿没事吧？……你们怎么都不说话，你们倒是告诉我到底发生什么事了？"

都子瑜叹口气，犹豫着要怎么开口，把筱洁的情况现在就告诉她，怕她受不了再发生意外。

都子瑜叹口气说道："筱洁她……突然晕倒了，我们把她送医院来，她直接就被推进了抢救室，具体情况，我们也不是特别清楚。"都子瑜说完把脸转到一边。

李笑颜微微愣住，她看了眼都子瑜，又看向雷旭。

"雷主任，都检察官显然不敢直接说，你来告诉我，发生什么事了？我想听实话！"

"我……她说的就是实话，我们真的不太清楚……"雷旭不好开口。

"怎么可能，她晕倒的时候，你们是不是在身边？怎么会不清楚？"李笑颜急了，走廊里全是她的声音。

雷旭被问得语塞："是……"没等他说完，急救室的门打开了，医生走了出来，众人立刻围上去。

医生摘下口罩问："你们谁是家长？"

李笑颜一步冲上去，高跟鞋差点崴到脚，她站在最前面急切地看着医生："我是家长，我是孩子的妈妈。"姜林海跟在身后，一脸急切。

医生很严肃地看着她，责备道："你们是怎么当家长的？十六岁的孩子，在你们身边吃了这么多紧急避孕药，你们没察觉到一点异常吗？"

李笑颜怔住，无地自容地追问："她……有没有生命危险？"

医生很冷淡地看她一眼："患者有营养不良、低血糖的表现，加上长期服用紧急避孕药，导致严重的内分泌紊乱，黄体破裂盆腔内有大量积血，需要马上手术。"

众人呆住。

"患者妈妈你过来一下。"李笑颜愣愣地跟着医生走到一边。

医生低声问她："我们在抢救过程中发现患者有过性行为，这么小的孩子，你们做家长的要关注一下。"医生转身回抢救室。

眨眼间，走廊又恢复平静。

李笑颜浑身颤抖，她缓慢地蹲下去，无声地哭泣。姜林海走到跟前，蹲在她身边，想要开口，犹豫半天只能跟着叹口气，无声地安慰她。

雷旭和都子瑜对视一眼，后者微微摇头。雷旭欲言又止，眼神复杂地看着他们。

手术很成功。姜筱洁被推进病房已经是后半夜。看她脸色苍白躺在病床上，李笑颜再也忍不住眼泪，站在病床前用力地抹着眼泪。都子瑜默默地陪在她身边，姜林海颓废地走到病房外面，靠在长椅上叹气。雷旭递给他一瓶水。姜林海接过水瓶大口地喝水，一口气喝光后使劲喘了口气。这口气仿佛压抑了他很久，嘴角挂着水痕，他复杂地看了眼病房，声音里充满了疲惫："其实我早就察觉到了筱洁最近不对劲，我要是多关心一下就好了……"

第 七 章
新的线索

姜林海回想起几天前。

那天,李笑颜不在家,他给女儿做了一桌子菜,两人有说有笑。筱洁也不用吃那些维生素,其乐融融。

可筱洁突然问他一个问题,问他有没有爱过李笑颜。现在想,可能从那时起女儿就不对劲了。现在想想自己真该死,早知道就应该多关心一下。

看他懊恼沮丧地揪着头发,雷旭不知道该怎么安慰他,无奈看了眼手里的水瓶,仰头喝下半瓶。

"那天笑颜不在,筱洁很放松,吃饭的时候非要跟我说悄悄话。"姜林海带着哭腔回想那天,那天他还做了一大锅排骨,想让筱洁多吃一点。自己真蠢,他当时权当女儿心疼老爸,只是愣了一下。对于女儿的问题,姜林海慈爱地笑下,继续给她夹她爱吃的排骨。

"爸,太多了,我吃不下了。"姜筱洁放下筷子很认真地看着姜林海,"爸,我知道你这些年为了这个家吃了不少苦,受了不少累,可咱俩也没闲着呀,爸,你把工作辞了全心全意照顾这个家,我每天也要上学,做功课,还要备战高考,不能因为她为这个家做出了很多贡献,就可以把她对生活上所有的不满都发泄到咱俩身上。"姜筱洁对李笑颜充满了抱怨。

可姜林海当时只知道和稀泥替李笑颜说话,完全没顾及女儿的情绪。

那天他安慰筱洁很多遍,说得最多的一句话就是"孩子,你妈一个人在外面工作,你想她一个女人肯定会遇到很多困难"。姜林海当时只想女儿大了,有误解,叛逆期不都这样吗。

"所以你还爱我妈吗?"姜筱洁很认真地问他。

姜林海当时想含糊其词地结束这个话题,搪塞道:"我觉得这个事情是这样,这个话题不是你现在该考虑的,你现在的主要任务就是要把学习先弄好,对吧? 所以这个话题到此打住,我们先吃饭。"那天父女俩谈话后,姜筱洁并没有继续吃饭。

现在回想,姜林海忍不住叹气:"筱洁长大了,我不应该把她的话都当孩子的话。"

"听你这么一说,筱洁其实挺孝顺的。"雷旭看着姜林海,"至少她挺心疼你。"

姜林海瞬间湿红了眼眶,哽咽地感慨道:"其实……我闺女对我,比我对她好。"

"别那么说,哪有父亲不心疼孩子的。"

姜林海摇摇头:"每次我们夫妻闹矛盾,孩子都看在眼里,只不过闷在心里不说罢了,她觉得我太窝囊,我的确也很窝囊,连自己女儿都保护不了。"姜林海控制不住自己的情绪,把头埋得很低,手里的水瓶被握得"吱嘎"直响。

雷旭拍拍姜林海的背,无声地安慰他。这时,都子瑜走了过来。

姜林海看见她,急忙控制好情绪站起身:"都检察官,你们聊。"姜林海让开长条椅。

都子瑜站在那目送姜林海走进消防通道,转过头看雷旭。

雷旭摇了摇头,他站起身使劲伸个懒腰,勉强恢复些精力。

"筱洁已经找到了,我和大荔去找找张芸芸。"雷旭说道。现在还有一个孩子失踪,已经两天了,一刻找不到,他心里一刻不消停。

"我觉得当务之急我们应该先回老房子。"

"回老房子?"雷旭有点意外,"筱洁已经找到了,我担心那个孩子会有危险。"

都子瑜摇摇头,她现在担心的不光是那个孩子的问题,既然筱洁已经找到了,就应该把有些事一起弄清楚。老房子,还有那个黑色布包,里面是什么还都不知道,她觉得有必要回去一趟全弄清楚。

"刚才走得太匆忙,我担心老房子还有线索被我们遗漏。"都子瑜又补充一句,"张芸芸的身份证已经上了临控,她有什么情况我们第一时间就会知道。"

雷旭犹豫下点点头:"那我和大荔去吧,有情况她可以第一时间跟公安那边取得联系。"

"也好。"都子瑜留下来时刻关注姜筱洁也好,万一筱洁醒了她也能第一时间问些事情。

雷旭赶到姜筱洁家老房子的时候,已经很晚了,他把手机调亮和徐张荔进屋寻找线索。

他拿起之前扔在沙发上的洋娃娃查看。

徐张荔进了卧室,发现了床上的书包,打开书包,见里面装满了钱。

"这么多钱!"她喊了一声,打开执法记录仪拍摄,"主任,上次你们来也有这么多钱吗?"

雷旭进屋查看，上次来，他没注意这里有书包。

"真没顾上看，不过筱洁怎么会有这么多钱？"雷旭粗略翻看下，至少有几万块。一个初中生，哪来这么多钱？姜林海也不像会给孩子这么多钱的家长，何况他好像也拿不出这么多钱吧。

还真让都子瑜说着了，老房子果然还有线索。雷旭背上书包，和徐张荔原路返回。刚到拐弯处，身后忽然传来响动。

"姜筱洁？"有人冲老房子喊，声音很微弱，很警惕。

两人顿住，雷旭急忙闪躲到一边。

老房子外面有微弱的灯光，一个黑影进了老宅。

"谁会来找姜筱洁？"雷旭示意徐张荔上去，想看看是什么人。

屋内周乔轻车熟路找到蜡烛点燃。"筱洁？"周乔冲屋里喊。

雷旭和徐张荔折返回门口，借着屋里微弱的烛光，看见一个穿着红色帽衫的男孩。

徐张荔第一反应就是滨海公园那个红色帽衫男子。

她刚要喊，屋里再次传出男子寻找姜筱洁的声音，徐张荔要冲进去，但被雷旭拉住了。

周乔在屋里没有发现姜筱洁，觉得很奇怪，便要去走廊。周乔在门口忽然看见雷旭，雷旭瞬间把手机照在周乔脸上。周乔被吓了一跳，把手里东西扔向雷旭，转身就往外跑。

徐张荔在拐角一把抓住周乔："你跑什么？站好！"

"你们是谁？为什么拿着筱洁的包？"

雷旭很意外，举起书包问他："你认识这个书包，你怎么知道这个书包是筱洁的？"

"我是她的邻居，我们一起在这个楼里长大。"周乔想挣扎开徐张荔，恶狠狠地盯着雷旭，"你们是谁，为什么偷筱洁的书包？"

"这么晚你干吗来了？"

"你管得着吗，你谁啊？"

"站好了，问你什么就说什么！"徐张荔狠狠地按住周乔。

周乔害怕，喊了一嗓子："我来给她送吃的。"

雷旭蹲下把周乔扔他的东西捡起来，看了一眼还给周乔，他示意大荔松开："你叫什么名字？"

周乔抢过东西，警惕地看着他："周乔。"

"把身份证给我们看看。"

"我凭啥给你？"

徐张荔拿出警官证给他看："我们是警察，以后我们可能会需要你配合调查。"

周乔看见是警察，瞬间害怕了，乖乖把身份证给徐张荔。

徐张荔拍下周乔的身份证,还给了周乔:"这么晚了不要一个人出来,赶紧回家,听见没有!"

周乔抢过身份证往前跑了两步,拉开一段距离回头看着他俩,担心地问道:"筱洁现在在哪呢?"

"她现在跟爸妈在一起,不用担心,走吧。"雷旭摆手让他离开。

周乔犹豫了下跑了。

徐张荔蹙眉看着他的背影:"你不觉得他这身衣服和滨海公园那身……?"

雷旭摇摇头:"我现场看过,那个人应该比他高。"

"走吧。"雷旭和徐张荔回到医院。

姜林海守在这里,看见他起身想要询问,雷旭摇摇头让他放松。姜筱洁一时半会醒不过来,雷旭让大家回去休息,只能等天亮再去找张芸芸。

可万万没想到,刚上班,刘柳就接到了公安部门的电话,张芸芸找到了。她的身份证在睡帽电竞酒店进行登记了。

都子瑜跟刘柳赶到睡帽电竞酒店,前台看见两人穿着检察院制服有些意外,局促不安地站起来。两人出示证件后,都子瑜让前台帮忙找人:"麻烦你帮我找一下一个入住的客人,叫张芸芸,她住在哪个房间?"

前台局促地操作了一下电脑:"不好意思,入住登记的没有叫张芸芸的客人。"

"你确定?你知道电竞酒店容留未成年人上网,侵害了未成年人的合法权益吗?"

都子瑜的话让前台战栗不安,眼神闪躲地说再找一下,然后噼里啪啦敲了一阵键盘。

"在,在406。"

都子瑜和刘柳转身走向电梯。

前台看见两人进电梯,慌慌张张地拿起电话。

大堂经理走在前面给两人带到睡帽电竞酒店406门口,房门上挂着"请勿打扰"的门牌。她使劲敲门,里面无人应答,停顿了三秒,再敲门,还是没人,她用房卡刷开房门。

都子瑜和刘柳进去,发现屋里没人,但电脑还开着,页面是医美方面的资料,页面上全是各种整容的前后对比。都子瑜使个眼色,刘柳拍下页面。

"我要查看你们的监控。"都子瑜很严肃,不容反驳。

经理笑着答应,笑容里充满了尴尬。

在前台,都子瑜查看监控,刘柳拍照取证。监控里,她们发现张芸芸是从后门跑的。

"她经常来这里!"都子瑜很严肃地指着监控画面。

大堂经理看都没看一眼监控,急忙辩解道:"我刚来不久,也不是很清楚。"

"那这两天有没有一个叫姜筱洁的登记入住过?"

大堂经理尬笑下:"我……没有印象。"

"没有印象?你们这有多少未成年人入住?"

"我……我。"

"把你们最近的入住记录给我一份。"都子瑜严肃得让人害怕。

前台跑去复印入住记录,都子瑜接过记录后问经理:"你们这个记录是完整的吗?"

"当然当然,我们酒店实行住宿、上网双登记,并新安装了上网实名认证系统,即使已经办理入住,上网也是需要身份证登记的。"大堂经理急忙解释。

都子瑜冷笑:"那张芸芸是怎么回事?"

经理语塞。

都子瑜晃动手中的记录,严肃道:"我们会和相关监管部门分析研判,如果发现容留未成年人上网,将从严处理。"

都子瑜走后,段威急急忙忙跑进孙云骁办公室说:"孙总,那个姓都的检察官来电竞酒店了。"

孙云骁正对着电脑打游戏,听见他说,愣了下问:"她来干什么?"

段威怯生生地说:"查一个叫'张芸芸'的入住登记。"

孙云骁松了一口气,继续盯着电脑屏幕:"除了查这个,还查什么了?"

段威摇摇头:"暂时没有了,她警告我们不能容留未成年人上网。"

键盘噼里啪啦的,孙云骁使劲砸下键盘,然后坐在老板椅上,一脸不以为然。

"都子瑜也是个油盐不进的人,上次她把咱们的博彩APP下架了,我还没来得及找她算账呢,现在又跑来查电竞酒店。还有那个雷旭,刚来几天就害得酒吧和网吧停业整顿。他们九部是成心和我过不去呀。"孙云骁说完抽出一支烟。

段威急忙点火,小心询问:"孙总,需要我怎么做?"

孙云骁摆摆手:"告诉大堂经理,控制好客人的入住、上网双系统登录。面上的事儿,还是要做到合法合规,别让她揪住小辫子,再把酒店封了。"劫哥的话还在耳边,他不打算再触这个霉头。

张芸芸从酒店跑出来,用帽子和口罩把自己遮挡得很严实。她确定周围没有人,站在医美医院的门口看着巨大医美海报上的女明星,默默地走了进去,前台热情地接待她,把她带到院长办公室。

张芸芸有些局促,看着女院长在拖动鼠标,在屏幕上给她找整容后的动画效果。

张芸芸摘掉口罩帽子,女院长给她介绍自己的产品,给她看动刀后的效果。

"我们在做下颚角手术修改面部轮廓这个手术的同时,可以把你其他的五官也调整一下。"女院长指着张芸芸的五官,眼耳口鼻,在空中虚画着,"你基础是很好的,山根很高,你鼻子的驼峰很自然,但就是这个鼻翼和这个鼻头,可以给你稍微缩小一点,然后这个前眼角的内眦赘皮,还有这个双眼皮一体成形之后,眼睛就从细长变成那种很灵动的感觉。"说完,调整下屏幕上的效果。

张芸芸的照片瞬间变得十分精致,小姑娘痴痴地盯着屏幕。

女院长很满意,开始给她介绍套餐、价位。张芸芸一点点陷入,似乎再也不能自拔。

贤湖区检察院。

陈亭毅有些茫然地坐在办公桌前,手里不停地旋转着笔帽,似乎在想着什么。

"陈检早啊。"雷旭敲敲门。

"你不是比我更早!"一大早雷旭就给他打电话说有事要汇报。陈亭毅没有要站起来的意思,抬下手示意他进来。

雷旭坐在他对面,顺便把姜筱洁的背包放在办公桌上。雷旭笑笑,指了指背包,说道:"我们在姜筱洁家老房子里找到的,一找到就直接给您拿过来了。"

陈亭毅皱着眉左右看了看背包,就是普通的学生书包,但他猜雷旭不会这么无聊,找到个书包还拿给自己:"说吧,里面是什么东西。"

雷旭双手拉住拉锁缓慢向两侧打开背包,边拉拉锁边说道:"钱,里面全都是钱。"

"钱!"陈亭毅被吓一跳,这一书包得多少钱!他站起身往书包里看,里面有新有旧的百元大钞被证物袋包裹着堆放在书包里。

雷旭把证物袋拿出来放在桌上:"这是在姜筱洁家老房子里找到的,很可能和案情有关。"

陈亭毅看他一眼,打开证物袋上面钉着的提取笔录,眉头微微皱紧:"这么多钱?具体是多少?"

"98000,已经固定了证据。"

陈亭毅若有所思地抬头看他:"一个孩子怎么会有这么多钱呢?"

"我正想跟您说这个事儿,从目前情况来看,似乎这几件事都能和这个叫姜筱洁的孩子沾上边儿。"

陈亭毅把笔录放下,脸色阴沉下来。雷旭也注意到他的脸色,但丝毫不在意:"我觉得吧,这个叫姜筱洁的孩子可能还有一些事是我们不了解的。"

"怎么搞得越来越复杂了?"陈亭毅皱眉道。

"是姜筱洁霸凌张芸芸和疑似被性侵案越来越复杂了。"雷旭说道。

陈亭毅一愣,随即点点头表示很认可雷旭的话,他嘱咐道:"一定要快办快结,现在的舆论压力太大了。"

陈亭毅起身在办公室里来回踱步,思索:"雷旭,说实话咱们贤湖区院庙小,不比省院,在省里的小案子,在咱们这都是天大的案子,再说了,一个孩子没那么复杂,九部是新部门,一举一动大家都看着呢,每一步都要做稳了,注意一下分寸,不能出手太重了,这些你都要考虑到。"

雷旭不明白他这话什么意思。

"很难理解吗?"

"陈检,您让我出手别太重,又让我快点结案,那您这要求矛盾啊。"

"矛盾吗? 事物都是在矛盾中向前发展的。前面有宗有亮的案子,后面再有些风浪,我怕你吃不消。"

雷旭也想过这些问题,但他有他的想法,何况陈亭毅这番话哪是怕他吃不消,是怕九部,怕贤湖区检察院吃不消吧。

宗有亮的案子在省院再吃不消也有省院顶着,唯有姜筱洁这几起相互关联的案件现在陷入了舆论的风口,但他不怕,他有信心能够拿下,九部现在也都正上下一心,在侦办案件,陈亭毅怎么会这么没有信心。

说到底,还是不相信他。

雷旭叹口气,起身向陈亭毅保证道:"陈检,我先回去开个会,拿出个具体方案给您吧。"

陈亭毅又看了看钱的照片,随即把书包递给雷旭:"交到证物室先保管。"

"好的,那我回去了。"雷旭拿起书包往外走。

陈亭毅犹豫下对着他的背影说:"总之一句话,克服困难,尽快结案,给舆论一个交代。"

雷旭点点头走出办公室的门。

陈亭毅坐回到办公桌前,有些疲惫地闭上了眼睛。

另一边,都子瑜跟刘柳根据张芸芸电脑里留下的痕迹追到了整形医院,可此刻,张芸芸已经躺在了无影灯下。

脸上准备整形的部位被画好了各种颜色的线条,院长和护士在进行术前准备工作。

麻醉师将麻药缓缓注射进张芸芸的体内。随着麻药的作用,张芸芸越发紧张,心跳紊乱,她感到一阵耳鸣,只能听到自己的心跳声。突然,张芸芸呼吸急促,晕了过去。

都子瑜和刘柳快速冲进整形医院的大门,冲向前台。

刘柳气喘吁吁地亮出证件:"我们是检察院九部的,来找张芸芸,她在哪儿?"

前台护士一脸不以为然,头都没抬一下,说话声音里充满了不屑:"我们不能随意提供患者信息。"

"你们知不知道张芸芸是未成年人!"都子瑜冷冷地看着她说道。

护士翻白眼讥讽道："您一定误会了,我们有规定,不接待未成年人……"她话还没说完,院长惊慌失措地从手术室跑出来,语无伦次地喊:"快打120,那小姑娘麻药过敏,休克了!"

都子瑜冲上楼梯,冲进手术室,手术床上躺着的正是张芸芸。

"知不知道你们这是在犯法!"都子瑜气得浑身发抖。刘柳已经在联系120跟公安机关。

刚才还嚣张跋扈的护士也傻了,怎么能麻药过敏呢? 院长想跑,被刘柳堵在门口。

雷旭从陈检办公室出来迎面碰上匆匆往外走的徐张荔。

"主任,张芸芸找到了,已经送医院了。"

"送医院了? 她怎么了?"徐张荔来不及解释,让雷旭跟着一起去医院。

张芸芸被120拉到医院,直接送进了抢救室。都子瑜和刘柳焦急地等待在抢救室门口,整形医院院长局促地站在一旁。

雷旭先去看了姜筱洁,她孤零零地躺在病床上,仍在昏迷中,面色如纸,看起来很虚弱。

又到抢救室外,所有人都在这里。

都子瑜在紧张地来回踱步,看见他出现,忍不住过来检讨:"这件事都怪我。"

"和你有什么关系啊?"雷旭脑袋里还在想陈亭毅的话,一时间跟不上节奏。

"如果昨天晚上听你的去找张芸芸,她今天就不会……总之,未成年人失联随时都会发生不可预测的危险,昨天晚上听你的,后面这些事就都不会发生。"

雷旭闻言,眉头一皱,说道:"这种事你就别自责了,昨天晚上也许我们能找到张芸芸,但同样也会遗失掉老房子的线索,张芸芸这件事不怪你。"

徐张荔也过来安慰都子瑜:"是啊,再说哪有那么多如果。"

"放心吧,张芸芸不会有事的。"雷旭说道。

都子瑜不再说话,只是脸色很难看。张芸芸还在抢救,里面情况未知,如果真有什么不测,她心里……都子瑜忍不住看抢救室还亮着的灯。

"雷主任,我为自己的态度跟您道歉。"徐张荔想了好久,走到雷旭面前道歉。

雷旭一愣,看着徐张荔,她的性格直来直去不像是会检讨的人。看她那硬憋都要憋出内伤的表情,雷旭忍不住调侃她:"大荔,今天这是怎么了,又开始新一轮抢着检讨了。"

"不是,我想好久了,我之前……"

"行了,大荔!"雷旭打断她,"都是同事,又都是工作上的事。孩子丢了,咱们谁都着急。"

"主任,我是真心想跟您道歉!"徐张荔嗓门大了。

雷旭急忙摆手:"行,行,我接受了,回头你教教我怎么举哑铃。"

"你!"

抢救室的门被推开了,张芸芸脸色苍白,躺在病床上被推入病房。

"医生,她怎么样?"都子瑜急忙去问。

"让一让。"医生让大家让开。张芸芸被推进病房,病房现在还不能进人,只能透过病房玻璃观看情况。

张芸芸孤零零地躺在病床上,戴着氧气面罩,昏迷不醒,手上挂着吊瓶。

医生出来摘下口罩,对都子瑜、刘柳、整形医院院长,以及匆匆赶来的雷旭交代病情。

"张芸芸怎么样了?"雷旭问。

医生摇摇头:"不好说,急性重度麻醉药过敏,刚抢救过来,还在昏迷中。"

"麻药过敏怎么会这么严重?"都子瑜问道。

"主要还是体质弱,不过好在抢救及时,已经吸上氧,并注射了肾上腺素,继续观察吧。从注射的剂量来看,是这孩子命大……"

"芸芸呢? 雷主任,芸芸怎么样了?"张静楠慌慌张张赶来。这么多人她就记得雷旭,急忙过去拉住他问孩子情况。

雷旭安抚她不要激动,指着病房说:"芸芸姑妈,您先别急,已经救过来了,这位是芸芸的主治医生……"

"医生,芸芸怎么样了,怎么还要抢救,她是不是有生命危险?"张静楠哭着越说越激动。

整形医院院长心虚地躲开,小声跟雷旭讲:"我,我再去补交一些费用。"

都子瑜使个眼色,刘柳拦住她:"我陪你去!"

医生给张静楠介绍病情,她听了脸色一下子就变了。她没想到这孩子还会去整容,从来没听她说过。她扒着病房玻璃,焦急地看着张芸芸,带着哭腔抱怨道:"这孩子怎么还去整形,她没事整什么容啊?"

"您不知道张芸芸去整容的事?"都子瑜过来询问。

"我哪知道啊,她从来也没跟我说过,也没跟她父母说过啊,这孩子……再说她父母都在国外呢,她哪来的钱啊。"

张静楠急得团团转,她两只手揉搓在一起,嘴里嘟囔着该怎么跟孩子父母交代。

"都检察官,这孩子哪来的钱,你们知道吗?"都子瑜跟雷旭对视一眼,整容需要钱,张芸芸的钱哪来的?

"芸芸姑妈,没事的,你先照顾好芸芸。"雷旭安慰她一句,把都子瑜叫到一边,把手机递给她看:"公安锁定了往超市存取柜放手提包的人。"

"让刘柳把那个院长看住,公安那边应该就快到了。"

"那这个放包的人呢?"都子瑜问道。

雷旭看看时间,看了眼病房的方向,想了下说道:"先等等公安那边的消息吧。"

警察说到就到,两名警察直接在现场控制住了整形医院院长,她被拉进医院的临时询问室。一同赶来的还有市场监管部门的同志。

雷旭叫都子瑜下楼。刘柳开车,雷旭坐在副驾驶座,都子瑜在后排。

"先回检察院还是去哪?"刘柳问道。

"先去前面那个路口。"雷旭指了下前面亮灯的路口。

刘柳一头雾水开车过去,雷旭指了一个地方让她靠边停车。

"主任,您干吗去啊?"雷旭下车,都子瑜摇下窗户喊道。

雷旭摆摆手,没回答。都子瑜刚要再追问,手机响了,是母亲发来视频通话申请,都子瑜无奈地坐回车里接起来。

都子瑜:"喂,妈,嗯,我在工作,还没吃呢,在外面,没在单位……"

"雷主任这是?"刘柳一脸惊讶,回头叫都子瑜看外面。雷旭拎着一个纸袋拉开车门坐回副驾驶座。

都子瑜依旧和都妈解释着:"妈,我现在真没时间吃,晚上我多吃点儿。"

雷旭从纸袋里拿出一个汉堡,递给后排的都子瑜。都子瑜拿起汉堡,笑了,朝手机晃晃:"我这就开饭,放心吧老妈,挂了啊!"

"谢了,主任。"都子瑜挂断手机打开汉堡袋子。雷旭回头看她一眼:"我是怕阿姨又说你没时间吃饭,有时间吃胃药。"

都子瑜拿出汉堡,发现是鱼堡,愣了一下,有些感慨,默默吃了起来。

刘柳也从纸袋里拿出汉堡,一口咬了将近一半儿:"谢谢主任,辣鸡腿堡,永远的神,都姐,你的是鱼堡耶。"

"咦? 你不是最喜欢吃鱼堡吗? 这么巧,雷主任真会选口味?"刘柳的大眼睛在雷旭身上滴溜转。

雷旭用喝咖啡掩饰尴尬:"我瞎猜的。"

"猜这么准,什么时候这么有默契了?"刘柳咬着汉堡,脑袋里还在八卦。

都子瑜在后面忍不住敲她一下:"吃还那么多话,主任知道我最近在减肥,吃鱼不胖。"

按照徐张荔提供的线索,公安机关找到了周乔。经过人像比对,在超市储物柜放黑包的人就是周乔。

两名警察在未成年人讯问室讯问周乔,同时还有一名司法社工陪同。司法社工看周乔一脸紧张,叮嘱他道:"周乔,你要是哪里不舒服就告诉我。"

周乔拘谨地点头。

一名警察开始记录，并点头示意另一名警察可以开始讯问。

"周乔，你放在超市储物柜里的是什么？"

"我放什么？"周乔有些紧张。

"周乔，警察没有证据是不会找你的，你不用紧张，该怎么回事就怎么回事，不要怕。"司法工作者时刻关注着周乔的情绪。

警察提示周乔时间地点、什么样式的包。

周乔想了好久，说："那个包我没打开看，应该是一包吃的。"

"谁让你放的？"

"一位坐轮椅的叔叔。当时他不太方便，让我帮帮忙。"

"你认识他吗？"警察问道。

周乔摇摇头："不认识。"

认真记录的警察停下来看着周乔："周乔，你年纪还小，千万不要撒谎。"

"我没撒谎。"周乔从进入讯问室时表现得紧张到现在的一脸无所谓，很明显，他做好了被讯问的准备。

两名警察用笔在纸上短暂交换下意见，罗列出两条讯问提纲，其中一名警察放下笔，认真地观察周乔的表情，问道："那你暑期都做些什么？"

"写作业啊，我们老师留了好多作业。"周乔情绪淡定，语速很快，明显与他这个年纪的孩子心理年龄不相符合。

"除了写作业呢，比如晚上五六点钟以后，你都做些什么？"

周乔好像很认真地在回想，然后摇摇头，表示没做过什么事。

"8月22号晚上，你在干什么？"警察说出精确时间，目的是让周乔心里被加上一层压力，想震慑他一下。

周乔依旧是摇头："时间太久，记不清了。"

警察靠在椅背上微微叹气，周乔这孩子看上去很害怕，其实心里早就想好了怎么回答，这种情况再继续问话也没意义了。

今天是九部成立以来，第一次所有人都在忙碌同一个案件。雷旭终于不用无所事事地看卷宗了，他终于融入了九部。

杨大姐在梳理这几天发生的事，徐张荔在跟公安机关沟通。刘柳在打电话，她挂断电话转过头喊了一声："醒了。"

"谁醒了？"雷旭看她。

"姜筱洁和张芸芸都醒了。"来电话的是医院，两个孩子都已经醒了，情绪也很稳定，可以配合工作。

雷旭点点头说了声好，然后走到众人前面，看大伙注意力都集中到自己这，他还紧张一下,说道:"咱们先梳理一下疑点,然后去医院。"

"疑点,什么疑点?"刘柳皱眉,拿起小本开始记录。

雷旭闻言,稍微沉默下以组织语言,然后说了些他的看法。按照雷旭的意思,姜筱洁和张芸芸两个人之间发生欺凌的地点为什么偏偏选择在学校监控探头下面? 天台那么多摄像头照不到的地方,她们为什么选在那里,是巧合吗? 这是他认为的第一个可疑的地方。

刘柳在小本上把"摄像头"三个字画上圈,认真思考他的问题。都子瑜也在皱眉沉思。

雷旭把在医院调取回来的发票跟医生开具的那张方案单放在桌子上给大家看。张芸芸挂号费,预存整容费,医院开具的方案,加一起要10万块,按照张静楠说,她们家里根本没有那么多钱,那钱哪来的? 这是第二个疑点。

雷旭的话简直是石破天惊,这话一出,刘柳眼睛都亮了下,她举手喊:"姜筱洁背包里的钱,跟张芸芸整容的钱会不会是一笔钱?"

"对,我下面就想说,张芸芸跟姜筱洁她们两人的钱是哪来的? 两个未成年孩子,怎么可能会有这么多钱。"

"按照姜筱洁家的经济条件,她有98000也不是特别奇怪的事。可按照张芸芸家的经济条件来说,她有10万块钱的确值得怀疑。"都子瑜说道。

姜筱洁家经济条件好有目共睹,可张芸芸姑妈怎么看也不像是能给张芸芸10万零花钱的人,而且在医院她已经明确说了,张芸芸的钱不是家里的。

"这倒是让我想起一个案子。一个十五岁女孩,父母离异各自组成家庭,她被弃养,开始和不良少年交往。因为长相被嘲笑,用裸照贷款了20万元去整容。结果利滚利,很快欠下100多万元,她没有能力偿还,最后被逼上绝路。"都子瑜忍不住说道。

"你是怀疑张芸芸这笔钱的来源牵扯到裸贷或者套路贷?"雷旭在省院倒是听说过很多大学生为了攀比去借裸贷或套路贷,没想到还会有初中生。

"有这个可能。"

刘柳附和着点头:"嗯,现在裸贷的发案率很高。"

雷旭在一瞬间脑袋里过了很多想法。

"还有超市那个黑包。怎么能证明黑包里装的就是姜筱洁包里的钱?"

"银行监控显示,分多次取走现金的人把钱装到了跟这个一模一样的黑包里。"徐张荔已经跟公安核实过,而且放黑包的人也已经找到了,就是周乔。

徐张荔刚跟公安通过电话,第一次对周乔的讯问没有任何效果,这孩子要么矢口否认,要么就是撒谎。对未成年人讯问要循序渐进,不能一下子压力过大。公安那边也跟她解释了,过几天会对周乔进行第二次讯问。

"我现在很怀疑这三个孩子之间有其他的联系。"雷旭觉得姜筱洁、张芸芸、周乔这三个孩子一定还有别的事情,整个案件中他们三个看似毫无关系,可整件事都在围绕他们三个。雷旭说完,大家沉默不说话,气氛开始变得尴尬。

"我没有其他疑点了。"雷旭犹豫下说道。过犹不及,他想得太多,反而让案件变得复杂,他在心里微微叹气。

都子瑜看他心事重重,看看时间,说道:"那咱们抓紧去医院问问吧。"

"好。"大家附和,刘柳、徐张荔开始检查设备。

一路上,雷旭还在反复思索三个孩子之间的关系,直到抵达姜筱洁病房。玻璃窗里那个单薄的姑娘在望着天花板发呆。

雷旭还是问了下她的主治医生,确认她的身体状况没问题可以接受讯问。

雷旭让徐张荔配合自己,都子瑜跟刘柳一组去张芸芸病房。他们今天穿着便装,显得很随和,很轻松。

李笑颜跟姜林海在病房,看见雷旭,姜林海下意识地紧张地站起身挡在病床前。

雷旭摆摆手,示意他放松:"我们今天来主要是看看筱洁。筱洁,一会我们跟你谈话的过程中,你要是觉得不舒服可以随时跟我说,我们可以随时结束。"

姜筱洁点点头。

"那我们可以开始了吗?"雷旭走到病床前。

姜筱洁没回答,眼睛一直看着李笑颜。

"筱洁,检察官问你话呢。"李笑颜跟女儿说。

姜筱洁转头看雷旭,不带任何感情地说道:"让她出去,否则我什么都不会说。"

雷旭微微愣下看向李笑颜。

"妈妈就坐在这陪你,不说话还不行吗?"李笑颜想坐下陪着女儿。

姜林海劝住她:"算了,女儿现在情绪不稳定,你就先出去吧。"

"我是她妈妈!"

"我知道,我知道,女儿现在很不稳定!"姜林海一个劲点头,连劝带推苦口婆心地把李笑颜劝出去。

雷旭看见李笑颜被关在门外,回头看姜筱洁:"筱洁,现在你可以说了吗?"

姜筱洁声音平静道:"你让我说什么?"

"你为什么逼张芸芸吃药? 还推她?"雷旭问道。

"谁让她嘴欠,她看到了不该看的,说了不该说的。"

张芸芸的病房跟姜筱洁的一墙之隔。

都子瑜坐在病床前讯问张芸芸:"你都看见了什么,说了什么?"刘柳同时在认真记录。

张芸芸情绪很稳定,姑妈张静楠坐在病床另一侧,一脸疲惫。

"我向她借东西，她不小心把那个药从书包里掉出来，被我看到了。"

张芸芸回忆起那天发生的事，事发地是翎华中学食堂，那天姜筱洁戴着耳机在食堂吃饭，张芸芸在远处打饭正好从她身边经过。有人在姜筱洁身后骂了一句，姜筱洁认定那个女生骂的是她，她就摘掉耳机端着餐盘走到那个女生面前，劈头盖脸地砸，那个女生没有一点防备，被砸得满脸都是菜汤，幸亏有老师路过才及时把两人拉开。

而这一切，姜筱洁都怪罪在了张芸芸的头上，她认为是张芸芸在背后瞎传话导致的。

在姜筱洁病房，雷旭听见姜筱洁讲这些有些奇怪，禁不住蹙眉问她："你当时戴着耳机，食堂又那么嘈杂，你还能听见那个女生在背后骂你？"

姜筱洁眼神闪躲道："戴耳机就一定要放音乐吗，装酷不行吗？我平时走到哪都戴着耳机。"

"你刚才说你喜欢听歌，你究竟是喜欢听歌，还是喜欢戴耳机当装饰？"雷旭挑出姜筱洁话里的矛盾。揪着矛盾一点点放大，循环往复，不断拉长，直至人忍受不了说出真相，这是雷旭上大学时教授教的。

姜筱洁果然被他问得烦躁："这和你们要问的事有关系吗？"

姜林海一直在观察着女儿，看见她情绪波动，急忙劝雷旭："雷检察官……"

雷旭仿佛没看见姜林海，眼睛始终盯着姜筱洁，他对整件事分析的结果是所有的事情都离不开姜筱洁。食堂那么多人，她凭什么断定是张芸芸瞎传话，还上天台霸凌人家？

"筱洁，你是那种会肆意欺负别人的人吗？"在老房子，她看断臂娃娃那种心疼的眼神，和把娃娃的断臂小心放在盒子里收藏到现在，怎么看，她都不像是一个会随便欺负别人的人。

"筱洁，你很善于把自己的内心伪装起来，我今天不是法治副校长，也不是检察官，我就是雷叔叔，想听听你的心里话。"雷旭说完，姜筱洁的情绪渐渐稳定下来。

姜林海喘口气，坐回床尾继续看着女儿。

"筱洁，你又怎么知道一定是张芸芸说出去的呢？"雷旭问道。

"除了她还能有谁，她就是讨好型人格，不想被同学排挤，为了交朋友，拿我的隐私当谈资！"姜筱洁说道。

雷旭百思不得其解，问道："同学们又为什么要排挤她呢？"

张芸芸的病房里，都子瑜也在问同样的问题。可张芸芸一口咬定不是自己。

"我在学校几乎没朋友，我就是想说，我跟谁说呀。"

没朋友？这让都子瑜很意外："为什么会没朋友呢？"

张芸芸很无奈，说了些她在学校的情况："我们学校的氛围那么奇怪，我能有什么朋友?"

"奇怪,怎么奇怪?"

张芸芸从鼻子里发出鄙夷的声音:"我们学校每天都在拼爹,谁会跟我做朋友,我猜啊,她一定是在其他地方不小心把药露出来过,被哪个女生看到,大家才传闲话的。可姜筱洁认定是我说的,就喊我去了天台,逼着我吃药。"

"按照姜筱洁的逻辑,她应该逼着那个女生吃药才对,为什么逼你吃药?"

"我好欺负呗。"张芸芸眼圈红了,一脸委屈。在旁边的张静楠听着事件的经过,心绪难平,气愤不已。

都子瑜想了下,又问道:"你和姜筱洁平时关系怎么样?"

而此时在隔壁,雷旭也问了同样的问题。

"关系很一般。"姜筱洁略带嘲讽地回答雷旭的问题。

雷旭从包里拿出一张通话记录清单,放在姜筱洁面前:"关系这么一般每天还要打这么多电话?"他指了指上面用红笔画圈的通话时间:"108分钟,你们每天在学校都能见面,回家还要打这么久电话,你和你这位关系很一般的同学很有话说吗?"

"问作业不行吗?"姜筱洁有点急了。

雷旭卷起通话记录放回包里,又看着姜筱洁问:"你书包里的98000块钱是哪来的?张芸芸去做整容手术的10万块钱和你有关系吗?"

"你们不是知道了吗?还问我?"姜筱洁正处在叛逆期,被雷旭用两人通信录戳穿谎言,有些不甘心,转而再面对雷旭的态度也没那么客气了。

"请你正面回答我。"雷旭对自己提问会激怒姜筱洁显然早有预料,他在用逐渐变得严肃的态度让姜筱洁产生恐惧,说出实话。

姜筱洁情绪变得很烦躁,她不情愿道:"我妈给的,一共20万。"

"你妈妈为什么给你这么多钱?"

"我逼着张芸芸吃药,还把她打伤了,她姑妈就找到我妈,威胁说要告到学校,让学校把我开除,还说要起诉什么的。我妈怕事情闹大,主要是怕丢她自己的面子,就悄悄给了张芸芸一笔封口费,怎么,张芸芸拿这笔钱整容去了?"

姜筱洁忽然鄙夷地笑下,嘲讽道:"都长成那样了,还有整容的必要吗?"

姜林海呵斥女儿道:"筱洁,别胡说!"

雷旭又问了两个无关紧要的问题,结束了今天的讯问。雷旭叮嘱姜林海照顾好姜筱洁。

姜林海一直送他们到病房门口。看见门外焦头烂额来回踱步的李笑颜,雷旭忍不住埋怨一句:"李女士,你真是糊涂啊。"

李笑颜本就坐立不安,看见他出来急忙迎上去想问问女儿的情况,被他一句话说得怔在那。

看她那闪躲的眼神，雷旭欲言又止，估计她也猜到了自己说的是什么。忽然一个人影冲过来，猝不及防地扇了李笑颜一个耳光。

李笑颜正在思考要如何应对雷旭呢，被一下子打蒙了。

"你谁啊，你凭什么打我？"李笑颜愣在原地。

"我打的就是你，你是怎么管教自己女儿的，她把我们家芸芸害成这样，你这个妈怎么当的？"

"你这是侵犯他人人身权利，我会起诉你的！"

张静楠被气得直冷笑，指着李笑颜咬牙切齿道："一耳光就要起诉我？那你闺女够判几年了！是不是以为张芸芸爸妈在国外，张家就没人了？"张静楠上前撕扯李笑颜，李笑颜哪是她的对手，很快被弄得斯文扫地，气急败坏。雷旭连忙上前拉架，却被夹在中间。徐张荔身手敏捷，上前护住李笑颜。

雷旭狼狈地从撕扯成一团的三个女人中间抽身出来，衣衫不整，抬起头发现都子瑜和刘柳正一脸吃惊地看着他们。

李笑颜被撕扯着，却极力想维持体面，质问道："你谁呀？"

雷旭忙帮着解释："她是张芸芸的姑妈，你们两个有话坐下来好好说，别动手。"

李笑颜忽然愣住，怔怔地看着张静楠："姑妈？我上次不拿了20万给一个姑妈吗，怎么又冒出来一个姑妈，张芸芸到底有多少姑妈？"

张静楠累得大口喘粗气，口吐芬芳骂着李笑颜："什么20万，谁拿你20万了？芸芸就我一个姑妈。"

张静楠的话令在场几人全都愣住了。

雷旭看了眼病房，叫几人跟自己出来。很明显这里面有问题。

根据姜筱洁的话，结合李笑颜确实支付了20万，那么可以肯定，一定是有人冒充张芸芸的姑妈去敲诈过李笑颜。他叫都子瑜、刘柳跟李笑颜回公司查看监控，自己则跟大荔还有张静楠回家查看银行卡。如果最终可以确定敲诈李笑颜跟取钱的人都不是张静楠，那么这件事就不是几个未成年孩子之间的打闹了，很可能是有人在教唆未成年人犯罪。

出了医院大门，都子瑜、刘柳跟随李笑颜一起开车回了公司。

办公室里，李笑颜登录电脑上的办公监控APP，电脑回放当天监控，她愤怒地指着监控里的女人给都子瑜看。

"就是这个女人来公司找我，说是张芸芸的姑妈，给我看了筱洁逼着张芸芸吃药、导致她摔伤的视频，要挟我拿出20万私了，否则就把视频交给学校，发到网上！"

都子瑜一脸惊讶地看着她："然后你就给钱了？你都不确认她的身份吗？"简直无语，这太匪夷所思了，李笑颜是太有钱了吗？

李笑颜脸上微红，强行掩饰道："我侧面问过筱洁班主任，张芸芸姑妈是叫张静楠，这是我的银行转账记录。"

李笑颜向都子瑜出示转账记录：显示转给"张静楠"的银行卡20万元。

都子瑜让刘柳对转账记录进行拍照取证，同时对电脑中的监控视频进行取证。检察院留一份，发给公安机关一份，让他们尽快帮忙找到视频中的"姑妈"。

雷旭来到张静楠家。他已经跟都子瑜确认过，确实有位"姑妈"去找过李笑颜，还诈骗了她20万。可现在的问题是，李笑颜转账的银行卡确实是张静楠的，这怎么解释？

张静楠让雷旭跟徐张荔在客厅稍坐，她去取银行卡。

雷旭问徐张荔："公安那边？"

"已经打过招呼了。"

两人简单说了两句话，张静楠已经拿着银行卡出来，递给雷旭："我银行卡都在这呢。"

卡包里除了银行卡还有身份证。雷旭把手机横过来递到张静楠面前："你看下这个收据是你写的吗？"

张静楠往后仰头眯着眼看手机屏幕，仔细辨认了好半天才笃定道："这肯定不是我写的，我自己写我名字不是这么写的，这名字肯定是别人签的。"

"那你见过这个收据吗？"

"没有，绝对没有！"张静楠一口否定，称自己没见过。

雷旭按照收据上的卡号，在卡包里翻找，找出来银行卡反复确认两眼，递给徐张荔。

徐张荔接过银行卡走到窗边打电话："喂，张警官，对，是我，上次拜托您查的转账记录有结果了吗？我刚又给您发过去一张银行卡，麻烦您看一下转账记录里有没有涉及这个卡号的。开户人叫张静楠。"

"你们这是……"张静楠不明白怎么回事，一脸紧张。

"正常程序，不要紧张。"雷旭告诉她别紧张，然后问她，"平时你这卡里有多少钱？"

"这卡小芸爸爸每个月往里打7000块钱，可是到月底就花光了。而且我从来没有收到过短信的转账记录，这卡里根本没什么钱。"张静楠着急撇清关系，拿手机过来翻找短信记录，把银行转账短信给雷旭看，里面确实没有大额的转账记录。

"你看……"

"张警官，您现在说吧。"徐张荔转过身打断她，拿着电话开着免提。

"好，徐警官，我们调查到的转账记录里有这个卡号。该账户于本月18号下午4点半，有一笔20万元的流入，转账人是李笑颜。但这笔钱于本月20日到23日，分四天四次以每笔5万元的金额取走了。如果您需要进一步的视频证明的话，可以随时联系我们走一下流程。"

"谢谢,辛苦了。"徐张荔挂断电话。

"你听见了吧!"雷旭说道。

张静楠一脸错愕,不知所措地看看雷旭,又看看徐张荔,语无伦次道:"不,不可能啊,我从来没有收到过这笔钱。"

"短信你也看了,我真没有。"张静楠一根手指不停地翻手机短信给雷旭看。

雷旭无动于衷用怀疑的目光看着她。张静楠怔了下大声道:"你们要是不相信,咱们可以去看监控,我绝对没有收过什么钱。"

"监控肯定会调。"张静楠脸上的表情不像撒谎,这让雷旭有些疑惑。

有人冒充张静楠去敲诈了李笑颜,而张静楠本人毫不知情,甚至对银行卡进行这么大额度的转账都毫无察觉。现在唯一能解释的只有……

"主任,公安那边审讯结束了。"徐张荔看了眼手机上的消息说道。

"好。"雷旭思绪被打断,现在整件事的突破口还在姜筱洁、张芸芸、周乔这三个孩子身上。

银行卡和手机短信记录被拍照取证,张静楠还要回医院去照顾张芸芸,其他的事,只能等明天。经过一夜的梳理,雷旭制定好了针对姜筱洁、张芸芸以及周乔的审讯提纲。

在检察院未成年人讯问室,都子瑜、刘柳负责审讯周乔。按照程序,司法社工坐在旁边全程参与,刘柳负责记录,都子瑜负责主审。

经过昨天一场审讯,周乔已经不再紧张。

"姜筱洁欺凌张芸芸的视频是你拍摄的,还是入侵学校内网窃取的?"

"我都不知道你在说什么。"周乔一脸无所谓的表情。

都子瑜双手抱着肩膀看他,周乔被看得有点发虚,眼神左右闪躲。

"不知道吗? 你对电脑很精通吗?"都子瑜忽然开口,"以你这个年纪就能学会那么复杂的程序,很不一般吧?"

"我,我。"

"你想好了再说,周乔,这次我们想听你讲真话。"

"我说的都是真话!"周乔毕竟是小孩,被大人质疑的时候,一脸的倔强,可等气氛缓和,他的眼神又开始闪躲。

都子瑜跟雷旭的观点一致,这三个孩子绝不像表面那么简单。

"周乔,上次你给我们编了'轮椅叔叔'的故事,这次我们想听你说真话,讲讲'假冒姑妈'的故事。"对未成年人工作要有足够的耐心,都子瑜的话让周乔愣住了。

"周乔,你要说实话。"司法社工安慰他。

"周乔,筱洁跟芸芸现在都在医院,你只有说实话才能帮助她们。"

在众人施压下,周乔终于扛不住压力,说出了实情。

"是我入侵了翎华中学的监控系统，拿到的那个视频。"

"周乔，说清楚，哪个视频？"

"就一个视频啊，姜筱洁逼张芸芸吃药还推了张芸芸的那个视频，还有哪个视频啊？"

都子瑜一脸不置可否地看着周乔："那这个视频截图是怎么回事？"

刘柳从文件夹中抽出一打印出来的视频截图给周乔看，是雷旭在舞蹈室与姜筱洁聊天视频的截图。

"这个视频截图我在网上看过，但和我一点关系没有啊。"周乔说得云淡风轻。

可周围人都瞪着眼睛看他，周乔怔住："你们别冤枉我啊！"

"周乔，这件事很严重，你必须如实回答！"都子瑜提醒他。

周乔看向社工，社工也在认真看他。

"你们什么意思？"周乔慌了，大喊道，"我说的都是实话！做了就是做了，没做就是没做，姜筱洁欺负张芸芸的那个视频，是我们朝李笑颜阿姨要钱用的，曝光这个视频对我们有什么好处，我为什么要费力拿到它？"周乔这回是真怕了。

都子瑜认真思索下周乔的话。他说得有道理，可不是他又是谁呢？

第 八 章
讯问的结果

雷旭和徐张荔准备再次讯问姜筱洁。病房里，姜林海紧张地挡在病床前，局促地看着雷旭小心地问他："昨天不是问过了吗，怎么今天还要问？"

雷旭看眼躺在病床上的姜筱洁："今天我们来是想听听实话。"

"我昨天说的就是实话，你们爱信不信。"姜筱洁躺在病床上，两眼空洞，丝毫没有想说话的欲望。

雷旭观察着她的微表情跟姜林海解释道："因为筱洁的同学张芸芸有点突发情况，说是筱洁给推伤了之后呢去做整容手术，结果麻药过敏，报了病危。"

"啊，什么，她病危了，她现在怎么样，没事吧！"姜筱洁像忽然复活过来，转头盯着雷旭。

雷旭不说话。

姜筱洁焦急地想起床，被姜林海按住。

"怎么样了，她到底怎么样了？"姜筱洁急得有些气喘。

"已经没事了，救回来了。"雷旭坐在姜筱洁病床前盯着她看，"你很着急张芸芸？"

"谁着急她！"姜筱洁恢复镇定，躺在床上说风凉话，"她那是纯属活该，谁让她喜欢臭美，臭美也是要付出代价的。"

"那撒谎也是要付出代价的！"徐张荔看不惯姜筱洁怼她道。这么大的孩子不好好学习，一点也不让家里省心，徐张荔跟着都子瑜办了这么多未成年人的案子，数这个案子最复杂。

俗话说复杂见人心，要是单纯的偷偷抢抢还能教育、劝说，还能知道悔改，可姜筱洁这三个孩子的心比成年人的还要复杂。

"没撒谎？没撒谎你……"雷旭朝徐张荔摆手打断她，示意她把东西拿出来给姜筱洁看。

徐张荔拿出手机里的截图放在姜筱洁面前："没撒谎你们找人冒充她姑妈？"

手机摆在姜筱洁面前，姜筱洁看见截图上面的冒牌姑妈表情开始变得僵硬。

"多少钱？"雷旭沉声问道。

"什么多少钱？"姜筱洁紧张的表情十分不自然，她不敢去看雷旭，想转过身。

"我说你雇她花了多少钱！"雷旭从徐张荔手中接过手机，一张张翻看，然后又摆到姜筱洁面前。

他的话像根绳子在不停地收紧姜筱洁的呼吸，她感觉自己快要窒息了，她不敢说话，不敢看手机，直接闭上眼睛把脑袋歪向一侧。

"不说话啊？"徐张荔又拿出周乔将装钱的包放进超市寄存柜的照片，递给姜筱洁，"不说话再看看这个。"

姜筱洁不得不再次睁开眼睛，看见周乔出现在照片上的那一刻，她再也绷不住了，用被子把自己蒙住。

都子瑜审讯完周乔，马不停蹄赶到医院，她必须跟雷旭同步。

张芸芸病房，刘柳坐下来认真做记录。张静楠紧张地坐在角落看着她们。

"芸芸，我现在问你什么，你必须说实话，听见了吗？"都子瑜坐在张芸芸面前。

"周乔已经承认了，他受你之托，把这包钱放进超市寄存柜，然后姜筱洁会取走。"都子瑜开门见山道，同时拿出照片给张芸芸看。

张芸芸直接愣住了。

都子瑜继续施压道："公安已经把你那位冒牌姑妈控制住了，等待她的将是法律的制裁，你知道你们这么做会有什么后果吗？"

张芸芸不说话。她没有姜筱洁的胆量，更不敢像她一样任性。当听见假姑妈要面对法律制裁那一刻，她的心已经开始慌了。都子瑜的话像一把刀不停地在她心脏上扎。

"还有你在整形医院，你知道多危险吗？"都子瑜又再次提起整形医院，要不是她及时赶到，后果不堪设想。都子瑜很生气，这么好的年纪，明明应该无忧无虑地生活，张芸芸竟然为了美去整容。

"你想过这些后果吗？"都子瑜的一句句话说得张芸芸在发抖。

都子瑜将另一张照片递给张芸芸，是虚弱的姜筱洁被抢救时的照片。张芸芸看见照片再也绷不住，紧张地问："她怎么了？"

"因为大出血被送到医院抢救，刚脱离生命危险，张芸芸，怎么样？你的谎言还想继续吗？"都子瑜的话像一把重锤，直接击碎了张芸芸最后的抵抗。

她沉默下后说道:"这一切都是我的主意,和姜筱洁无关。"

同样的话在姜筱洁病房也在重复。

姜筱洁在承受不住压力的情况下坦诚道:"所有事都是我的主意,跟他们没有关系。"

雷旭静静地听着。姜筱洁犹豫下,给他讲了事情的全部经过。

"一切都是我自编自导自演的。"

姜筱洁是张芸芸在翎华中学为数不多的朋友,同样,姜筱洁也这么认为。

天台有监控她早就知道,为了能帮助张芸芸,也为了能敲诈李笑颜一笔钱,她导演了这一出戏码。为了确保万无一失,她还找周乔去睡帽网吧黑入了翎华中学的监控系统。

姜林海听到姜筱洁这番话,心里忽然一窒。

雷旭听到姜筱洁说假姑妈时,忍不住看她,假姑妈敲诈完李笑颜后,张芸芸偷出来张静楠的银行卡跟身份证,分几次把钱取出来。

在超市,穿着帽衫的周乔将事先装好钱的黑色的提包放进存储柜里,他以为他伪装得很好,其实这一切早被监控记录下来。

"你们这么做就没考虑过后果?"雷旭忍不住问。很难想象三个孩子竟然能干出这种事,说是三个成年人提前预谋好的他都信。

姜筱洁不说话,她不是没想过被发现会怎样,有可能会被李笑颜再骂一顿,打一顿。本来这一切天衣无缝,可偏偏那天雷旭去了翎华中学。

她害怕了,怕东窗事发,于是提前打车去取了黑包。她想帮张芸芸实现愿望,同时,也想趁机敲诈李笑颜一笔钱给姜林海,反正李笑颜有钱。

"所以,这一切都是你策划的?"雷旭忍不住再次问她。

"对,我自编自导自演,张芸芸和周乔,还有那个假姑妈,都是我雇的演员,怎么样,演技不赖吧?"姜筱洁完全没认识到这件事的严重性。

看她那一副无所谓的样子,雷旭痛惜不解道:"筱洁,你跟你妈要这么多钱干吗呀?"

"反正她有的是钱,我就想要一笔钱,带我爸离开那个家。"姜筱洁流着眼泪,声音里充满了委屈。

众人听完后都陷入了沉默。姜林海再也控制不住自己,喉咙像是被掐住发不出声音。他看着女儿,回想女儿当初那番话,那时女儿说他们可以一起离开李笑颜,她有钱。那时姜林海还在笑她,说她一个小孩子哪来的钱。

现在回想,姜林海简直恨不得抽自己。他看着女儿,默默地背过身走到窗边,擦拭眼泪,背影沉痛。

张芸芸病房,刘柳也在认真记录着。

张芸芸的话同样让人意外。

"我想变漂亮，可又没钱，就想到敲诈李笑颜阿姨，让姜筱洁配合我。"

"姜筱洁逼你吃的是什么药？"都子瑜也在认真听着不一样的版本。

"就是普通的维生素。"

"维生素？"刘柳很意外地抬头看她，"那你那个轻伤二级呢，不会也是假的吧！"

"不是不是，这个是真的，是我俩拉扯时意外伤到的。然后我们找的假姑妈找李笑颜阿姨要钱，我偷拿了我姑妈的身份证，钱到账后，删了她手机上的到账信息。"

张静楠难以置信地听着这一切，又急又怒："你咋想的啊？你爸妈知道不得急死啊！"

张芸芸默不作声，事情已经弄清楚了。

雷旭跟都子瑜回到检察院碰头。

"说得南辕北辙，根本不在一条线上！"都子瑜把两份材料拍在桌子上。

雷旭把材料整理到一起，喝口水笑道："毕竟都是孩子，哥们义气，肯定都抢着把事情揽在自己身上。"他把水递给大家，让大家把水分分。

徐张荔拧开水瓶说道："那现在怎么办？"

"还能怎么办，找家长呗，总不能看着自己孩子被起诉吧。"

九部全员在会议室，雷旭、都子瑜、刘柳坐在一侧，刘柳负责记录。

在雷旭的左手边，坐着姜筱洁的父母李笑颜和姜林海，桌子对面坐着周乔一家，周乔低着头，偶尔抬头左右看看，但多数时候眼睛都在瞄着他爹。

李笑颜冷静地扫视着这一切，十分不爽，而姜林海则一直低着头。

都子瑜右手边坐着张芸芸的姑妈张静楠，张芸芸还没出院，只有她姑妈一人。

在张静楠旁边坐着周乔和他的父母，即周龙跟乔丽。

周龙很暴躁，从乔丽眼眶上的淤青就能看出来。他看儿子的目光跟看所有人的目光一样，充满了敌意，很明显他有自己的打算。

"我先跟大家介绍一下啊，本来院里说要准备个调解室，但我说用调解室不准确，都是老邻居有什么可调解的，就找个会议室让大家坐下来聊聊天，把心里的疙瘩解一解。"雷旭坐下后开口说道。

除了叹气声，会议室没有别的声音。

"大家都别绷着了，有什么话都说一说。"雷旭说道。他说完这些等了一会，依然没人吱声。

张芸芸现在还没出院，究竟是谁诈骗了李笑颜20万元，还有周乔为什么要去存包，他究竟有没有参与诈骗，这一切现在都还可以谈，一旦到了法院那就没有办法回旋了。

"大家都是十几年的邻居了吧，姜筱洁和张芸芸又是最好的闺蜜，孩子的话都能化解开，我们大人应该没有什么心结是解不开的。"雷旭小声道。

依旧没人说话。李笑颜把手伸向水杯，端起水杯轻轻抿了一口。

"筱洁妈妈，你有什么想法你先说说。"雷旭说道。

"有什么话你就直接说，雷主任，我今天来不是来听东家长西家短的，我是来解决问题的。"李笑颜把水杯扔桌子上说道。

"李女士，我们就是希望通过今天的沟通，让彼此把心结打开，放下恩怨，大家都和和气气的。我相信大家的想法都是一致的，咱们的目的是解决问题，回到各自正常的生活秩序里。"都子瑜把话拉过来。

"没问题，都检察官说得有道理。来吧，现在就解决，我肯定配合你们。大家表态吧！"

"我同意。"周龙叹口气无奈地举起手说道。

"我也没有意见啊，我是监护人，但我不是她的父母，很多事情要等他爹妈回来才能解决。"张静楠一脸无助地看着雷旭。

"我插一句哈，一方面要等张芸芸的父母回来，另一方面要等整容医院的全额退款。所有的手续走完之后，这个退款就会到你的账户上，好吧？"公安机关联合相关部门已经对整容医院违规手术开展调查，用不了多久就能出结果。

事情已经开始有转圜的余地，雷旭急忙把公安机关调查的过程跟大家大致讲了一遍。

李笑颜想了一下，说道："那就是你说的不算呗？"

她从进来这个会议室就一直在压着火呢，尤其看见周龙在那气哼哼的，好像谁都欠他的一样。她托朋友在公安那边问了个事情大概，去银行取钱跟去超市放包都有周乔参与，没有他，姜筱洁跟张芸芸的计划根本实施不了。这么说吧，今天坐在这的几个家长没有哪一个是无辜的，而真正受到伤害的是自己家！

张芸芸去整容用的都是她的钱，麻药过敏了赖谁？为什么不事先跟医生说清楚？现在出了事了，好像一切责任都在自己家一样。

李笑颜越想越气，直接站起来指着雷旭说道："雷主任，你真的以为我是因为这20万块钱在这跟你们闲扯吗？我女儿都成什么样子了，他们两家有说过一句话吗？"

"哎，你怎么说话呢？"周龙不干了。

"我怎么说，我告诉你，我也不是没问过律师，你们这是合起伙来诈骗。"李笑颜阴冷道。

"你说谁诈骗，你把话说清楚！"

"张芸芸整容的钱谁给她的，谁去银行取的钱，你们不是诈骗是什么？"

两家人吵起来了，雷旭跟都子瑜还得起来拉架。

"这是检察院，不是菜市场，你们要吵出去吵！"徐张荔看不下去了，起来呵斥一声，全消停了。

雷旭借机会跟李笑颜解释:"公安那边办案有流程,很多事情没查清之前都不好说,李女士你也别着急。"

"听见没有,还都不好说呢。"周龙梗着脖子回怼一句。

雷旭尴尬笑笑,示意大家少安毋躁。

李笑颜没搭理他,回头看向一声不吭的张静楠,心想不说话就当没事人了,你家孩子在医院躺着,我家孩子也没出去活蹦乱跳啊:"你赶紧给张芸芸父母打视频电话,今天他们必须拿出一个说法。"

"你跟谁必须的呢,我侄女现在还躺在医院呢,你好意思吗!"张静楠火了,拎包直接扔桌子上,指着李笑颜开喷。

"她躺医院?我让她去臭美去整容的?她去整容跟谁说了?"

"那不是你家孩子给带坏的,没有你们家孩子撺掇,我侄女能去整容吗?"张静楠这话绝对是火上浇油,瞬间把李笑颜给点着了。

"你放屁,我撕烂你嘴!"

"你撕烂谁嘴啊,臭不要脸的。我倒想问问你女儿因为什么住院,还说我侄女不是她带坏的。"

李笑颜把水杯扔过去,洒一桌子水。张静楠直接抓住拎包带去抢她。雷旭左边挡下水杯,右边被拎包砸头,好不狼狈。

都子瑜跟徐张荔过去一人拉住一个,姜林海一边护着李笑颜一边把她拉回来。

"你拉我干什么,你个窝囊废,她那么欺负你女儿,你不去打她!"李笑颜甩开姜林海,狠狠瞪他一眼。

徐张荔更是直接把张静楠的拎包抢下来呵斥道:"你敢在检察院打检察官,你信不信我现在就通知公安把你带走。"

"没事,没事。"雷旭出来做和事佬,劝开徐张荔。

张静楠冷静下来也一脸不好意思,一个劲给雷旭道歉,后者揉揉头示意不要紧,用眼神再安抚下徐张荔,让她去外面拿几瓶水给大家消消火气。徐张荔狠狠瞪他一眼转身出去了。

"李女士,今天我们是来解决矛盾的,不是来升级矛盾的。"雷旭也颇为无奈地说她一句。

姜林海拉着李笑颜坐下。

雷旭实在想不明白,一个未成年人调解,有这么难吗?

还是那句话,站的位置不一样,能看见的风景也不一样。他在省院站的是峰顶,看的是全貌,用的也是顶层逻辑,况且那些个领导虽然贪腐了,有懦弱有狼狈,但还是有基本的素质,抹不开脸下场撒泼战斗,而这不一样。未检工作再用顶层逻辑完全就行不通了，接触的也都是未成年人的家长，素质自然也参差不齐。

雷旭叹口气，开始跟他们剖析整个事件经过："现在需要我们把这个诈骗的底层逻辑先搞清楚，三个孩子的事情，咱们的当事人之一周乔是唯一到场的孩子，先不要吵，我们听听周乔什么想法？"

"坐，大家都坐。"雷旭安抚大家坐下。

"关周乔什么事！"周乔刚要开口，被周龙一句话怼回去。看他那凶神恶煞的眼神，周乔闭上嘴耷拉着头。

"你凶孩子算什么本事，他能说什么，他说了算吗，我倒想听听你的意见！"李笑颜又站起来趾高气扬地看着周龙。

"要我说，我们都不应该来，跟我们家有什么关系！"周龙冷哼一声道。周龙靠在椅子上仰头看李笑颜说道："李女士，我想问你一下，你被诈骗了20万元，10万元是芸芸整容了，还有10万元在你女儿手里，和我们家有什么关系？我们家招谁惹谁了？你们家姜筱洁每次去老宅，吃的喝的都是我们家周乔买的，这孩子充其量就是个跑腿的，我们落着一分钱了吗？"

"还充其量，你儿子起了关键作用，没有你儿子在里面活蹦乱跳穿线搭桥，张芸芸能得到那10万块钱吗？"面对周龙的嘲讽，李笑颜选择用魔法打败魔法，直接讥讽回去。

周龙火暴脾气受不了别人讥讽。听她说完，直接暴怒而起，调解室桌子差点没让他拍碎了。

他暴怒地瞪着李笑颜，咬牙切齿地说道："你有没有良心啊，我儿子要是不给你女儿送吃的，你女儿早饿死了！"

"我女儿那么有钱她会饿死？你儿子说不定安的什么心呢！"又吵起来了。

"对，她说得对！"张静楠见缝插针，指着周乔大声嚷嚷，"监控是不是你改的，还有我的银行卡，谁拿我银行卡去取的钱，我现在都不知道我银行卡到底是不是芸芸偷的。"

"网上的监控都能改，以后不知道能干出什么事情！"李笑颜阴恻恻讥讽一句。

周龙火暴脾气打嘴炮根本赢不了女人，况且还是一对二，两个女人，左右一开弓，他那嘴就跟不上趟了，话全堵在扁桃体，脖子都憋粗了。

"说不出话了？真是可笑。"

周龙一脚把椅子踢开，吓了李笑颜一跳。他站起身走到周乔面前，二话不说，抬手就一巴掌直接扇在周乔脸上，把众人瞬间吓蒙了。

周乔被打一声不吭，低着头不敢说话。乔丽一把护住儿子，默默地抹着眼泪。

"干什么呢你？！"徐张荔冲过来一把拦开他。

"我的孩子我自己教育，你们教育你们的孩子去！够不够？！"

周龙说完转过头愤怒地看着李笑颜和张静楠："够不够？啊？"说完抬手还要打。

徐张荔过去一把护住周乔："你再打下试试！"

姜林海也冲过来劝周龙："老周，你这是干吗呀？"

"你坐下。"雷旭也站起来呵斥他。

姜林海往下按周龙。周龙不为所动，梗着脖子问："够不够，不够我照死里打！"

"请你坐下，这里是检察院不是你家，你要是再敢在这里打人，我会依法将你带离！"都子瑜站起来皱着眉头。

"老周，你快坐下。"周龙带着怒火坐下，姜林海不放心松开手虚按着他，"老周，你别那么冲动，别动手啊，我们在解决问题，你打孩子干什么呀。"

众人沉默，乔丽坐在一边捂着嘴哭泣。

"大家先冷静一下，我先做个自我检讨。其实孩子现在变成这个样子，我觉得我们做家长的，难辞其咎，教育确实没做好。可能有时候我们因为工作忙，疏忽了。"

"姜林海，你谈什么教育？我就问你一句，你工作过吗？"

姜林海想缓和气氛，没想到李笑颜会当着这么多人面质问自己。他蹙眉犹豫下，辩解道："是，我没有工作，但正是因为我没有工作……"

"你为什么不工作？"李笑颜的话像把刀插在姜林海心脏上。

姜林海面若寒霜冰冷地看她："我为什么不工作，你心里不清楚吗？"

李笑颜一拍桌子，怒吼道："我不清楚，你现在说清楚！"

"你差不多得了，当着这么多人的面，不要把难听的话都摆在桌面上，我们能要点脸吗！"

"今天都别要脸了！把事情说清楚！"李笑颜跟疯了似的。

"我说的时候你听吗？你听过吗？我们这个家现在变成这个样子，筱洁变成这个样子，因为谁？都因为你！"李笑颜彻底激怒了姜林海。

姜林海一股脑爆发出来，李笑颜愣了下，她没想到姜林海会吼自己。下一秒，她也被彻底激怒，一杯水泼在姜林海脸上怒骂道："筱洁变成这样怨我，我怎么了，我给她最好的，让她去最好的学校，你呢？你在干什么？"

姜林海胸前一大片被水洇湿，雷旭想阻止，可话到嘴边怎么也说不出来，其他人也在看。姜林海咬着腮帮子看了眼李笑颜，一声冷笑转身甩门出去。

气氛渐渐压抑下来，李笑颜感觉到委屈，坐在那闷声不再说话。

雷旭注意到李笑颜的情绪变化，和都子瑜低声交流："既然各方都不愿意接受调解，我们这边就按照正常流程考虑起诉吧。"

都子瑜心领神会，用大家都听得见的声音说："雷主任的意思是考虑到这个案子的特殊性才把大家找来调解，如果调解不成只能按照流程起诉。"

"我看大家还是应该慎重地为孩子的将来考虑一下。"雷旭说道。

李笑颜看都子瑜一眼,然后指着张静楠说:"这是敲诈勒索,张芸芸一定是主谋,雷主任,你们必须要严惩,给她教训,否则,这样的孩子走到社会上,不知道能干出什么事呢。"

雷旭很不想再跟她这么继续下去,但是为了这几个孩子,他耐心地让李笑颜先冷静,不要武断地下定论。

"我说得不对吗?"李笑颜提高了声调。

雷旭不得已,叹口气说道:"李女士,您先冷静一下,其实我是不想说'主谋'这两个字的,综合我们多方的调查、取证,发现你所谓的'主谋'还真不是张芸芸,恰恰是你的女儿姜筱洁。"

此话一出,屋里有吸气,有冷笑。

李笑颜是万万不肯相信,难以置信地盯着雷旭问道:"我女儿是主谋?开什么玩笑,这怎么可能呢?我是她亲妈,她为什么跟外人合伙骗我的钱?"

雷旭也很无奈:"这个问题好,你是应该好好想想,她为什么骗你。"

话说到这,李笑颜要是还执迷不悟,那害的恐怕只能是她自己的孩子。

都子瑜劝她一句:"筱洁妈妈,不能否认您的努力和付出,但很多时候,孩子需要的也许不是钱能解决的。"

"什么意思?"

"据我们所知,姜筱洁从小就喜欢画画,但你一直阻止她画画,当然了,作为母亲你觉得这样做是为了她好,但是从另一个角度来说,也许这不是件好事,很有可能画画是姜筱洁内心表达的一种途径,可是你一次又一次地把这个途径给她堵死了。"

"都检察官,你现在和我说这些有什么用?"李笑颜根本听不进去他们讲的。

看她还是不知悔改,雷旭问她:"李女士,你看过她画的画吗?"

"我当然看过了,我手机里还有呢!"李笑颜捡起不知道什么时候甩在桌子上的手机,在里面不停地翻找。

"正好,那您方便给我们看看吗?"雷旭拿出手机也开始翻找相册。

李笑颜把找到的画递给他看,雷旭看了看指着画问她:"这是姜筱洁以前画的吧,巧了,我也拍过几张姜筱洁的画,不过是最近画的。对比下,您看看这画有什么不一样吗?"

雷旭说完,把刚才找到的照片递给李笑颜,让她看看姜筱洁最近的画。

两个手机中画的画风截然不同。李笑颜看看雷旭手机中的照片,再看自己手机。雷旭手机中的画,画风凌乱,除了黑就是白,没有一点阳光;而自己手中的画,倒像是春风和煦。慢慢地,眼泪开始在李笑颜眼眶里打转。

都子瑜把两个手机放在一起摆在桌上:"两个画风差别真的很大,从前姜筱洁的画多温暖,色彩多明亮,相信那时候的姜筱洁一定是幸福的。"

在姜筱洁家,雷旭看着满屋子的画,很难想象这是一个十几岁的孩子画的,倒像是八十几岁暮年老者画的。

"你看她现在的画,都是内心压抑的暗黑。你有想过她为什么会变成现在这个样子吗? 你有想过你的女儿姜筱洁经历了什么才会变成这个样子吗? 所以,你真的了解你的女儿吗?"雷旭的话每一个字都像是一把利刃、一柄锤子,狠狠地砸在李笑颜的心上。

她再也没有了刚才的盛气凌人,此时此刻,倒是更像一个母亲,一个失去了女儿的母亲。她捂着嘴肩膀在颤抖,她再也忍不住,抓起手包冲了出去。

一场交心的调解,以李笑颜夫妇的离开草草收场。调解没法再继续,其他人也都嘟囔着离开。

徐张荔瞪着周龙威胁他道:"你要是再敢打周乔,我就以殴打未成年人的罪名拘捕你。"虽然是吓唬周龙,但她也只能这样帮助周乔。

周乔是个好孩子,他们三个都是好孩子。都子瑜回想李笑颜的背影,发自内心地叹息。

"你是对的,正是因为你的坚持,我们才这么快摸清真相,一开始就应该听你的。"

雷旭干笑一声:"那麻烦你详细说下,我是怎么对的呗?"

都子瑜翻白眼看他。

李笑颜不知道自己怎么回的家,一路上她都在回想自己。

回到家,李笑颜走进姜筱洁卧室,拿起桌上的iPad和电容笔放进包内,转身要往外走时,忽然想起床底下姜筱洁的几幅画。她蹲下来拿出那些画,看着黑暗压抑的画风,眼圈红了。

医院里,姜筱洁躺在病床上,姜林海坐在一旁:"筱洁,想不想吃点东西,苹果还是橘子?"

"橘子。"

姜林海没有给女儿讲今天发生的事情,专心地给女儿剥橘子皮。

姜筱洁眼神空洞地望着天花板。门忽然被推开,李笑颜走了进来,姜林海快速起身跟她对视,姜筱洁则立刻将被子蒙到头上。

"姜林海你干什么? 我来看筱洁,你激动什么?"李笑颜从包里拿出iPad和电容笔,"筱洁,妈妈把你的iPad带来了,你要是无聊可以画画。"李笑颜把iPad和电容笔放在床上,狠狠地瞪姜林海让他躲开。

姜筱洁用被子捂着自己,良久才露出脑袋看了眼床上的iPad:"我学的是油画。"

李笑颜点开iPad上的油画APP,示好地坐到姜筱洁身边,想拉开被子。姜筱洁双手死死抓着被沿。

她把iPad上的APP展示给女儿:"油画也可以画,你之前不也偷偷用iPad画吗,还以为妈妈不知道,妈妈也就是忙,懒得说你。"

姜筱洁甩开李笑颜靠近的手,iPad掉在地上,屏幕摔得粉碎。姜筱洁拉住被子蒙在头上大声喊道:"我不想画画,我不想你在这!"李笑颜脸色瞬间变得苍白。

姜林海连忙捡起iPad,叹口气疲惫地说道:"筱洁累了,不想画就不画。"

李笑颜狠狠瞪了一眼姜林海,强压住火气。

"筱洁,妈妈想和你好好谈谈。"李笑颜一边说,一边示意姜林海帮自己劝姜筱洁。

姜林海无奈地对着被子说话:"筱洁,你妈妈她……"

"出去,都出去!"姜筱洁在被子里怒吼。

"筱洁想一个人安静,我们先出去吧。"李笑颜想发作,被姜林海劝住,拉着她走了出去。

李笑颜张嘴要骂姜林海,后者拉她起来看了眼被子说道:"别在筱洁病房里吵,筱洁需要休息。"

李笑颜看了眼被子下的女儿,跟姜林海走了出去。

屋里变得安静,姜筱洁试探性地拉开被沿,已经空无一人。她掀开被子从头上拉下来,泪水涌出眼眶,她倔强地擦掉眼泪。

病房外面,李笑颜感觉自己要疯了。

都子瑜来看姜筱洁,看见李笑颜在走廊冲姜林海吼。过去一番询问,看了眼病房里躺在床上发呆的姜筱洁。都子瑜也选择让她一个人静静。

看着李笑颜,都子瑜还是那句话:"你真的了解自己女儿吗?"每每想起这句话,李笑颜就忍不住抹眼泪:"我怎么不了解我女儿,她是我生的我不了解她吗?我承认自己工作太忙,忽视了对筱洁的关心,筱洁很抵触我,我也不敢多问,问了就是吵,我是真不想和她吵,越吵越生分。"

都子瑜递给她一张纸巾,让她不要那么激动。李笑颜满是愧疚的神情,声音哽咽道:"我一直都想筱洁好,我没想过她会这样。我很想修复我们的母女关系,可不知道该怎么做,我做什么她都是跟我吵。"

"目的是好的,可实施起来,力气用错了方向,结果往往就会和期待背道而驰。"都子瑜劝她。

李笑颜使劲擦下鼻子,哽咽着说:"是啊,我当时担心这件事捅到学校,筱洁会被开除,还会坏了名声,想想事宁人,就拿20万元封口费交换了视频。"

"所以你一直在和我们说谎?"

"我只想这件事越少人知道越好,否则会搞得很复杂。"李笑颜没想到自己费很大劲帮女儿,结果还没落下个好名声。

都子瑜叹口气说道:"就是你这种心理,才导致今天的后果。"

"可谁能想到那个张芸芸竟有这么大胆儿,雇了一个冒牌姑妈骗我20万!"

都子瑜更正道："是10万，另外98000在姜筱洁那里。"

"筱洁和这种品行的孩子来往，能不学坏吗？"李笑颜道。

都子瑜叹口气，她有些无奈，看样子李笑颜还没搞清楚自己究竟错在哪里。她看了一眼病房里情绪还没有稳定的姜筱洁，跟姜林海简单聊两句就走了。

回到办公室，已经是下班时间了。门口陆陆续续有人经过，正好看见雷旭。

都子瑜喊住他："雷主任。"

雷旭刚从陈亭毅那回来，看见都子瑜没下班还在办公室，问了她一句："都主任，都下班了，你还不走啊？"

"雷主任，这个案子属于咱俩谁主办的？"

"你呀！"雷旭一脸惊讶，贤湖区谁不知道都主任才是未检的主办人。

"别呀，您比我介入得早，还是您吧。"都子瑜低头写报告。

"也好，那咱们研究一下对这三个嫌疑人的处理意见吧。"雷旭这次没谦让，他也想尝试下未成年人的案子，说着话就准备进屋。

都子瑜头都没抬说："免予起诉吧，这个案子还真不好处理。三个孩子的原生家庭各有各的问题，姜筱洁出于对朋友的善意骗了自己的妈妈。"

"善意不是用来免责的，再善意你该负责还得负责。"雷旭说着就要坐下。

都子瑜扣上钢笔抬头看他："雷主任，你这是要跟我辩论吗？"

雷旭听了急忙摆手："不敢，我可不敢。"但他心里还是坚持自己的想法。

都子瑜曾几何时比他还了解他自己，看他那副表情就知道他口不对心。

"从经济方面说，张芸芸父母已经同意把钱退给李笑颜，虽然数额巨大，也符合附条件起诉范围，但是李笑颜已经同意和解了，她毕竟是孩子的母亲，为什么还要起诉呢？"说不辩论，可都子瑜还是坚持自己的想法。

雷旭不置可否。看他那副表情，都子瑜冷淡道："不是，雷主任，我虽然在未检工作干了这么多年，但是跟您在省里这么多年干的大案要案相比还是差很多。这个案子也是您主抓的，我只是提个建议。"说完都子瑜开始忙手上的工作，把雷旭晾在一边。

雷旭尴尬在门口，都迈进来一条腿了，进也不是，不进也不是，走廊里还有人在跟他打招呼。

看都子瑜没有再辩论的欲望，他琢磨下还是走吧。

晚上，他一个人躺在床上回忆都子瑜的话……不禁想起上大学时和都子瑜一起参加的辩论赛。

滨河政法大学阶梯教室。

正方：大四队。立场：应提倡年轻人为他人而活。

反方：研二队。立场：应提倡年轻人为自己而活。

主持人一番慷慨陈词,然后进入攻辩环节。

都子瑜作为正方代表,自信满满,起身道谢后直接挑了反方二辩雷旭。

雷旭作为滨河政法大学的校园明星,从他起身那一刻,台下就已经开始窃窃私语。

而作为校园明星的女朋友,都子瑜挑他的那一刻,台下除了骚动还有八卦。

都子瑜想好了问题,直接问出了她精心设计的令雷旭意想不到的问题。

"在你看来,什么是爱?"都子瑜提问后,现场爆发出一阵笑声,甚至夹杂着一两声起哄。

现场观众的反应果然干扰了雷旭的注意力,让他很被动,一时无法做出反应。

借着观众的笑声,不等雷旭作答,都子瑜马上补充道:"我这里提到的不只是男女之爱,还包括亲情之爱、友情之爱,还包括对国家之爱、对人民之爱、对母校之爱。"

都子瑜一字一句,直视雷旭的眼睛:"在我看来,所有爱都关乎他人,而非自我。"

雷旭沉着应对:"英国演化论学者理查德·道金斯所著的《自私的基因》,以达尔文的进化论为出发点,指出了人类生来就是自私的,所以任何爱都是自爱的延伸,这是基因所决定的,对方辩友攻击我方立论的利己一词,无非是基于社会文化的包装和道德的绑架,而非问题的本质。我方认为,一个不懂得爱自己的人,没权利,也没有能力去爱别人。"

随即雷旭又反问都子瑜一个问题:"请问对方辩友,在你看来,什么样的人值得被爱呢?"

都子瑜低下头,没有说话……

爱很广义,也很狭义。

雷旭越想越睡不着觉,他回想姜筱洁、周乔、张芸芸三个孩子的种种事情。

敲诈勒索?

这次事件完全符合敲诈勒索的构成条件。可若真认定为敲诈勒索,整件事中种种情况他又十分清楚,三个孩子的初衷跟敲诈勒索根本就不靠边。未检工作,要考虑的不光是案情,还有当事人的成长、家庭、未来。想着想着,雷旭不知道什么时候就睡着了。

等雷旭再睁开眼睛,老赵已经在院子里开始练八段锦了。

"雷主任,早,又影响您休息了!"老赵看见他进院子,急忙把收音机音量调小。

"不要紧。"雷旭已经习惯了每天早上跟着赵师傅练习一段八段锦,这段时间正好把昨天晚上的事过过脑子,他已经有了初步的想法。

都子瑜到九部,看见雷旭已经进入工作状态,忍不住诧异道:"雷主任,这么早?"

"早。"雷旭跟她打招呼,把桌子上打印好的草拟的起诉意见书拿起来递给都子瑜。

"你看看,怎么样?这是我第一次草拟附条件不起诉决定书,没经验,都副主任给把把关?"

都子瑜一脸诧异有些发怔,雷旭再次示意她接过去,都子瑜将信将疑地接过起诉意见书。上面是雷旭想了一晚上整理出来的"不予起诉意见"。

"根据《中华人民共和国刑事诉讼法》第二百八十二条第一款的规定,决定对姜筱洁、张芸芸、周乔附条件不起诉,考察期为8个月!"都子瑜惊讶地抬头看着雷旭。

"怎么样?"雷旭小心问道。

都子瑜点点头,把起诉意见书放桌子上,问道:"雷主任昨天不是还说善良不能免责吗?"

这是雷旭用大半宿的时间充分考虑到未成年人工作的方方面面总结出来的,看都子瑜还在对昨天的事情耿耿于怀,他笑着说:"未成年人工作我之前没接触过,考虑得不全面,这点我得向都主任学习。"

"不敢,我可不敢!"都子瑜把他的话原封不动还回去。

"哎,你干吗去?"看都子瑜往外走,雷旭叫住她。

"姜筱洁、张芸芸都出院了,他们三个孩子在做心理疏导,我去看看怎么样了。"

"那这起诉意见书?"雷旭追问一句。

"这个案子是雷主任主办,当然是您定喽。"看她那样,口不由心,雷旭不以为意,笑着看她出去。

上午的工作提前结束,雷旭终于有心情收拾乱成一团的宿舍。老赵带着星星出门,看到雷旭在往宿舍搬家具,连忙过去帮忙。

雷旭急忙推辞:"老赵,我自己来就行。"

老赵一把年纪了,雷旭怎么敢让他搬重物。

"呵呵,雷主任您太客气了。"老赵闪开一边说,"是我该谢谢雷主任,您那么忙,还总是帮我接送星星。"

"应该的,举手之劳。您不用跟我忙活,这乱糟糟的您看好星星,别再让他摔了。"

老赵拉着星星停在门口,视线不经意地扫视着屋子:"那行,有什么需要帮忙的您随时说。"

雷旭背对着老赵点头。

搬了一个小时,宿舍焕然一新,雷旭在新环境里感到舒适和安定。他已经渐渐适应了未检的工作,也适应了贤湖区。

再次回到办公室,雷旭拿起那份不予起诉意见书,感觉到了沉重的分量,跟以往办过的大案要案相比,这并不算什么。但在他心里,这份不予起诉意见书胜过以往。

"雷主任这是准备废寝忘食了?"都子瑜路过门口,看见他在发呆,冲屋里喊他一声。

思绪被拉回到现实,雷旭长叹口气,目光不自觉地落在窗外,落在贤湖区那车水马龙的街道上,心中五味杂陈。

"都主任这不也没吃饭吗?"雷旭回过神把起诉意见书放在桌上说道。

两人边聊边去食堂。可惜,早过了食堂午饭时间,整个食堂除了提前两分钟回来的九部那几个人,几乎没什么人。后厨大妈都开始往垃圾桶里倒剩菜了。

雷旭端着餐盘转了一圈,好不容易让大姐又给他抖了两勺。回到桌子上,看见都子瑜几人面前的餐盘空空如也,他忍不住笑下:"女人是好啊,饭吃得都少。"

"跟您比不了,雷主任您多吃。"

都子瑜瞪徐张荔一眼,看雷旭闷头狼吞虎咽,劝道:"雷主任,您不用吃那么着急,真没人跟你抢。"

"雷主任这是真饿了,要不我这个也给您吧?"刘柳端起餐盘把米饭拨给雷旭。

"嗯,够了,够了!"

"没关系,雷主任您别嫌弃哦,我可一口没吃过。"刘柳扒拉筷子的速度嗷嗷快,米饭噌噌噌全拨给雷旭,怕菜不够,她还把仅有的两口肉菜全拨给雷旭。

"你们都不吃,看着我吃啊。"雷旭满嘴的米饭,整得怪不好意思的。

徐张荔伸个懒腰,把手放桌上,用眼睛瞟都子瑜手机。都子瑜看了眼手机,点点头。徐张荔起身往外走,不一会晃着手里的塑料袋进来,把比萨放在桌上。

"咦,杨大姐呢?"

"她去见于老师了。"都子瑜解释一句。

"哦。"徐张荔把比萨盒子打开,肉香味一下子就让米饭不香了。

"那几个孩子去做心理疏导了。"徐张荔若无其事地分比萨,看都不看雷旭一眼。

"嗯,还热乎着呢,真香。"

雷旭嘴里咀嚼着最后一口米饭,看着诱人的比萨忍不住问:"你怎么不早说有比萨?我都吃饱了。"

"我让你慢点儿吃了。"都子瑜分着比萨说道。

徐张荔看着雷旭面前扫荡一光的餐盘忍不住大笑:"雷主任还以为你是关心他呢,哈哈哈。"

雷旭用手指抹下嘴角的油:"是啊。不行,吃饱了我也要吃。"

雷旭刚要拿一块比萨,手却停在空中:"你今儿为什么请客?"

都子瑜拿起一块比萨白他一眼:"雷主任,我用比萨敬你。"

雷旭一脸疑惑道:"敬我什么呀?"

"敬你一直用你的办案经验正确地引导我们,敬你一直以来的质疑和坚持。"

这话把雷旭说得不好意思了。

"来,吃一块。"

"等等等等,趁我还没飘,还清醒的时候说个正事。"雷旭急忙制止她。

众人看着他,以为他要说什么。雷旭拿出手机给大家看,内容是姜筱洁画的天际线。

"这不是姜筱洁画的吗?"徐张荔舔着手指说道。

雷旭点点头,指着画中背景楼群上的一个图案:"大家看这,图形规则,像是某种标志。"

刘柳凑过去仔细看了眼:"像是个商标。"

"小柳,你负责查一下。"

"好的,主任。"

雷旭拿起一块比萨笑道:"现在你们可以继续夸我了!"

四人开心地吃着比萨,有说有笑。

刘柳高举比萨欢呼道:"我敬主任人间清醒,不随波逐流!"

"怎么听着不像好话呢?"

徐张荔咽下一口比萨抿下嘴唇道:"那我敬雷主任力排众议,特立独行!"

雷旭笑笑:"更不像好话了。"

都子瑜想了下说道:"大荔,雷主任这不叫特立独行,雷主任这叫坚持己见。"

"对,对,对,老都说得对。"

"那你重新说。"

徐张荔想了下很认真地看着雷旭:"雷主任,我不夸你,我谢谢你。"

"谢我?"

"对,谢谢你!"徐张荔说完,继续吃比萨。

雷旭笑下,回想起这段时间以来和大家的相处,从排斥到融合,说不出的滋味。

他大口吃下比萨,掩饰着内心突如其来的感慨。

第九章

陈年旧事

　　杨甜一直等到三个孩子心理疏导结束,才和心理专家于老师沟通。

　　对于这三个孩子,于老师也很有感触:"我给这三个孩子分别做了心理评估和测试,姜筱洁的情况比其他两个孩子要严重得多,她长期服用紧急避孕药,是焦虑症的表现,诈骗母亲是对亲子关系现状极度不满的过激反抗行为,不及时干预,后果会很严重。"

　　这些杨甜也早有预料,在检察院,都子瑜等人曾就这个问题讨论过,眼下最好的办法就是心理干预,她站起身对于老师说:"那您多费心了。"

　　于老师也跟着礼貌地站起身说道:"我一定会尽全力,但孩子本身要配合才行。"

　　"我知道,我协助雷主任负责这三个孩子的监督考察。考察期内,他们要随时向我们通报情况,跟我们保持联系的同时我们也会监督他们来心理疏导室。"杨甜说道。

　　"好,如果家长参与配合,那效果会更加理想。"

　　"于老师您放心,这三个孩子的家长也在我们的监督考察之内,姜筱洁和张芸芸家长问题不大,就是周乔家嘛,实在有点儿特殊。"

　　杨甜回想起那天在调解室,当着那么多人的面周龙说打就打说骂就骂,这样的家庭,你说它没问题可信吗?

　　于老师也看出来周乔有问题,就索性把话展开了,说道:"从周乔这孩子的状态能看出来他的家庭氛围挺压抑的,并且他身上还有淤青,我问他,他说是自己不小心摔的,但我觉得他很可能遭受过家暴。"

　　杨甜叹口气,把自己知道的说给于老师:"那天在调解会上,他爸爸当着大伙儿的面对他动手,周乔他妈妈脸上直接就是带着伤来的,你说他能不遭受家暴吗?"说起家庭问题,杨甜也很头疼。

"这么过分?"于老师也陷入沉思。

"是啊,会后我们领导就让我去走访周乔家,实际情况和咱们推测的差不多。周乔爸这个人,怎么说呢,也不是不顾家,就是喝点酒就爱对老婆孩子动手,认为老婆有病拖累了他,觉得孩子出问题是欠打,根本意识不到亲子关系和家庭教育的重要性。"

"哎。"于老师给杨甜讲,很多未成年人心理出现问题都是因为家庭的变故,尤其是像周乔这样,心思沉重的孩子,更容易出问题。

"周乔的妈妈呢?能不能做做她的工作?"于老师问。

杨甜也明白于老师的想法,可是周乔的妈妈做不了主:"乔丽倒是很愿意配合,问题是她说了不算。算了,我再去他们家做做工作吧,我再去做做周乔爸爸的工作,争取让他和周乔妈妈带着孩子定期找您做亲子关系修复和家庭教育咨询。"

"如果他们一家都能来就太好了,我随时欢迎。"于老师是发自内心地想帮助周乔。

"我们也向社区及有关部门反映了周龙的家暴行为,他们承诺会随时关注,及时干预。"

"你们的工作做得太细了。"于老师夸赞了一句。

杨甜把一沓文件交给于老师,郑重说道:"这是我们雷主任制定的监督考察方案,给您一份,以便您更了解孩子的情况。"

于老师接过文件很认真地翻看,边看边点头应道:"嗯,很专业,心理矫治、家庭教育这方面写得挺细致。"

"我们主任有个想法,将来在法治进校园时,做一个'心理健康'专题,到时候会请您协助。"

"没问题,我会全力支持的。"于老师送走杨甜,回去继续看那份监督考察方案。

杨甜回到检察院,准备下班,正好碰上从外面回来的雷旭。

雷旭推开窗户递给杨甜一样东西,说道:"大姐,送您个好东西。"

"什么东西啊?"杨甜伸手去接。

"这是充电卡。我跟后勤申请了个位置,就在咱停车场,建了个充电桩,这样您这电瓶就不用上下班都拿着了。"

雷旭看向曾经放电瓶的位置,没看见电瓶,忍不住问她:"您电瓶呢?"

"我今天去找于老师的时候电瓶被人偷了。"提起这个杨甜就感觉委屈,她这一路是推着电动车回来的,再推着去换电瓶肯定是来不及了。

雷旭喊老赵帮忙。杨甜那辆没有电瓶的小摩托被平板运上斜坡进了车斗,雷旭用绳子固定。

星星站在旁边指挥:"往左,对,雷叔叔,再往左。"

雷旭绑好电动车,退后两步看看,还不错。

自己的事让雷主任一直帮忙忙活，杨甜有些不好意思："拉着它去配电瓶，是不是有点儿太费劲了？"

"没事，这样省时间，配上电瓶，您就能直接把小拉风骑走了。"

杨甜过意不去，不好意思道："真是给你们添麻烦了。"

老赵帮忙拾剩下的工具，把平板放进车斗回头喊雷旭："雷主任，这块板儿我也搁车斗里了啊，一会儿还得用。"

"好的，老赵。"一会儿可不是还得用一次，还得把电动车卸下来呢。

看雷旭绑好电动车准备出发，星星站在那喊老赵："爷爷，我也想坐在雷叔叔的车斗里。"

"别捣乱，过来。"老赵拉住孙子。

"星星，等雷叔叔把杨奶奶的车修好了，再带你开车兜风好不好啊？"雷旭笑道。

"好！"

雷旭拉开车门把副驾驶座上的东西扔到后面，喊杨甜："杨大姐，咱们走吧。"

杨甜不好意思地上车，雷旭坐进驾驶室又看了眼车座，把堆放在仪表盘上的东西拿下来扔到后座上。

"真不好意思，还得麻烦您送我一趟。"杨甜系上安全带。

"再客气您就是见外了。车里有点儿乱，别介意啊。"

杨甜四下打量着破旧的车："好着呢，这可比我那小拉风强多了。"

雷旭发动汽车驶离院子，老赵目送他们离开，一抬头，看见陈亭毅在楼上正看着他们。

老赵冲陈亭毅解释道："杨大姐的电瓶被偷了，雷旭开车送她回去。"

陈亭毅点点头问他："他最近都几点回宿舍？"

"有早有晚，早的话七八点，晚的话都后半夜了。"

陈亭毅看着窗外渐渐消失的皮卡车，若有所思道："这么晚，他都在忙什么？希望他不要干什么出格的事儿影响咱们院。"

老赵犹豫下说道："那我多留意着点儿，有什么情况及时跟您汇报。"

陈亭毅不再继续这个话题，喊老赵上楼，递了一兜零食给他。

"陈院长，你这……"

"给星星的，小孩子爱吃零食。"

老赵赶紧接过来，弯腰感谢陈亭毅："谢谢陈检，那我就拿着了。"

雷旭开着车载着杨甜，车斗里放着杨甜的小拉风。

"雷主任，谢谢你啊，还专程送我一趟。"杨甜还是过意不去，雷旭在院儿里住，平时没事也不出来，这还专门送她一趟。

"别和我客气啊，杨姐，再客气我该不好意思了。"雷旭笑下说道。

"还别说,这车外边看着不怎么样,里面还行,我看那外国电影里,老外喜欢开皮卡。"杨甜四处打量车子。

"是吧。我也喜欢皮卡,除了有点费油,几乎是个全能选手。"

"你和丁永刚熟吗?"杨甜突然的一句话,让雷旭猝不及防一脚刹车,杨甜被闪了一个趔趄,再抬头,路口的红绿灯刚刚变红。雷旭呆愣了数秒,看杨甜的眼神都在微微颤抖。

杨甜"哎哟"一声,雷旭缓过神来急忙抱歉地说道:"对不住啊杨姐,刚才溜号了。对了,您刚才说谁?"

杨甜往后靠靠,继续说道:"省院的丁永刚啊,你们应该认识吧?"

雷旭忍不住又看杨甜两眼问道:"认识,但不熟,您认识他?"

"见过一次,他从省里过来查卷宗,就开着这么个皮卡。"

"查卷宗?什么卷宗?"

信号灯变绿,后面车按喇叭催促,雷旭看了眼红绿灯继续开车。

"滨海新区,仕杰地产开发的一个楼盘,工人意外死亡案,最后仕杰地产赔了死者家属200万元。"

"赔了这么多钱!"雷旭嘟囔一句。

"是啊,仕杰地产因为这个事还落了个良心开发商的好名声。"

"哪一年的案子?"雷旭问。

"案子是2009年的案子,丁永刚是2015年来查的卷宗。我记得那天还下着暴雨,本来我都快下班了,看他顶着暴雨跑这么远,愣是等他查完卷宗才走的。"杨甜也跟着陷入回忆。

事发那么多年,她也不是很确定了,不过也是因为事发那么多年才来调查卷宗,她才对这件事印象深刻。

"杨大姐,您这记性真好,怪不得陈检说您是行走的智能档案馆。"雷旭平稳开车,但眼神里透露着深思。

杨甜浑然不觉,看着窗外叹口气:"哎,就是年纪轻轻的,可惜了。"

"您也听说了?"雷旭试探性地问,观察着杨甜的表情。

杨甜点点头,丁永刚的事全省都传开了,她又怎么会不知道。

在杨甜的叹息声中,雷旭陷入了回忆。

2015年7月。

在滨河,海边的礁石缝隙中发现一具尸体,面部朝下的男尸,身上只穿着一条泳裤。

现场周围拉起警戒线,男尸被装进裹尸袋中,四位警察在勘查现场。而死者,经过初步判定,正是最高检检察官丁永刚。

雷旭永远忘不了那个笑容,那个12岁少年的笑容。

丁永刚的儿子,丁帅,一个自闭症少年,在葬礼上手里拿着白纸花那怯生生的眼神。

那场遗体告别仪式,雷旭只敢等人散了才去。站在遗像下,丁帅一直低着头看脚面,手里拿着一个很旧的皮卡车模型。

雷旭上前献花,敬礼。告别仪式过程中,丁帅突然莫名其妙地笑了起来,这个特殊的笑容让雷旭触目惊心。

葬礼结束,丁永刚的妻子陈蓉带着儿子离开,雷旭远远地注视着母子二人孤独的背影。一朵白纸花从儿子的胸前掉落。雷旭捡起那朵白纸花。

白纸花不会凋零,但人会离开。

雷旭还记得当时跟陈蓉的对话,当时丁帅在一旁自顾自地玩着手里的皮卡车模型。陈蓉把儿子揽在怀里,看着雷旭警惕地问他是谁。

雷旭介绍了自己,可陈蓉对他毫无印象,也确定没有见过。

当时雷旭只好解释说是丁永刚同事,是院里派他来帮忙处理丁永刚后事,看她跟孩子还有没有什么需要帮助的。

"谢谢,那不用了。"陈蓉听见他的身份很抗拒,直接拒绝了他。

可当雷旭要走时,她又十分不甘心地看着雷旭,问了一句让雷旭心脏战栗的话。

"你相信那些举报信吗? 他们说,老丁收了人家的钱,在办公室里翻到了很多来历不明的现金,你信吗? 你也是老丁的同事,你了解他吗? 我们家老丁脚上那双鞋穿了五年,他怎么会受贿呢? 你相信老丁会自杀吗? 老丁是个心很宽的人,他舍不得我们娘俩,出事的前一天还说,周末要带我们去游乐园。溺水更不可能,他根本不会游泳,怎么可能穿着泳裤去海里游泳?"陈蓉一连串的话越说越激动,而雷旭低着头不敢跟她对视,苦涩的表情只有他自己能看见。

他信不信重要吗? 重要的是院里怎么定性。

等不到想要的回应,陈蓉叹口气,像是发泄了堵在胸口的郁结,幽幽说道:"对不住,我知道和你说这些没有用,谢谢你能来。"

"应该的,应该的。"雷旭总算敢说句话。

"能再帮我个忙吗?"陈蓉说道。

"您说。"

陈蓉将车钥匙交到雷旭手上,看着门外那辆破旧的皮卡车说道:"我不会开车,家里现在用钱的地方多,你帮我把车卖了吧。"

雷旭犹豫着接过车钥匙,回头看了车一眼,不确定道:"我对车不了解,我不知道这车能卖多少钱?"

"我也不知道，你看着卖吧。"陈蓉很疲惫，领着儿子离开，也就是那时丁帅掉落了白纸花。

看着留下的破皮卡车，雷旭感觉到一丝世态炎凉。丁永刚可能到死也没想到，最后他什么也没留下。

车很老，正如陈蓉说的，丁永刚是个很节俭的人，这么多年都没舍得换车。

驾驶室有一丝发霉的味道，雷旭上车勉强算是打着火，他只想赶紧去二手车市场。路上他捣鼓一阵这皮卡车，老旧的车机还在用磁带，按下播放键，里面传出来嗞嗞啦啦的声音，讲的是自闭症儿童的康复训练。

雷旭转个弯，快要开进二手车市场时，磁带里忽然传出一阵忙音，然后是丁永刚的声音。

"你们是什么人?"

雷旭一愣，一脚刹车停在二手车交易市场门口。

他急忙认真去听。

"别耍花样，下车!"

"老板，卖车吗?"窗外有人敲打车窗。雷旭摆摆手，让他离开，蹙眉继续听里面的录音。

"你们到底是什么人，想干什么?"

"不想死得太难看，就赶紧交出来!"

雷旭按下暂停键，打开车机拿出磁带，确定上面印着"自闭症儿童康复训练教程5"。

他想了想把磁带放回车机，手停在半空中，他犹豫了，不知道该不该继续播放。

"老板，卖车吗，我给你个价格你先听听?"

车外二道贩子还在诱惑他，雷旭做了半天思想斗争，最终下定决心下车，把车钥匙交给车贩，转身要离开。

"老板，这个车……一万六你看能商量不?"

雷旭走回来抢过车钥匙。

"哎，老板，你觉得不合适可以再商量!"看着皮卡车越开越远，车贩子直摇头。

时过境迁。

雷旭依然在反复听着丁永刚车上的录音带，录音中祝劼和宗有亮的名字让他联想到白天杨甜提起的仕杰地产。

雷旭开着车绕着街道转圈，时不时停下拿出手机拍照。

福乐惠超市、克莱商场、茂丰酒店、睡帽网吧、睡帽电竞酒店、狐光酒吧、唱享KTV。雷旭的车减速，停在电竞基地附近拍照。行驶在环海路上靠近滨海岸高尔夫球场，雷旭停车看着高尔夫球场。

高尔夫球场内，孙云娣正在陪祝劫打高尔夫。

"电竞大赛云骁办得不是挺漂亮吗，这次集团董事会选举，你提下云骁呗?"孙云娣极力在为弟弟争取。

祝劫穿着一身休闲服，叨着雪茄，在打高尔夫球。看着飞走的球，他站在那儿把手插进兜里，很淡定地说道："云骁性子太急躁，眼神儿也有问题，还是让他在吉平锻炼锻炼。"

孙云骁兴冲冲赶来，听到祝劫的话脸色微变，但依旧赔着笑脸点头哈腰道："劫哥，您说我性子躁我认，我这眼神儿怎么也不好了?"

祝劫头都没回，平淡地走向下个洞口："那个苏达是怎么回事儿?"

"没想到劫哥这么忙，还关心电竞战队这点小事儿。"

"电竞战队我不管，你们年轻人的事儿，你喜欢搞就搞，但苏达的事情你要处理好。"说罢，一杆出去，球飞向洞口。

孙云骁很意外祝劫知道苏达的事情，点头应付着："劫哥放心，我心里有数。"

"你有个屁数!"祝劫终于回头正眼看他一眼，眼神里透露着愤怒，声音也带着一丝丝威严说道，"如果是一颗你无法掌控的棋子，该弃的时候就不能手软!"

孙云骁听到"棋子"二字，瞬间呆住，看了下姐姐孙云娣。

"好了好了，云骁好不容易过来一趟，不要聊这么扫兴的事了。"孙云娣急忙打圆场。

祝劫转过身继续打球。孙云娣冲弟弟使眼色，让他赶紧过去，后者点点头，勉强挤出一丝笑容凑上来，把球童赶走接过球杆。

傍晚时分，孙云骁在电脑前打游戏，疯狂厮杀，敲打键盘似乎在发泄着内心的怒火。他身后站着的是他的心腹小弟，他也不回头，盯着电脑屏幕问："苏达最近训练得怎么样?"

"听肖经理说，状态很一般。"

"妈的!"孙云骁使劲敲打键盘，跷着二郎腿踩在椅子上回头恶狠狠看了眼小弟说道，"这小子，从来没一句实话，你让肖经理多盯着点儿他，别冒冒失失的又给我捅娄子。"

"好。"小弟转身往外走，被孙云骁叫住："等下，大辉。"

大辉回头问道："孙总，还有事?"

"我在网上订了一台电动轮椅，这两天就送货到你家，你让家里注意查收一下啊。"

"孙总，这，又让您破费了。"

孙云骁不耐烦地摆摆手："见外了，有了电动轮椅，你妈妈行动能方便些。"

大辉朝孙云骁鞠了一躬："谢谢孙总，那我先出去了。"

孙云骁摆摆手："去忙吧。"

大辉开门,孙云娣正好拎着一个袋子走进来。

"姐。"大辉恭敬地让开门口,孙云娣进来,他出去把门带上。

孙云骁看了一眼孙云娣,回头继续打游戏:"姐,你怎么来了?"

孙云娣从袋子里拿出两个保温饭盒打开,一个饭盒里装着山西过油肉,另一个饭盒里装着炒面:"云骁,快过来。"

孙云骁走过来坐下,拿起筷子夹起一口过油肉吃着,熟悉的味道让他微微发愣,不确定地看着姐姐,问道:"这不是饭店打包的?"

孙云娣笑笑,指着饭盒说:"尝出来了? 这回像不像咱妈做的味道?"

他们姐弟俩从小家境贫寒,从老家出来的时候兜里更是没有一分钱,经常吃不上饭,那时候孙云骁还小,经常嚷着要吃他们妈妈做的回锅肉。

孙云骁沉默了,不再说话,低着头大口地吃着。

孙云娣将炒面装在碗里递给孙云骁:"云骁,你记不记得咱俩刚从老家出来的时候,兜里没钱,经常吃不上饭。有一次饿极了,跟老板买了一碗面,咱俩分着吃。"

"说这些干什么? 忆苦思甜啊?"孙云骁头也不抬说道。

"云骁,现在条件好了,咱俩再也不会因为一碗面跟人低三下四了,别再折腾了。"孙云娣很想劝自己这个弟弟收手。

可孙云骁微微皱眉,放下手里的筷子盯着碗里的肉说:"可你别忘了咱们这些年是怎么熬过来的! 你在宗有亮和祝劼身上受的委屈,每笔账我都记着呢。"

"别这么说,宗有亮虽然是个守财奴,但我也总算做了几年官太太。劼哥脾气不好,可对我不差,现在你也有自己的事业了,咱们过得比一般人强。"

提起祝劼,孙云骁一声冷笑,拿起桌子上的纸巾擦擦嘴,走到落地窗前看着窗外的景色,回想起球场那句话,他头也不回地问孙云娣:"这算什么事业? 让咱姐弟俩替他干这些脏活累活,他自己的老婆孩子都藏在国外了,你不要被眼前这点好处蒙蔽了,你我就是祝劼手中的一颗棋子!"

棋子,不听话说放弃就能放弃的棋子。

孙云骁这一晚上都在回想这句话,如鲠在喉,如芒在背啊。

"姐,你还不明白吗?"孙云骁转过身看着这个唯一的亲人,他不想她沉浸在那些虚无缥缈的幻想里。宗有亮、祝劼,没有一个人真的把他们姐弟当人看过。

孙云骁眼神里布满恨意、杀意,他阴沉地看着孙云娣说道:"姐,什么时候他不高兴了,我们拥有的一切都有可能化为泡影,我们应该把主动权掌握在自己手里,不是像现在一样处处看他的脸色!"

夜色下大厦灯光亮化像灯光秀一样。

九部还在加班,刘柳把投影仪架好,喊来都子瑜。

"这么快就弄好了？"都子瑜说着看眼投影仪，又很自然地给雷旭递上一杯茶，"来，主任。"

雷旭抬头难以置信地看着她："什么时候变得这么体贴了？"这怎么好像大郎该喝药了的场景。

"不想喝？"都子瑜冷声问。

"喝！"雷旭接过茶杯，心虚地说声谢谢。

"小柳，画上的商标查得怎么样了？"都子瑜转头去问刘柳。

"查到了，这是第三届ANP亚洲电竞大赛启动仪式的商标，和姜筱洁画上的一模一样。"

"这个启动仪式什么时候开始？"雷旭放下茶杯问。

"9月20号。"

9月20号，雷旭低头认真思索下，姜筱洁去滨海公园画画的时间可不是9月份，她怎么会提前画这个商标呢，总不能未卜先知吧。

他问出问题："那问题来了，这个商标是之前就在这个楼上放着吗？"

"有这个可能吧。"刘柳对电竞不了解，但感觉会。

"一般这种活动都有个预热期。"都子瑜接过话分析道。

"小柳，那你能不能明天帮我再查一下他们这个预热期从哪天开始？"雷旭开始布置接下来的工作。

"好嘞。"

"投影仪都架好了，还看不看了！"

"明天吧，太晚了。"雷旭劝大家下班。

人都走了，雷旭还在对着桌子上的茶杯发呆，思绪在两点之间徘徊，那场辩论赛到底谁赢了？

次日，在九部办公室，大家围在一起看滨海公园监控画面，大屏幕投放着大厦灯光秀，画面定格在第三届ANP亚洲电竞大赛启动仪式上。

"他们这个灯光秀是每天傍晚6点到7点定时包屏。"刘柳把自己了解到的讲给大家听。

雷旭看了眼屏幕问："知道预热期有几天吗？"

"灯光秀的预热期是9月14日到9月19日，一共六天。也就是说在9月14号之前是没有这个商标的。"

"那就不是暑假期间的事儿。"

徐张荔出去接个电话，从外跑进会议室紧张道："公安图侦到了9月17日，也就是暑假之后姜筱洁进入滨海公园的视频画面。"

视频已经传到徐张荔手机上，她把视频发给刘柳，让她投到屏幕上。

"这几天天气怎么样?"雷旭问道。

"也下雨,和8月22日大致相同。"徐张荔把公安机关发过来的相关数据先拿给他看。

"姜筱洁什么时候进去的?"雷旭接过手机。

徐张荔操作视频播放,看了眼上面的时间:"这个时间公安比对过,是北京时间没有误差。"

"18时05分30秒姜筱洁进入公园。"

视频是俯拍,因为当时天气拍摄得不是十分清晰,但还是能看见姜筱洁背着画板进入公园,可能也是因为天气,姜筱洁进入公园的这个时间只有她一个人出现在摄像头下面,周围没有人再进入。

"快放下,看看这后面有人跟着吗?"雷旭把手机递给徐张荔。

刘柳已经把视频投放到了屏幕上,徐张荔指挥她快进。

"平时这个时间公园里人也这么少吗?"雷旭看着屏幕问。

"按理说这个时间应该已经有人陆陆续续进入公园跳广场舞了,估计可能是因为那几天下雨,所以人才少。"杨甜说道。

她平时会推着老曹出来做康复,偶尔会去那个公园,看见过有人在那跳广场舞,视频里这个时间人少,估计也只能是天气的原因。

雷旭点点头算是认可这个看法,毕竟现在人吃饱了总要消化,跳广场舞既能消化食物还能找个舞伴。

徐张荔操作视频画面快进到18时08分33秒时,忽然一个人影从视频上掠过。

"停下,倒退回去。"都子瑜全神贯注喊了一声。

刘柳把视频倒退,调整回正常速度,就看到一个鬼头鬼脑的人穿着帽衫双手插兜出现在摄像头下面。

红色的帽衫跟嫌疑人十分相符,加上身高比重,他很有可能就是要找的嫌疑人。

雷旭揉搓下下巴,专心地观看。嫌疑人进入摄像头捕捉范围就一直在东张西望,根本不像是来遛弯的,倒像是有目的地在寻找什么。

雷旭坐直身体看着徐张荔问:"他什么时候出去的?"

徐张荔示意刘柳快进视频,一直到9月17日19时55分06秒嫌疑人离开公园。

"出去的时间准吗?"

"视频没有卡顿,时间应该是连贯的,准的。"徐张荔操作着视频说道。

雷旭点点头若有所思道:"那嫌疑人整个在公园逗留的时间是……"

"1小时46分33秒。"刘柳惊讶道。

"嫌疑人几点进的监控盲区?"

徐张荔操纵着画面说道:"18时32分42秒。"

"他几点出的监控盲区?"

"19时29分37秒。"

刘柳推算下嫌疑人留在盲区里的时间,惊讶道:"嫌疑人在盲区里逗留了56分55秒。"

雷旭掐算其中时间:"也就是说嫌疑人太有作案时间了!"

视频开始循环播放,刘柳反复看了嫌疑人后微微蹙眉:"以他的体态身高来讲,好像每次都是他在跟踪,但每次都拍不到他的脸。"

"大荔,公安的技术部门也识别不出来吗?"雷旭问徐张荔。

徐张荔为难地摇头,看着模糊的视频画面:"这种视频模糊成这样,处理起来很困难。"

雷旭思考片刻,开始分配任务:"大荔,通知公安,咱俩去复勘现场。都主任和小柳去参加案情分析会,大姐照旧守着办公室。"

"好!"经过几次磨合,徐张荔已经接受了雷旭的安排。

都子瑜跟刘柳赶到贤湖区公安局时,正好有一队警察赶去跟雷旭会合,在滨海公园的小木屋外。

雷旭和徐张荔站在小木屋门口,门上贴着封条。二人穿戴好手套、鞋套,随着身着现场勘查服的警察,提着勘查箱走到近前,摘下封条,几人进入木屋。

小木屋内,警察指着2号物证牌,给雷旭介绍:"这是提取到被害人血迹的位置。"这个位置靠近小木屋唯一的窗户。

雷旭仔细看着,走近2号位置,蹲下身俯瞰3号、9号物证牌下的足迹,指着足迹问道:"这两个足迹查到了吗?"

"根据足迹鉴定,分析这半个足迹的遗留者,年龄在70岁左右,另外一个是40岁女性,由于案发时间和报案时间间隔过久,不排除游客到过现场的可能。"

由于不是第一时间封锁案发现场,在案发后可能还有游客在小木屋停留,所以公安机关在现场把所有可能的痕迹统统纳入排查范围逐一筛查。

警察指着7号物证牌说道:"这个地方发现了一个油画颜料的盖子。"

"地板缝隙都查过了吗?"雷旭问道。

"查过了。"

雷旭仔细地在木屋内观察。

徐张荔感到闷热,小心地踱步,将头伸出门外呼吸几口新鲜空气。突然,徐张荔踩在脚下的一块木板发出了松动的声响。

雷旭忽然警觉地和徐张荔对视,蹲下查看松动的木板,发现木板和草地之间是镂空的。他走出小木屋,用手电看了看木板之下的杂草。

徐张荔跟出来问道："有什么发现吗？"

雷旭指给徐张荔看，小木屋下面距离地面还有一段距离，木屋的木板已经松动，如果有细小的物证，是可以通过松动的木板掉落进小木屋下面的草丛里的。

警察过来勘查木屋下面，雷旭跟徐张荔等在小木屋外不远处。

许久，警察拿着一个证物袋走过来，将几个证物袋递给雷旭道："雷主任，根据您的引导，我们在小木屋下方的草地上发现和提取了这些物品。"

几个证物袋里分别装着：不到一厘米长的生锈的铁丝、图钉、方便面调料袋之类的小东西，其中一个证物袋里装着一枚非常小的螺丝。

雷旭拎起装着小螺丝的证物袋端详着，发现螺丝头下面有一圈橡胶——这枚螺丝很特别。

他反复端详，觉得这个螺丝很有嫌疑。征得公安机关同意后，雷旭让徐张荔把这枚螺丝拍照取证，跟公安一起进行物证排查。

徐张荔把证物袋接过来，也反复端详，疑惑地看着雷旭问道："这现场，案发前和案发后一直没有封锁，那么多人来来往往的，怎么确定这螺丝与这个案子有关？ 再说，这螺丝的用途是什么？"

"先查查再说。"雷旭端详着螺丝道。

而在滨海公园的另一处，姜筱洁和张芸芸正站在废弃船厂的船头，二人开心地冲着远方大喊，声音越来越高，此刻的她们神采飞扬，发丝随风飞舞。

姜筱洁忽然转过身子，双手张开站在船舷，后仰身体像要坠下去的样子，和天台霸凌时她要坠楼的姿势一样，她放声大喊，歇斯底里地发泄。

张芸芸有些害怕："筱洁，你别站边上，我看着心慌，赶紧下来吧。"

姜筱洁喊累了，看她紧张的表情，从船舷上跳下来："你就是谨慎过头了，天天小心翼翼的，累不累啊！"

"我是害怕你……"

"行了，我这不都下来了。"

姜筱洁跑到长椅边，张芸芸买两个甜筒回来分给她一个，两人坐在一起边看海天一线边吃甜筒。

"筱洁，你真好，希望你永远都这么开心，这么漂亮。"张芸芸拿出手机自拍。

姜筱洁凑过来比耶："哈哈，你放心，我会继续想办法让你变漂亮的。"

镜头记录下两人灿烂的笑容，张芸芸小心地看着手机里的照片斟酌下说道："我现在不想整容了。"回想起在整容医院，她眼神里一抹暗淡一阵心悸。

"为什么？"姜筱洁把手机抢过来，熟练地打开美颜修理照片，她现在的梦想就是帮这个好闺蜜变漂亮，而且张芸芸也一直希望自己变漂亮，怎么放弃了？

"你放心，就算不找李笑颜要钱，我也有别的办法。"姜筱洁认为张芸芸是担心钱。

"不了，我，打算转学了。"张芸芸说完，姜筱洁表情瞬间僵硬住。片刻后她把手机扔给张芸芸，走到垃圾桶，把甜筒扔了。

"筱洁!"张芸芸追上去，看着她的背影在后面喊她，"我会很想你的。"

姜筱洁变得很冷，冷得拒人千里之外。她一直在朝前走，张芸芸在后面追。

"筱洁，我爸妈想让我换个环境重新开始。筱洁，你以后放学就早点回家，少去电竞酒店、网吧这种地方，不安全。"

"有什么不安全的?"姜筱洁忽然停住脚步回头看她，那表情把张芸芸吓了一跳。

她停顿下，委屈巴巴地说："你不是说，之前有个男生总是缠着你吗? 你吃药是不是因为……?"

"管好你自己，我的事用不着你管!"

张芸芸被噎无语，不知说什么好，她们难得轻松的气氛降到了冰点。姜筱洁朝前走去，张芸芸看着姜筱洁的背影，一脸担忧。

都子瑜跟刘柳参加完分析会回检察院，车刚一拐弯要进检察院，刘柳忽然发现站在对街的张芸芸，她站在信号灯下面朝检察院张望。

"都姐，你看。"刘柳用眼神示意外面。

都子瑜打转向灯，把车靠在路边停下。

"张芸芸，你怎么在这?"刘柳摇下车窗喊道。

看见她，张芸芸急忙打招呼："我……"

声音淹没在车流里，刘柳看了眼身后车流方冲她喊道："你站在那不要动，我们过来。"

坐在检察院对面的奶茶店里，张芸芸搅拌奶茶杯里的吸管，一脸愁容。

"芸芸，是有什么事吗?"刘柳问她。

张芸芸看了眼刘柳，想说又叹口气，犹豫好半天才开口："我要走了，临走之前想来谢谢你们。"

"怎么走了?"

"我爸妈想给我转学，让我重新开始。"

"重新开始也挺好。"刘柳安慰她别灰心，走到哪都一样，都会有好朋友。

都子瑜轻声安慰她："以后有什么困惑，可以随时和我交流，或者给刘柳姐姐打电话。"

"嗯。"张芸芸很感动，眼泪在眼眶里打转。

刘柳过来抱住她："以后可千万别做傻事了。"

"嗯，我记住了。"

"芸芸，美是不同的，每个人生下来都是独一无二的。美是青春的、阳光的，最重要的是要有自信,因为自信的人才最美。去新学校之后,希望你能好好学习,交到更多的好朋友。"都子瑜一番话彻底感动了张芸芸。

她忍不住掉眼泪,刘柳递给她纸巾,安慰她:"是啊,我们尤其羡慕你脸上的胶原蛋白。"

张芸芸"扑哧"笑了。

都子瑜也跟着开心笑下,揶揄刘柳道:"轮不到你羡慕,你脸上的胶原蛋白也值得我羡慕。"

三个女生都笑了起来。张芸芸笑着笑着,突然又有些伤感,她犹豫下开口说道:"以后你们能帮我多关心一下筱洁吗?我很担心她。"

"她怎么了?"

张芸芸摇摇头:"她很不好。"

"我们会的,放心吧,我们会随时关注她。对了,筱洁除了你之外,还有没有关系比较密切的男同学?"都子瑜想起了周乔。

"除了周乔,还有异性朋友吗?"

张芸芸摇摇头:"女同学排挤她,男同学都怕她,除了我,我们班里没人能受得了她的脾气。"

"有人追求她吗?"都子瑜想了下问。

张芸芸思索下道:"有一个男生,但他是校外的。"

"叫什么?"

"不知道,我从来没见过他。"

刘柳诧异地看着都子瑜,这个线索可太重要了。

都子瑜请张芸芸喝了一杯奶茶,在门口把手机号留给她,承诺她只要有困难就可以给自己打电话。

张芸芸很感动,走很远了还回头跟她摆手。

看她走掉,刘柳佩服地竖起大拇指:"都姐,还得是你啊,真有一套。"

都子瑜也很感慨,望着远去的背影说道:"涉未成年人案件办结后,往往才是未检工作真正的开始,帮助涉案的未成年人走出心理困境才是真正的挑战啊。"

都子瑜伸着懒腰,刘柳一把抱住她盈盈可握的细腰,嘴里调侃道:"女神,我越来越崇拜你了!"

"就你嘴甜!"

这时,都子瑜电话响起。刘柳松开手站在一边,眼睛瞪得大大地看着手机。

"是雷主任哦。"刘柳揶揄地看都子瑜。

都子瑜没好气地瞪她一眼,接起电话:"喂,雷主任,嗯,好的。"挂了电话,都子瑜看刘柳。

"我明白,我先回办公室了!"刘柳不等她开口,先一溜烟跑了。

第 十 章

眼　镜

　　徐张荔在小木屋回来后找了很多修表店，才找到一个懂这种螺丝的修表师父，他戴上老花镜蹙眉看手机里不同角度的螺丝照片摇摆不定，看了好半天又从抽屉里拿出来个放大镜仔细研究。

　　徐张荔害怕他看不清，特意找打印机打了放大的照片，无聊地在一边等着，看见柜台里各种工具盒，里面分门别类摆放着几百种眼镜螺丝和小配件，她想这老师傅要是再看不懂，估计这个眼镜城就没人认识这个螺丝了。

　　看了好半天，老师傅摘下眼镜拿个镜架给她比画道："这个叫加胶螺丝，是连接镜圈和镜腿的。"

　　听他给出答案，徐张荔收起手机走过来认真问道："那一般什么样的眼镜会用这种螺丝？"

　　老师傅把镜架放柜台上，沉吟一下才道："这种螺丝成本比普通螺丝高，中高档眼镜上才会用，不过也不排除其他精密产品用这种螺丝。"

　　徐张荔道谢离开。为了确定老师傅所言，徐张荔又辗转去了一家距离较远的贤湖区专门卖高档眼镜的店铺。

　　雷旭跟都子瑜赶到姜筱洁家门口，都子瑜按下门铃。

　　李笑颜开门，看见雷旭和都子瑜站在门口，都子瑜的怀里抱着一个纸箱，雷旭将手里的一个水果篮递上去。

　　李笑颜愣了下，仔细看了看都子瑜怀里的纸箱，和都子瑜眼神交流，点了点头让开门口说道："请进。"

雷旭和都子瑜进客厅,李笑颜朝姜筱洁卧室方向指了指,都子瑜会意,抱着纸箱朝卧室走去,雷旭站在原地未动。

"她知道张芸芸要转学,心情不好。"李笑颜站在那看着姜筱洁的门口。

"可以理解。"雷旭点点头。环顾四周,屋子里一切都没变。

都子瑜在门口回头问了一句:"于老师的心理咨询课程效果挺好吧?"

李笑颜勉强笑下:"嗯,经过心理疏导,筱洁的状态的确有好转。"

"你也变化不小。"

"我?"李笑颜诧异地看雷旭。

"你已经开始关注筱洁的情绪了。"

两人对话时,眼睛始终没有离开姜筱洁的房门,可雷旭说完,李笑颜的眼睛里明显有些喜悦,她忍不住看着已经打开房门的女儿说道:"我只希望筱洁能好。"

都子瑜坐在姜筱洁身前让她看怀里的纸箱子。李笑颜好奇地走进去,而雷旭跟在身后,两人站定在一旁。

姜筱洁看见人多,很抗拒,想转身拒绝,却被都子瑜叫住:"筱洁,打开箱子看看。"

姜筱洁情绪不高,也很抗拒。

都子瑜神秘兮兮地打开纸箱,姜筱洁看过来,忽然愣住:"小猫?"

没有哪个孩子不喜欢毛茸茸的小动物,姜筱洁的情绪瞬间被喜爱充满。

"它很乖的,摸摸它。"都子瑜说道。

姜筱洁试探着轻轻抚摸小猫,把小猫轻轻抱起来,搂在怀里,小猫在姜筱洁怀里不停挪动,她控制不住地往后仰,被小猫逗得哈哈笑。

"你想收养它吗?"都子瑜问。

"我……我可以吗?"姜筱洁说完,眼里瞬间闪过一抹失落,摇摇头想把小猫放回纸箱,"还是算了,我怕我照顾不好它。"

"喜欢就留下吧,不过,留下它,你就得对它负责。"出乎所有人意料,李笑颜这次没有反对。

姜筱洁也怔怔地看着母亲,很意外,但她没说什么,只是再次低头撸猫。

雷旭的手机响了,是徐张荔来电。雷旭走出卧室接电话。

电话那头的徐张荔说道:"主任,这个螺丝是中高档眼镜才会用的加胶螺丝,但其他精密产品也可能会用到。"

"我知道了。"雷旭挂断电话,看着姜筱洁脸上的眼镜凑近说道:"之前没见你戴过眼镜。"

姜筱洁只顾着低头撸猫,随口答道:"平时在家的时候戴。"

"你平时有几副眼镜?"

"两副。"

雷旭靠过来,摸摸小猫对她说:"方便给我看看吗?"

姜筱洁摘下眼镜,从抽屉里拿出另一副眼镜递给雷旭。雷旭拿着两副眼镜在空中仔细看看,然后把眼镜还给姜筱洁。

姜筱洁抱着猫开心地在屋里来回走动。李笑颜有些警觉,把雷旭和都子瑜带进卧室:"雷主任,你说眼镜是有什么线索吗?"

"那个性侵案有了一点线索,但是不方便跟你们说得太详细,我们了解你们的心情,也会抓紧时间尽快破案,给你们家属和受害者一个交代。"

"不不不,你们可能理解错我意思了。"李笑颜像是被触碰到了敏感的神经,急忙否认,看了眼客厅里还在撸猫的姜筱洁,她悄悄把门虚掩。雷旭和都子瑜有点不明白她这葫芦里卖的什么药。

"我已经在让她准备托福考试了,我的助理也在咨询留学机构。我的意思是不想追究了,到此为止吧。"李笑颜小声说道。

"你又犯糊涂,这是涉及未成年人的刑事案件,监护人不追究也不影响我们提起公诉。"

李笑颜敏感的神经再次被刺激,她神情激动地看着雷旭:"你们考虑过这样对我们家的影响吗?筱洁好不容易才恢复,我不想她再被这件事影响。"她不想让这些事再困扰女儿,她已经打算让女儿出国了。

都子瑜劝住李笑颜,安慰她道:"你不能选择逃避。"

"我不是逃避,我要保护我的女儿,可以吗?"

"你这不是保护她,是保护你自己。"

李笑颜被雷旭刺激到,她声音激动道:"我保护谁都是我的选择,我不想筱洁的生活再被打扰可以吗?"

雷旭被说得十分恼火,他很想说不可理喻,但强忍回去了,站在不同的角度思考的问题不同,他思考的是未成年人被性侵带来的伤害,而李笑颜是想通过逃避让女儿淡忘,可这种事是说能忘就能忘的吗?

雷旭平复下心情,说道:"我还是想看一下这个眼镜。"他想把那副眼镜拍照取证。

"没有,请回吧!"

"我看一眼。"

"没有,出去!"李笑颜态度坚决,从卧室把两人赶到门口,拉开门送客。

雷旭和都子瑜想了想,看见在客厅撸猫的筱洁,再看李笑颜激动的神情,两人决定先离开。

关上门,李笑颜不敢回身,她面冲门在努力压制自己的情绪,双手揉搓在一起,指节都被自己捏得发白,她悄悄看了眼女儿,再次陷入了挣扎。

Z&K电竞战队基地。

宽敞明亮的Z&K电竞基地，棚顶铺满专业灯光，氛围感极强。场地内有序摆放着一排电竞电脑，每台电脑旁都配有电竞椅、头戴式电竞耳机等专业配件。

此刻，又一场训练赛结束，向来所向披靡的苏达再次发挥失常。

"苏达，你最近什么情况啊？状态这么差。"队友摘下耳麦抱怨苏达。

苏达魂不守舍，刚要说话，肩膀被人拍了一下，他吓了一跳，回头一看，是两名警察在门口要找他。

苏达顿时变得紧张，试探性地问："警察找我干吗？我又没犯法。"

队友看见警察来，也一脸疑惑，纷纷起身看向门口。

"苏达，你没事吧，可马上要比赛了。"

"我知道。"苏达很不耐烦，走到门口。

警察看见他，问了句："你是苏达？"

苏达点点头，眼神始终在往基地里瞟。

"跟我们走吧，有些话要问你。"

贤湖区公安局审讯室里，两名警察在讯问苏达。

"你是否去过滨海公园？"

苏达一脸坦诚，实话实说道："去过。"

"什么时候？"

苏达陷入回忆，好半天才不确定道："大概是8月末，具体哪天我记不清了。"

"你一共去过几次？"

"就去过一次，去那里随便转转。"苏达被问得心里发虚，脸色霎时间连续变幻。

两名警察对视一眼，其中一人问他道："苏达，平时训练很累吗？"

苏达不明白警察为什么问他的训练，没回答。

"苏达，你最好说实话，我们没有证据是不会来找你的。"警察说道。

"我说的都是实话。"

"好。"警察点点头，示意旁边的同事把视频播给他看。

苏达看着手机里的视频。

警察指着视频上的人问他："这个人是你吧，你于8月10日、8月14日、8月22日、9月12日和9月17日多次出入滨海公园，能解释一下吗？"

苏达脸色霎时就变了的原因是他记得那天，但嘴上还是有个把门的拦了他一下，他只说："我记错了，我记不清了。"

"你认识视频中这个背着画架的女孩吗？"

"不认识。"苏达看都没看一眼，直接否认。

警察看他说完，说道："苏达，我建议你想好了再说。"

视频摆在苏达面前循环播放，他不想看也得看，审讯室气氛陷入冰点，警察不说话就在那播放视频。

苏达看了一会儿实在忍受不住，把目光瞥向一边，开口问道："我可以叫律师来吗？"

"可以。这是我们对你的第一次传唤，你有这个权利。"

孙云骁正在悠闲地喝茶，公司法务总监张鸿图突然来找他汇报工作。

"孙总，苏达要见我，他昨晚被警察带走了，现在还没回来，他让警方联系公司，说要见律师。"

孙云骁很是吃惊，道："他怎么被警察带走了，怎么才告诉我？你尽快去，想办法把他捞出来，他的转会费就花了公司上百万！万一他有什么差错，把你卖了也挽回不了这个损失！而且我为了下这盘大棋，费了多少心思，一定不能现在废了我的关键棋子。"孙云骁烦躁不安地拿起手机蹙眉翻看通信录找人。

张鸿图见状立马起身说道："我马上想办法，去跑跑关系，看能不能把苏达捞出来。"

"苏达既然提出要见律师，就说明他什么都没说，况且以他的智商，是不会被抓到把柄的。"孙云骁临了说一句。

张鸿图点点头，他已经了解过，公安目前只掌握视频证据，光有视频证据是不能定罪的。

"孙总放心，公安那边现有的证据根本站不住脚，除此之外，没有其他任何证据，他们什么都查不出来！如果没有特殊情况，公安24小时会放人的，我去协调一下。"

孙云骁不怕苏达会乱说，他还不至于那么蠢，他要是这节骨眼上出事，赔转会费就能赔死他，孙云骁担心的是雷旭，那条疯狗见到肉腥味会死追着不放。

"一旦案子到了检察院，雷旭就是条疯狗，不撕两口肉下来，他是不会松口的，你还是尽快想办法，以免夜长梦多。"孙云骁催促张鸿图。

张鸿图点头就要出去："我这就去协调。"

姜筱洁独自在卧室，戴着耳麦，看着手中的一个眼镜腿儿发呆。

李笑颜拿着一沓留学资料来到门前，本想直接进来，想想还是敲了敲门，屋内没有回应。

李笑颜推门进来："妈妈给你找了几所国外好的大学，这些留学资料你看看。"

姜筱洁没吱声，李笑颜看到姜筱洁拿着的眼镜腿儿，她拿过来查看："眼镜白天还好好的，怎么只剩腿儿了？"

姜筱洁没回答。李笑颜注意到眼镜腿儿内侧有一串英文字母，刚要仔细看看，姜筱洁一把将眼镜腿儿抢回去丢到桌子上，拿起留学资料盖在眼镜腿上。

李笑颜回想起雷旭问她筱洁平时戴不戴眼镜，她试图再次拿眼镜腿儿："我回头再去给你配一副吧。"

"不用了，我自己去配，我要学习了！"

李笑颜不理会姜筱洁的逐客令，耐下心来，坐到姜筱洁床边："留学资料里的这几所大学油画专业都很好，只要你托福能过……"

"我不学油画。"姜筱洁冰冷地打断李笑颜，"我以后也不会再碰画笔了。"姜筱洁淡淡地说出这句话，李笑颜心里猛地一刺。

李笑颜从姜筱洁的卧室出来，无力地靠在门板上，用手捂住嘴，强忍住眼泪。此时此刻，李笑颜心中充满无尽的悔恨，回想那天姜筱洁拿着画板和画架浑身湿漉漉沾满了泥水回来，姜林海还知道紧张下女儿，而自己只会坐在那大呼小叫。回想自己还呵斥姜林海，不让他上前，此刻李笑颜的心就像是被刀架在上面来回地践踏。

那天姜筱洁还问过她，为什么不问问她为什么浑身是水，自己却可笑地以为她掉进了水坑，她现在恨不得掉进水坑里的是自己。李笑颜再也忍不住，眼泪汹涌流出，她捂着嘴巴不让自己痛哭失声。

她蹲坐在地上，良久，坚定了一个决心。

徐张荔接到公安通知，已经锁定了滨海公园监控中"红衣少年"的身份，同时在眼镜城她再次确定那个螺丝就是眼镜上掉下来的。

雷旭赶到眼镜城，老师傅指着螺丝上的纹路给他看，说道："这种螺丝只会在很贵的眼镜上出现，很多都是特制的那种。"

雷旭回想起姜筱洁家那副眼镜："老师傅，咱们贤湖区能买到这种螺丝或者用这种螺丝的眼镜吗？"

老师傅摇摇头："我这里肯定没有，别的地方……不好说。"

徐张荔继续在眼镜城里寻找配有这种螺丝的眼镜。雷旭回检察院准备跟陈亭毅汇报，开车回检察院的路上，忽然看见李笑颜戴着墨镜站在检察院附近的街上，他疑惑地停下车。

李笑颜看见他冲他招手。

"找我有事？"雷旭摇下车窗问道。

李笑颜拉开车门坐进皮卡车内，没有说话，而是直接从包里拿出一个眼镜盒递给雷旭。

雷旭打开眼镜盒，看到里面装着一个眼镜腿儿，眼镜腿内侧印着英文字母Keiran。

"这个和你们查到的线索有关吧？筱洁好像很紧张这个眼镜腿儿，但她没有这种款式的眼镜。"

李笑颜说完拉开车门欲下车，被雷旭叫住："做出这个决定，对你来说，不容易。"

李笑颜摇摇头，墨镜遮挡目光看不出表情，但她的语气十分坚定："之前是我这个做妈妈的不称职。希望对你们查清案子有帮助。"

李笑颜下车后，雷旭反复看着眼镜腿若有所思。

回到九部，雷旭将证物袋交给刘柳。

"刘柳，仔细看下这个眼镜腿儿，还有上面那个英文，找一下代表什么含义。"

徐张荔赶回来看见雷旭，急忙喝口水汇报道："整个眼镜城都找过了，没有那种螺丝。"

"杨大姐呢？"雷旭问。

"她去找心理医生了。"

"刘柳，查到什么没有？"雷旭指着眼镜腿儿让徐张荔看。

徐张荔过去拿起眼镜腿儿"呀"一声，这眼镜框的材质跟那个螺丝太像了："你从哪弄来的？"

刘柳在电脑前敲击键盘，输入：Keiran。

"主任，Keiran是爱尔兰男性名字，有黑暗的寓意。"

"爱尔兰？那它和苏达有什么联系？"雷旭问道。

公安既然已经锁定苏达十有八九就是嫌疑人，况且姜筱洁绝对不会无缘无故拿出个残缺的眼镜腿儿，雷旭断定这两者有关联。

刘柳继续敲击键盘，把关于苏达和Keiran的词条都检索出来。

"有了！"刘柳指着上面一个词条说，"苏达之前在上海HCC战队的名字就叫Keiran，在第三届ANP亚洲电竞大赛之前，他从HCC转会到Z&K战队，被HCC的粉丝骂叛徒，之后就不再用这个名字了。"

都子瑜走过来看着电脑上面的内容若有所思道："我只听说过球员转会，这电竞选手还有转会呢？"

"这你就不懂了吧，电竞选手和球员一样，也涉及转会。选手名次和成绩越好，转会费越高，动辄几十、几百万，还有上千万的呢。"

"大荔你很了解啊。"

"那是！"

"一看徐张荔平时就没少打游戏！"

雷旭过来查看电脑上的资料："这小子长得不赖，那他的转会费得多少钱？"

刘柳在电脑上查了一下："主任，网传他是百万级。"

"这么值钱，嚯，没想到打游戏这么赚钱。"雷旭调侃道。

"雷主任心动了？"

"当然心动，可惜我没那个本事。"雷旭真是百感交集，真应了那句话，三百六十行，行行出状元。

"这么多钱,撬走他的Z&K挺有实力啊,可惜了。"

"大荔,你可惜的是这个名字,还是这个人,还是给他转会的公司啊?"都子瑜问。

"都挺可惜!"雷旭接过话茬。

"动辄几百万,这要是折了,可全损失了。"

雷旭拿出手机,找到那枚加胶螺丝的照片,对照着证物袋内的眼镜腿儿:"它俩看上去就是配套的。"

刘柳回头看了眼螺丝,又回头看电脑:"你们猜猜我查到什么了?"

"大姐,这时候你就别卖关子了,查到什么了赶紧说。"徐张荔还在可惜那几百万的转会费,催她赶紧说。

刘柳指着电脑上的照片:"HCC战队出过一款品牌联名款防蓝光眼镜,和这个眼镜腿儿的外形一模一样。"

"那这个Keiran,你们说是不是苏达的?"雷旭问大家。

"我说它就是!"

"大荔,你别太武断了,这还得看公安那边能不能拿下他的材料。"都子瑜回到座位上。

"这个苏达,已经找来了他的律师,公安那边目前只有视频证据,估计很难站住脚啊。"

雷旭没理会她们聊天,坐在电脑前查看苏达的相关资料。

网上有很多关于他的新闻:《电竞选手苏达在"第三届ANP亚洲电竞大赛"中表现优异》《电竞天才苏达的成长之路》《最帅电竞大神桀骜不驯,未来有望创造传奇战绩》……

徐张荔也把手机里搜索到的内容讲给大家:"这个苏达在电竞圈还小有名气呢。哎,你们说我要是去打电竞能不能混个小有名气?"

雷旭回头看了眼两人:"你刚才说什么?"他压根没在听。他问徐张荔:"公安那边有什么进展?"

徐张荔放下手机,说道:"苏达矢口否认,坚称自己根本不认识姜筱洁,更谈不上强奸她。"

"刘柳,你半天不说话想什么呢?"

刘柳蹙眉看着电脑上的照片,思绪早被拉回好几天前了,她指着电脑上的照片不确定道:"我好像在哪见过这个苏达。"

"在哪?"雷旭问。

刘柳眉头越蹙越紧,犹豫好半天说道:"都姐,你还记不记得咱俩去睡帽电竞酒店找张芸芸那天,有个男孩从咱俩身边经过。"

都子瑜愣了下,努力回想了下,没有印象。

刘柳记得那天在睡帽电竞酒店，都子瑜在问张芸芸入住信息时，身后有个男孩愣了下然后快速进入了包房。

她当时回头看了眼，应该就是这个苏达，穿着个帽衫。

都子瑜还在很努力地回想，可惜没有一点印象。

"姜林海说过，姜筱洁之前也离家出走过，不是去老房子，就是去网吧、电竞酒店之类的地方。"雷旭说一句。

"苏达也会经常出入这些地方，姜筱洁会不会就是这么被苏达盯上的？"

"不好说。"都子瑜忽然想起来张芸芸，她提醒道，"你们记不记得张芸芸提到过，有个男生喜欢姜筱洁，这个男生会不会就是苏达。"

"不排除这种可能。"雷旭放下电脑，看着大伙说道，"要真按你们说的，这个苏达十有八九就是嫌疑人。"说完起身喊徐张荔："大荔，把我们这边的情况告诉公安，让他们加大下审讯力度，这个苏达可不是未成年人，对他不用那么客气。"

"明白！"

杨甜回来后就一直在听他们分析，忍不住叹气。

"大姐，你叹什么气啊？"

"我啊，回想起我们那个年代了，拉拉手都要害羞得不得了，现在的小孩，真是的。"在未检工作这么久，杨甜倒也是见怪不怪了。

"哎，你说现在这孩子真是太让人操心了，该读书的年纪不好好读书，整天把喜欢挂在嘴上，他们懂什么叫喜欢呀？"

"就因为他们什么也不懂才什么都敢干，如果苏达喜欢姜筱洁，缠着姜筱洁，爱而不得……这就很有可能了！"

雷旭说完不禁一阵唏嘘，这个社会什么时候开始变成这个样子了，这和自己从小到大受到的教育完全不一样啊，那些书本上的纯洁、象牙塔哪去了？

"对了，杨姐，那家整形医院的后续处理你跟踪一下。"回想起整容医院，雷旭还是一阵心悸。

"好，我督促主管部门尽快拿出处罚意见。"杨甜答应道。

"对了，我已经在起草司法建议，对辖区所有医疗美容机构和生活美容机构进行清查。"杨甜把跟于老师上次说的事说了一遍。

雷旭竖起大拇指调侃道："杨姐，这个您想到我前面了，必须清查，绝对不能再发生未成年人整容的事件。"

"别说现在这些孩子胆大，这些个整形医院胆子也够大，连未成年人都敢接待，这是没出事，这要真出事可怎么办。"

"等真出事啊，就全傻眼了！"

雷旭绕过桌子走到都子瑜面前："走吧，去公安那边看看这个苏达审得怎么样了。"

贤湖区公安局。

警察第二次传唤苏达,雷旭跟都子瑜站在单向透视玻璃外观看审讯。

两名警察坐在苏达对面:"苏达,想好了怎么说了吗?"警察半开玩笑地看着苏达。

苏达眼神还是有些慌乱,他心里始终没有底,不知道警察还掌握什么,不过他坚信孙总会保他。

"我不知道你们说什么,该说的上次我都已经说了。"

"可你没说实话。"警察坐下后说道。

"我说的都是实话!"

警察向他出示物证袋里的眼镜腿儿:"苏达,你看看这个,不陌生吧。"

"眼镜腿儿,怎么了,跟我有什么关系吗?"

"好好看看,这不是你的吗?"警察把物证袋摆在苏达面前。

苏达心里慌得要死,但嘴犟,他坚信自己不会有事,花了那么多转会费,孙总不会放弃他的。

他嘴硬地冷笑一下:"你们怎么确定这个眼镜腿儿是我的? 很多电竞选手都戴这种眼镜,怎么成了我的专属了?"

警察指着眼镜腿上的英文名字给他看:"这上面有你之前在上海HCC战队时的名字Keiran,你怎么解释?"

"有名字就能证明是我的吗? 我那么多粉丝,网上随便买我的同款眼镜再印了我的名字这不很正常吗?"苏达强词夺理地狡辩。

警察点点头,收起物证袋问他:"那你的那副眼镜在哪?"

"丢了。"

警察冷笑下,苏达的辩解很幼稚。警察走到他面前,居高临下看着他,口吻极其冷淡地道:"苏达,我们在这个眼镜腿上检测到了你的DNA,你怎么解释?"

苏达愣了下,眼神有些慌乱。

"解释不了?"警察嘲讽地讥笑他。

苏达脸色憋得很难看,还在强行辩解:"就算眼镜腿儿掉在了滨海公园,也不能证明是我跟踪了姜筱洁吧。"

下一秒,苏达忽然意识到不对。

"你认识姜筱洁。"

"不认识!"

"你不认识姜筱洁怎么知道她的名字!"

苏达有些慌乱,他没想到警察会纠缠这个问题,他闭嘴不谈。于是,审讯室里陷入了紧张的气氛。

"苏达，你唯有坦白才能争取到最大的谅解。"

"我坦白了，我没撒谎。"苏达想岔开话题，但警察不以为意，冷着脸看他。看得苏达心惊胆战。

"我承认我暗恋姜筱洁，也悄悄跟在身后护送过她，还在滨海公园悄悄看过她画画。"

"在我们第一次传唤你的时候，你为什么说不认识姜筱洁？"警察问道。

苏达掩饰着内心的恐惧，对警察说道："我大小也算个名人，被传出去我暗恋别人，多没面子，该配合的我都配合了，如果没有其他的问题是不是可以通知我的律师接我了！"

雷旭、都子瑜关掉耳麦。都子瑜叹口气道："年龄不大，怎么这么油啊？"

"你以为他会一上来就什么都说吗？"雷旭一句话把都子瑜搞得有点蒙圈。

苏达离开公安局直奔基地，孙云骁坐在电脑前，苏达慌张地跑进来关上门。

"你慌什么！"孙云骁有些不悦。

苏达左顾右盼，走到孙云骁跟前，着急道："我能不慌吗，警察拿到那天我丢的眼镜腿了！检察院那帮人成天围着姜筱洁转，我怕……"

孙云骁把纸巾盒推给苏达，说道："瞧你那点出息，擦擦汗，姜筱洁不敢胡说什么的。"

"我，我是担心这个事会影响比赛，我最近状态特别好，不想为别的事分心。哥，您一定帮我兜住这件事。"苏达冷静下来，擦着额头上的汗水。

孙云骁自顾自地打游戏，压根没把他这点事放心上，看他一脑门子冷汗跟放低的姿态，他倒是很受用，心里暗道：让你狂，转会过来就一直起幺蛾子，这回还不拿捏你。

人就是这样，没打到痛处的时候一直嘴硬，等真伤筋动骨了就把欲望值拉低了。

孙云骁敲打着键盘不以为然道："放心吧，你踏踏实实准备春季赛，还有两个月，你要保持稳定发挥。"

"可我还是担心。"

"担心什么？你去找那个姜筱洁谈谈，至于怎么谈，不用我教你了吧，你不是很会吗！"孙云骁鄙视地看他一眼。

苏达恍然大悟。

姜林海在翎华中学门口徘徊，自从上次事件后，姜林海就开始接姜筱洁放学，他时不时地朝学校内张望着，等待姜筱洁放学。他低头看看手表，时间来得及，转身进了学校门口的一家小超市。

姜筱洁背着书包跟随着下晚自习的学生们走出校园，习惯性地拐进小巷子。姜林海拿着一瓶牛奶和一个面包从小超市走出来，完美错过了放学回家的姜筱洁。

姜筱洁沿着巷子朝家的方向走去，一个戴着鸭舌帽和口罩，外面又罩着连帽卫衣的男子从暗处走出来，拦住姜筱洁的去路。

姜筱洁被吓了一跳，认出是苏达，更吃惊了，掉头就走，苏达追上来再次拦住姜筱洁。

"你来找我干什么？"姜筱洁没有退路，靠在墙上问他。

"筱洁，咱们聊聊好吗？"苏达的语气很真诚，可姜筱洁很反感。

她使劲推开苏达道："我和你没什么可聊的，你留着那些话和警察说吧！"姜筱洁绕开苏达，继续朝前走。

"听说你吃药被送到医院抢救了，我有资格说句对不起吗？"苏达站在原地看着她的背影，语气十分温和，姜筱洁的脚步迟疑了一下继续朝前走。

苏达几步追上姜筱洁，将她抵到墙角，双手撑墙，令姜筱洁动弹不得："做我女朋友吧。"

"混蛋，走开！"姜筱洁惊恐地躲闪着，试图挣脱开苏达。

"倒追我的女孩成千上万，我能追你，是你的荣幸！"姜筱洁的执拗激怒了苏达，他双手把姜筱洁抵在墙上，任凭她多努力都挣脱不开。

"呸！"姜筱洁朝苏达的脸上吐口水。

苏达立刻翻脸，一只手擦掉脸上的口水，瞬间扬起巴掌要扇姜筱洁。

姜筱洁被吓得本能地往后闪躲。

"我奉劝你，别给脸不要！"苏达想了想，将手放下来，只是这一次他说话的时候，脸色渐渐严肃。

姜筱洁也不示弱，停止挣扎跟他对视："别以为我不知道你怎么想的！怎么，警察找你问话，你就心虚了？"

苏达被姜筱洁惹恼，威胁道："咱俩的事，只有你知我知，你敢告我强奸，我就告你诬陷！我没有前科，前途一片大好，你别忘了你已经被附加条件不起诉了，说话没什么诚信度，你觉得，他们会信谁的？"

姜筱洁被苏达的话说得微微迟疑，苏达见状冷笑，凑到她脸上小声说道："告诉你，我手上还有那天的视频，你最好听我的，知道吗？"

"无赖！人渣！"姜筱洁气得欲打苏达，却不是对手，很快被苏达控制住。

苏达掐住姜筱洁的脖子，将她抵在墙壁上动弹不得，姜筱洁被憋得喘不过气来，不停地挣扎着。苏达坏笑着，不肯松手。一阵窒息感朝姜筱洁袭来，就在这紧要关头，雷旭出现在巷口。

"哎，干什么呢？"雷旭快步冲上来，苏达连忙飞快地逃走了。

追出一段距离，发现苏达已经消失得没了踪影，折返回来，看到姜筱洁虚弱地蹲在地上捂着脖子大口喘气。

"那个人是谁?"雷旭问。

"不认识。"

雷旭看着苏达离去的方向,又看看蹲在地上魂不守舍的姜筱洁,忍不住蹙眉道:"你胆子太大了,还敢一个人走夜路?"

"每天是我爸接送我,可能今天有事耽误了,你为什么会在这儿?"

"我还要问你呢,你还在考察期,应该随时让我们知道你的行踪,怎么不接电话?没事吧?"

恢复过来的姜筱洁站起身头也不回地往外走:"我能有什么事?"

"你是不是在心里骂自己很多次?"雷旭看着她背影忽然开口。

姜筱洁身体一僵停在那。

雷旭继续说:"你常常想,如果那天不去画画就好了,如果那天不下雨就好了,如果早点走就好了,可是,孩子,你要明白一个道理……"

"很多事没有如果,没有重来的机会,对吗?"姜筱洁打断他,回头看他。

雷旭被噎住,但摇摇头叹息道:"我是想说,你得端正态度,这事真的不怪你,有些事是你左右不了的,就像刚才,有人掐着你的脖子,如果不是我碰巧赶上,你自己能反抗得了吗?"

姜筱洁陷入痛苦的回忆,变得紧张。

雷旭走过去安慰她:"如果那双手不被戴上手铐,就会一直勒紧你的脖子,让你越来越窒息。"

姜筱洁抬头看着雷旭。

"如果在这种情况下,你还无数次地告诉自己'算了吧',那你就成了坏人的帮凶,对自己太不负责任了。"雷旭的话把姜筱洁逐渐打动了。

"反正我们九部的人一直站在你身后呢,只要你需要。"借着路灯的光线,雷旭能看到姜筱洁的眼睛里有泪光一闪。

"走吧,我送你回家。"雷旭陪着姜筱洁走出阴暗的小巷,走到路灯下。

看见仍然固执地等在学校门口慌乱的姜林海,姜筱洁内心再次被触动。

雷旭低头顺着她的目光看,嘴里说着:"不是所有的阴暗都要独自面对,你应该相信在光亮处始终有人在为了你而努力。"

看见女儿,姜林海急忙跑过来查看一番,嘴里不停地自责说自己不该离开,不该去超市。

看见他手里的牛奶,姜筱洁内心在抉择。雷旭开车送他们回家。

很晚才回到检察院,刚停好车,老赵急忙过来询问:"雷主任,这么晚了,您这是去哪儿了?"

"哦,在外面随便转转。"雷旭收起车钥匙,看见老赵还跟在身后,回头问道,"怎么了,有事吗?"

"哦,没事。"老赵回值班室。

都子瑜迎面从大楼内走出来,雷旭迎上都子瑜指了指外面:"聊几句?"

都子瑜点点头在前面走,雷旭跟在后面。

"姜筱洁在监督考察期,我刚才联系不上她,去了趟翎华中学,你猜我看到什么了?"

"什么?"

雷旭比画着被扼住喉咙的动作:"有人把她堵在校门口小巷子里。"

都子瑜被惊掉下巴,小声问道:"谁这么大胆? 会不会是苏达?"

雷旭摇头,他看那背影怀疑是苏达,但没确定身份,他也不好下定论。

"我已经让大荔着手了解苏达的行踪,看刚才是不是他。"雷旭说道。

这时,都子瑜的手机响了,显示"姜筱洁"来电,两人都愣住了。

都子瑜看雷旭一眼,接起电话:"喂,筱洁,好,行,嗯。"

都子瑜挂断电话:"她约我见面。"

雷旭说不吃惊是假的。

都子瑜的车停在姜筱洁家小区外的路边,都子瑜坐在驾驶位,雷旭坐在副驾驶位。

姜筱洁从小区内走出来,她的身后紧紧跟着李笑颜、姜林海,两人来到都子瑜的车前。

李笑颜看了眼车里的雷旭,跟都子瑜说:"咱们找个地方说话?"

都子瑜跟雷旭下车,发现姜筱洁脸色很不好,姜林海始终陪在女儿身边,几人走到路边人行道上,李笑颜拉开背包从里面拿出一个密封袋:"这是案发那天筱洁穿的。"密封袋里是一条小内裤。姜筱洁低着头:"当时一直没敢说。"

都子瑜跟雷旭都从对方眼睛里看出了震惊。

李笑颜做完这一切拉着女儿回家。姜林海还想说话,但看见老婆女儿头也不回,硬生生憋回去跟在后面。

"现在怎么办?"都子瑜拿着密封袋问。

雷旭深深吸了口气:"走吧,直接送公安鉴定。"

都子瑜开车,雷旭坐进副驾驶座,两人谁也没有说话,气氛压抑得可怕,车行驶在路上,都子瑜忽然开口问了一句:"此刻有什么感觉?"

雷旭看了眼窗外黑暗中的那束月光,深呼吸口气:"怎么说呢,有种就要冲破黑暗,迎来曙光的感觉。"

都子瑜也看向车窗外。此刻的车窗外,一轮皎洁的月亮挂在天上。

回到家,姜筱洁直接冲进浴室,李笑颜等在外面,看见女儿没有拿家居服,她拿衣服进卫生间:"你没拿衣服。"

姜筱洁接过衣服把她推出来,"咔嚓"一声,门被锁上。里面响起流水声,把李笑颜的话淹没。

李笑颜站在门口发呆,许久之后,流水声停止,姜筱洁湿着头发走出来。李笑颜举起吹风机过来:"你小时候最喜欢妈妈给你吹头发了。"

姜筱洁不说话,去拿吹风机,两人争夺中,姜筱洁被李笑颜按住,轻轻地给她吹着头发,姜筱洁选择妥协静静地坐在那。

"对不起。"这是李笑颜这么多年来第一次跟女儿道歉。

姜筱洁整个人僵硬住。

"筱洁,我承认我不是一个好妈妈,但你的伤,我比你还疼。"李笑颜拉住女儿的手深情地说道,"筱洁,咱们一起把这根刺拔出来,好吗?"

这一次,姜筱洁没有再挣脱李笑颜。

次日,在李笑颜的陪伴下,姜筱洁再次走进贤湖区检察院,与上次不同,这次除了雷旭、都子瑜等检察官外,还有于老师、女警察和一位女医生。

会议室早已架设好录像设备,李笑颜和姜筱洁落座。

"筱洁,我们可以开始了吗?"都子瑜问。

姜筱洁看看李笑颜,李笑颜用鼓励的眼神看她,姜筱洁点点头,开始详细陈述案发过程及案发后周遭的变化。

李笑颜听着女儿的陈述,悲痛自责。

刘柳认真做着记录。姜筱洁陈述完毕,都子瑜将十张不同男孩的照片摆在姜筱洁面前,苏达的照片在其中。

姜筱洁准确地指认出苏达的照片。

"确定吗?"都子瑜严肃地问。

姜筱洁点点头。

"筱洁。你上次既然选择跟我们报案,可是为什么又跑了?"

姜筱洁低着头沉默一分钟后说道:"因为芸芸一直在给我打电话,她以为你们在查那20万元的事,担心我们会坐牢。"

"滨海公园的事发生这么久了,你为什么直到那天才选择报案?"

姜筱洁抬头直视都子瑜:"因为雷叔叔的话给了我勇气。那件事发生后,我无数次地想过告诉爸爸妈妈,想过报警,甚至想过自杀,可是我不敢,我不敢想这件事被人知道后,我要如何面对这一切,那天雷校长来学校讲课,他说人生没有绝境。"

姜筱洁的话对在场所有人触动很大。最大的莫过李笑颜,她已经忍不住在哭泣,悔恨、懊恼再次充斥着她的情绪,她愧于自己女儿。

都子瑜安慰好李笑颜,继续询问一些关于苏达的细节,事到如今,结合当事人的报案材料,已经可以肯定苏达就是犯罪嫌疑人。

当天下午,雷旭整理好所有跟案件相关的材料,汇总后跟陈亭毅汇报。这是他来贤湖区检察院处理的第一个案子。

陈亭毅看了所有卷宗材料,很吃惊,嘱咐他一定要有充足的证据。

"公安那边已经准备突击审讯苏达了,我和都主任准备去看看。"雷旭说道。

"好,但一定要注意证据。"陈亭毅交代他一定要夯实证据。

第十一章

开庭

下班后,贤湖区一家日料店内,陈亭毅坐在包房里喝茶等客人。

门外有脚步声,拉门打开,走进来的是孙云骁,陈亭毅请孙云骁入座。

孙云骁一屁股坐包厢里:"你终于肯见我了? 我以为你换手机号了呢,一直无人接听。"

孙云骁对陈亭毅的态度丝毫不客气,服务员正在将一道道日料摆上桌,陈亭毅挥挥手示意服务员退下。

"这件事弄到这个地步,是你我都没预料到的。"

孙云骁叹口气:"已经过去的就不说了,聊聊接下来的事,该轮到你出手了。"

"如果检察院提前介入之前还有机会,现在我出手已经来不及了。"证据都已经夯实了,还怎么出手? 陈亭毅也很不满意现在的结果。

"你敢把这句话原封不动和祝总再说一遍吗?"孙云骁一点也不惯着他,直接威胁他说道。

"我记得祝总叮嘱过你别轻举妄动,他私下里还委托我留意你,你为什么不听呢?"陈亭毅丝毫不受威胁。

两人僵持不下,孙云骁撇撇嘴小声嘟囔:"他最虚伪,还有你,你们一个个装正人君子,让我当跳梁小丑,没有我摸爬滚打卖命,你们谁能在现在的位置上坐稳了? 咱们是一根绳上的蚂蚱,我蹦不动了,你们谁也跑不了。"

"哎!"陈亭毅叹口气,安抚他道,"少安毋躁,云骁,来,尝尝,这家店的东西很新鲜的。"

孙云骁没有胃口吃东西,拿起一小壶清酒,张开嘴,直接将一整壶清酒倒进嘴里,将酒壶重重地放下："我只有一个要求,不能上庭,否则就被动了。"

陈亭毅还要说什么,孙云骁用手势示意他止声："我只要结果,至于怎么做,那是你的问题,好好吃!"孙云骁说完起身离开。

孙云骁起身走了出去,留下陈亭毅独自坐在包房内,一脸犯难,半晌后他按下呼叫器,服务员敲门进入。

"帮我把这套餐具撤下去,换一套餐具。"

服务员撤下餐具后陈亭毅拨出一个电话。

警察在公安局讯问苏达,雷旭和都子瑜在单向透视玻璃外引导讯问。

苏达依旧在狡辩："我不知道你们是什么逻辑?我们同时出现在公园,并不能代表我和她发生过什么,你们拿出证据来呀。"

一位警察从外面走进来,将一纸法医鉴定报告拿给雷旭和都子瑜看。

"DNA比对结果出来了,完全吻合。"

"给他看看。"雷旭准备跟苏达开门见山,直接亮剑。

警察点点头,进审讯室向苏达出示法医鉴定报告："看清楚了吗?"

苏达看着法医鉴定报告,顿时十分紧张。

"你不是要证据吗,这就是你要的证据。"警察道。

雷旭通过耳麦提示警察道："提醒他,他的认罪态度将决定将来的量刑尺度,我们已经掌握了他威胁姜筱洁,并且袭击检察官的证据。"

铁证如山下,苏达的心理防线彻底崩溃："我说,我全说!"

雷旭和都子瑜对视一眼,终于松了口气。都子瑜的手机响了,是陈亭毅约她到日料店见面。

陈亭毅正在专心致志看手机,有叩门声。

拉门打开,走进来的是都子瑜,他依旧没有抬头。

"师父,您找我?"

"坐!"陈亭毅指了指对面的座位。

都子瑜走过来一脸好奇地看他："看什么呢,这么开心?"

"呵呵。"陈亭毅笑着把手机屏幕朝向都子瑜,是都子瑜和他多年前的一张合影。

都子瑜有些意外,问道："您还留着这张照片呢?"她把背包放在椅子上,看着陈亭毅手机中的照片,那是她刚上班的时候,还很年轻。

陈亭毅也有所感,感叹道："是啊,那年你刚毕业,被分配到咱们检察院。"

"是您开车去学校接的我。"

"嗯,时光真快呀,那时候你还是个小姑娘,我还满头黑发呢,十几年过去了,你一点都没变,师父我却老了。"陈亭毅翻转手机,略有伤感地把手机收起来。

"师傅,您一点都不老。"

"子瑜,我总怕别人说你是我徒弟,沾了我的光,所以这些年你对院里的贡献和你得到的不成正比,师父挺亏欠你的。"

都子瑜怔怔地看着他,也回想起过往,忍不住道:"您别这么说,我爸走得早,您弥补了我缺失的父爱,没有您对我的栽培,我工作起来哪有这份自信啊。"

陈亭毅很欣慰都子瑜能说出这样一番话,他看都子瑜确实像看自己女儿一样。

"你很优秀,会越走越高,就因为这样,我才越发担心你。"

都子瑜纳闷,今天师父约她来吃饭到底要说什么,她忍不住问:"师傅,你担心我什么?"

"人老了就容易想得多,也变得多愁善感。就说眼下这个案子,你和雷旭的办案理念根本不同,他不达目的不罢休,我怕他出手太重了伤到你,到时候师父可真没有办法保你呀。"陈亭毅说出自己的担心。

雷旭毕竟是省高检下来的,惹火了,他大不了一走了之,可都子瑜不行,她还要在这里工作。

都子瑜见陈亭毅说的是这件事,顿时放松下来,笑了笑说道:"不会的,师父您放心吧,这个案子我们已经达成共识了,并且证据确凿,是铁案。"

"这世上就不存在铁案,一旦出了差池,他在吉平待多长时间咱不知道,他的背景有多深,咱也不知道,到时候他拍拍屁股走人,剩下这个烂摊子,不是还得你来处理吗?"

都子瑜没说话。

陈亭毅继续说:"这么多年我一直跟你说,一个案件,庭上的输赢不是终点,你还记得吗?"

都子瑜点点头:"我一直记得您的话。"那时都子瑜才刚分配来贤湖区检察院,也是陈亭毅给她上的第一课,这个理论她这么多年一直都没忘。

"所以说,你更应该谨慎地考虑,那个电竞选手一旦被判了,网上一定会闹得沸沸扬扬,姜筱洁的精神会受到二次伤害,她家的亲子关系本来就有问题,我真担心这个孩子是否能承受得住。"陈亭毅声音低沉地说道。

"可是,师父,这个案子没有不上庭的道理啊?"

"是啊,我只希望对姜筱洁的伤害减到最少,至于上不上庭、和不和解,都要以这个为出发点。"

陈亭毅想帮苏达脱罪,却只字未提苏达,只提姜筱洁。都子瑜被他的二次伤害的谬论说得有些动摇,一晚上都在思考这个问题。

直至第二天,陈亭毅给雷旭跟她开会。

"这是九部成立以来第一起性侵未成年的犯罪,院里很重视,让你们二位共同负责,一定不能掉以轻心。"陈亭毅说道。

"明白,陈检。"

都子瑜点头:"好的,陈检。"

"因为我们未检工作本着教育、感化、挽救的工作方针,将来会不会有这样一种质疑的声音,你们检察院完全可以给这个孩子酌定不起诉啊。"

都子瑜这次没说话,雷旭却很意外。

他忍不住问陈亭毅:"为什么?"

陈亭毅沉吟不语,过了一会儿,可能是重新斟酌了下语言,他才说话:"当然了,姜筱洁需要保护,但这个很有前途的年轻人也应该酌情保护啊,他毕竟刚刚满18岁,思想还不成熟,一时糊涂冲动犯了错,可毕竟是偶犯初犯,判了他,等于把他一辈子毁了,我们作为司法工作者,是不是应该给这样的孩子一个改过的机会?"

雷旭听了不敢苟同,他说道:"陈检,这类案件确实应该留有余地,但这个余地应该留给受害者,而不是给施害者。"

雷旭一点不掩饰不悦的脸色,他非常认真道:"我非常认同这个观点,但并不适用于这个案子,他再刚满18岁,也满18岁了,是成年人了,我觉得这种声音不必在意!"

雷旭说话期间,陈亭毅看向都子瑜,都子瑜故意低下头,没有看陈亭毅。

陈亭毅看向都子瑜问:"你认为呢?"

"陈检,不管我们怎么做,都会有不同的声音出现,我也仔细想过了,无论如何,他已经毁了姜筱洁这个女孩的一辈子,这个事情在先,所以我认同雷主任的观点。"

"好吧,我也认同雷旭这个观点,但这个案子,一定要妥善地处理好,一旦出现了这样的声音,我们应该正确地引导。"陈亭毅还有不甘心,但主副两位办案人意见已经统一,自己说再多也是于事无补,毕竟不是自己亲自上手的案件。

雷旭点头表示明白,把起诉意见书递到陈亭毅面前:"陈检,麻烦您给签个字。"

"你们这都商量好了?"陈亭毅除了苦笑,只能签字。

晚上,在检察院食堂,其他人都已经下班,但还有四个人围坐在一张桌子前,雷旭、都子瑜、徐张荔和刘柳围坐在一张桌前。

此时已经过了饭口时间,食堂里只有他们一桌,雷旭给大家点了一桌子炸鸡外卖。

"干杯!"四个人拿着鸡腿"干杯"庆祝。

"谢谢雷主任请吃大餐!"

"希望主任天天都给加鸡腿。"

"你俩倒是会敲竹杠,也不问问主任为什么加鸡腿?"都子瑜看向雷旭。

雷旭耸耸肩叫大家吃。

徐张荔看了眼雷旭跟都子瑜:"那还用问吗,一定是和咱们最近的大事——姜筱洁案有关吧?"

"嗯,大荔说得对!"雷旭夸她一句。

"法院那边已经确定了开庭日期,我和副主任很有信心。"雷旭给大家鼓舞打劲。

"是不是啊,副主任?"所有人都看向都子瑜,她一副心不在焉的表情。

"嗨,都看我干吗,信心我肯定有啊!"都子瑜还在想陈亭毅的话,从日料店到办公室,他都在尝试着改变这起案件的方向,究竟为何?

"想那么多干吗,先吃饭!"雷旭知道她还有顾虑,无非就是陈亭毅那番话。他还真不信,强奸罪能不上法庭!

"这个案子能走到今天太不容易了,希望一切都顺利。"都子瑜拄着胳膊咬一口鸡腿。

徐张荔感慨道:"我当法警这么多年,押送过不少嫌疑人,但来九部之后,我的感觉不一样了。"

"怎么不一样?"都子瑜问她。

"第一次参与了调查未成年人犯罪的全过程,并且帮助了他们,所以我发自内心地觉得特别的自豪。"

徐张荔跟犯罪不是第一次打交道,以前也押送过不少人,可是这一次,雷旭让她学到很多,也长见识了。

"我当年办第一个案子时也有这个感受。"

"雷主任,那你给我们大家讲讲你当年办的第一个案子呗?"

"那有什么好讲的,都是过去了,没意思,要让我讲,我以后肯定是讲未成年的案子!"雷旭摇摇头把话岔开。

"嗯,我也有这个感觉,等这个案子结了,我必须好好写一篇小作文,发表在咱们院的'两微一端'上。"

都子瑜看着几人虚伪地来回捧哏,忍不住悠悠地说道:"来吧,我和雷主任谢谢你俩和杨大姐。"

"一会儿把鸡腿给杨大姐打包一份,明天中午给她热一热。"

"你们快吃吧,我明天中午再给杨大姐点一份!"雷旭示意大家快吃,吃完了还要加班。

刘柳举起鸡腿:"给雷主任和都姐加鸡腿!"

"预祝开庭顺利! 到时候鸡腿必须加双倍的双倍!"徐张荔大大咧咧喊道。

开庭时间定在周三。公安机关提起诉讼到检察院定罪起诉都很快,苏达对自己的行为供认不讳。

庭审前一天,雷旭和都子瑜来看姜筱洁。

在姜筱洁家,几人坐在沙发上,雷旭开口讲道:"明天就要开庭了,法院通知我们,明天上午九点,在区法院的第二法庭开庭,你们这边不用出现,也不用紧张,我们会第一时间把判决结果告知你们。"

"是啊,平时都是一个员额检察官配一个检察官助理,但明天我和雷主任都会坐在公诉席上。"对于这次应诉,都子瑜跟雷旭做了充足的准备。

"对,我们特别重视,所以今天来就是看看你们还有什么诉求,或者还有什么要补充的信息。"雷旭肯定道。

所有人看向李笑颜,李笑颜没说话。姜林海想了下开口道:"我们完全相信你们,我们就在家等你们的消息。"

"我要出庭!"姜筱洁忽然抱着小猫走出卧室。

她的话让所有人都一愣,李笑颜更是直接站起来,吃惊地看着女儿。姜林海略带歉意地看了眼雷旭,走过去劝女儿道:"闺女,咱们不用出庭的,两位检察官能代表咱们的。"

"你确实不用去,你不用再去面对这件事,不必再面对那个人。"雷旭没想到姜筱洁会要求出庭,他也担心这类案件会对当事人造成二次伤害,所以他努力地想去保护姜筱洁不暴露在公众下。

没想到姜筱洁固执地摇头:"我就是想当场指控这个人!亲眼看见他被判刑!"

李笑颜过去拉住姜筱洁:"姜筱洁,你知不知道你在说什么?你想过你如果出庭要面对什么吗?你怎么能承受得了?"

"这件事的全程我都挺过来了,我想自己见证结局。"姜筱洁固执的目光跟李笑颜对视上。

"你真的还小,别任性。你不知道你将面对什么?"李笑颜实在不忍心女儿再受到伤害。

"妈,我已经长大了。"

"你还未成年呢!妈妈有责任保护你!绝对不可以!"

"妈,你会尊重我的决定,这话是你自己对我说的。"姜筱洁寸步不让。

没人知道她内心的痛苦和挣扎,她经常会做那个梦,梦见自己躺在伸手不见五指的黑暗中,被关在一个笼子里,她蜷缩着身体,瘦小又无助,也是在那黑暗中,突然,笼子四周的暗处出现一个穿黑袍的男人,戴着黑色的面具,看不到脸。

黑色的衣服帽子和黑暗融为一体,在她的惊叫声中面具男用手掰弯笼子,冲进笼中,动作夸张,仿佛僵尸扑向她,她惊恐地大叫,求助地看向笼子外的雷旭,他一次次冲过来救她,又一次次被挡在"屏障"外。

此刻的她明白,明明在同一时空,中间却有一道透明的"隐形墙壁"阻隔着。

如今,她要亲手去打破这层阻隔,她要见证那个面具男被判刑。

从姜筱洁家出来,都子瑜让雷旭开车,自己坐进副驾驶座休息。

雷旭有一种要冲破黑暗、迎来曙光的感觉，欣喜地压制不住嘴角的笑容。都子瑜看他一眼，他急忙又把笑容收起来。

"你说明天法院会怎么量刑？"都子瑜问道。

雷旭被她这么一说，欣喜瞬间被压制下去三分，犹豫下开口："不管怎么量刑，实体刑肯定是跑不掉的。"

次日，吉平市贤湖区人民法院，刑事审判庭上，雷旭、都子瑜身穿检察官制服坐在公诉人席位应诉。

法庭书记员肃穆开口："全体起立，请审判长、审判员入庭！"

雷旭、都子瑜庄重起身，待审判长入庭后再落座。

审判长敲法槌宣布本庭开庭："贤湖区人民法院就贤湖区人民检察院提起公诉的被告人苏达涉嫌强奸一案不公开开庭审理，现在开庭，现由公诉人宣读起诉书。"

雷旭宣读起诉书："吉平市贤湖区人民检察院起诉书，吉贤检刑诉〔2019〕021号……"

由于是不公开审理，所以庭审现场除了李笑颜夫妇没有其他旁听人员。

雷旭还在宣读起诉意见书："……本院认为，被告人苏达违背妇女意志，强行与未成年女性发生性关系，其行为触犯了《中华人民共和国刑法》第二百三十六条，犯罪事实清楚，证据确实、充分，应当以强奸罪追究其刑事责任。根据《中华人民共和国刑事诉讼法》第一百七十六条的规定，提起公诉，请依法判处。此致，吉平市贤湖区人民法院。检察官：雷旭、都子瑜。"宣读完毕，雷旭落座。

审判长看向被告席律师："被告律师有没有异议？"

李笑颜坐在旁听席，全程神情复杂，尤其是看见被两名法警押进来的犯罪嫌疑人苏达。

她很想冲上去揍他，法庭外证人室内，徐张荔穿着警服跟姜筱洁坐在一起。

听见法庭内的声音，姜筱洁很紧张，脸上看不出任何表情，双手却用力搅在一起，指甲抠进手背。徐张荔有些心疼，轻轻握住姜筱洁的手安慰她："放心吧，不会有事的。"

被告律师张鸿图很老练，一直等到书记员记录完才开口："对法庭没有异议，但对起诉书内容有异议。"

审判长又看向苏达："被告人，你对公诉人所举证据有什么异议吗？"

"我有异议！我没有强奸姜筱洁！"苏达大声喊。

法庭瞬间变得很宁静。都子瑜很吃惊苏达态度的一百八十度转变，雷旭则锁紧眉头，快速思索苏达为什么转变。

旁听席的李笑颜很吃惊，姜林海却心虚得大气不敢出，表情很紧张很纠结。

审判长再次看向雷旭问道："公诉人，需要向被告人讯问吗？"

"需要!"

"被告人苏达,下面公诉人依法向你讯问,你要如实回答,听清楚了吗?"审判长问道。

苏达心虚地点点头:"听清楚了。"

雷旭看向都子瑜,示意她沉住气。

都子瑜缓口气,问苏达:"被告人,你对公诉人所举的哪些证据有异议?"

苏达一脸真诚道:"我没有强奸姜筱洁,我们是自愿发生关系!"

"放屁!"旁听席上李笑颜坐不住直接急了。

"肃静!"审判长侧身看她一眼,要不是知道她是被害人的母亲,已经请她出庭了。

姜林海急忙拉住老婆:"小声点,小声点!"

李笑颜气不过,眼神阴沉地看着苏达。苏达心虚不敢回头,也不敢抬头。

"刚才公诉人向法庭提交的第四份证据显示,你详细供述了强行与被害人发生性关系的经过,你怎么解释?"都子瑜的声音里也充斥着不满。

"审判长,公诉人是否需要再次向法庭展示这份证据?"

审判长看向苏达:"被告人,需要展示吗?"

"不需要。"

都子瑜看苏达:"那请被告人对该证据做出合理解释!"

苏达看了眼张鸿图,后者低头在认真看着卷宗。

他鼓足勇气说道:"我当时正在集训,警察找到我的时候,我已经高强度地训练了很长时间,接受讯问的时候,整个人都是蒙的,我都不知道自己说了些什么。"

法庭翻供不罕见,也遇到过,可这么夯实的证据还翻供实属罕见,都子瑜让自己冷静下来,接着问下一个问题:"被告人,在后续的三次讯问笔录里,你的供述和第一次完全吻合,你怎么解释?"

苏达一脸委屈,眼圈发红抬起双手擦了擦眼睛。

张鸿图适时开口问苏达:"被告人,你在供述之前和供述过程中,是否在身体上和精神上受到了压力?"

苏达哭着点点头。

"审判长,辩护人在诱导被告人。"都子瑜提出抗议。

审判长看向张鸿图道:"辩护人,请注意你的言辞。"

张鸿图不再说话,低头继续整理卷宗。

雷旭和都子瑜对视,苏达很明显在开庭前受到张鸿图授意,要在庭审现场翻供。

雷旭不得不起身正视苏达道:"苏达,我要提醒你,不管是在哪你都要说真话,不然会对你的量刑有很大的影响。"

"我知道,我说的是实话。"苏达恐惧法庭,也恐惧法庭上这些人,但他更害怕坐牢,所以他坚称自己说的是实话。

法庭就那么陷入了僵局，一分钟……一分钟后雷旭问他："苏达，你跟被害人是什么关系？"

苏达一下子迟疑了，事前没有人跟他说过这个问题。

"审判长，公诉人问的问题与本案无关。"张鸿图阻止雷旭。

"有关！"

"公诉人，你问的这个问题已经涉及个人隐私了。"张鸿图向审判长抗议，要求苏达不用回答这个问题。

雷旭："涉及犯罪的隐私不应受到法律保护，被告人，请正面回答我的问题。"

审判长显然支持了雷旭。苏达看看张鸿图又看看法庭，犹豫下开口道："我们互相喜欢。"

李笑颜被他的话气得身体颤抖，要不是有人拦着，她一定要冲上去，就算是拼命也要撕碎了苏达这身皮，看看他皮肤下隐藏着的究竟是什么禽兽。

"我女儿还没成年，她懂什么是喜欢？"李笑颜没有喧闹，只是一字一句地说，字字都像是针扎在所有人心上。

雷旭不置可否，看了眼李笑颜，再次盯着苏达问："被告人，在公诉人刚刚出示的视频证据里，你曾多次跟踪被害人怎么解释？"

"我，我那不是跟踪，她经常去公园画画，我护送她，在暗中保护她，因为有很多人认识我，所以我不得不做得隐蔽一些。"苏达急忙辩解。

雷旭现在心情很复杂，因为他以为苏达会认罪，会忏悔，这么一来法庭也许就不用证人出庭，就不会给筱洁带来第二次伤害，苏达也许会被法庭从轻量刑。

可现在的问题是，苏达竟然翻供了，完全不承认了。

"苏达，在公诉人向法庭展示的鉴定意见和勘验笔录里，证明被告人与被害人发生性关系的过程中，对被害人采取了暴力手段，你怎么解释？"雷旭咬牙问道。

这个问题已经触碰到受害人的隐私，尤其是当着受害人父母的面，雷旭感觉这辈子都没这么丢人过，竟然要问出这种问题。

苏达双手在下面互相揉搓。

"被告人，请回答我！"雷旭大声呵斥他。

"公诉人，请注意你的情绪。"

雷旭看了眼审判长，深吸口气死死盯着苏达。

苏达被看得发毛，拧着眉头嘴硬道："我们喜欢这么做不可以吗？"

"无耻！"李笑颜咬紧牙关骂着，她被气得恨不得立刻冲上去撕烂他嘴巴。

"被告人，在被害人姜筱洁的陈述中，描述了案发的经过，她表达清晰准确，和你供述的内容截然相反，你怎么解释？"雷旭虽然愤怒，但言语上还在保持克制。

"她那是在跟我赌气!"苏达还在狡辩。

雷旭是真没想到,苏达看上去挺老实,撒起谎来也是脸不红气不喘。

他跟都子瑜对视一眼,看向审判长:"审判长,被害人姜筱洁要求出庭!"

证人出庭作证无疑是对苏达的致命一击,可雷旭忽然蹙眉,他刚刚隐约间看见苏达眼神在一瞬间慌乱后立刻恢复镇定,这很不正常。

要知道,这可不是电影,你一顿巧舌如簧的输出死不认罪就算了,证人的作用就是夯实证据,形成完整的证据链条,往往有证人出席的法庭,被告都可以闭嘴了。

可苏达竟然表现出了异于常人的镇定,不过很快,雷旭就明白了缘由。

"姜筱洁在公诉人所举的视频证据中的陈诉足以表达她的观点,鉴于姜筱洁系未成年人,本庭暂不支持被害人出庭。"审判长道。

"姜筱洁出庭对查清事实真相有利,况且她本人也强烈要求出庭作证,请法庭给予支持!"雷旭再次伸张证人出庭。

审判长和左右审判员耳语,敲法槌道:"传姜筱洁到庭!"

审判席正对面的大门打开,姜筱洁走进来,身后跟着徐张荔。姜筱洁坚定地坐在被害人席位,都子瑜望着姜筱洁,眼神里充满鼓励。雷旭朝姜筱洁微微点头,示意她平静下来,李笑颜和姜林海在旁听席朝姜筱洁挥挥手。

姜筱洁扫视了一圈法庭,瞥了一眼苏达,身体不自觉地一抖。

雷旭柔和地说:"姜筱洁,你很勇敢,愿意站到法庭上指认犯罪。把事情说出来,法律会还你一个公道。"

姜筱洁转对公诉席弯腰:"谢谢!"

都子瑜接着安抚道:"在法庭上,如果有让你感到身心不适的问题,你可以随时提出来,也可以拒绝回答。"

"好的。"姜筱洁点头。

"2018年9月17日,在滨海公园的小木屋里,你和苏达发生的性行为是你自愿的吗?"雷旭试探性地问话。

姜筱洁不说话。

"姜筱洁,我再问你一遍,在滨海公园的小木屋里,你和苏达发生的性行为是不是你自愿的?"

姜筱洁依旧不说话。

贤湖区日料店里,陈亭毅正老神在在地坐在包房,在他对面是阿谀奉承的孙云骁。

桌上摆放着几道新鲜的刺身,厨师将一块鲜红色的和牛肉放在黑色料台上,用喷枪炙烤,牛肉很快变色,鲜红的汁水流出。

"翻供了。"陈亭毅看似心情不错,却又透着些许沉重,品了品面前的清酒。

孙云骁看着鲜红的汁水，忍不住嘲讽："他现在就像这块牛肉，被炙烤的感觉一定不好受。"雷旭，没想到吧，你也会有今天，孙云骁很高兴。

陈亭毅没接话，夹起一块牛肉放进嘴里，细细地品味咀嚼着，法庭那边的情况已经有人汇报给他，不出意外，继续开庭也不会有意料之外的结果。

孙云骁奉承道："有些事我还是要多向您学习。"

陈亭毅看着他冷哼一声，放下筷子说道："做生意，懂点法律有好处。"

与此同时。

"姜筱洁？"庭审现场，雷旭提醒姜筱洁回答问题。

所有人目光都聚焦在姜筱洁身上。姜筱洁环视众人，目光落在雷旭的脸上，片刻后移开她有些微微发抖，肯定地道："是。"

法庭瞬间陷入慌乱。

"你胡说什么！"李笑颜再也坐不住，顾不上其他直接站起来喊。

"安静。"

雷旭也不敢相信，他难以置信地看着姜筱洁一字一句说道："请你重复！"

姜筱洁不敢看他，低着头闭上眼睛一字一句大声喊道："我和苏达发生关系是我自愿的。"

雷旭和都子瑜吃惊。

"审判长，公诉人申请暂时休庭。"都子瑜道。

"同意。"

雷旭怒气冲冲出法庭。

"雷主任，雷主任。"李笑颜跟姜林海在旁听席出来追赶他。

雷旭解开衣服扣子让自己使劲喘口气，他真是差点被气死，被活活气死。他回头看李笑颜，怒斥道："你们家这算什么？"

被告法庭翻供他也就不说啥了，受害人还翻供！想干什么，达成和解了？雷旭一瞬间想到这个问题，愣了三秒，难以置信地看李笑颜两口子。

都子瑜带着姜筱洁离开法庭。雷旭看着她被带离法庭的背影，他脑海中更加确定那个想法，反而变得冷静。

证人室，都子瑜还在安慰姜筱洁，低声问她："姜筱洁，你知道你当庭推翻了之前在检察机关的陈述，这意味着什么？"

姜筱洁不说话。

雷旭穿过法庭走进证人室，正好听见都子瑜在问姜筱洁话。

姜筱洁不肯抬头。

雷旭走过去，在距离一米的位置站住，他低着头看姜筱洁，很无奈地说道："筱洁，你知道你这么做要承担什么法律后果吗？"

嫌疑人翻供大不了重审补充证据，但受害人翻供这可不是重审那么简单，很可能会启动纠错案件机制，到时候从公安到检察院甚至法院都要拿出意见。姜筱洁这是在拿自己当儿戏。

"行了，别说了。"都子瑜制止住他。

姜筱洁不说话，求助地看向门外的李笑颜。

李笑颜跑进来挡在雷旭和姜筱洁之间："你们别逼她了。"

"我！"雷旭还想说什么，都子瑜制止他。

此时，法庭开庭广播响起。法庭书记员在广播中喊请公诉人入庭，庭审继续。

李笑颜勉强笑下道："开庭了，进去吧。"

雷旭、都子瑜、姜筱洁、姜林海、李笑颜回到各自的位置。

审判长敲击法槌："继续开庭。"

张鸿图询问证人，他指出侦查机关询问中的几处问话问姜筱洁："在侦查机关的陈述中，你为什么指认被告人强奸你，是和他赌气吗？"

"是！"

"你为什么和他赌气？"张鸿图问道。

"因为他经常陪我去公园画画，悄悄保护我，我被他感动了，我们就发生了那件事，我以为他会和我恋爱，没想到他后来就再也没出现。"

张鸿图身体往后靠："审判长，我的问题暂时就到这里。"

雷旭听到张鸿图和姜筱洁的对话内容，顿时明白他们是串过供的，他很意外张鸿图会找到姜筱洁串供，他忽然意识到事情远没有他预想的那么简单，他大脑飞快旋转，迅速调整着思路。

审判长看向雷旭跟都子瑜："下面请公诉人询问。"

都子瑜翻开证据卷，把一张张图片展示给姜筱洁看，问她："被害人，你为什么长期服用紧急避孕药？"

"怕怀孕。"

"你和犯罪嫌疑人发生过几次性关系？"都子瑜问。

"一次。"

都子瑜指着照片上的避孕药大声质问："你们只发生过一次性关系，为什么要长期服用紧急避孕药？"

姜筱洁沉默不语。

"经心理评估显示，你长期服用紧急避孕药品是焦虑症的表现，是什么事让你如此焦虑？"

姜筱洁不说话。

"被害人，在公诉人向法庭展示的鉴定意见和勘验笔录里，证明被告人与你发生性关系的过程中，对你采取了暴力手段，你怎么解释？"都子瑜问姜筱洁，庭审现场再次陷入沉默。

姜筱洁想了想才敢开口："他确实用了暴力手段。"

众人一愣。

"是我情愿的！"

"不要再问了！"李笑颜感觉天都塌了，她疯了似的要冲进法庭，被姜林海抱住。

苏达抢着解释道："我来替她回答，这全都怪我，我就是想寻求刺激！"

"你闭嘴吧，混蛋，别再说了。"李笑颜面目扭曲，脖子上蹦出一根根青筋。

"审判长，为了更好地还原事实，我建议让姜筱洁详细陈述全过程。"张鸿图突然发难。

李笑颜带着哭腔地喊："你说什么，她未成年呢！别说了，你们别说了！"

审判长看李笑颜，呵斥她控制下自己的情绪。

姜林海按住老婆，安慰她不要激动。李笑颜疯了似的摇头，冲着庭审现场喊道："姜林海，那个是你女儿，你女儿！"

"我知道，我知道。"姜林海此刻也心痛不已，可庭审还在继续。

张鸿图站起身冲审判长说道："审判长，为了还苏达清白，姜筱洁有义务说明真相。"

"你到底是不是人啊，她还是个孩子。"李笑颜已经浑然不顾走向她的法警，她站起身冲张鸿图咒骂，"你是不是人，你有没有女儿？"

张鸿图不为所动，继续看向审判长，重复道："所以审判长，为了更好地还原事实，我建议让姜筱洁详细陈述全过程！"

"绝对不可以！她还是未成年，她有隐私，你们还是人吗？我孩子才多大！你们太过分了！"法警过来拉扯李笑颜，李笑颜咒骂张鸿图，混乱的气氛下，姜筱洁浑身发抖，呼吸越来越急促。

审判长敲击法槌紧急宣布："送被害人去医务室，休庭10分钟。"

法庭外，无人的角落，雷旭狠狠地把那团A4纸抛进垃圾桶内，无从发泄内心的火气，一脚狠狠地踢在墙上，疼得直咧嘴、直跳脚。

突然发现都子瑜站在自己身后看着自己，他立刻恢复正常的表情，坐在一旁。都子瑜焦灼地在雷旭身边来回踱步。

"现在急也没有用，一会儿建议法院延期审理吧。"

雷旭无语地看着远处。

"没想到我们未检案件这么复杂吧。"都子瑜安慰他一句。

雷旭回过头看她的眼神里都是一个字：是！

"是，这么小的孩子都能当庭推翻陈述，今天庭审结束，我们直接先去他们家和她妈妈聊一聊。"雷旭愤愤然地说道。

"另外，我们让大荔查一下他们家的账户，看看最近有没有进账。"都子瑜也帮着分析。

法庭书记员在广播里喊请公诉人入庭，庭审继续。

"走吧，进去吧。"都子瑜走在前面。

雷旭无动于衷，坐在那陷入思索，他突然说道："你觉得延期真的有用吗？"

都子瑜愣住了，低头问他："你说什么？"

"我说你觉得延期审理真的有用吗？要是短期内我们补充不到新的证据，那就没有任何意义。"

"雷旭，你在想什么？姜筱洁现在跟他们串供了，我们再不争取找到更多的新证据，法院极有可能判苏达无罪！这对姜筱洁是不公平的，孩子糊涂，家长背后我们还不知道的原因，我们是检察官，我们不能失去底线！必须延期！"

雷旭不为所动，摇头看着都子瑜发出灵魂拷问："我们延期目的是什么？串供已经是事实。"

都子瑜难以置信："雷旭，你们省院办大案要案的领导都是这么考虑问题的吗？这是未检案件！你要相信我的经验和能力，一定要延期审理！"

法庭书记员再次催促请公诉人入庭，庭审继续。

"都主任，我是这个案子的主任检察官！我决定了，不延期。回头我会向你和陈检说明原因的，你要相信一个来自上级院的检察官的高度和格局。"雷旭把都子瑜震慑在原地，大步地走进法庭。

都子瑜内心很不平静，但也无奈地跟在他身后。

"公诉人认为，被害人和被告人在公安机关和检察机关所做的多次笔录，依旧具有稳定性、一致性。同时本着'重证据轻口供'的原则，依然可以证明被告人苏达强奸犯罪的事实成立。"雷旭发布公诉意见。串供已成事实，再辩论也毫无意义，反而会加深对筱洁的伤害。

张鸿图反驳道："被告人与被害人的言辞证据完全吻合，姜筱洁和苏达自愿发生性行为，并非被强奸，作为被告的辩护人，我感谢姜筱洁能够在重压之下，说出实情，还了被告人的清白。"

"审判长，真相不论如何被粉饰或扭曲，它永远是真相，本案中，公安机关和检察机关所获得的证据，是能够形成闭合的链条的，我希望能够得到法庭的尊重和采纳。"

张鸿图想激怒雷旭，可惜没用。雷旭充分发表了自己的意见，剩下的交给法庭。

在这次庭审中，审判长跟审判员也充分进行了讨论，最后由审判长宣布："由于被告人和被害人推翻了相应的供述和陈述,本案证据发生重大变化,用以定案的证据没有达到确实、充分的法定证明标准,不能排除合理怀疑得出苏达实施强奸行为的唯一结论,须经审判委员会进一步讨论。"

休庭,择日审判。

苏达被两名法警带离法庭。李笑颜、姜林海、姜筱洁、雷旭、都子瑜、张鸿图相继走出法庭,分别从三条路离开。

雷旭和都子瑜看着这一家三口走远。

"怎么会这样?"徐张荔赶过来看着姜筱洁的背影。

"也许有不得已的苦衷?"

"也许还有其他的。"雷旭反驳都子瑜,叫大家上车回检察院。

"雷主任没事吧?"徐张荔看都子瑜。

都子瑜摇摇头。

数日后,孙云骁正在办公室打游戏,电话忽然振动,他拿起来看一眼,夹在脖子下面接通。

"苏达没事了。"是陈亭毅打来的电话。

孙云骁"呵呵"干笑两声,恭维道:"事实证明,陈检,你还是很有能量的呀。"

"行了,以后还是少给我找麻烦吧。"陈亭毅说完挂断电话。

"以后的事以后再说吧。"孙云骁夹着手机继续打游戏,眼神里很是得意。

次日,贤湖区人民法院内,公诉人、嫌疑人、证人再次齐聚。

审判长宣读判决:"被告人苏达辩称被害人自愿与其发生性关系的辩解并无确实证据,本院无法采信,但指控其构成强奸罪的证据尚不充分,无法排除苏达与姜筱洁自愿发生性关系的合理怀疑,本院本着'疑罪从无'的刑法基本原则,对存疑的强奸罪依法不予认定。本院判决如下:被告人苏达无罪。如不服本判决,可在收到本判决书的第二日起的10日内向吉平市中级人民法院提起上诉。"

苏达无罪释放。在律师张鸿图的陪同下,走出大楼,等候在门口的记者们蜂拥而至。苏达十分意外,被吓了一跳。张鸿图示意他要淡定,苏达强作镇定往前走。

李笑颜一家走出大楼看见记者,脸色瞬间垮掉。记者们立刻分出一拨直奔三人跑去,各种"长枪短炮"的镜头对准他们连拍,李笑颜连忙用包遮挡住姜筱洁的脸,想快速逃离。

记者似乎并不想放过他们,苏达方和姜筱洁方被两拨记者簇拥到一起,团团围住,脱身不得。

周乔站在记者群的外圈,踮起脚尖,却看不到姜筱洁。

"请问，你们是自愿发生关系，你为什么将他告上法庭？"记者问。

"有一种说法称，你想公开恋情，被苏达拒绝，是这样吗？"长枪短炮架在脸上，无数摄像机对准自己。

姜筱洁脸色发白，说不出话来，头埋得更低了。

周乔挤进人群，找姜筱洁。雷旭、都子瑜和徐张荔走出法院大楼，听到嘈杂声，朝这边跑来。

另一边，记者正问苏达："这件事对你不久后的比赛会有影响吗？"

苏达在张鸿图的保护下，试图绕开记者。

李笑颜看到苏达，情绪激动，丢下姜筱洁推开记者来到苏达面前，甩了他一个响亮的耳光。

雷旭快速冲到姜筱洁跟前，脱下外套，罩在姜筱洁的头上，带着她往外走。

雷旭对姜林海喊道："快去开车。"

姜林海快速跑开。徐张荔挡在记者和雷旭、姜筱洁中间，将记者隔开。

都子瑜拦住一部分记者，很严肃地对他们说道："对不起，这是不公开审理案件，不接受采访！"

有记者看见姜筱洁，追着雷旭他们过来，在后面追问护着姜筱洁的雷旭："作为主办检察官，您有什么想说的？"

徐张荔一把扯住记者的衣领，将他拉到自己身后："都告诉你了这是不公开审理案件，不接受采访。"

"我们有权利采访当事人。"

"不接受！"徐张荔护住雷旭跟姜筱洁，让他们离开。雷旭护着姜筱洁快步离开。周乔挤出人群，看着姜筱洁的背影。

姜林海将车开过来，雷旭护送姜筱洁上了车，李笑颜紧跟姜筱洁快速上车。雷旭看着车子快速驶离，长出了一口气。

另一边，苏达和张鸿图也挣脱了记者围堵，上车离开。双方当事人都走了，记者也不再追着不放。

都子瑜走过来喘口气："咱们也走吧。"

雷旭立刻跟上都子瑜，发现她原来是和自己身后的徐张荔说话，徐张荔接过卷宗箱，二人并肩朝外走去，雷旭为了掩饰尴尬，跟在两人身后。

第十二章

解 释

走到停车场,雷旭看见有两名记者在角落窃窃私语。都子瑜和徐张荔朝停车场内带有"检察"字样的警车走去,坐上驾驶位和副驾驶座。

雷旭走近记者,看到旁边一位记者塞给另一位记者红包。记者捏了捏红包的厚度抱怨着:"怎么不手机转账呢? 现在谁还给现金?"

"老板说这次不让留记录。"两位记者看见雷旭,逃离般迅速离开了。

雷旭思索着绕到警车跟前,坐上警车后座。

姜林海开着车行驶在路上。李笑颜和姜筱洁坐在后排。姜筱洁面无表情地看着车窗外,无意识地抠着自己的手指,血液从破口处漫延出来。李笑颜回想起开庭前发生的事,心中充满痛楚。

一处私人会所内,孙云骁还意气风发地在抽雪茄,烟雾缭绕,在他身后站着的是张鸿图,而他对面坐着的是李笑颜,她脸色很难看。

"李女士,我们是有诚意的。"

"你还真看低我了,我是个商人,但我更是个母亲,你想用钱堵住我们家的嘴,我告诉你,我绝不让人这么欺负我女儿。"李笑颜极力隐忍,不想爆发,可孙云骁的话简直是在侮辱她。

"你想好,药品批号有问题,你可能会赔上整个医药网,舍得吗?"

"没什么舍不得的。"李笑颜看着孙云骁,讽刺道,"我从一无所有打拼到今天靠的是我自己,事业没有了,我可以从头再来,但我女儿,我必须为她讨一个公道。"

"公道?"孙云骁冷笑,把雪茄死死地按在烟灰缸里,阴狠地看着李笑颜,"从头再来?

你总得有命才能从头再来吧。"

"你什么意思?"

"你听清我说什么了,张律师,车祸致死三人,主动自首的话,能判几年啊?"

"七年封顶。"张鸿图自信地冷笑,仿佛在看一个笑话。

"孙云骁你王八蛋!你敢动我家人试试?"

"我有机会试试吗?"

受威胁的不只是李笑颜。

同样还是私密会所的包厢。

张鸿图不屑地看着姜林海,阴阳怪气地说:"你之前赌博欠下的窟窿李笑颜刚给你补上,如果再让她知道你死性不改,你猜会怎么着?还有你那个宝贝女儿,要是知道他亲爱的爸爸是个赌鬼,她会怎么想?"

姜林海恼怒地看着张鸿图,只能忍气吞声。

姜林海心烦意乱,在十字路口闯了红灯,眼看要和一辆重型货车相撞。车内三人看着直奔他们冲撞过来的货车都吓傻了。

姜林海将刹车踩到底,车子急速刹车,停在十字路口,地上留下一条重重的刹车痕。车上的水晶香水座带着惯性撞击挡风玻璃。

惊魂未定的三个人透过裂成蜘蛛网状的挡风玻璃,看着货车呼啸着从眼前开过去,仿佛在需要急刹车的人生十字路口看着自己破碎的生活。

陈亭毅背着双手,早早地就在贤湖区检察院等着,他就怕发生这种事情,看见雷旭他们回来,他脸上很是不悦道:"都跟我去办公室!"

办公室里,雷旭跟都子瑜站在他面前。

"我真是担心什么来什么,现在这舆论铺天盖地一边倒,市院领导已经来过几次电话了,我真有点招架不住了,你们让咱们院很被动啊。"

"不是我们,是我,陈检,是我坚持不向法庭申请延期审理的,我对现在这个结果负责,和都子瑜没关系。"雷旭把责任揽过去。

都子瑜瞪他一眼。

"雷旭,你想没想过,你私自做的这个决定会把小都置于什么境地?谁替她负责?"陈亭毅问他。

都子瑜板着脸不说话。

雷旭:"我……"

陈亭毅打断他指责道:"网上的消息在不断发酵,你们想好应对方案了吗?虽然说,身正不怕影子斜,但舆论也是能淹死人的!"

雷旭没说话,但能感受到他内心的不服气。

好半天,陈亭毅缓和口气道:"算了,你们好好反思一下,九部刚成立,你急于干出成绩的心情我很理解,但你办的是未检案件,要认识到未检工作的特殊性,也要明白我的良苦用心。"

雷旭跟都子瑜离开办公室,走廊里,两人全程都在沉默。

回到九部,两人发现各自的桌子上都摆放着一个椰子,其他人也都坐在各自的办公桌前,无声地等着他俩。

雷旭强颜欢笑道:"杨大姐,你们都在啊。"

"在呢,喝口冰镇的椰子,降降火。"

雷旭试图转移话题道:"咱们联合市场监督、食品卫生部门,对校园周边食品卫生安全检查推进得怎么样了?"

"挺好,正推进着呢。"

"嗯,那起误伤儿童的案子?"

"都在推进着呢,你俩……没事吧?"杨甜看了眼都子瑜。

雷旭自嘲地笑笑,用笑容掩饰回答的尴尬:"我们能有什么事?"

"呵!"都子瑜很大声地嘲讽他,眼睛都要翻白了,声音里全都是不满,"雷主任是办过大案、经过大浪的人。"

刘柳露个小脑袋问:"那你呢? 都姐,你没事吧?"

"我就更没事了,你们快下班吧。"都子瑜嘴硬道。

杨甜琢磨下,说道:"咱们出去吃个饭,放松一下?"

"我就不去了。"

"我还要加个班。"雷旭、都子瑜两人异口同声。

徐张荔看到这,再不走就真尴尬了,她站起身冲大伙使眼神,嘴里敷衍道:"那……我们先走了。"眼神一个劲冲门口使劲,刘柳跟杨甜哪还能不懂,三人齐刷刷离开。

雷旭和都子瑜坐在各自的办公桌前,都沉默着不说话。

窗外天色渐晚,屋内光线渐暗。雷旭想打破尴尬,却不知如何开口,鼓起勇气拿起椰子朝都子瑜走去。都子瑜却没看见,起身往外走。雷旭:"哎,你去哪?"

"回家。"都子瑜头都不回,"雷主任,下班了,我回家总可以吧。"

"你能听我解释吗?"雷旭双手捧着椰子,想叫住她。

"现在不想听了。"

雷旭看着都子瑜走出办公室,低头看看手里的椰子,无奈地叹口气,怪自己嘴拙。

杨甜、徐张荔和刘柳刚要出办公楼,杨甜看看手里没提电瓶,转身就要回去。

"看我这记性,你们先走,我回去拿电瓶。"

"打住,大姐,您现在不是在院里的充电桩充电吗?"徐张荔拉住她。

"还不习惯呢!"

杨甜一拍脑门恍然大悟道:"瞧我这记性,哎,最近也不知道怎么了,老是忘事儿。"三人笑着走出办公楼。

夜深人静,雷旭在院外路边转悠着,拿手机一直拨电话,对方始终无人接听,再打就关机了,雷旭想了想,用微信喊刘柳:"呼叫刘柳。"

"小柳,你知道你都姐家住哪吗?我联系不上她,可有件急事必须马上见到她。"

片刻后刘柳发来都子瑜的住址。

刘柳微信:雷主任,您别出卖我啊,不然都姐一定会骂死我。

雷旭:"放心,绝对保密。"

院内,老赵的视线一直盯着雷旭。雷旭按着导航找到都子瑜家,坐在楼下的花坛边,怀里抱着俩椰子。

突然手机响了,雷旭一边护着椰子,一边掏出手机接电话:"喂?你怎么关机了?"

都子瑜边开车边用免提打电话:"手机没电了,刚充上,找我有事?"

雷旭看看楼上黑着的房间,在电话里问道:"你不是说回家吗?也没在家呀!"

"你怎么知道我没回家?"都子瑜诧异地看着车外。

"我……敲了半天门,没人开呀,你去哪了?"

"你怎么知道我家在哪?"

雷旭想了想说道:"人不让说,你别问了。"

都子瑜在电话里冷笑一声:"主任,我都下班了,私人时间我去哪、我在哪,也要向您汇报吗?"

"那好,我重问,您什么时候回家呀?我有非常紧急的事要和你交流。"

都子瑜不感冒,问他:"要跟我解释一下法庭的事?"

"理解正确。"

"在单位你怎么不说?"车里,都子瑜开着扬声器,安静的街道上,她很喜欢这种氛围。

"如果能在单位说,我为什么还跑来找你?"雷旭无奈地解释一句。

"行,十分钟后到,你在楼下等我吧。"

夜幕降临,狐光酒吧的生意依旧火爆,座无虚席,苏达和朋友们玩得正嗨,已有些醉意。

孙云骁和每桌客人都很熟络,逐一打招呼,来到苏达这一桌。

苏达正在和朋友们开怀畅饮,看到孙云骁朝这边走过来,忙倒了一杯酒,递给孙云骁:"哥,我敬你!"今天要不是孙云骁,他苏达恐怕就万劫不复了。

孙云骁接过酒杯,和苏达以及苏达同桌的朋友们撞杯、干杯,拍打他肩膀靠着他坐下来："最近给我收敛点，别惹事了。"

"谢谢哥帮我摆平那事，从今天开始，弟弟绝不让您再操心了！"

孙云骁很满意，点点头道："最好说到做到。"

"必须的呀！对了，哥，媒体不知道从哪儿知道了案子的事，我担心这事万一闹得满城风雨，会影响我的前途和咱们战队的声誉，您帮我找找关系，把那些文章都撤下来吧。"

嘈杂的音乐掩盖两人的声音，孙云骁听得断断续续，也有些醉意。

他挥挥手，叫苏达放心："有我呢，这些事不需要你操心，踏踏实实训练，拿出好成绩来。"

"您放心！除了多拿几个冠军，我无以为报。"

"呵呵，好！这话我爱听！"

孙云骁转头吩咐段威："给这桌送瓶好酒来！"

"谢谢哥！"苏达等人齐声道谢。

都子瑜开车进小区，看见坐在长椅上手里抱着椰子的雷旭，忍不住笑了。停好车，过来跟他并排坐在椅子上。

雷旭拿起放在一旁的两个椰子，摆到都子瑜面前："喝椰子吧，我的这个也给你。"

"你找我不是有急事要交流吗？拿俩椰子来干什么，你有那么闲吗？"都子瑜准备起身。

"哎，你别走啊。"雷旭急忙叫住她，"这哪是两个椰子啊，是杨大姐她们的一片心意，浪费了实在可惜，我过敏又喝不了，只能给你喝了。"

都子瑜看他一眼，语气稍微有些缓和道："她们想安慰你，不知道你对椰子过敏。"

雷旭笑下掩饰尴尬："就像我们也想对姜筱洁好，却根本不知道她究竟在对什么东西'过敏'。"

"李笑颜咱们也聊过了，什么都问不出来，账户也没有可疑进账。"都子瑜重新坐回来，接过一个椰子。

雷旭伸伸酸麻的手指，看了眼远处遛弯的老头老太太，说道："白天那群记者有问题。"

"你是想说明明是不公开审理，他们是怎么知道的？"

"不仅知道，还收了挺厚的红包。"雷旭给她比画了下厚度。

"你是说，记者的背后也有人操纵？"

雷旭点点头。

"我明白你的用意了，故意不延期审理，是想让操纵的人放松警惕吧？"

"这么做可能对筱洁有些残酷，估计这帮记者会抓住热度在网上大肆宣扬一番，就不知道筱洁会怎么样，但目前也没有更好的办法了。"雷旭怕这件事会给姜筱洁带来严重的后遗症。

"要不要找他们再谈谈?"

"现在我们能做的，就是时刻关注着网上的舆论，酌情处理!"雷旭否决了都子瑜的提议。

虽然残酷，但这确实是唯一的办法。

都子瑜不再反驳，椰子也喝完了，回想今天的事情，她把椰子放长椅上双手合十道:"说到当事人当庭推翻陈述这件事，我刚入咱们院的时候就经历过一次，嫌疑人被无罪释放，后来受害人精神失常了，所以这个案子我才坚持补充证据，延期审理。"

雷旭思考她的话，希望这件事不会给姜筱洁再带来伤害。不得不说，他们俩现在思考的问题是在一个点上了，整件事从法制副校长开始一步步，好像都在被姜筱洁牵引着往前走。

"我们现在很被动啊。"雷旭感慨一声。

都子瑜不置可否地点点头，以往比这复杂的案子她又不是没接触过，可从来没感觉心这么累。

"现在我们能做的就是时刻监控着网络的舆论，不让筱洁受到伤害。"雷旭说完起身要回去。

"那我跟你回去帮你。"都子瑜拿起椰子跟着他起身。

"那真是太不好意思了，要都主任陪我加班了。"

都子瑜翻白眼看他，两人开车回去。

"雷主任，都主任，你们怎么又回来了?"门卫老赵看见他们俩一起回来，很是惊讶。

"赵师傅，你还没休息?"雷旭很意外。

老赵笑下指了指大门道:"我得给您留门。"

雷旭一个劲抱歉，加快速度往里走。老赵目送他们上楼，一阵思索。

夜深人静。

狐光酒吧门外，周乔找了一天才找到这。站在酒吧门口，不时地朝里面张望着，试图混进去，被保安又一次拦截住。

"一边玩去，让我说几遍，我们这里不接待未成年人。"

周乔悻悻地走开，在酒吧门外徘徊着，一直观察着酒吧大门的方向。

苏达一脸醉态、有说有笑地走出酒吧和几位朋友告别，他刚拐进酒吧门口暗巷，尾随的周乔扑上去就要揍苏达。

苏达反应敏捷，一把扼住周乔的喉咙，周乔挥过来的拳头根本打不着苏达，两人的身材优劣明显，看上去很滑稽。

苏达用力将周乔推开,周乔被推了一个趔趄,后退几步,险些摔倒。

苏达酒醒了一半,嘴里骂道:"你谁啊?"

周乔欲再次扑上来:"你管我是谁!你欺负筱洁就要挨揍!"

苏达听到姜筱洁的名字,立刻变得很不爽,几招就将周乔反手控制住,把他压在身下,用嘲笑的口吻说道:"小弟弟,替别人撑腰,首先要看看你自己几斤几两!"

"放开我!"周乔被按在冰冷的水泥地上。

"也不看看我苏达是谁,跟我扯上关系,她应该在偷着乐吧。"

苏达晃晃悠悠松开手,扬长而去。周乔抹了把脸,从角落捡起一个破酒瓶,怒喊道:"苏达!"

苏达不耐烦地回头,毫无防备下被周乔撞向腹部,他捂住腹部,发现有血流出,难以置信地看着周乔,后者的手也在颤抖着,手中的破酒瓶应声落地。

孙云骁一直在办公室里关注着酒吧周围的监控。看见周乔跟苏达发生冲突,他拿起对讲机喊:"段威,去门口看看。"

段威带人去酒吧对面的暗巷,看见二人正扭打在一起,一手拎起周乔。苏达要还手被段威呵斥住,叫人带他去包扎。进入办公室,段威把周乔扔在孙云骁面前。

孙云骁上前揉搓周乔的头,周乔倔强地躲开。

孙云骁问段威:"苏达没事吧?"

"没事,划破点皮,去包扎了。"

孙云骁低头看着鼻青脸肿的周乔:"你叫什么啊?"

"周乔。"周乔把头扭向一边倔强道,"要杀要打你们随便!"

这话把孙云骁给逗笑了,他笑呵呵地看着周乔问:"你为什么打苏达?"

"他欺负我朋友!"

孙云骁很诧异:"你朋友谁啊?"

"你管得着吗?"

孙云骁冷笑:"这小子挺有个性。"

"是,经常来我们这上网,他爸不让他来,经常去网吧逮他,逮一次,揍一次,揍一次,来一次!"段威对周乔印象很深,跟孙云骁解释道。

孙云骁抬头看段威:"他技术怎么样?"

"技术好,心态稳,专注力强,经常给别人当代练。"段威对这小子印象深刻,除了他抗揍,就是他打游戏,在网吧那是出了名的。

"那让肖经理观察一下,看看怎么样?"孙云骁点点头让段威把人带走。

段威点头叫周乔起来。

"你们不打我吗?"

"我打你干什么?!"孙云骁哭笑不得地摆手。

"行了，去玩吧，以后别打架了。"

姜筱洁躺在伸手不见五指的黑暗中，一束微弱的光亮从姜筱洁的头顶照射下来，她坐了起来，发现自己被关在一个笼子里，她蜷缩着身体，瘦小又无助。

突然，笼子四周的暗处出现一个穿黑袍的男人，戴着黑色的面具，看不到脸。黑色的衣服帽子和黑暗融为一体，黑衣男人包围了姜筱洁，巨大的无力感令她不再挣扎……

姜筱洁从噩梦中惊醒，忽地坐起，满头大汗，快要窒息一般大口喘着气。

她赤脚蹑手蹑脚地从卧室走出来，轻轻推开洗手间的门，走进去。

小心翼翼地打开马桶水箱，拿之前放在那里的避孕药，发现药不见了，正在纳闷，突然发现李笑颜站在自己身后，被吓了一跳。

"对不起，筱洁，都是妈妈的错，妈妈对不起你。"姜筱洁起床那一刻，李笑颜就察觉到了，她跟在筱洁身后进入厕所，看见女儿习惯性地去马桶后面拿药，她再也忍不住，捂住嘴不让自己哭出声来。

李笑颜情绪有些崩溃，半跪在姜筱洁面前："筱洁，妈妈究竟该怎么做啊？"

姜筱洁不说话了。

黑暗中，李笑颜抱着女儿在哭。姜林海痛苦地坐在卧室的地上听着老婆跟女儿对话，表情痛苦地撕扯着自己的头发。

刘柳收到消息也赶回来帮忙。雷旭、都子瑜、刘柳三人轮流盯着投影，关注上面的舆情。雷旭打盹，都子瑜继续盯着。都子瑜休息，刘柳盯着。

三人连续倒班一直到窗外天蒙蒙亮了，投影上，负面新闻铺天盖地:《爱情被送上法庭，电竞天才与冤狱擦边》，副标题:一场恋爱引发的官司。

《"睡粉丝"，还是"性侵"未成年女友？谁能给苏达的这场恋爱买单?》

《无罪释放就可以挽回名义损失吗?》，副标题:由于检察官过度干涉造成的名誉损失谁来承担?

《试问，未成年人检察部的做法是在保护未成年人，还是用"法律之剑"伤害未成年人?》

《电竞选手深受"强奸犯"罪名困扰严重抑郁有意退出电竞圈?》

雷旭紧盯投影，轻轻起身。都子瑜被惊醒，看见雷旭表情凝重，再看投影仪，她也跟着站起来:"开始了吗?"

"嗯。"

都子瑜看着还在持续升高的热度，皱眉道:"和你预测的时间差不多。"

"小柳，醒醒，小柳……"都子瑜叫醒刘柳。

刘柳惊醒,走过来看投影。

"马上联系相关部门去处理。"都子瑜郑重道。

一定要趁着热度没传播开把一切都扼杀住,电竞选手这种本身就不是被家长群体看好的职业又沾上强奸,这种话题必定在社会上被疯传。

"那人家会不会质疑咱们检察院啊,会配合吗?"刘柳问。

"顾不了那么多了,主要是孩子们的名字都未用化名,我担心这两个孩子出问题。"雷旭神情严肃道。

刘柳点头:"明白,我这就去。"说完便快步走出办公室。

姜林海刚买早餐回来,忽然电话响了。他接起电话:"喂,怎么了?"

李笑颜担心女儿会想不开,决定把公司安顿好就回家陪她,一边往回走一边给姜林海打电话,问他:"筱洁怎么样?公司我刚安排完,这就往回走了。"

姜林海看了眼女儿卧室不确定道:"她应该现在还在睡觉呢。"

"哎,早饭买好了吧?叫她起来吃吧,她这两天身体太虚,别再有什么事。"

"那我去看看,待会儿给你回过来。"姜林海挂断电话去敲门,屋内没有回应。

姜林海推开门,发现姜筱洁失踪。

都子瑜在洗手间门口洗手,看着镜子里疲惫的自己,电话忽然响了,是"张芸芸"来电。

"喂芸芸啊。"都子瑜把电话夹在脖子上,用面巾纸擦手。

"子瑜姐姐,我从昨晚就联系不上筱洁,刚才我看到网上很多新闻,有点担心她。"

"这样啊,我试着去找一找,你先别着急,有什么情况我再联系你。"都子瑜挂断电话,一脸紧张地快步向办公室走去。

"张芸芸说联系不上筱洁。"

雷旭拿起电话拨通姜林海电话。

姜林海正在家里收拾东西,听到电话铃声,接起:"喂,雷主任。"

"喂,姜先生,因为今早在网上有些舆情,想让你看看你女儿现在什么情况。"

"筱洁不见了。"姜林海着急道。

"几点不见的?"雷旭在电话里震惊地问道。

姜林海回忆一下今天早上,道:"我刚刚下楼买早餐,一回来她就不见了。"

雷旭与都子瑜对视一眼,在电话里说道:"你先别着急,在家先守着,有什么消息随时告诉我,我现在和我的同事马上去一下你家老房子。"

雷旭挂断电话,让都子瑜跟自己出去。

"孩子不见了,他怎么一点都不知道紧张?"都子瑜边下楼边说。

雷旭坐驾驶座，边系安全带边说："你没看出来吗，姜林海这个人很没有主意。"

都子瑜手机响了，是张芸芸，她按下接听键，开免提说道："芸芸，我们已经在路上了，有什么进展吗？"

"子瑜姐姐，我想起以前筱洁不开心的时候，我就陪她去一个旧船厂，在老宅附近，她以前的老家附近有一个旧船厂，好像叫荣丰旧船厂。"

都子瑜看了眼雷旭又大声问一遍："什么旧船厂，位置在哪？"

"那个船厂离她家老房子特别近，叫荣丰旧船厂。"张芸芸在电话里再次说道。

"好，我知道了。"都子瑜挂断电话。

雷旭急忙说道："你赶紧查一下在哪个辖区派出所附近，找派出所的人去帮忙看一眼。"他对贤湖区还不熟，不知道这个荣丰旧船厂在哪。

都子瑜拿起手机查起导航："找到了，离我们非常近，只有两公里。"

雷旭看了一眼导航："好，那我们现在去。"

海浪冲打着荣丰旧船厂岸边，一片废墟前姜筱洁望着海面，网上的舆论仿佛潮水一样向她涌来……

"想做人家女朋友，人家看不上她就告人家强奸，真想告，当时为什么不报警？"

"她那么普通，苏达怎么会看上她啊？"

"自导自演，炒作，想钱想疯了！"

"这明显是钱没谈拢，她爸妈也不是什么好人！"

"就是，一看就是爸妈没教好，想不到年纪轻轻净走歪路……"

姜筱洁心如死灰地朝海边走去，耳边充斥着的全是网络上铺天盖地的负面声音。

苏达从房间出来的时候整个人都还是醉的，也幸亏周乔没胆子使劲往里捅，回到电竞酒店他又要了一打啤酒，本能地想给姜筱洁打个电话，号码都拨出去了他又给按了。

马上要比赛了，这段时间他要小心加小心，千万不能被抓到把柄，尤其他才刚无罪释放，他估摸着检察院那帮人不会放过自己。

苏达给姜筱洁发了条信息，安慰下她，像法庭上说的，两人现在是情侣，哈哈，恰到好处，他美滋滋地喝酒睡觉。

雷旭按照导航开车到旧船厂，昏暗的地平线海浪翻滚，像是要吞噬这个世界，压抑得让人喘不过气。

"要下雨了，这孩子能在哪呢？"他开车绕着旧船厂找，可惜这么漫无目的无疑跟大海捞针一样，三四米高的旧船横在沙滩上，遮挡了大部分视线。

都子瑜手机又响了——张芸芸带着哭腔求她。

"芸芸,你先别急,我们已经到旧船厂了,你平时跟筱洁来这里都在哪待过?"

张芸芸哭得直跳脚,嘴里反复念叨着以往跟姜筱洁待过的地方,都子瑜一直在安慰她,让她别急,好好想一想。

雷旭神情焦急,继续开车在旧船厂里绕圈。

苏达一觉睡到手机振动才睁开眼睛,满屏都是关于他的消息,二十多个未接来电。

"提款机"打来电话,苏达一脸不情愿,眯起一只眼睛把听筒靠近。

"你这孩子怎么才接电话?"电话一接通,苏达妈就是一顿抱怨,她打了一天电话了,电竞基地说他整天都没去。

"有事吗,没事我要再睡一会儿。"苏达看了眼时间,才下午2点,离天黑还早着呢,窗外阴沉沉的要下雨,他也没心情再去基地。

"儿子,你在哪呢,你这声音怎么不对啊,你是不是喝酒了?"

"嗯。"

苏达翻个身,脸上全是疲惫,昨天晚上喝太猛了。

"妈,要没事挂了。"

"儿子,你可千万别想不开啊,你要是不愿意在外面待就回来,妈又不是养不起你,现在这帮女孩可不单纯,咱可千万别让人讹上。"

讹什么啊,苏达被说得一阵心烦,他好歹也算个名人,往他身上贴的小姑娘一抓一大把。

"行了妈,我睡觉了。"苏达挂了电话,把手机扔一边侧下身继续睡觉。可手机一个劲振动非让他再转过来看一眼。苏达是真没心情,他搞不明白"提款机"今天是怎么了,非要让他回家,他拿起手机刚要按静音,横屏推送的一条消息吓他一跳。

"知名电竞选手性侵……"

知名电竞选手他认识不少,还能惹上性侵的……直觉告诉他这种事除了他好像也没别人,他震惊中翻身坐起,双手解开手机。

满篇写的就差直接点他名了,连他在法院门口闪躲记者拍照的照片都被插进去了,往下滑,类似的新闻二十多条,还真有直接点他名的!

他先蒙了一下,然后本能地打开留言跟作者对喷:"你知道什么啊,我们是自由恋爱,你已经侵犯我的隐私权了你知不知道。"

"哎哟,本尊下场了。"

"性侵未成年竟然能说成是自由恋爱,真是没见过如此厚颜无耻之人。"

"苏达,你给我签个名吧,签屁股上。"

他的留言直接把这条新闻给整上热搜了,热度噌噌往上涨,"自由恋爱"直接上了热门词条,直觉告诉他这种事不应该传播得这么快,一定是有人在幕后操作,他猛地想到那个在后巷捅了他一刀的小孩。

叫什么来着……

周乔自从捅了苏达就没敢回家，一直躲在网吧，看见网上那些消息他第一时间联系姜筱洁让她不要胡思乱想，他有办法删帖，可电话打不通，微信不回。跟张芸芸通电话才知道筱洁失踪了，他跟姜筱洁从小一起长大，要说感情他比张芸芸跟姜筱洁更有感情。正在胡思乱想，忽然看见苏达竟然厚颜无耻地在新闻下面留言，他立刻开启对喷模式，把苏达的留言喷上热搜。

"你真不打算去呀？"周乔正专心致志喷苏达，身边忽然有人说句话吓他一跳，看见是自己在这个网吧为数不多的小伙伴他才放松警惕，狠狠地瞪了对方一眼，回头继续编辑没编辑完的评论。

"我问你话呢，Z&K战队可是很有名的战队，孙总人也老有钱了，一点都不差钱，据说给那个苏达转会费花好几百万呢。"

"好几百万也是个罪犯。"周乔嘟囔着把Z&K战队在网上也给扒了一遍。

孙云骁正津津有味地看网上评论，办公室外面忽然响起一阵嘈杂，接着就看见一个戴着墨镜穿着帽衫把自己隐藏起来的男人站了门口。孙云骁看他一眼，把腿搭在桌子上，满脸戏谑道："大白天你穿这么多不热吗？"

男人一开始没吱声，做了几个深呼吸终于把满腔怒火压制下去了。

"哥，那些新闻你看见了吧，你不是说可以帮我压下来吗？"苏达一开口就是质问，他从电竞酒店出来就感觉有人在后面一直跟着他，他这才穿着帽衫躲了一路跑到这里。

孙云骁把烟灰缸里的雪茄拿起来抽了一口，烟雾隔在两人中间，瞬间看不清彼此，他想了下说道："一个热搜得多少钱？"

"什么？"苏达皱眉没反应过来。

孙云骁一脸无所谓，说道："我说现在上一个热搜得多少钱，你上了这么多热搜，你为咱们战队省下多少宣传费？"好像这件事跟他没有关系。网上那漫天的新闻都要把苏达淹死了，孙云骁一点都不在意，说得云淡风轻，把人性展现得淋漓尽致。

苏达闻言一阵心悸："要不让张律师发一份律师声明吧。"

"没必要。"孙云骁把雪茄重重地掐灭在烟灰缸里，看了一眼苏达，在他眼睛里看见一些迷茫和不解。

"苏达，你看那些明星，有多少人都是被爆料后就红了，我看你也有爆红的潜质。"

苏达对他说的话很不满，但没说话，用无声表达抗议。

孙云骁看他一眼，这时候段威从门外进来，看了眼苏达，走到孙云骁耳边小声低语几句。孙云骁点点头示意段威先出去，看苏达还执拗的一根筋，他想了下说道："苏达，你只管好好训练，其他的事情你不用管，我说过你会判无罪，我有没有做到？放心，我会关注网上那些舆论的，你先回去吧，我要见个客人。"

苏达还能说什么呢，孙云骁说到底就是不想管，他玩互联网这么多年还不知道热度需要时间才能降下来，可他现在最缺的就是时间，马上就要比赛了，这时候他不能被黑，说来说去就是不想拿钱降热度，他又不是傻子。

在接这个案子之前，雷旭认为自己做足了准备。可此刻，他清晰地认识到自己准备得还不够，起码他就没准备要游泳！

周乔不知道从哪冒出来，站在一艘破船的船舷上指着海里扯脖子喊，说那有姜筱洁，雷旭冲上高点往海里看，一瞬间，他头皮都麻了。

"快报警！"他喊一嗓子后脱掉外套冲进海里，一个浪又把他打回岸上。

"雷主任，快救筱洁！"周乔都喊破音了。

都子瑜拿起手机报警："喂，有人落水了，在荣丰旧船厂，你们赶紧来，对，赶快！"

当了十多年检察官，都子瑜见过生死，可面对姜筱洁跳海那一刻，她觉得自己还是不够了解这个当事人，眼看着雷旭冲进海里随着海水起伏，她的心也提到了嗓子眼。

"都姐，筱洁不会死吧。"周乔哇哇地哭，鼻涕跟眼泪在脸上流淌，抽泣的间歇他还不忘骂苏达两句。

都子瑜听了既着急又无奈，这孩子怎么就想不开了呢，既然没有勇气面对生活，在法庭上又为什么非要翻供，两个在海面上起伏的黑点渐渐地汇聚到了一处。

忽然一个海浪把两个黑点全部淹没。

"雷旭！"

"筱洁！"

两人同时喊出声，周乔一股脑地要冲进海里，被都子瑜一把拽住。

"都姐，你放开我，我要去救筱洁。"周乔喊道。

"你别跟着添乱！"

一阵刺耳的警笛声，三五辆警车跟救护车开进旧船厂，两名警察下车就往海里跑，边跑边往身上套救生衣跟绳子。

"快救筱洁，快救筱洁！"周乔急得都跳起来了。

海面恢复平静，都子瑜的心悬起来紧张地盯着海面，两个黑点浮出水面，靠拢在一起往回游，她虚脱般地喘口气。

警察冲进海里接应雷旭，把两人拖拽到岸上。"没事吧。"蓝天救援队的人过来扶住雷旭，递给他一条毛巾。看他瑟瑟发抖脸色苍白，有人在岸边烧了一堆篝火，救护人员给他跟姜筱洁做检查，姜筱洁吐了好几口海水，脸上才稍有点血色。

"都主任，需不需要我送你们去医院？"警察过来问道。

周乔跑过去安慰姜筱洁要她上医院，雷旭也看了眼姜筱洁，医护人员也在劝她上车,可这孩子倔强得一句话不说蹲在那,哪都不肯去。

"一会儿我们送她去医院吧。"雷旭无可奈何地说道。

"那好吧。"警察跟救援队、医护人员撤了。

都子瑜走到篝火边蹲下来帮姜筱洁擦干头发,安慰她道:"筱洁,你能跟姐姐说说心里话吗?"姜筱洁不吭声,眼睛死死盯着篝火。

"筱洁,对不起,是姐姐没有保护好你。"

"不关你的事,你不用道歉。"姜筱洁开口说道。

雷旭听了很是气愤,他没有说话,他现在多说一个字都会表达出气愤跟不满。

天说黑就黑了,除了火焰燃烧干柴发出的噼里啪啦的声响外,再无其他。

"海的那边是什么啊,真想去看看……"忽然间,姜筱洁幽幽开口。

周乔看了眼海那边,一脸迷茫地说道:"我也不知道海的那边有什么,不过海的这边有你爸你妈,还有我跟芸芸。"

姜筱洁不说话了。

都子瑜看着消沉的姜筱洁,想了想,柔声说道:"筱洁,其实咱们俩很像,我也有一个很强势的妈妈,我从小只能做她认为对的事情,这让我变得很孤僻,后来,我改变不了这些事情,我就把小时候的事忘了,重新开始,直到变成了现在你认识的我。"

姜筱洁没说话。

都子瑜继续说道:"很多事情,憋在心里是一块石头,但你把它说出来就好了,当然,说出来需要勇气。筱洁,人每天都会遇到各种各样的问题,一个人扛着,当然会觉得累,如果跟家人、朋友说出来,大家一起分担,大问题就会成为几个小问题,如果你觉得有什么解决不了的事,你可以对我们说……"

"子瑜姐,别说了! 能不能都别管我了,我死活跟你们没关系!"姜筱洁叫嚷着打断她,双手抱住自己脑袋,她不想再听任何人的话。一阵巨大的眩晕感袭来,姜筱洁本能地尖叫,她被雷旭拽起来拽到海边,他忍半天了。拽着姜筱洁来到海边,冰冷的海水冲刷着姜筱洁的脚踝,雷旭指着远处黑茫茫的大海吼道:"你不是想死吗,去,现在就去海里!"

周乔跟上来想拽住姜筱洁,被雷旭一把推开:"一边待着去。"

周乔再次冲向姜筱洁,被都子瑜拦住:"相信雷叔叔。"

雷旭指着起伏不定的海浪跟压抑的海岸线说:"你跳吧,这次我不救你了,就从这儿跳!"

海浪席卷岸边再次打湿姜筱洁的裤腿,她这次望着漆黑的海面,却步了。

"跳啊!"雷旭大喊一声。

"我凭什么听你的?"姜筱洁也冲他嘶吼。

"听你自己的,你不是想死吗? 去啊。"面对姜筱洁色厉内荏的表现,雷旭真是恨得牙根都痒痒。

"我现在不想在这儿跳。"

"不想在这儿跳?"

雷旭冷笑一声,把她拉到皮卡车前,指着一望无际的海岸线问她:"你想去哪儿跳,你选,我带你去!"

姜筱洁挣脱雷旭,后者身上的浴巾掉落在地上。可能是压抑了半天,被雷旭这突如其来的一阵压迫,姜筱洁内心的压抑得到了释放,她蹲在地上放声痛哭,哭着哭着,雨下得更大了。在雨中,海浪变得更黑,更瘆人,姜筱洁看着海面,眼泪跟鼻涕混在一起,哭道:"雷叔叔,我怕。"

一声"雷叔叔"让雷旭的心终于放下了,他捡起掉落在地上的毛巾披在姜筱洁背上,柔声说道:"你……你现在知道不敢了,你死都不怕,你现在不敢了?这片海和你刚才跳的那片海很近,只有几十米,你看,对不对,只有几十米,海是通的,全世界都是连通的,去吧。这时候知道害怕了,害怕能解决问题吗?"

"那你说,怎么才能解决问题?"姜筱洁抬头瞪大眼睛看他。

雷旭望了一眼一望无际的海面,颇为无奈地说了一句:"怎么办,你自己知道。"

姜筱洁不说话了,蹲在海边哭。

两人陷入沉默,雷旭静静地陪着她看海。篝火处,都子瑜搂着周乔远远地看着雷旭和姜筱洁。

片刻后,雷旭问姜筱洁:"呛水的滋味儿难受吧?"

"嗯。"姜筱洁点头。

"今天在水里我也呛了一口水,我也害怕,我怕的不光是我可能会救不了你,我也怕我自己死了,所以在'死'这个字面前啊,没有多少英雄。你呛着了吗?是不是那时候也后悔了?"雷旭低头看她。

姜筱洁双手抱着膝盖,下巴挂在手背上呆呆地看着海面。

"你知道好多人自杀之前好像都很勇敢都很决绝,但是不管是往海里迈进去之后,还是从楼上跳下去,听说99%的人都后悔了,也不知道这个数据哪儿来的,可是大多数人后悔也晚了,所以我觉得其实今天你跳海这一下,提前把死的滋味尝到了啊,知道害怕了,知道还是活着好,不容易。"雷旭像个老父亲一样苦口婆心地开导姜筱洁。

"雷叔叔,你后悔吗?"姜筱洁问。

"后悔什么,后悔救你?"雷旭挑眉看她,叹口气蹲下来跟她并排蹲在一起。雷旭眺望着海面说道:"筱洁,你才16岁,干吗就想到死呢,人生百味啊,你才尝到几个味道?你知道你的人生才刚刚开始吗,你后面还要上大学,等你毕业了还要工作,你不好奇以后你会干什么吗?是当个医生?还是像我们一样当个检察官?还是做个画家?你不好奇吗?人生那么多条路,为什么非要选择一条死路?"

"雷叔叔，我错了。"姜筱洁也后悔了，现在想想她也害怕了，也真的后悔了。

"活着多好，活着你会知道冷，知道热，知道开心，哪怕知道不开心，活着才是我们的底线，所以干什么都不如活着，你觉得呢?"雷旭转过头看她。

姜筱洁渐渐平静下来，抬头迎着雷旭的目光，说道："雷叔叔，我……"

忽然远处传来的车辆引擎声打断了两人对话。

第 十 三 章
来得真是时候

两台车在沙滩上呼啸起伏,瞬间搅碎了所有的情绪,雷旭心想来得真是时候。

李笑颜从车上跳下来直接奔向自己女儿,她已经失去过一次女儿了,好不容易才重新建立起来的感情,她不想再失去,尤其是听雷旭打电话说筱洁跳海了,她当时整个人都麻了。

"来得真是时候。"雷旭支撑着膝盖站起来,嘟囔着眺望一望无际的海水。

"我没事,回家吧。"姜筱洁固执地推开李笑颜,往车上走。

李笑颜赶紧跟在身后,路过雷旭,她又转过来冲雷旭鞠躬,感谢他救了自己女儿。

"哎,姜先生。"雷旭喊住姜林海。

姜林海愣了下站住,回头道谢:"谢谢你,雷主任。"

"我不是这个意思,我是想说……"

"爸!"姜筱洁忽然回头喊姜林海,打断雷旭的话。

姜林海回头看了眼女儿,无奈地冲雷旭笑下,说道:"雷主任,我先走了,有事咱们改天再聊。"姜林海说完赶紧跑到姜筱洁身边,紧张地给她拉开车门,看着女儿上车,李笑颜也跟着坐进了车后座。

看着一家三口关系融洽,雷旭感慨万千:"你们来得真是时候。"

"是啊,幸亏我有老都的备用钥匙!"徐张荔态度冷淡,她还在为雷旭选择不延期审理而生气,尤其是听说姜筱洁跳海,她把这一切都归咎于不延期上。

"我是说你们来得真是时候!"雷旭提高音量宣泄着不满,无奈又充满不甘,他看得出来姜筱洁有话要说,可惜被他们一脚地板油给毁了。

一开始徐张荔没反应过来他说的是什么意思,来得是时候就是时候呗,也不用反复强调,可接下来,都子瑜把刚才发生的事情以及雷旭救姜筱洁的过程给她说了一遍,末了,都子瑜还用眼神给她暗示下雷旭。此时,徐张荔算是明白过来了,敢情是自己来得太及时把雷主任的计划给打乱了。

"那我也不知道啊。"徐张荔嘟囔一句。

都子瑜摇摇头,说道:"别想那么多了,这事也不怪你。"

雷旭既无奈又头疼,是真头疼。他朝着皮卡车走,一双小眼睛在车里鬼鬼祟祟一直注视着他,他愣了下看向都子瑜,后者看了眼皮卡车默契地点点头。都子瑜拉着徐张荔上自己车,说道:"大荔,先找个超市吧,买点生姜回去熬汤,刚才都淋了雨,别感冒了。"

雷旭拉开车门上车,周乔悄悄地爬起来坐在副驾驶座上。

"你跑进来干吗?"雷旭打个喷嚏问道。周乔体贴地把暖风打开,插上安全带,说道:"李笑颜阿姨不让我跟筱洁在一起,我看见她就跑进来了。"

"今天你怎么来了?"雷旭边开车边问他。

"是芸芸说的,我给她打电话,她说筱洁有可能会来这里。"

"你们三个关系很好吗?"

"我跟筱洁从小一块长大的,我知道她喜欢什么,爱吃什么,知道她喜欢谁,讨厌谁。"看雷旭还在颤抖,周乔把外套脱下来披在他身上。

雷旭看他一眼,笑着问道:"那你说筱洁喜欢谁?"

"她谁也不喜欢。"周乔说这话的时候口气酸溜溜的,充满了醋意。

雷旭想想都觉得好笑,这么大的孩子知道什么是喜欢吗就吃醋,他假装不经意地问道:"那谁喜欢筱洁呢?"

周乔不说话了,脸上写满了纠结。

"周乔,你是不是有什么事情瞒着我啊?"

"没有!"周乔摇摇头,然后继续沉默。

在雷旭问谁喜欢姜筱洁这个问题后,周乔有明显的情绪变化,证明他一定是知道这里面有什么隐情。这个案子从一开始他就始终扮演着姜筱洁的帮手的角色,无论是窃取视频敲诈李笑颜,还是在老房子给姜筱洁送吃的,姜筱洁好像什么事都没有瞒他。

雷旭想了想,换个问法问道:"周乔,如果有人欺负筱洁了,你会不会帮她?"

"会,我一定会!"周乔毫不犹豫地回答。

这在雷旭预料之中,技术宅果然都是恋爱脑。车进入市区,雷旭就一直在想刚才的问题,筱洁想跟他说什么呢? 等红绿灯的间隙,他问周乔:"周乔,筱洁现在情绪很不稳定,你能解决这个问题吗?"

周乔表情在挣扎,在犹豫。雷旭把车靠路边停下,转过身子看他,问道:"周乔,你在犹豫什么? 你难道不担心筱洁吗?"

"我当然担心啊。"

"那你当筱洁是你最好的朋友吗？"

"当然是啊！"周乔也没见过社会啥样，三两句话就让雷旭把情绪给调动起来了，说话也不经过大脑了，想啥立刻说啥。

看他情绪高涨，雷旭趁热打铁问他："周乔，今天我们把筱洁救下来了，我问你，如果明天，后天，或者一个月后筱洁再跳海怎么办？谁来救她？她都不告诉我们她跳海，我们怎么救？"看周乔跃跃欲试那状态，雷旭末了直接一盆水给他浇灭。

周乔愣了好半天，回答不上来，脑袋里想着筱洁万一不告诉他跳海了，万一她死了……

"那我也不活了！"他低沉沮丧地说了一句。

雷旭拍拍他肩膀，语重心长地看着他："周乔，生命不是儿戏，沉默不能保护任何人，相反，只有勇敢地站出来才是最好的保护。我再问你一次，你没话要跟我说吗？"

周乔挣扎地看着雷旭，说道："开庭前，筱洁跟我见过面，就在旧船厂，她说她要参加开庭。"

周乔把开庭前两人见面的过程讲给雷旭。雷旭听了直皱眉，问道："你说筱洁送给你一幅画？有照片吗？给我看看。"

周乔把手机相册打开递给雷旭，画上是三个小孩手拉手在海边。"筱洁说画上的人是她跟我，还有芸芸，我们仨。"周乔跟他解释。

"这画上看不出有什么问题。"雷旭拿着手机翻来覆去地看，可这些跟筱洁当庭翻供有什么关系？周乔也想不明白。

"对了，周乔，你说苏达那个战队邀请你参加？"周乔点点头算是默认。他一直靠着代练赚钱，没想到因祸得福被肖经理邀请加入Z&K战队，但他顾忌筱洁，他不想筱洁难受，所以还没答应。

雷旭认真听完，坐在车里想了十多分钟也没想通这些跟翻供有什么关系，按周乔所说，姜筱洁在开庭前还在跟他讲一定要指控苏达，让苏达坐牢，可怎么一夜之间就变卦了？

那晚究竟发生了什么？

"雷叔，筱洁会不会是被那个混蛋给威胁了？"周乔很认真地问道。

雷旭若有所思地看他，问道："周乔，你是不是还有什么事隐瞒没说啊？"

"没有，绝对没有！"周乔急忙摆手。

"如果没有人威胁她，那你说他俩是不是真的在谈恋爱呢？"

"不可能，他不配，筱洁才不会看上他！"周乔有些激动，看得出来这孩子对姜筱洁是真有感情。

"跟我说说Z&K电竞战队，你知道多少？"雷旭重新发动汽车，送周乔回家。

Z&K电竞战队基地传出飞快敲击键盘、鼠标的声音,电竞选手们正如火如荼地训练排位赛,可苏达始终心不在焉,可能是昨天晚上的酒喝得太多了,也可能是因为在孙云骁办公室他那事不关己的态度,总之几次团战都因为他GANK①不及时造成团灭。他这个状态怎么可能在比赛上拿到好成绩,基地里传出一片此起彼伏的埋怨声。

　　苏达戴着棒球帽罩着连帽卫衣坐在角落里的一台电脑前,队友们不耐烦的抱怨,他又不聋,听得见,可他有什么办法,脑袋里现在每时每刻想的都是那些负面新闻,甚至一分钟不看手机他都按捺不住。

　　听着使劲敲打键盘的声音,他也很烦躁,把可乐瓶扭成一团丢进垃圾桶里宣泄着心中的不满。

　　"苏达,你跟我来下。"电竞战队肖经理从后面拍拍他的肩膀示意他跟自己出去,有话要说。

　　苏达起身跟随肖经理走了出去。"肖经理,找我有事?"基地走廊,苏达跟肖经理面对面站着,仍是一副心不在焉的样子。

　　肖经理看他这个状态心里叹口气,有些为难地问他:"苏达,吃饭了吗?"

　　苏达心不在焉地看着基地外面的风景没有说话。

　　"苏达,你最近脸色不太好,是不是没休息好啊?"

　　"最近失眠越来越严重了。"

　　"既然身体不舒服,那就好好歇歇吧。"

　　"那倒不用,没什么事我就回去训练了。"苏达以为肖经理只是单纯地关心他,说两句话就要回去继续训练,可他刚准备往回走,被肖经理一嗓子叫住。

　　"苏达,你还是回去休息一阵吧。"

　　"啥?"

　　"苏达,你被委员会禁赛18个月,我也是刚接到通知。"

　　"凭什么!是不是因为网上那些文章?"肖经理没说完就被苏达打断,他情绪激动地看着肖经理,他是职业选手,禁赛意味着什么他最清楚,18个月禁赛,他整个赛季等于全泡汤了。

　　"苏达,你是职业选手,你知道网上这些不好的舆论代表什么,而且,这些确实给电竞行业带来了负面影响。"

　　"什么不好的舆论,什么负面影响?"苏达在气头上嗓门也大,整个基地一层的选手都出来看热闹。

－－－－－－－－－－

①GANK是一个游戏术语,指多人在线战术竞技游戏中的一种常用战术,即在游戏中一方的游戏角色以人数或技能优势,对对方的游戏角色进行偷袭、包抄、围杀,有预谋地击杀对手,以起到压制作用。通常是以多打少,又称"抓人"。

"法院都判我无罪，他们凭什么让我禁赛？"人聚得多了，他嗓门也变得小了，但心里还是不舒服。

肖经理挥挥手让人群散了，该训练的回去训练。他走近苏达几步，耐心安抚他，说道："苏达，我一直认为你很优秀，但冲动是你的软肋，如果你能控制好自己的情绪，一定会前途无量的。先好好休息一阵吧，等风波平息了再回战队，孙总也说了，到时候公司会全力帮你复出的。"

肖经理确实很看好苏达，但禁赛通知已经公布，有再多怨气也于事无补，归根结底这件事怨谁，还不是怨他自己太冲动，沉寂一段时间对苏达也是一种磨炼。

"什么意思，孙云骁这是把我开了是吧？"

肖经理正要解释，苏达用力甩开他，气冲冲地朝外面走去。这件事都怪检察院那帮人，非要搞什么证人出庭，苏达这回彻底把雷旭给恨上了。

从海边船厂回来，雷旭跟所有人讲了周乔说的疑点，办公室里，他讲他的，杨甜在忙活给他倒热水泡脚，还在桌子上点了艾灸。

"杨大姐，不用这样。"

"你赶紧坐着吧，我这艾灸是纯天然的，比那些化学产品好用得多。"

雷旭乖乖地坐下。刘柳先是疯狂地给他贴好几个暖宝宝，然后在旁边打开摄像机对准雷旭："主任，这可是绝佳的宣传机会，跳海啊，你真了不起。"

雷旭一脸尴尬。

"是跳海，如果在申请延期审理这件事上能再坚持一下，孩子也不至于轻生。"徐张荔抱着双臂一脸的抱怨。

刘柳尴尬地停止录像，她望着徐张荔，徐张荔瞪着雷旭，气氛变得沉默。徐张荔蹙着眉头把外套甩给雷旭，说道："把膝盖盖上！"

雷旭一愣，接过外套盖在腿上。刘柳看气氛有缓和，又按下录像按钮开始录像，将镜头对准徐张荔，说道："大荔，你再来一遍呗，我刚才没录上。"

都子瑜走过来将感冒药和热水递给雷旭。又是艾灸，又是衣服，现在连感冒药都用上了，看一大帮人围着自己，雷旭尴尬地嘲讽自己，说道："我这感冒也不重，都要成咱们九部的大熊猫了。"

"还不严重？我跟你说过多少次要注意方式方法，那片海你下去过吗？你想过后果没有，这不是胡闹吗！"陈亭毅背着双手进来。陈亭毅莫名地出现，又一通指责，刘柳下意识地把录像又关上，满眼无奈地看着他。

雷旭泡着脚一看是他，试图站起来，说道："陈检……"

"行了。"陈亭毅伸出来一只手摆摆手让他坐下，嘴里嘟囔着，"幸亏那片海不深，非要下海，这可是我攒了二十年的好酒！"说着伸出另外一只手把酒瓶放桌子上。

"哟,谢谢陈检!"

"省着点喝。"陈亭毅正色道,"姜筱洁这孩子从报案第一天起就反复无常,庭下被害、庭上说什么恋爱,洒泪陈述,又淡定推翻,谁也不知道她哪句真哪句假,之前自编自导诈骗自己亲妈,现在又闹一出自杀,说句不该说的,万一真出点什么事儿,谁也担不起这个责任。"

大家认真听着。

"好在姜筱洁这个案子法庭已经宣判了,咱们应该翻篇了,不要再把时间浪费在已经结案的案子上,当然了,姜筱洁、张芸芸和周乔的监督考察还要辛苦杨大姐您盯一下,九部的人力有限,还有张筱洁、李筱洁等着大家去帮助、去保护。"

"陈……"

雷旭刚要说话,都子瑜瞪他一眼,示意他止声,自己接过话茬,说道:"我们就是把该干的工作干好,陈检说得对,我们要强化责任意识,抓好每一个案子,绝不给领导和院里惹麻烦。"

"你怎么不让我说话呢? 我要说的是,陈检说得对,翻篇了,还有那么多的事儿等着我们做呢,但是我有个意见,您这瓶酒……"

"不贵! 我自己花钱买的。"一听他提这瓶酒,陈亭毅瞪他一眼。

雷旭沉思一会儿,说道:"陈检,您这酒我收下了! 可是我自己喝糟践了,哪天咱放假了,咱俩一起喝了它?"

"好! 你这个态度,我相信你们九部的成绩还会上升一大截!"主、副两名主任都同意案件翻篇,陈亭毅心里也是大松口气。大家欢送陈亭毅离开,杨甜若有所思地看着雷旭,良久,她收走雷旭背后的艾灸,说道:"只能灸十分钟。"

苏达从电竞基地离开后,回家收拾了一个大号的黑色手提包气冲冲地赶到公司,都是熟人加上他那凶神恶煞的表情,一路上倒是没有人敢拦他,让他从一楼进电梯一路畅通无阻,直接走进了孙云骁的VIP包房。

段威站在门口看着由远及近的苏达,上前一步拦在门口。

"都是熟人,谁敢拦着我,别怪我不客气!"苏达一脸怒气道。他震怒的声音吸引了一层的人出来观看,段威拦在他面前,被他一把推开。他用力推开包房的门,怒气冲冲地闯了进去。段威跟在身后,包房里孙云骁正岔开双腿坐在电竞椅上打游戏,一个女孩坐在他的旁边,两人举止亲昵,突然有人闯入,孙云骁被打扰到很不爽,抓起桌上的水杯丢了出去。

水杯落地,摔个粉碎。"孙总……"

孙云骁挥挥手示意段威闭嘴,他认出了戴着棒球帽的苏达,脸上闪过一丝不快,摆手示意女孩出去,让她从外面把门关上,身体往后靠在电竞椅上看着苏达,问道:"有事?"

苏达将大号黑色手提健身包重重地放在桌子上。孙云骁的眼睛从他进屋就一直盯着这个黑色手提包,看他把包放在桌上,孙云骁脸上闪过一丝紧张,问道:"你这是几个意思?"

苏达当着他的面拉开健身包的拉链,孙云骁紧张地看向包内,苏达从包内拿出几个旧键盘、旧鼠标,看见都是这些,孙云骁松了口气。跟着进来的段威也松了口气。

"这是我做职业选手的第一个键盘,这是我第一次拿名次用的键盘,还有这个,我就是用它拿下NTSS大赛的第三名……"苏达一边如数家珍,一边将这些旧键盘逐一举过头顶,用力摔到地上,键盘被摔碎,零件四溅。

苏达情绪激动,把手提包里的键盘、鼠标都倒在桌子上,激动地说道:"我家还有上百个被我用旧的键盘和鼠标,现在它们都没用了!"

他将双手举到孙云骁面前:"你再好好看看这双手,有多少茧子,就代表我训练有多苦,现在这一切也都他妈没用了!"

孙云骁平静地看着咆哮的苏达,说道:"这和我有关系吗?"

"当初你是怎么说的? 是你一直告诉我别慌,你会保护我,我那么信任你,可结果呢? 我从一开始就担心这件事曝光会影响到我的比赛,结果现在在网上全都是我的负面新闻,我落个被禁赛的下场,你就是这么保护我的!"苏达一脸的不服,丝毫不掩饰他那愤恨的目光。

见苏达这么说,段威觉得他有点蹬鼻子上脸了,欲动手教训他,被孙云骁拦住。

"行了,火也发出来了,气也撒了,回吧,回去冷静冷静,等你能平静沟通了,咱俩再好好聊。"孙云骁好言劝道。

苏达冷笑一声,说道:"又想把我打发走? 走也可以,但我可以不客气地告诉你,Z&K如果没有我,这个战队就废了。"

威胁的味道让孙云骁失去了耐性,他真的有点怒了,他站起来扯住苏达的衣服,把他拽到监控器前面,指着屏幕让他看基地现在的一幕。屏幕里Z&K电竞战队选手们训练正酣,没有他反而团战得更加激烈。苏达一瞬间语塞,嗓子发干,说不出话。

"战队在你身上投了一百多万元,就因为你管不住自己! 老子的真金白银全打水漂了,没按合同让你把底裤赔上,都算老子仁义了。"孙云骁一脚踹在他要害上,把他踹倒在地上,让他认清楚现实,基地不是没他不行。

有他在,基地选手要顾虑他,要配合他,他想怎样就怎样,大家缩手缩脚施展不开,配合得不够好还不能明着说他,现在他走了,反而事半功倍。

苏达痛苦地捂着肚子,表情扭曲但随后又讽刺地笑了,讥讽道:"我管不住我自己,你呢?"

孙云骁脸色一变,问道:"你什么意思?"

苏达站起来,冷笑着看着孙云骁,讥笑道:"字面意思,出来混,谁还不为自己留点后手以备万一呢,你千万不要把我逼上绝路,到时候鱼死网破,大家都不好过。"

孙云骁听了心里一紧,皱着眉看他,说道:"你是在威胁我?"

"这怎么能叫威胁呢?是等价交换。再说,现在换不换由不得你,我已经这样了,还能坏到哪去?"孙云骁的话还没说完就被苏达不客气地打断,他把散落在手提包周围的键盘胡乱地装起来,冷笑一声,往外走。

孙云骁眼神阴沉地目送他离开,除了祝劫,这个世界上还没有谁能威胁住他。看着满屋散乱的键盘碎片,他拿起手机打给肖经理:"通知周乔,让他进战队训练,让他暂时顶替苏达的位置,另外,抓紧物色能取代苏达的选手。"

苏达气愤地走出公司,要害处还在隐隐作痛。天又开始阴了,压抑的气压让他心情烦躁,回头看了眼电竞酒店顶层孙云骁办公室的窗户,一脚狠狠踹向他的商务车,正好踹在车牌上。

贤湖区检察院,姜筱洁的案子翻篇后一切又恢复如初,杨甜在档案室继续整理之前的卷宗,档案员小耿在操作电脑把一份份档案录入系统。

"小耿,你现在有空吗?我想找一个案子的卷宗。"都子瑜进来档案室,看见堆积如山的档案和被打开的一排排卷柜,也是感到一阵头疼,想在这么多档案柜里找到一本忘记编号的卷宗很不容易。

"好的,都姐,你要找什么案子啊?"

"一起性侵案,十二年前的。"

"十二年前……"小耿看着满屋子档案柜,犯难了。

肖经理联系周乔时,他正一个人坐在海边,望着一望无际的大海,脑袋里在回忆姜筱洁的话,海的那边有什么。

手机响起消息提示音,是姜筱洁的微信回复,她告诉周乔是有人用她"那天"的视频威胁她父母,所以……

周乔愤怒地握紧手机,脑袋像被雷劈中一样,他问姜筱洁是不是苏达,后者没有再回消息,但他心里笃定这一切一定都是苏达做的,他要去找他,为筱洁报仇。

周乔赶到Z&K电竞基地时,Z&K电竞战队与往常一样在训练,少了苏达训练起来反而更有默契。周乔走进来站在门口,看见这番场景,他有些羡慕,这环境比他在网吧代练要好多了。他在人群中寻找苏达的影子。

"你好,苏达坐哪?"没见到人,他随便问了名在休息的选手。

选手指了指角落里那个空座位,说道:"刚跟经理吵了一架,走了。"

看着空空的电脑桌,周乔一阵失落,他就是为了苏达来的,结果他来了,苏达人却不在,他又偏头问了句:"他什么时候回来?"

"被开除了,还回来干吗?"

周乔闻言愣了下。

"你是周乔吧,来报到了?"肖经理在身后喊他,周乔全当没听见,心里一阵失落。没想到这个混蛋竟然被开除了,这要去哪才能找到他?周乔魂游天外自顾自地在那瞎琢磨。

"周乔,孙总跟我说过你,从今天开始你就是Z&K电竞战队的一员了,先从陪练开始。"

"哦好,可我现在有事,办完回来找你。"周乔压根没理会他说的,脑袋里想着苏达最有可能去的地方,一边想一边往外走,路过肖经理被后者一把拉住,周乔疑惑地看他:"你拉我干什么,我真有事。"

肖经理多少知道他一点,在网吧当代练,技术很稳,以为他听说要当陪练在闹情绪,拦住他,语重心长道:"我知道你不想当陪练,但你问问这里所有的人,谁不是从陪练开始的?你问问那些正式队员,哪个没当过陪练,不要闹情绪找借口,好好练很快就能成为正式队员。"

等他话说完,周乔人也走了,肖经理整个人也蒙了,一头雾水地愣在原地:"就走了?"

周乔出了电竞基地,想了想拨打了苏达手机。

"谁啊?"

"我,周乔。"

"怎么又是你?你有完没完?"

周乔想着不要把他逼急,先稳住他,好声好气地说道:"你现在在哪儿?我有事儿要见你。"

"你管我在哪儿。"

"那你把姜筱洁的视频删了。"

苏达在听筒里乐了,略带嘲讽地说道:"我凭什么听你的?"

周乔心里有打算,自从知道苏达手里有筱洁的视频,他就盘算着要找苏达出来,逼着苏达把视频删了,他说道:"我告诉你,你不把筱洁的视频删了,我就告诉雷主任你有欺负筱洁的视频,你威胁她。"

不等他说完,苏达直接挂了电话。

听着手机里的忙音,周乔一阵愤怒,他快速找出雷旭的电话号码。

雷旭正伏案思考姜筱洁翻供的各种可能。

都子瑜一个人去档案室,她想找一本关于性侵的卷宗,那是十多年前她刚上班时办理的第一起性侵的案件。档案室，档案员小耿操作电脑检索，可无论是输入案件名称还是嫌疑人姓名，都查寻不到。他确定这本卷宗还没来得及录入系统，有点难为情地看着都子瑜，说道："都姐，那案子还没录入系统。"

"那怎么查呢？"

小耿指了指卷柜，一脸为难地说道："那只能按照纸质的检索目录查了，可能需要些时间。"一排排卷柜就算是按同一年份翻找，估计也得翻好久。

都子瑜看着档案室内多排两米高、摞满卷宗的档案柜，有些犯难。杨甜放下手里的一摞卷宗过来，问道："小都，你要查的那个案子是2007年的吧？"

"对。"

"2007年经咱们院审查起诉的强奸案共有11起，你要查哪起？"

十多年了，都子瑜没想到杨大姐竟然还能记得，还能精准地说出那年一共有多少起案件，她不得不佩服杨甜，说道："被告人宣判无罪的那起。"她是真期待杨甜能带给她惊喜，帮她缩小范围找到卷宗。

"知道了，我有印象。"杨甜蹙着眉头在回忆，都子瑜、小耿都一脸期待地看着她，这要是能一下子说出那本卷宗在哪，那可是真厉害了。

杨甜："小耿，2007年在哪一排？"

小耿跑到档案柜前，操作手柄把两个并列在一起的档案柜摇开一个空隙，挤进去找到2007年那一排，认真地等着杨甜。

杨甜思索片刻，指着档案柜，确定地说道："案件编号应该是吉贤检刑诉〔2007〕031号。"

小耿跃跃欲试，可看到档案盒上的编号他又蒙了一下，一排排卷宗盒子上的编号并不是连贯的，他粗略看了眼档案柜上下，光031编号就有好几本，一时间他有点无从下手。

杨甜跟进去，上下看了眼，用脑子回忆道："被告人姓孙，对吧？"

"对对，就是那起！"都子瑜是真佩服杨甜了，这脑袋堪比电脑啊，那么多卷宗又过了那么多年竟然能一下子就想起来。她佩服地竖起大拇指，夸道："真不愧是我们贤湖区检察院的活档案。"

小耿跟着咋呼道："那是，我师父这脑子，比我的电脑都灵。"

"你那电脑，我也操作不灵。"杨甜边说笑，边在档案柜前上下翻找，在众多卷宗中麻利地找出一本陈旧的卷宗，抖了抖封皮认真看清上面的编号，拿出档案柜交给小耿。小耿跟都子瑜确认卷宗，拿出交接记录本让她签字。

都子瑜看着陈旧的卷宗，翻开里面泛黄变脆的纸张，看着上面一页页的记录和自己当初生涩的签字还有那落款的时间，她隐隐地有些感慨，记忆仿佛一下子就拉回了2007年那个夏天。

杨甜留意到都子瑜的微表情，率先打破了沉默："这个案子是你刚进咱们院跟陈检一起办的吧？怎么想起翻它了，是有什么问题吗？"

都子瑜"嗯"了声算是回答她前面的问题，翻开卷宗看见当年的起诉意见书，她颇有感慨地回答她后面的问题："办这个案子的时候我才刚上班，那时候的想法跟现在估计是完全两样的，我就想着拿出来看看，看看当年我是怎么想的，那时候办案子会不会有什么漏洞，也拿出来鞭策下自己。"

都子瑜填写好交接记录拿着卷宗离开。杨甜望着她的背影陷入思索。

都子瑜拿着卷宗回到九部，雷旭还在蹙眉思考，他在笔记本上写出姜筱洁翻供的所有可能，然后把不可能的一个一个排除。徐张荔抱着双臂跟刘柳歪着脖子在他身后认真地看他在纸上写出的各种可能。笔记本上被雷旭画得全是横线，横线下面是他写的姜筱洁推翻陈述的各种各样的可能，什么假案、名声、威胁、压力、交易、同盟……他每写出来一种可能就会接着把这种可能排除，最后笔记本上只剩下"威胁""压力"这两条，被他用钢笔给圈住。雷旭放下钢笔若有所思地盯着笔记本。

忽然一阵振动打断了他的思绪，是个"未知号码"，他瞟了一眼手机，然后继续盯着笔记本思考，本能地接起电话。

"雷检察官，是我，苏达……"

第十四章

会　面

　　雷旭还在分析姜筱洁翻供的理由,他停留在"威胁"处深思。

　　徐张荔跟刘柳去调取卷宗,马上有个未成年遭受网络暴力的案子要开庭,正如陈亭毅说的,姜筱洁的事该翻篇了,还有很多个李筱洁、王筱洁在等着九部。

　　都子瑜接到电话离开,李笑颜约她在咖啡店见面。她走进咖啡厅,环视一周,直奔李笑颜所在那张桌和李笑颜相对而坐。她坐下后服务员送来两杯咖啡——一杯冰美式、一杯热拿铁,都子瑜拿过冰美式问道:"找我有事?"上午时间咖啡厅还很安静,屋子里弥漫着淡淡的咖啡香和悠扬的音乐。

　　李笑颜躬身拿过热拿铁轻轻搅动,勉强挤出一丝微笑,说道:"我今天约您来是想跟您道个别,这半年因为我们家的事给你们添了那么多麻烦,抱歉啊。"

　　"道别?"

　　"嗯,这半年来,特别感谢你们对筱洁的照顾,但您也知道,网上那些不负责任的言论,对筱洁伤害很大,所以,我们准备先带筱洁出去散散心,再换个新环境生活。"

　　半年一瞬间,叹息绵长,李笑颜仿佛能够听见这声音,她拿起桌上的咖啡闻了闻说道:"谢谢你们。"

　　都子瑜听完如鲠在喉,雷旭还在分析姜筱洁翻供的理由,可他们已经要带孩子离开了,这个案子越来越扑朔迷离了,但她知道,这个时候她能做的只有静观其变。她目视咖啡平淡地说道:"挺好的,换个新环境,重新开始吧。"

　　雷旭还在九部伏案沉思,被一串"未知来电"惊扰。他蹙眉思索,接起电话,电话里沉寂一分钟,是对方率先打破沉默:"雷检察官,是我,苏达。"

　　苏达在街上漫无目的地走,在他身后不远处,饺子一直在跟踪他——自他从电竞酒店出来，饺子就一直跟在他身后，看他在打电话，饺子快走几步想听清电话里的内容。

雷旭一愣，快速按下手机通话录音功能："有什么事吗？"

"你不是很想知道姜筱洁为什么突然改口吗？"

"现在不想知道了，我们搞错了，你和姜筱洁不是在谈恋爱嘛。"雷旭欲擒故纵故意加重了语气，不无讽刺地说道。

不论前因后果，这一刻，雷旭是真有些想讽刺他。

"不是这样的，咱们能见个面吗？我这肯定有你想知道的东西。"

"哎呀，我这刚要出去，行，那我等你会儿吧，在我们单位，地址你知道吧？"雷旭一字一句，说话弯弯绕绕，他还搞不清楚苏达为何这会儿要见他，官司他赢了，无罪释放，按理说他这会儿应该正在喜悦，莫不是被喜悦冲昏了头？

"不行，我不能去你们那，你们检察院有内鬼。"苏达声音急促，一点不像是在质疑，雷旭瞬间陷入沉思。"我把时间、地址发给你，来不来随你！"苏达说完挂断了电话。

雷旭放下电话，皱眉沉思，再一抬头，偌大九部就剩他一个人了，他思索了一下打电话给都子瑜，手机振动提示"未知号码"发来短信，上面写着："11点，在湿地公园烂尾楼，只能你一个人过来。"雷旭立刻取消和都子瑜通话，看着短信思索片刻，将执法记录仪放进自己外套的衣兜，他有种预感，姜筱洁的案子马上就要真相大白，他相信自己的直觉。

只是这人的第六感有时候也不是那么准，就像今天，他就没预感到自己会制造一场不大的"车祸"。说车祸不大，是因为他开着老旧皮卡碾碎了一辆"小皮卡"，而在贤湖区能操控这种"小皮卡"的也只有星星。星星操控一辆玩具汽车在门卫室附近的地面上或停或跑，画着圈儿，他站在门卫室附近，用玩具车遥控器操纵着玩具车玩得正酣，雷旭开着皮卡车从停车场向大门方向疾驰而来。

"雷叔叔！"星星认出雷旭的车，高兴地冲他喊，还冲他显摆手里的遥控器。皮卡车内的雷旭在焦急看表思索苏达的电话，心不在焉，没听见星星叫他，更没注意到在地面跑来跑去的玩具车。

"星星，大门的遥控器呢？"老赵在门卫室内整理物品，也没有注意到即将到达门口的雷旭。

星星操控着遥控车分神回头看了眼爷爷喊道："我没拿。"

"我说过，我所有工作用的东西你都不能碰！"随着老赵的抱怨，院子里"砰"的一声脆响，雷旭车身一阵晃动，他急忙刹车下车去查看。

星星手里握着遥控器蹲在皮卡车车轮那，强忍着泪水没有哭出来，皮卡车的车轮下正"躺"着一辆被压碎的玩具车的残骸。看着星星眼眶噙满泪水的懂事模样，雷旭不禁一阵懊恼。

老赵找到遥控器听见声音,急忙从门卫室跑出来,跑过去把星星扶起来,满脸堆笑地看着雷旭:"都怪我,都怪我,我让星星进屋玩儿,你快去忙你的吧。"

好好的遥控车还没新鲜够呢,就被压碎了,星星强忍着泪水不说话。

雷旭何尝不知道这场"车祸"他才是全责,他既无奈又抱歉地俯身拍拍星星的肩膀,说道:"对不起,是雷叔叔不小心,雷叔叔现在有急事要去办,回来一定给你买一个更大、更好的玩具车……"

星星不说话。老赵用遥控器打开大门,示意雷旭快去忙。雷旭最后看了星星一眼,转身快步上车,疾驰出门。老赵望着转弯驶远的皮卡车若有所思,星星则望着地上的玩具汽车残骸在心里默哀。

烂尾楼很不好找,雷旭开着车在这绕了一圈也没看见苏达,他搞不清楚苏达为什么要约在这里见面,他把车开上斜坡停进烂尾楼一层。

苏达在烂尾楼楼顶焦虑地走来走去,他看了眼时间,已经11点,可雷旭还没有出现,他心里一阵急躁。他想要下楼,刚走到楼梯处身后忽然有声音,他急忙转身,身后什么都没有,可就在下一秒……

雷旭从车上下来环顾四周,并没看见苏达的影子,他警觉地打开执法记录仪顺着楼梯往上走。"苏达!"空旷的烂尾楼回荡着雷旭的喊声,他顺着台阶一层一层往上找,可就当他距离楼顶还有一层的位置时,头部突然遭受到重击,他发出一声闷哼,眼前一黑,晕了过去。

台风过后的天边斜着一片片火烧云,都子瑜开车回来看见刘柳提着卷宗箱下车,看看时间,说道:"小柳,你把卷宗箱送回办公室就下班吧。"说完本能地看了眼旁边空着的车位。那是雷旭经常停车的车位,可今天车竟然不在。

"好的,都姐。"刘柳提着卷宗箱进了检察院大楼。

都子瑜走到门卫附近,问老赵:"赵师傅,雷主任还没回来吗?"

"没呢。"

"那他有没有说去哪?"

老赵从门卫室出来,若有所思地说道:"他说有急事要去办……好像很着急的样子。"

都子瑜看到星星手里拿着一个被压扁的小汽车,眼巴巴地看着她,欲言又止,一脸的委屈。都子瑜蹲下身来,拿过被压扁的小汽车,问道:"星星这是怎么了,这么不开心?"

星星眼巴巴地看着小汽车,奶声奶气地问道:"雷叔叔怎么还不回来呀?"

看着星星委屈巴巴的表情,再看他盯着小汽车那渴望的眼神,都子瑜恍然大悟,问道:"是雷叔叔把你的车弄坏了?"

星星更加委屈了，点点头。

"走，都阿姨带你去买一个新的小汽车好不好？"都子瑜说着就要起身拉星星出去。

老赵急忙过来拦住她，一个孩子的玩具哪能真让人买。星星摇摇头，说道："不要，我要等雷叔叔回来。"

"星星，到一边玩去，不要影响都阿姨工作。"老赵赶过来哄孩子走，一脸歉意地看着都子瑜，这孩子从小养在检察院大院里，混熟了也不怕生，雷旭就是一句玩笑话还被当了真，老赵满脸的歉意。

星星被老赵推搡，急得要哭了，嚷道："雷叔叔答应我的，送我一个更好的车，我就要等他回来。"

"你这孩子，再闹我可要揍你了！"老赵有些不好意思，一脸歉意地看着都子瑜，解释道："这孩子都是平日里给惯坏了，大人随口说一句，他还当真了。"

星星被吼得大哭起来，哭道："雷叔叔不会骗人的，他说答应别人的事一定要做到，我要等他，他什么时候回来……"

都子瑜连忙抱起星星哄着，说道："星星说得没错，大人答应小朋友的事就一定要做到，等雷叔叔忙完了，肯定给你买个新的小汽车，更好的。"

殊不知他雷叔叔在烂尾楼里已经睡了一大觉，等他头昏脑涨地醒来发现自己已经躺在了楼顶的地上，他摸摸自己的后脑勺，疼得直咧嘴，钻心的疼让他彻底清醒过来。天边的残阳照射刺眼，他翻个身狼狈地从地上爬起来，在身上肩膀一阵摸索，发现执法记录仪早已不知去向。他站在原地喘着粗气，警惕地观察四周，努力回想发生的一切。

他被打晕时人还在楼梯上，可再睁眼时已经到了楼顶的边缘，他努力站起，朝楼下望了一眼，顿时大惊：苏达睁着双目身体扭曲倒在楼下的血泊中。

几辆警车呼啸而来。

雷旭站在原地一直等到警察上楼把他带下来，烂尾楼周围已拉起了警戒线，公安人员在勘查现场。警察按照程序收走了雷旭的手机并放进证物袋里，虽然他已经解释过很多遍自己是贤湖区检察院检察官，来这里是因为苏达打电话约他来的，而且手机里还有苏达发给他的短信，但他依然要被带走询问。

早已过了下班时间，都子瑜见雷旭还没有回来，心里隐约地开始不安，她拨打雷旭电话，始终无人应答，一种不祥的预感袭来。她把车停在雷旭宿舍楼下，心神不宁地等着雷旭，反复看着手机上那最后一个来电，上午雷旭突然给她打了一个电话，可刚响两声，他就挂断了。都子瑜一开始只当他打错了并没有在意，可雷旭至今未归，让她越来越怀疑那最后一通电话。

都子瑜努力让自己保持平静不去胡思乱想，她时而上车工作分散注意力，时而看了眼时间又下车看了眼雷旭宿舍，在车下溜达。风渐渐变凉，都子瑜心烦意乱地将电脑合上，打开车里的音乐，靠在车座上努力平复自己的心情，渐渐地，睡着了。

日月交替,都子瑜恍惚间被一阵急促的电话振动惊醒。

天都亮了。

"大荔……"都子瑜被徐张荔的电话彻底惊醒。

都子瑜拖着疲惫的身体走进九部办公室,刘柳、徐张荔跟杨甜都在等她,她们都被这个消息给震惊到了。

"我真是服了他了,怎么就不长记性呢,雷主任当时就没跟你说去见苏达?"看见都子瑜,徐张荔上来就是一通抱怨,她接到公安的电话时属实也被震惊到。

都子瑜无奈又头疼,疲惫地摇头,说道:"他要是说了,我能让他自己去吗?"

"这个雷主任,他也太莽撞了!"杨甜拧着眉头说道。

刘柳时刻在关注网上的动态,听她们都抱怨完了,嘴里嘟囔着说:"现在怎么办啊?都姐,网上又出现一大堆'据网友爆料'了,这些小号太可恶了,他们掌握的情况比咱们还详细,明明就是针对咱们九部、针对雷主任的。"

都子瑜重重地叹口气,头疼地说道:"小柳,马上联系网监部门看看能不能疏导下舆情,看来雷主任要在里面关一阵了。"

雷旭在烂尾楼被警察带离后直接带进了公安局的讯问室,对于这位贤湖区检察院的百变检察官,警察也是如雷贯耳,刚刚上任不到半年就被请进公安局讯问室两次。

"我的确是赴苏达的约,但我没有见到他,更没有推他。"讯问室内,空调吹得很冷,雷旭后脑还在隐隐作痛。

"请你再重复一遍整个过程。"讯问室内响起冰冷的敲击键盘的声音。

雷旭把白天的经过又重复一遍:"3月12号上午10点38分,我接到一个未知号码打来的电话……"苏达的话他没有一句隐瞒,包括检察院有内鬼这件事,也算是"家丑"外扬了,他手机全程都有录音,说与不说结果都是一样,只不过说了他能看见警察震惊的表情。

负责讯问的警察思索了一下问雷旭,确认道:"你说你的执法记录仪丢了?"

"对,我接到陌生电话,得知对方是苏达以后,就立刻开始录音,后来,我去赴苏达的约,特意带着执法记录仪,从我到了,到我被打晕,再到我醒过来,执法记录仪就不见了。"雷旭很懊恼,他是千算万算没算到会有人袭击他。

空调的温度又降低了1℃,雷旭被吹得身上起了鸡皮疙瘩,同样他也冷静了,苏达身死,他被袭击,这说明姜筱洁的案子充满了问题,他在心里对自己说,决不能放弃。

"我们会去寻找你所说的丢失的执法记录仪,同时会对你的通话录音做技术鉴定,你刚才说你被打了,你是觉得有人在害你?"警察问道。

"我是11点05分到达指定地点的,直到我被打晕,我都没有见到苏达,而且我甚至都没上到楼顶,在拐弯处就被打了,你说是不是有人害我?"

"可是你醒过来的时候确实是在楼顶。"

"你们去现场勘查可以验证我的话，我也想知道我怎么上去的。这是我最大的疑问！"雷旭坚定不移地说道。

"可是我们最大的疑问是，从你的指甲里检验出了苏达的DNA。"警察并没有对雷旭的话充满怀疑——作为一名警察，他相信雷旭是检察官，是正义的执法者，可在没有第三证人在场的情况下，雷旭指甲里苏达的DNA无疑是最致命的证据。

讯问持续一夜。按照办案程序，公安在第二天上班时间对贤湖区检察院通报了对雷旭采取强制措施的决定。

陈亭毅坐在办公桌前，刚放下电话，都子瑜就风风火火地冲过来敲门。看见是她，陈亭毅无奈地喊她："进。"

"师父？"

"我正要找你呢。"

都子瑜缓口气坐下，心里七上八下地看着陈亭毅，说道："那您先说。"

"你先说吧，什么事？"

"我想咱们能不能以院里的名义，建议贤湖区公安分局解除对雷旭的强制措施。"都子瑜说完后满脸期待。

陈亭毅真是怕什么来什么，他感觉雷旭来贤湖区以后他苍老了好几岁，他正色对都子瑜道："我已经和几位院领导开过专题会议，省院的刘立明副检察长也专门来过电话，总体意见是，在捍卫检察官权利的同时，更要捍卫法律的尊严。"

都子瑜被他说得愣住了，焦急道："那我们总不能眼看着雷主任被陷害，什么都不做吧？"

"找证据有公安，我们要相信人家。"

都子瑜沉默了。陈亭毅睃她一眼，把话拐个弯说回来，说道："我和你一样着急，但我们要沉住气，尽量减小这件事情的影响。"都子瑜皱着眉低头不语。

"我叫你来呢，是谈一下我对这件事的看法，一定程度上也代表院里的意见，雷旭这件事情你一定要理智对待，不要自作主张，更不要因为他，影响了九部的工作，我这么说你应该明白吧？"陈亭毅唾沫都说干了，可都子瑜就始终不答话。

他没辙了，只能把话说出去，再转个弯给兜回来："其实，我到现在都认为他是个对法律忠诚的人，但光有忠诚是不够的，一支队伍最重要的还有纪律！你也知道，我多次和他强调不要单枪匹马，不要逞孤胆英雄，这是未检工作……他就是听不进去！结果怎么样？"

"师父的话我听明白了。"都子瑜忽然急转弯，态度诚恳地说道。

"这就对了！"陈亭毅缓了一口气，心里放松下来，费尽口舌，说得口干舌燥，终于是让都子瑜缓下来了。

"雷旭这件事情你一定要理智对待，不要自作主张……我这么说你应该明白吧？"试探过了都子瑜的态度，陈亭毅暗暗松了口气，让她先回去工作，毕竟九部的工作不能停。

没有了雷主任的九部，所有人都心不在焉，走廊来往的人群跟食堂匆忙的身影，让一天的时间在灰暗中度过。下了班的都子瑜像丢了魂，失了神，即便是有人打招呼，她也是匆匆而过。回家的路上，路过那个花坛，都子瑜的记忆不自觉地打开，想起那天晚上雷旭手捧着椰子来找她。

"不知道为什么，来到吉平以后，我总觉得有一双眼睛一直在暗中盯着我。"

"心理学上把你这种感觉叫'凝视感知'，是一种心理作用。通俗点说就是'被迫害妄想症'。"

"你怎么就不信我呢，科学家证明过这个论点，人的后脑勺虽然没有眼睛，但人的大脑能探测和感知到的东西远远超出人们有意识的注视范围……"

"你的意思是，有人一直在监视你？"

思绪被拉回现实，都子瑜皱眉盯着花坛，难道真有人在暗中跟踪雷旭？她警觉地朝四周张望，下班的时间，小区里人来人往，并没有谁引起她的怀疑。

雷旭来到吉平市就在九部工作，若真有人跟踪他，那这个人应该对贤湖区检察院，对九部都很了解。都子瑜关好门一脸愁容地窝在沙发上思索，片刻后，她拿起手机呼叫徐张荔："大荔……"

次日，都子瑜在伏案工作。徐张荔从外面走进来，看办公室只有都子瑜，她忙把门关上，走到近前低声交流："你的判断全对。"

"快说说！"都子瑜眼睛亮了下。她昨天晚上给徐张荔打电话让她想办法问下公安的同事，雷旭不可能贸然去烂尾楼跟苏达见面，他一定会留有证据。

徐张荔把从公安那边问到的信息告诉都子瑜，说道："雷主任在确定通话对象是苏达的时候第一时间录了音，但是因为雷主任是重大嫌疑人，所以他们没有办法把通话内容告诉我。"

"明白。"都子瑜略有失望道。

无论公安还是检察院办案都有流程，在通话没有鉴定之前还不能被确认为证据，能告诉这些已经很不容易了。

"还有公安机关根据雷主任的执法记录仪被破坏之前的最后一个位置找到了执法记录仪，可是因为损坏太严重了，恢复还需要一定时间，有消息了他们会第一时间通知我。"

执法记录仪内有GPS芯片，可被定位，公安机关已经找到雷旭的执法记录仪，只要将里面的视频提取出来，就可以还原雷旭被袭时的原貌。

听见这个消息，都子瑜很兴奋，她抬起头激动地说道："太好了，这是一个重要的线索。"可能是这两天有太大的压力，忽然听见一个好消息，她有点太过释放自己的情绪，她意识到不对，赶紧调整情绪，悄悄给徐张荔竖大拇指。

徐张荔并没有注意到都子瑜的情绪变化，汇报完已掌握的线索后，她就转身要走，忽然想起来还有一件事，转过来说："对了，姜筱洁一家三口也排除了嫌疑，苏达死亡时，他们都有不在场证明。"

"我知道了，去忙吧。"徐张荔冲都子瑜点下头开门出去。

虽然陈亭毅没有同意以检察院的名义撤销对雷旭的强制措施决定，但还是允许都子瑜以贤湖区检察院的名义与公安机关共同侦办此案。

当天上午，都子瑜赶到烂尾楼，看着公安机关拉起的警戒线，观察周围的环境，这是一个废弃的工地，粗略估计得有十多栋烂尾楼，苏达坠楼这栋楼靠近工程中间。

都子瑜深一脚浅一脚在烂尾楼群里寻找线索，路过一个土坑时她险些崴脚，走到距离苏达坠楼现场很远的一栋楼前，她走进去看到楼梯间隐蔽处的一摞被整理好的各种规格的废纸箱、矿泉水瓶等废品，站在这望过去可以清楚地看见苏达坠楼的楼顶，都子瑜凝望着那些有人生活过的痕迹陷入沉思。

她沉默片刻转身往外走，边走边拨通徐张荔电话。两人约在附近一处空旷的停车场见面，徐张荔赶到时，都子瑜正聚精会神地坐在车里在纸上写着案情分析。电脑、公文包放在副驾驶上。一阵敲车窗声，都子瑜急忙整理好思绪，给徐张荔解锁车门的同时也手忙脚乱地腾出副驾驶位置。

"这是准备把办公室搬到车里了？"徐张荔上车递给她一杯咖啡，看她在纸上写着苏达坠楼的案情分析。

10点38分苏达给雷旭打电话——约定11点见面——11点08分苏达坠楼。

都子瑜像是没听见她说话，皱眉看了眼纸上的时间又一阵涂抹。徐张荔把咖啡放稳，问她："那起网络猥亵儿童案今天不是开庭吗？"

"下午开庭呢，我早就做好功课了，这里安静，适合想事情。让你打听的事怎么样了？"

都子瑜全神贯注分析案情，她现在最担心的是雷旭的案子不能取得突破性的进展。徐张荔看着都子瑜疲惫又倔强的神情，心里横来横去各种不舒服，还不如在滨河公园跟雷主任好好吵一架。

徐张荔气哼哼地叹口气，正色道："苏达在和雷主任见面之前，刚和Z&K战队的经理吵了一架，还被战队除名了，好像是因为他被电竞委员会禁赛18个月。"

"苏达在电话里到底跟雷旭说了什么？"都子瑜自言自语又仿佛像是在求证。白纸让她画成连线、平行、交错，用橡皮擦掉一如既往又是一张崭新白纸，只是雷旭要怎样才能一如既往？

"他临走时给我打过电话,还没等我接通就挂断了。"都子瑜叹口气拿起咖啡,"我要是能及时给他回过去就好了。"

"他可能那时就意识到有危险了,所以挂了。"徐张荔沉浸在自己的分析中,压根没看见都子瑜眼圈都红了。

"今晚陪我加班吧。"都子瑜很快收起情绪,放下咖啡杯拍了拍徐张荔。

"没问题。"徐张荔早就做好了日夜奋斗的准备,都子瑜不说,她也打算留下来加班找线索。

都子瑜重拾心情迎接下午开庭。未成年人网络猥亵是近几年的新名词,司法上对这一类案件还没有统一标准,包括很多家长都不能第一时间及时发现问题,保护好证据。都子瑜也算是开了贤湖区的先河之例,法庭持续到下午5点,赶回检察院正好是下班时间。

刘柳拖着卷宗箱风风火火地走出电梯,与迎面走来的陈亭毅正面相遇。"陈检好!"

陈亭毅背着双手刚从九部门前路过,看着空空的办公室,他不动声色问道:"出去了,小柳?"

"我刚和都副主任去法院开了个庭。"

"哦,哪起案子?"陈亭毅来了兴趣,如今雷旭不在,九部依旧照常运转这是好事,也说明姜筱洁的案子是真翻篇了。

"网络猥亵儿童案。"

"这可是一种新型犯罪,要注意总结工作经验。"

"明白了,陈检。"

陈亭毅背手望了一眼电梯方向,问道:"都子瑜呢?"

"楼下呢,马上上来。"刘柳指了指外面。

"小柳,你来院里工作有几个月了吧?感觉怎么样?还适应吗?"

刘柳连忙说道:"还挺适应的,就是案子多,大家都挺忙。"

"未检工作就是这样,很忙,却不出成绩,挺磨炼性格的,年轻人有了九部的基本功,将来能适应更重要部门的需要。"陈亭毅在鼓励年轻人这方面很有一套。

刘柳认真地点头,那模样有没有记心里不知道,肯定是记脑袋里了。

陈亭毅看时机差不多,话锋一转说:"说到磨炼性格,你们雷主任目前的遭遇,我认为根本问题就是出在这上面,我很理解你们九部的同事,一直没放弃帮雷主任洗清嫌疑,怎么样,发现什么新线索了吗?"

"我这边没有,都姐那边……"

"哎哟,小柳啊,快来帮我一下,掉了掉了!"杨甜忽然在走廊一头仓促地喊她,刘柳跟陈亭毅同时转头望过去,杨甜抱着一摞高高的卷宗往这走,上面的卷宗马上就要掉下来了。

刘柳急忙跑过去帮助杨甜。

找不到苏达的周乔，一个人无聊地坐在旧船厂发呆，坐在曾经跟姜筱洁并排坐在一起的破船头上，他呆呆地看着手机，上面是姜筱洁给他发的信息："周乔，原谅我没有赴约，我不喜欢分别的场景。"

黄昏的海边，天空中挂着一轮残阳，火烧云将海天照成一色，明天又是晴天。

"周乔，加油，你一定会实现你的梦想。"昨天的风已经逝去，今天依旧要继续，姜筱洁的离去让周乔的心一阵失落。

他从口袋里掏出一个精致的小盒子打开，里面是姜筱洁给他的不同颜色、不同图案的创可贴，从旧到新，这些都是周乔每一次被他爸打伤后跑到这里姜筱洁送他的，每一次他都舍不得贴，每一次都说等下一次再贴，日子往复，被打的次数多了，他也攒了一小盒。

周乔摩挲着这些创可贴，拿起手机，拍了一张眼前船厂和海边的照片，发给姜筱洁："筱洁，你也要加油。"发完消息，周乔闭上眼睛深吸一口气，仿佛做了一个很大的决定。

与周乔的失落相比，都子瑜更加烦闷。她从法院回来，刚回到九部门口，徐张荔匆匆从她身后追上来，低声对她说道："刚刚公安同事回来消息，说记录仪损坏得太严重，无法成功恢复。"

都子瑜微微一怔，心情变得更加沉重，看见杨甜还没走，忍不住停下，问一句："杨大姐，您还没走呢？"

杨甜欲言又止，说道："这就走。"

徐张荔看见杨甜，也很吃惊："杨大姐，可过下班时间了啊。老曹可还没彻底康复，大姐这下班不赶紧回家，稀奇啊。"

杨甜嘴上说着这就走、马上走，可一点没有要走的意思，她看看外面，走过去把门关上，压低声音，说道："其实我这也知道一个事，不知道该不该说。"

都子瑜和徐张荔相视，不说话，等她下文。

"其实我这摸到点儿线索，不知道有没有用。"

"您快说说，杨大姐。"

"我了解到周乔和苏达因为姜筱洁的事打过架，周乔还把苏达弄伤了。"

都子瑜吃惊地问道："这是哪天的事？"

"苏达被宣判无罪的当天晚上，周乔没去老师那儿上心理咨询课，我第二天去找他，他告诉我的。"杨甜回忆那天，周乔支支吾吾说他跟苏达的事情，她当时还很诧异，现在回想起来，周乔对姜筱洁爱慕已久，知道苏达无罪释放以后怀恨在心，跟踪苏达并发生冲突……想到这些,周乔也许有动机杀人。

杨甜说到这,徐张荔也恍然大悟,道:"对不起老都,杨大姐这么一说,我也想起一件事,苏达坠楼的当天,周乔被通知加入Z&K电竞战队,成为储备队员。"

苏达是Z&K战队主力,如今苏达死了,周乔成了储备队员,这两者之间很难说没有利害关系。

"还有这事儿? 那我再问问周乔。"杨甜诧异道。

"好的。"都子瑜点点头,她在飞快分析消息。

现在的未成年人真是不让人省心,姜筱洁是这样,周乔也是这样,杨甜还要赶着回去给老曹做饭,说完这几句就摆手走了。

徐张荔留下来陪都子瑜加班,夜深人静,停车场那个车位依旧空空荡荡。夜晚有白色的月光,空旷的烂尾楼群没有遮挡,月光更明亮。都子瑜把车停在烂尾楼群的隐蔽处,视线正好能看到那个藏有废品的单元门,都子瑜、徐张荔分别坐在车前排主副驾驶座,两人目不转睛地盯着单元门。

"咱俩轮岗,你睡一小时,再换我睡。"都子瑜把车熄了火,灭了灯,要做蹲守一宿的打算。

"太冷了,睡不着,你说,他会不会不来了? 那咱们是不是就白等了?"

"不会。"都子瑜很坚定,她分析这里有人居住,也许会看见事发那天的全貌,所以才让徐张荔跟她来蹲守。

她其实心里也有些没底,但嘴上还是强硬说:"我看过里边有他生活的痕迹,而且那些废品是他所有生活的来源,他舍不得不来,睡吧。"

徐张荔把座椅放倒靠在上面,双手抱着肩膀紧紧闭上双眼,很难说她能睡得着。野外的夜晚格外的冷,还不能开空调,很快车就上了一层哈气,两人就这样轮班遭罪,谁也没睡好觉。

夜深人静,荒野郊外,一声声叹息声。同样没睡好的还有周乔,他稀里糊涂做了一晚上的梦,梦见一个看不清脸的黑衣男人在后面狂追,他边跑边喊:"你是谁? 为什么追我?"

黑衣男不回答。周乔见状,加速继续跑,可黑衣男速度越来越快,飞扑上来,控制住周乔,将他打晕,拖到角落。在一片混沌之中他恢复意识,发现自己被塞进了一个木板箱中,他拼命地挣扎,可木箱的大小几乎是为他量身定做的,动弹不得。

"铛——铛——铛——"

黑衣男拿着锤子,将钉子一下一下锤进木板条,把周乔"封箱"。周乔猛然间发现黑衣男挥舞锤子的手臂上的文身,惊恐不已,就在他感觉自己要窒息的时候,门外响起一阵敲门声。周乔手刨脚蹬地在敲门声中醒来,惊魂未定,难分现实和梦境。被褥、枕头、外套全部被他蹬到地上,能看出来他在梦中的挣扎。

敲门声依旧在响，门外有交谈声，睡帽电竞酒店的工作人员去叫服务员，准备开门。周乔蹑手蹑脚警惕地走到门边，透过猫眼看去：两个男人和于老师站在门口。周乔打开房门，戒备地看着他们，问道："于老师，您怎么来了？"

跟在于老师身边的两个男人是贤湖区公安局的警察，两人严厉地看着周乔，于老师神情关切地问道："周乔，你在外面几天了？怎么又不回家啊？"

周乔不情愿地回答："不想回。"眼神始终在那两个便衣警察身上游离。

"他们是谁？"

"你是周乔吗？"

"是。"

问话的便衣警察掏出证件递到周乔面前："我们是贤湖区公安分局刑侦大队的，有个案子想找你了解点情况。"

周乔闻讯，惊魂未定，忙不迭地问道："是因为苏达的事吗？"

两位警察顿时怔住，互相对视。于老师也很惊讶。从门口经过的黄毛听到后，也吃惊不已迅速躲到角落里。周乔穿好衣服跟随两位警察和于老师走了出去，黄毛犹豫下转身往回走。

天亮了。

徐张荔叹了一口气，她们两人在车内坚守一宿，可人呢，还没见踪影。

"老都，咱回吧。"

都子瑜眼睛干涩，她盯了一宿，有说不出的疲惫，可她心里有种感觉，总觉得只要她走，那个人就会出现。

"老都，都盯一宿了，不可能有人来了吧。"

"万一咱们刚走，他来了，怎么办？"都子瑜内心深处还在挣扎。

就在这时，都子瑜身体忽然僵住，做了禁声的动作，徐张荔立马变得紧张，顺着都子瑜的目光，两人一起看向前方，只见一个邋里邋遢的黑影鬼鬼祟祟地朝单元门这边走来，不时东张西望。

第十五章
周 龙

皇天不负有心人。

都子瑜跟徐张荔万念俱灰之际，趔里趔遢的拾荒者借着微弱的天光，走进那个单元门，准备搬走他多日来积攒的废品。

两人对视一眼，都从对方眼睛里、脸上，看出了亢奋，默契地拉开车门，徐张荔悄悄朝拾荒者靠近，就在距离单元门一步之遥，她不小心弄出动静。空旷的野外，一根踩断树枝的声音都能惊动一片。被惊扰的拾荒者下意识回头，看见她们的刹那，他做出了一个惊人的举动——跑！

拾荒者没有丝毫犹豫，掉头就跑。这让徐张荔微微有些诧异，她快速冲进去，一跃而上，全力把拾荒者扑倒，将他制服。都子瑜一瘸一拐深一脚浅一脚地赶到跟前，问拾荒者："你跑什么呀？"

"你们追我呀，追我，我还不跑！"拾荒者挣扎着想站起来，被徐张荔按住，动弹不得。

"少跟他废话！"徐张荔憋了一晚上的劲，一看拾荒者见她拔腿就跑，本能地就不把他当成好人，跟他亮下证件，故意把"检察院"三个字挡住，只给他看警察，就是要吓他，让他把知道的都说出来。

"我又没犯法，你凭什么抓我！"

"没犯法你见我就跑！"

"这荒郊野岭的，谁知道你们要干什么！"拾荒者还在试图狡辩，可惜徐张荔手劲太大，都不像个女人，他几次挣扎都挣脱不开。

都子瑜拍下徐张荔制止她，说道："别紧张，我们只是想找你了解点情况。"

眼见挣脱不了，拾荒者只能按都子瑜说的配合，双手被徐张荔在背后困住，上了她们的车，一直等到贤湖区公安局。

两名警察在门口接待都子瑜，一名警察介绍道："这位是我们分局刑侦大队重案中队的俞队。"

"俞队好，贤湖区检察院九部都子瑜，这位是法警徐张荔。"两人热情握手。

寒暄片刻后，俞队指着那个一脸不情愿的拾荒者说道："两位辛苦了，你们发现的这个证人太及时了。"

到这时，拾荒者才知道俩人不是公安局的，瞪大眼睛看徐张荔，问道："你不是警察？"

"检察院的警察也是警察！"徐张荔一把拽住他，跟那名警察一起把他带进办公楼。

俞队跟都子瑜走在后面，小声对都子瑜说道："我原本也要联系你们呢，苏达坠楼案有新线索了，但需要你们的协助。"

都子瑜眼中有些喜悦，跟随俞队进入讯问室外间，通过单向玻璃看向里间，她微微一愣。

里间坐着的竟然是周乔。两名警察正在讯问他，于老师也坐在旁边。无论警察问他什么，他都不说话只摇头，问什么都一概不知。

都子瑜诧异地回头看向俞队，问道："周乔？还真跟他有关系。"

"你们也怀疑他？"

都子瑜怕俞队知道她在自己调查，含糊道："周乔还在我们的监督考察期，我们对他的关注多一些。"

俞队点点头，双手抱着肩膀，看着里间脸色难看的周乔，说道："这也是请你们来的原因，你们也看见了，一问三不知，非常不配合。"

"你们是怎么怀疑到周乔和苏达案有关系的？"透过隔间都子瑜看得出周乔脸上有纠结，有挣扎，只是他怎么会跟苏达的死扯上关系呢？都子瑜费解。

"我们是因为另一个案子传唤他，他很慌乱，张口就问是不是跟苏达的案子有关系，后来他的解释是，之前他俩打过架，他担心自己被怀疑，我们核实过，他拿不出任何不在场证明，想请你们来做做他的工作。"

"他的监护人为什么没有陪同？"

"这正是我们传唤他的原因，周乔的父亲周龙在家中死亡，周乔的妻子乔丽自首，称自己失手杀了周龙。"俞队的话让人为之一惊。他见都子瑜半天没有动静，继续说道："我们去他家看过，他家是那种普通的老旧居民楼一楼外面自己私搭的棚子，给人修理摩托车，家里陈设很简单，除了沙发、电视、餐桌之类的生活必需品之外，角落还放着一个修车的铁柜，别的就什么也没有了。"

都子瑜还处在震惊之中，那个在检察院会议室一言不合就动手的周龙就这么死了，是被他的妻子杀死了？

"根据乔丽的供述，她是在22:48的时候跟周龙发生的冲突，起因是周龙回来后看见儿子不在家,她替儿子辩解几句触怒了他。"

"周龙酗酒,上次来检察院和解,他都是喝完酒来的。"这点都子瑜就可以证实,而且周乔上次也说过,周龙经常喝酒,喝完就打他们娘俩。

俞队认同她的话,他在周围邻居中调查过,周龙确实有酗酒打人的毛病。乔丽说是因为他卖了老房子给自己治病,结果老房子拆迁他一分钱没得到,从那以后他就整日酗酒,喝多了就抱怨就打人,骂她是便宜货,加上周乔因为上次的事,最近经常不回家,他就开始变本加厉打她。

当天晚上,周龙回家后发现周乔不在便骂天骂地,抱怨自己挣多少钱都不够周乔败的,恐吓说等他回来打死他,乔丽解释儿子现在花的钱都是自己挣的,就被周龙脱掉鞋,用鞋打她。乔丽忍受着身体上的疼痛给儿子打电话说他爸喝醉了,让他在外面躲一躲,周龙看见她通风报信,飞起一脚踹在她腹部,她摔倒在地,动弹不得,可这并没完,周龙拳脚相加不停地殴打她。

长久以来的压迫加上身体上的疼痛和周龙的威胁让乔丽紧绷的那根神经彻底断裂,她疯了似的冲上来,奋力推开周龙,可就是这一推,让没有防备的周龙重重地向后倒去,后脑撞在桌子边沿。周龙受伤反而让乔丽冷静了,她当时害怕极了,尤其在周龙再次坐起来,举起拖布杆恐吓要打死她时,她面对他那满是愤怒和凶狠的目光,摸起手边的烟灰缸,忍受着腹部的疼痛,使尽浑身力气反击,朝周龙头上砸去。

看周龙脸上鲜血流下来,乔丽惊慌失措地扔掉烟灰缸,踉跄地捂着腹部,扶着墙朝卧室走去。周龙受了伤,晃晃悠悠站起来,走了几步栽倒在沙发上,乔丽从卧室门口探出头来,看到周龙躺在沙发上,重新关上门,插上门栓。

以上是乔丽本人的供述。

俞队讲给都子瑜后,后者脸上除了无奈就是同情,上次在调解室当着那么多人的面周龙都敢动手,更别说在家了,杨大姐跟于老师也都到周乔家做过家访,知道他家什么情况,可透过玻璃间看到脸色难看的周乔,都子瑜心里一阵不忍。

事实的真相真是如此吗?

"他每次喝醉打完周乔和我,都是睡在沙发上,我还手了,还担心他半夜醒了会继续打我,就插上了门栓。"

"你是什么时候发现周龙死亡的?"

"后半夜,我起来上洗手间。"

凌晨3:05,乔丽捂着腹部,蹑手蹑脚地从卧室走出来,地上还一片狼藉,周龙躺在沙发上一动不动,客厅没有开灯,借着月光,乔丽走过来,将一条毯子盖在周龙身上。甭管他怎么打她,两人毕竟是夫妻。

乔丽也能理解他的难处,自己有病花光了积蓄,房子卖了结果遇上拆迁,她能理解自己男人,只是不希望他再打周乔。无意间她触碰到周龙的手,发现很凉,她连忙探了一下周龙的鼻息,吓得坐在地上。

她打开沙发旁的台灯,看到周龙早已断气,头部渗出的血浸红了沙发,她吓到浑身发抖,捂住嘴,不让自己喊出声。

"是啊,周乔经常不在家,这也是惹怒周龙的一点,为这事我们曾经也干预过。"都子瑜感慨道。

"乔丽的供述是这样的,也说了周乔经常在网吧过夜,几天不回家也很常见,但据我们现场勘察,真相好像并非如此。"俞队深邃的目光看在单向玻璃上,都子瑜诧异,顺着他的目光看向周乔。

"你认为周乔有嫌疑?"都子瑜问道。

俞队没有表态,看着单向玻璃内一无所知的周乔说道:"都说歹竹生好笋,周龙那个样子却生了一个懂事的儿子,但我们通过对现场的勘察发现,周龙的死因应该不是乔丽说的那么简单,案发时有第三个人在场。"

都子瑜再次震惊:"你们怀疑乔丽刻意隐瞒?"

"是的,我们希望你们九部能提前介入,关涉未成年的案子还是交给你们处理。苏达坠楼案也希望你们做做周乔的工作。"

都子瑜透过单向玻璃,看着周乔那张倔强却单纯的脸。

"据那个拾荒的说,当天他看到有人从案发地慌张逃走……"徐张荔匆匆跑进来打断两人对话,俞队跟都子瑜齐齐回头看她。徐张荔把审讯得到的线索讲给两人听:"据那名拾荒者说,当时现场那人身高大概1米6左右,体貌特征和周乔基本吻合。"

"大荔,你和杨大姐同步一下周乔的情况,别让她白跑一趟。"

"好。"

"俞队,我们马上办周龙案的提前介入手续。"

"好。"

公安机关申请检察院提前介入,对案件、对周乔、对雷旭都是好事,都子瑜迫不及待回检察院,要陈亭毅签批手续。

而早上在电竞酒店跑掉的黄毛,在磨蹭了一整天后,终于鼓起勇气来找孙云骁,他小心翼翼一五一十地把白天的事情给讲了出来。

孙云骁听了一愣,拿电脑调出电竞酒店的监控,时间定格在凌晨5点45分,画面里两名便衣警察跟于老师把周乔带走了。

"你确定你听清楚了,他们说的是苏达?"

"千真万确!"

"那你为什么不早来告诉我,早上的事,你现在才说?"孙云骁用桌上那沓钱抽打黄毛,黄毛吓得转身就跑。

"你咋不等店封了再告诉我?"孙云骁还不解气,抓起笔筒向黄毛跑走的方向砸去。一直站在黄毛身后的段威接住孙云骁砸过来的笔筒,又重新放在办公桌上。

段威没明白他为什么发火,问他:"周乔如果在现场不挺好吗? 这样就算雷旭洗清嫌疑了,周乔自己也惹了一身腥,水还是浑的,想查到我们就更不容易了。"

"水浑了当然好,就怕这小子看到什么不该看的。"

"你是担心他看到饺子? 要不我们把饺子……"段威说着做了个抹脖子的手势。

"你能不能动动脑子,你那脑子里长的是肌肉吗?"孙云骁盯着监控画面,定格在电竞酒店大堂,两位便衣警察和于老师同周乔离开。

段威的话加上黄毛的迟报,让孙云骁的心情像吉平的夜晚一样阴冷,他烦躁地思考着,脑袋里过掉一个又一个不切实际的想法。

雷旭虽然折进去了,但都子瑜也不是省油的灯,一旦被她咬上,一样要断尾求生,孙云骁不能出错,他有着自己的计划,他的心渐渐提了起来:"叫饺子回来,就说我要找他。"

都子瑜很疲惫,一天一夜都没有休息,拎着公文包从检察院停车场出来朝大楼走去,远远地看到星星在玩耍,她走过去扬了扬手里的玩具,刚要喊星星,忽然听见拐弯处有人在说悄悄话。

"雷主任自打那天急匆匆地走了之后,到现在都没回来。"是老赵的声音,都子瑜身体靠墙,探出半个头来看见老赵在和陈亭毅低声说话。

"我有点儿担心,他不会出什么事了吧?"

陈亭毅忽略了老赵的问题,问他:"雷旭不在,九部其他人最近挺忙吧?"

老赵一一汇报了九部的情况:"杨大姐一直按时上下班,小柳和小徐也基本不会太晚,都主任进进出出好像挺忙的。"

都子瑜若有所思,看见星星,故意大声喊:"星星。"让陈亭毅听到她回来了。

果然没有交谈声了,星星小跑着跑来,都子瑜冲他扬扬手里的玩具:"星星,看阿姨给你带什么了?"

"小汽车,谢谢都阿姨。"星星举起双手,想要又不敢上前。

都子瑜晃动小汽车:"喜不喜欢? 这是雷叔叔送你的,雷叔叔出差了,过几天就能回来,星星再耐心等几天好吗?"

"真的吗?"

都子瑜坚定地点点头。

陈亭毅看一眼情况转身走向办公楼。

电竞酒店办公室,饺子不敢直视孙云骁,看他眼睛始终盯着监控画面,饺子额头有汗珠在滴落。他已经回来有一会儿了，可孙总迟迟没有问话。

"是不是没弄干净，留尾巴了？"孙云骁忽然开口，电脑画面转过去让饺子看清上面的内容。

饺子低头不敢说话，但他也不敢撒谎，支支吾吾着，说道："我把现场都打扫了一遍，应该没什么事。"

"那这周乔怎么回事？"

饺子摇摇头，说道："我不太清楚。"

孙云骁气得无从发作，不知道就要想办法知道，他很阴沉地说道："尽快处理干净。"

"好。"

孙云骁让他们出去，单靠一个饺子，他不放心，他编辑条短信发了出去。

陈亭毅坐在办公室看着手机屏幕上的"未知号码"发来的短信："周乔被警察带走了。"

陈亭毅看着这几个字，越发不安，这时，"未知号码"的电话追来了，陈亭毅烦躁地按断电话。

"未知号码"发来一个地址：高架桥下，晚9点。

陈亭毅经受不住三连击，举起手机要往地上摔，手刚举起来，都子瑜就拿着一沓文件在外面敲门。

看见对方动作，两人都愣了一下，陈亭毅迅速调整状态，扭动下身体坐下，顺便也把手机放下，若无其事地问她："子瑜，有事？"

都子瑜将一份文件放到陈亭毅的面前："师父，这是'周龙意外死亡案'的提前介入手续，雷主任不在，请您批一下。"

陈亭毅拿起文件看着，吃惊不小，忍不住惊呼道："周乔的父亲死了，周乔有作案嫌疑，这个孩子才多大啊？"

惊呼之余他心也稍松口气，再回想"未知来电"也没那么厌恶了，心态情绪在一瞬间平复。

陈亭毅不动声色地蹙下眉头，郑重地看着都子瑜拿来的提前介入手续，看了一会儿，他严肃地放在桌上，语重心长地说道："能确定周乔是嫌疑人吗？"

"只是公安那边的初步怀疑，还需要进一步调查。"

"子瑜，咱们还是等到公安那边侦查终结、移送起诉，再按正常程序办理吧。"陈亭毅决定把这件事先放一放。

"可是，周乔未成年，并且又在监督考察期内，我们对他的情况也比较了解，所以公安希望我们能够提前介入。"

都子瑜不知不觉嗓门变大了，她情绪上的波动引起了陈亭毅的注意，他微微愣下，劝说道："我是觉得，现在九部主帅不在，你有太多工作要承担下来，担子太重了你吃不消。"

"师父,您了解我,我什么时候怕过累?"都子瑜悠悠地说道,坚定的目光不容置疑。

自己带出来的徒弟什么脾气自己了解,今天这个字不签恐怕她绝不会罢休。陈亭毅再次拿起提前介入文书,再三确定案件性质,无奈地笑笑,拿起桌上的钢笔,边签字边语重心长地说:"多让其他同事帮你分担分担,九部的工作不能靠你一个人。"

都子瑜拿着签字后的文书,松了一口气。

"知道了,师父。"都子瑜说完转身就走。

陈亭毅抬手到半空叫住她:"子瑜……"

都子瑜回头:"师父,有事?"

看她那心不在肝上的表情,魂可能都已经跑案子上去了,陈亭毅只能苦笑着摇头把手又放下,无奈地说她两句:"算了,本来我想叮嘱你处理案件要有分寸,你心里有数,不用我提醒。"

陈亭毅埋头伏案整理文件,都子瑜意味深长地看了一眼,说道:"师父,我是您培养出来的,您比我更了解我自己。"

"是啊,是啊,去忙吧!"陈亭毅挥挥手让她去忙,等都子瑜转过身,陈亭毅抬头看着她那坚定的背影,眼里、心里都是复杂的情绪。

都子瑜离开陈亭毅办公室后,马不停蹄让刘柳跟着自己去送文书,同时直接参与审讯周乔。

俞队接待两人,揶揄笑道:"没想到这次提前介入得这么快。"

"周乔是未成年人,处理未成年人违法犯罪案件本身就是我们九部的职责。"几人边说边上楼到法制部门办交接手续。

"周乔现在在哪?"都子瑜问,过了十多个小时了,她担心公安已经把周乔送到看守所。在看守所提审跟在审讯室面审,感观不一样,效果也不一样。

"还在审讯室。"周乔看上去像对周龙的死毫不知情,可警觉的闪躲又像是在掩盖真相。

审讯室,俞队开门,都子瑜跟刘柳面对周乔坐下,于老师也在,看见她们,周乔忽然挺身,嘴巴张开又欲言又止。

都子瑜坐下后问他:"周乔,你知道我们为什么到这里来见你吗?"

"是苏达的事吧。"周乔对都子瑜少了一些戒备,半年时间,通过姜筱洁的事,他知道都子瑜、雷旭他们都是好人。

"那你说说苏达的事吧,你都知道些什么?"

"苏达,摔死了。"

"怎么摔的?"

周乔低头:"我不知道。"眼神闪躲,不敢直视。

都子瑜跟刘柳对视,都子瑜逼问道:"那你怎么知道他是摔死的?"

"我是在电竞基地听说的,网上也有新闻啊。"话说到这份上,周乔心里还在挣扎,还在撒谎。

"苏达坠楼的时候,你也在现场吧?"

"我没有!"

"可是,有人在现场看到过你!"

"不可能!我没去过!"

刘柳绕过电脑,着急地冲他喊:"这个人我们已经找到了!他亲眼看到你从现场离开,你怎么解释?"

周乔不说话了,心里无比慌张,嘴上嘟囔着:"我没有去过,他看错了,我没去过!"

于老师看他这种状态,冲都子瑜摇了摇头,示意她们审讯暂停下来,等待周乔情绪平复了再继续。都子瑜会意地点点头,口吻语调也都放松缓和许多,一脸关切地看着周乔,柔声问他:"你是不是好几天没回家了?"

周乔委屈地点点头。

"你上一次回家是哪天?"

周乔回忆着,说道:"咱们在海边分开那天,雷叔叔送我回的家。"

在海边寻找姜筱洁那天距离现在有一段时间了,这期间这孩子一直住在电竞酒店,都子瑜心里叹息,家庭环境扭曲往往是造成未成年人犯罪的重要因素,她感叹之余,问道:"那天是11号,对吧?"

周乔想了想点头,道:"应该是。"

"那你又是什么时候从家里离开的呢?"

周乔迟疑了几秒,说道:"很快就走了。"这个细微的细节被都子瑜和刘柳注意到,周乔明显是有事情隐瞒。

"你那天应该很晚才到家,为什么很快就走了呢?"都子瑜问话的时候,跟刘柳一直盯着周乔脸上的表情。

周乔脸色难看,眉宇紧皱,他斟酌后,开口说:"因为我回到家就看到我爸又在打我妈,我很生气,顶了几句嘴就走了。"

这时一阵铃音,呼叫器响了。外间有人呼叫,叫都子瑜她们出来。走出审讯室,是俞队等在门口,他看了眼审讯室,把门轻轻关合,说道:"看守所来电话,说乔丽晕倒了,在医院紧急抢救,联系不上家属。"

"什么原因晕倒的?"

"暂时不知道,但在她身上发现多处淤青,还有皮下出血点。"

乔丽在看守所突然晕倒,幸亏发现及时,眼下医院急需家属签字,可乔丽目前能联系上的唯一家属就是周乔,可周乔又在这,俞队犯难了。

都子瑜也愣了,周乔是乔丽家属可也是未成年人,还可能涉嫌犯罪,现在怎么办,她回头看了眼审讯室,进隔间透过玻璃看向周乔。

"去医院吧。"

夜风微凉,医院的抢救室灯一直亮着,门口的长椅上两名看守所的民警在无聊地坐着,见有人来,小吴站起来询问。

都子瑜、刘柳和俞队表明身份,又介绍了周乔是乔丽的儿子。

周乔从知道乔丽住院那一刻就开始心慌、不安,到了医院更是直接趴在抢救室外门上透过门缝往里面看。

小吴看了一眼,叫都子瑜几人多走几步,走到楼梯处交谈。

小吴压低声音说道:"肝破裂导致的休克,正在抢救。"

这时,抢救室的灯灭了,门打开,众人立刻围了上去。

医生问道:"谁是家属啊?"

"我,我妈怎么样了?"

"病人肝破裂出血,介入栓塞止血手术很成功,但病人本身肝功能衰竭,引起神经系统失调综合征,这次抢救及时,但短期内一旦再发病,就很难说了。"周乔听不懂这些,但听见"很难说"几个字顿时呆住,眼泪瞬间涌上来在眼眶里打转,更是没了主意。

"我妈会死吗?"

"周乔,别难过,你妈不会有事的。"刘柳安慰他,让都子瑜有时间问医生详细病情。

都子瑜有疑问,她问医生:"医生,外伤导致的肝破裂不是很快就会有症状吗? 为什么她几天后才晕倒?"

"外伤导致病人的肝脏挫裂伤,但实质脏器包膜并没有完全破裂,后续出现了消化道穿孔和腹腔感染,所以才会很危险。"

周乔听完这些更是情绪失控,拽住医生,哭喊道:"医生,你救救我妈妈,医生。"

都子瑜拉住失控的周乔,安抚他情绪:"现在医学这么发达,放心,你妈妈不会有事的。"

周乔哽咽抽泣,情绪渐渐平稳,但眼神里却满是愤怒。

"一定是我爸把我妈打成这样的,我爸呢? 你们一定要把他抓起来。"周龙每次喝完酒回家不是打就是骂,周乔年纪虽小,但他听懂了医生说的是外伤导致的,外伤那不就是被周龙打的?!

都子瑜看了眼俞队,俞队看向两位看守所警察。周乔没有注意到所有人微妙的变化,也没有发现并没有人回答他的话,他还沉浸在自己的痛苦中,难过、抽泣。都子瑜拉住他拍着他的肩膀安慰道:"周乔,你是家里的男人,你要坚强。"

周乔哽咽点头。

另一边，没有人注意到，走廊的另一端始终有个人坐在长椅上，不知道的还以为是别的病房出来看热闹的家属，可饺子的眼睛始终盯着抢救室门前的周乔。

孙云骁交代他不要留下尾巴，可从睡帽电竞酒店出来，他就一直在跟踪苏达，其间苏达并没有见过任何人。就算是在大街上，苏达情绪激动地打电话，他也靠上去听清楚，是约雷旭见面，他一直在暗处跟踪，尾随监视，摄像头里都没留下他的身影，要说尾巴，那也只可能是在烂尾楼。

饺子事后复盘，在烂尾楼，在雷旭下车上楼后，在距离楼顶还有一层的位置时，他从后面打晕他，并砸碎了他的执法记录仪，然后拖着他上楼，伪造他推苏达坠楼的现场。这全程他抹除了所有的痕迹，确认无遗漏后才离开。

唯独当时有一个细微的声音他没有在意。现在想想，那个细微的声音可能就是周乔留下的痕迹，不然，警察去酒店找他时，他也不会下意识脱口说出是苏达的事情。

饺子还在回想孙云骁办公室的那一幕。而孙云骁已经赶到高架桥下赴约，这地方好啊，偏僻，安静，没有信号，最适合私密聊天，而且夜风很冷，冷得两人都裹了裹大衣。

孙云骁抽着烟，望着海，陈亭毅很看不上他这个做派，但看不上归看不上，来还是得来。

"现在这个周乔很关键，我不知道他知道些什么，你们检察院不是能提前介入吗？想办法让他闭嘴。"孙云骁一开口就提要求。

有句话怎么说，在领导面前多说说你能干什么，不要总提要求，尤其是陈亭毅这种有决定权、说一不二的领导，他很不喜欢别人用命令的口吻跟他说话，若不是看在祝劼的分上，孙云骁可能都没机会跟他说话。

陈亭毅往下走两步，让自己背离车灯照射的区域，说道："你太紧张了，公安找到周乔，是因为他父亲突然意外死亡，他母亲自首，但他也有嫌疑，和苏达的案子没有关系。"

"没那么简单，警察找上门，他脱口而出不是他干的，苏达的死和他没关系，这话不是凭空来的，他一定知道些什么，或者看到了什么。"

"这就要问问你自己了，这件事我真的插不上手。"

孙云骁看得出来，陈亭毅不是不能管是不想管，他吐口烟雾，换个话题，说道："行，这件事你可以不管，但雷旭的事你不能不管，现在是把雷旭按死的最好机会，就算不判他个几年，也一定要把他清出检察官队伍。"

周乔有威胁，但跟雷旭比起来，孙云骁更希望能够消除后者给他带来的隐患。

陈亭毅瞪眼，问道："检察院是你家的？"

孙云骁不以为然，看都不看他，应付道："这不是有你吗？"

陈亭毅冷哼一声，转过身准备往回走了，深一脚浅一脚地往上走，说道："现在调查雷旭的是公安，我根本就插不上手！"

孙云骁显然有些压不住怒火，将打火机用力摔到地上，发出一声脆响，看着陈亭毅的背影，他努力让自己平静下来，阴恻恻地说道："我看你是动了恻隐之心吧？别怪我没提醒你啊，雷旭没少给你添乱。"

"给我添乱的一直是你，不管遇到多少阻力，我总在不停地帮你解决问题，可每次都有更大的雷，我都快成你们的排雷先锋了！"陈亭毅话里话外都在发泄着不满。

孙云骁耸耸肩，知道不能把人逼得太紧，他轻蔑地笑了下，调侃道："大家是一条船上的，下船就等于跳海呀。"

夜晚的光线很暗淡，看不见脸上的表情，陈亭毅此时此刻，脸上就充满了无奈，他走上政界，原本也是要做一个清官，尤其是在检察院这种地方，他对名节看得很重。可是权力跟金钱，竟然是这样的难以剥离……他叹口气，无奈地说了一句："最近不要联系我了，雷旭的事现在到了非常敏感的时期，谨慎点儿没坏处。"

既是无奈，也是妥协。可惜，孙云骁并不知道什么是适可而止，他朝着陈亭毅的背影冷嘲热讽一番："你这胆量，怪不得这些年了还是个区院副职。"

一阵轰隆声忽然传来，一辆大货车经过，雪白的车灯照亮了街道，也照亮了桥底。陈亭毅清晰地看见一辆缓缓经过的电动车，熟悉的黄色头盔，让他有一瞬间愣神。杨甜戴着黄色头盔，骑着电动车在桥上路过，借着雪亮的车灯，她看到了孙云骁的车，也看到了站在车旁的陈亭毅以及他身边的孙云骁的脸，吃惊不已。好在车灯照射短暂，桥下的人应该来不及看清她，杨甜双手握紧车把，平稳、缓慢，在两人的注视下，目不斜视地经过桥面，心里默默记住车牌号。陈亭毅和孙云骁见大货车驶来，也发现了杨甜的电动车，电动车颠簸两下，缓缓地、晃悠悠地从两人眼前经过。

"认识?"孙云骁看陈亭毅表情微变，问了一句。

陈亭毅眉头紧蹙，忧心忡忡，没有理睬孙云骁的追问，转身上车离开。

桥下恢复平静。

孙云骁并没有着急离开，他很享受这片安静，好像这个世界只剩下自己，他抽完最后一口烟上车，一路上他让司机追上杨甜，他摇下车窗，手伸出窗外，嚣张地看着她。

杨甜强装镇定，目不斜视地骑着电动车。两车并行刹那，孙云骁趁着超车的间隙回头看了一眼，然后把车窗摇上，他没有在意。杨甜目不斜视目送奔驰车远去，心里默默记下车牌号：滨C8E652。

这个时间，陈亭毅为何会出现在这里，杨甜陷入了沉思。

周乔焦急地回到电竞基地，在外面拦住肖经理。

"怎么了?"

周乔故装镇定地说："我想预支下工资，可以吗?"

"要预支多少?"

周乔不知母亲的病需要多少钱，只能硬着头皮争取："十……十万。"

肖经理以为自己听错了，忍不住又确认一下，问他："你要预支多少？"

"十万，我妈得了重病，她需要马上做手术。"

"十万！"肖经理犹豫片刻嘟囔道，"十万可不是一笔小数目。"

周乔看着肖经理，一脸期待。

"这个事儿没有先例，我先跟公司申请一下，等我消息。"

肖经理没有一口回绝周乔，而是去找孙云骁汇报了周乔的情况，从来基地后一直没有参与训练，如今一张嘴就要预支十万元工资，这种事，他做不了主。

乔丽终于脱离了危险，但浑身插满各种管子，还要住院观察，人还处在麻醉状态，没有苏醒。病房门打开，周乔忍不住想进去，但被护士挡住："病人还没苏醒。"

刘柳拉住周乔，让护士离开。周乔眼巴巴看着病房里浑身插满管子的乔丽，忍不住抹眼泪。

"周乔，现在家里出了这个状况，你一定要坚强起来，因为你是小男子汉，更是你妈妈的支柱和依靠。"刘柳安慰道。

周乔抹了把眼泪，嘟囔着："都是周龙把我妈害成这样，我一定要告他！"周乔说话声音不高，但情绪很激动。

"他……他不在了。"

"他为什么不在，他去哪了？"周乔还以为周龙是打人后畏罪潜逃，结果刘柳下句话直接让他感到震惊。

"你爸……去世了，就在你离开家那天晚上。"

周乔怔住，很久才慢慢回过神儿来，此时，他才注意到，病房门口一直守着两名看守所警察，他难以置信地问道："他是怎么死的？"

刘柳不能说太多，只告诉他："公安还在调查。"

周乔看了眼病房里的乔丽，心里嘟囔道："死了好，死了好。"泪水不争气地落下来，他使劲抽噎下，以平复自己的心情。男人长大只在一瞬间，这一刹那，周乔仿佛长大了。

走廊寂静无声，两名警察还看守在病房门外。

周乔看向刘柳说道："我想去洗把脸。"说完也不等人答应，直接往外走。警察起身要阻拦，刘柳急忙跟着解释一句，追上周乔。

夜深人静，医院的走廊静悄悄的。

洗手间的门口，刘柳还在等周乔，有医生进去，她本能地让开，莫名其妙地回头看了一眼，这么晚还有医生吗？

俞队打完电话走到乔丽病房门口，看见周乔不在，便问道："周乔呢？"

"去洗手间了，刘柳跟着去的。"其中一名警察回答道。

俞队点点头，家庭突然发生这么大的变故，估计周乔一时半会儿很难接受，他叮嘱两人看好乔丽，转身去洗手间。

周乔躲在洗手间最里面的隔间里想哭，他一时半会儿很难平复自己的心情，颓废地抽泣着。忽然外面有很大的声音，是有人在推厕所隔间的门，一间一间地推开，不像是上厕所，倒像是在找人。

这么晚，又是在厕所里，周乔被吓得不敢出声，锁好门退后靠在墙上，希望那人是喝多了，找两间就离开，可声音越来越大，凌晨的医院本身就安静，又是在厕所，推门的声音越来越重。

最后到他这一间，门外的人短暂停顿后，开始重重推门，不是那种敲，而是手掌贴在门上使劲往里推，像是笃定隔间里有人。

"周乔!"刘柳忽然在外面喊一嗓子。

被推得变形的门恢复回去，那人在犹豫，尝试着又往里推，这次周乔鼓足勇气靠在门上，不让他推开。

"周乔，你没事吧?"刘柳催促的声音在宁静的夜晚让人很躁动，周乔是这样，饺子也是这样。终于在确定推不开后，饺子放弃了，他匆匆往外走，要离开这里。

刘柳正探头往男厕所里看，忽然一名戴着口罩的医生冲出来，两人撞在一起，她往后退一步，医生匆忙离开，走廊里，俞队正好往厕所来。

两人擦肩而过，俞队诧异地回头看了一眼，这么晚按理说应该没有手术了，为什么还戴着帽子? 看着医生匆忙的背影，他警觉地皱眉，听见刘柳在喊周乔他忽然意识到不对，急忙冲进厕所:"周乔呢?"

"还没出来。"

"刚才那个人是谁?"俞队说的是刚出来的那名医生。

刘柳摇头，道:"戴着口罩看不清脸。"

"周乔!"俞队喊了一嗓子冲进男厕所，周乔战战兢兢地打开门，明显吓得不轻。

周乔没事，俞队松了口气，问他道:"没事吧。"

"没事。"周乔摇摇头。

"刚才看到什么了吗?"

"刚才有个人一间一间推厕所门，到我这使劲推门，想要冲进来。"

"看清那人长相了吗?"

周乔再次摇头。

刘柳安抚周乔:"放心吧，我们一定会抓住坏人。"然后转头看向俞队，说道:"照现在的情况来看，咱们得加强对周乔的保护了。"

俞队也在看周乔，心里暗自疑惑，他不动声色点头说:"放心，我们一定会把他保护好的。"

第十六章
星星

次日一早,杨甜戴着黄色头盔,骑着电动车驶进院内。

陈亭毅从自己的车上下来,和她打招呼:"杨大姐,早啊,总是这么准时。"他已经在这等好半天了,就为了试探杨甜。

杨甜没有丝毫诧异,边停车边跟陈亭毅打招呼:"陈检早。"

"你这车速也够快的,昨晚我刚要和你打招呼,你就走了。"陈亭毅走近杨甜,嘴上套近乎,实则眼睛始终在盯着她那辆小拉风,他现在百分之百确认,昨天晚上就是杨甜。

"昨晚?我昨晚下班就回家给我家老曹包饺子,后来去康复医院给他送饺子,昨晚您在哪看见我的呀?我怎么不记得。"

"桥底下,你骑着电动车,戴着这头盔。"陈亭毅指了指她的头盔。

杨甜笑了,把头盔摘下来翻在手中,比画着看了两眼,笑道:"陈检,我这头盔满大街都是,您一定认错人了。"

"哦,那可能是我看错了,你快去停车吧。"陈亭毅不在这个话题上纠缠,看似漫不经心地打招呼,实则字字透露着心机,目送着杨甜去停车场,他的眼神渐渐变得深邃,深不可测。

周乔被保护得很好,整晚都在贤湖区公安局,就算饺子有通天的本领,他也不敢跑这来灭口。

休息了一晚上,都子瑜恢复了些精力,一早上直接去了公安局。九部现在有杨大姐留守,其他人都在忙着找线索。贤湖区公安局,都子瑜跟随俞队进入讯问室的外间,通过单向玻璃看向里间。

周乔很疲惫,坐在那,警察正在讯问他,于老师坐在他旁边。周乔终于开口了:"雷叔叔是无辜的。"

这句话说得都子瑜跟刘柳都为之一振,几天的疲惫也掩盖不住眼睛里闪烁着的喜悦,都子瑜激动的手攥了又松,刘柳更是恨不得冲进去问个详细。

"案发当天你在现场吗?"警察问。

"我在,我看到有人把苏达推下楼!"

"别紧张,请仔细回忆你所看到的。"两名警察一名讯问,一名记录。

都子瑜和刘柳紧盯玻璃,口干舌燥。

"那天,我给苏达打电话,让他删除那个他欺负姜筱洁的视频,他说根本没有什么视频,之后就挂断了电话,后来,我跟着他到了烂尾楼……"

"你是怎么跟上他的?"警察打断他,问道。

周乔眼神闪烁,说道:"手机定位。"

那天在电竞基地,他给苏达打电话被挂断后,他一直打,对方一直挂,他就找了一个网上认识的网友,让他帮忙给苏达的手机定位。这种技术不难,只要知道手机号码就行,就能确定大概的位置,没用上几分钟,苏达的位置就同步到他手机上,他按照导航地址找到了烂尾楼,刚要上楼就听见一阵汽车引擎声由远而近,他疑惑地看过去,发现是雷旭的车。

"我看见雷叔叔,我就躲起来了。"

"你说雷旭是在你后面去的?"

"嗯,我当时还纳闷雷主任去干什么。"

"然后呢?"警察继续问。

"然后,我就看到雷叔叔从车上下来,很警觉地进入烂尾楼,顺着楼梯往上走,但还是被人打晕了,一个穿着黑色衣服的男子扛着他上楼梯。"周乔当时很紧张,又很害怕,想跑,但出于好奇又蹑手蹑脚跟了上去。

"你看见了什么?"

"我当时躲在烂尾楼顶一处遮挡物后面,用手机镜头探出去看,我看见那个男人把昏迷的苏达推下楼。"周乔当时十分害怕,甚至发抖,躲在暗处用手机录下了经过。

周乔说着,警察取来他的手机,让他解锁,从里面找到一个模糊的视频,视频里一个手臂上带着特殊文身的男人将昏迷的苏达推下楼,然后是一声闷响。

接着他把昏迷的雷旭放在一旁。下一秒,周乔可能是踩到了什么发出细微的声响,黑衣人回头,视频中断。饺子做梦也不会想到,就是他一个细微的疏忽导致他谋杀苏达的全程都被人用手机录下。

"周乔,你能描述下这个人的体貌特征吗?"视频很模糊,只能看出是个男人,画面晃动得也很厉害,看不出太多细节。

周乔努力回忆他当时看见的场面,说道:"挺高挺瘦的,有一米八多,手臂上有一个文身……"

"你离开时,雷主任醒了吗?"

"没有,我跑的时候,那个黑衣人还没走,雷主任也没醒。"

讯问到这,结合证人证物已经可以肯定,杀害苏达的凶手不是雷旭,都子瑜跟刘柳望着单向玻璃,激动得无以言表。现在,剩下的任务就是全力找出那个手臂上有文身的凶手,刘柳猜测昨晚在医院那个想谋杀周乔的"假医生"很可能就是凶手,他的身高很符合周乔说的。

"俞队,溯源一下医院的监控吧,也许会有发现。"

"我已经叫人去溯源了。"俞队昨天晚上追出来没有看到人影后他就感到可疑,哪个医生会大半夜的全副武装连手术帽都戴着。刑警队的人已经在溯源医院外面的监控,查"假医生"离开医院以后的去处。

孙云骁办公室,饺子脸色很难看,他失手了,还留了尾巴。回想在烂尾楼,那个跑出去的黑影,他当时就应该追上去灭口,现在想起来,他心里除了无奈,还有忧虑。

孙云骁很愤怒,冷眼看着他,怒道:"一个孩子你都搞不定。"

饺子也很窝火,窝囊道:"搞定一个孩子很容易,问题是这个孩子身边一直有警察陪着,还有检察官在,我没机会下手啊。"

"让我说你什么好呢,就因为你没机会下手,现在你都快没机会活命了!"

"要不我再去试试?"

"怎么试,血洗公安局啊?"

饺子无奈,要不是刘柳在外面乱喊乱叫,他已经得手了,现在想再下手,确实很难。他心里开始不安,他不知道周乔究竟看见了什么,现在在他来看,周乔就像是套在他脖子上的绳索,只要周乔愿意,随时可以收紧了。

"行了,孩子的事儿你别管了,最近先躲一躲,听我安排。"

"是。"饺子转身走了出去。

望着他出去的背影,孙云骁骂骂咧咧地掏出手机。

杨甜一整天都魂不守舍地盯着笔记本上的车牌号,她的笔记本上重重地写着滨C8E652。都子瑜的车回来了,她也没注意,直到刘柳闹哄哄地跑进来,在她身后还有后来者居上、刚进院子就超过她的徐张荔。徐张荔向来不沉稳,心里压不住事,看样子就能看出来,她很着急,只不过今天,一向沉稳的都子瑜脸上也有些许兴奋。

徐张荔一进屋就拿起水杯喝口水,然后大声嚷道:"我刚从分局回来,公安机关那面已经决定把周乔转为苏达案件的证人,还有那6秒的视频,经过技术部门检查,也被认定为物证,人证和物证都把嫌疑指向了那个文身的男子,雷主任的嫌疑被排除了!"

刘柳一脸兴奋地跑进来:"呀,那雷主任不是要回来了!"

都子瑜眼前一亮。杨甜也兴奋地站起来,笔记本上的车牌号瞬间被她抛到脑后,她激动道:"这可太好了,周乔这次可真是立功了!"

"都姐,咱们什么时候去接雷主任回来呀?"刘柳一脸期待。

杨甜笑道:"以咱们那个雷主任的性格,我觉得咱们谁也别去,去了反而让他不自在了。"

"那咱们都不去,不是就没有人去接雷主任了吗?"刘柳连忙问。

刘柳话音一落,都子瑜跟徐张荔下意识看向对方,二人急忙跑了出去。"咣当"一声,徐张荔的水杯扔在了桌子上。

看守所沉重的大门徐徐拉开,雷旭从铁门内走出来,凌乱的头发和脸上的胡茬儿让他看起来很是憔悴,精神萎靡,神情茫然,他深深地呼吸了一口自由的空气,抬起头望着天空。他这个百变检察官这回算是齐活了,看守所询问室,铁窗内外,他都坐过了。

正胡思乱想,几名记者突然冒出来,瞬间把他围住。

"雷旭,请问你被释放后,心情怎么样?"

"自打你调入吉平市贤湖区第九检察部以来,因为办案不专业,已经几次被媒体曝光,你怎么解释?"

"据了解,你主办的那起性侵案双方当事人当庭翻供,舆论对你形成了巨大压力,你是否对当事人心怀不满?"

这记者嗅觉够敏锐的,竟然追到这来了,还知道自己什么时间被释放。雷旭没有丝毫慌张,他看着一大堆记者把自己围住,听着他们的问题。

"你在调任到吉平市之前,也出过类似事故,单独执法,造成当事人意外死亡,你被处分过,这么短时间内,悲剧重演,你如何解释?"又一名记者刁钻地提问。

面对记者的发难,他百口莫辩,无力回应,这一刻,雷旭很想再感受下吉平的风,可惜都被记者堵死了。

一阵急促的鸣笛,都子瑜把车开过来分开记者,急刹在雷旭跟前,她跟徐张荔冲下车挡在雷旭身前。雷旭趁机钻进车内。

"都问什么问啊,谁告诉你们来的!"徐张荔火暴脾气,恨不得抓一两个记者回去好好查查。

"别问了。"都子瑜是跟徐张荔说的,示意她上车。

两人上车后,都子瑜快速启动,驶离是非之地。车内,几声叹息交织在一起,雷旭很无奈,他率先开口打破了沉默:"你俩……都来了哈?有点隆重了,我自己回去就行。"

"刚才这阵势,没我俩,你自己能突破重围吗?"徐张荔一如既往地有话直说。

"这几天不好受吧?"都子瑜倒是多了一分关心。

汽车轰鸣着，车窗外是晴天。雷旭看着天气，回忆道："刚才那群记者里面，有几个熟面孔。"

"你是说苏达宣判那天也见过他们？"都子瑜问。

雷旭思索着看车外。一件事接一件事的发生，好像有一张无形的大手在他背后推动，编织一张大网在把他往网里推，他总感觉自己只要抓住一个线头就能把整张网都解开。

是有张网，这张网就是孙云骁，此刻他正在一高档会所里跟祝劫做检讨呢。

祝劫坐着，孙云骁站着，孙云娣在边上伺候着。

"你说说，你究竟是怎么想的？！"祝劫很生气，他才走几天，孙云骁就捅出这么一个大娄子。

"我就想好好表现一下，让您能瞧得起我一回。"

"想让别人瞧得起，得做让人瞧得起的事！你看看你捅的娄子？那个苏达我一再叮嘱你看紧了，结果呢？让你弄得越来越复杂！"

"我也是想用他来搞死雷旭……"

瞧着孙云骁的理直气壮，祝劫气得都不知道说什么好了："提起这事我更来气，你以为雷旭是你这种人能搞得动的？苏达被无罪释放，你信誓旦旦地说，会给我惊喜和礼物，结果呢，弄出一条人命来！"

提起雷旭，祝劫眼睛里露出的一抹凶光被孙云骁很好地捕捉到，他反驳道："那我不是把他也弄进去了！"

"弄进去，我弄……！"

"别说话了，听劫哥说。"孙云娣及时解围，用眼睛使劲瞪孙云骁一下。

孙云骁把话咽回去，不说了，但还是一脸不服。

祝劫真不想挤对他，可这小子是真不争气，他在孙云骁脸上打量两眼，忍不住骂他："你说你是猪脑子吗，你做都做了，当时就该把他也从楼上扔下去，现在倒好，绕了一圈，反倒引起了他的警惕，现在更不会善罢甘休了。"

"别生气了。"孙云娣绕到后面给祝劫按摩消火。

"雷旭的事儿你就别再掺和了，我自有主张，懂吗？"

"嗯。"

"说话！"

"是！"孙云骁转身出去。

祝劫气得恨不得冲上去，被孙云娣按住。

"瞧瞧你这个弟弟，不是我瞧不起他，就这样连个网吧都管不好，还能干点什么？总想着给雷旭找麻烦，现在麻烦全找上自己了吧。"

"别生气了,我去劝劝他。"

祝劼不耐烦地摆摆手,孙云娣追出门,孙云骁站在会所外面,没走,还在那生气。

孙云娣过去劝他:"云骁,他的脾气你又不是不了解,别跟他拧着来。"

"姐,你还没受够吗? 我早就受够了。"

孙云娣拉住他,让他小点声,两人往外走远点,她小声说:"别这么说,这些年咱家能翻身,你能从一个服务生变成现在的孙总,咱应该知足。"

"这是咱应得的。"

孙云娣不明所以地看他。

"这些年咱们少替他干脏活儿累活儿了吗? 你看看他提上去那几个人,哪个比我强啊? 你把他当依靠,他把你当什么了? 转手就送人了。"

"小点声,你这个时候还说这些干什么啊。"孙云娣回头看了一眼,狠狠瞪他。

"姐,咱不能一辈子都看别人的脸色,要让别人看咱的脸色,特别是这个姓祝的。"

孙云娣吃惊地看着他。

"他想让雷旭现在就消失,但雷旭这条命还得留一留,我还有用。"

"为什么?"

孙云骁在孙云娣耳边低声道:"雷旭手里的那个东西,我最近有眉目了,一旦我拿到手,就等于掐住了所有人的七寸。"

孙云娣被他吓到,小声叮嘱他:"千万不能让你劼哥知道,明白吗……"

"姐,放心,我有分寸。"

他若有分寸,就不会两次都找同一批记者了。

雷旭回到办公室,让徐张荔想办法要一份姜筱洁开庭那天庭审结束后法庭外面的录像,他准备从这些记者下手,看看有没有线索。刘柳抱着一大摞卷宗进屋看见他回来,激动地喊一嗓子:"呀,雷主任回来了。"

"嗯。"雷旭有点尴尬,感觉像自己出差了好久一样。

"子瑜姐呢,她不是和大荔一起去接你的吗?"

"为了庆祝雷主任重获自由,给咱们买下午茶去了。"徐张荔面无表情地说一句。

刘柳还想问什么,徐张荔忙朝她做了一个动作,示意她把嘴拉上,说道:"小柳,主任要处理一堆事儿呢,你别打扰他。"

刘柳吐了一下舌头,会意道:"主任,那您忙。"

刘柳抱着卷宗回到自己办公桌前。

杨甜笑着出门去档案室,她要去找一份档案。听着屋里的笑声,她认识的那个九部又回来了。

老赵忽然带着哭腔扑进了九部。

"雷主任，星星丢了……"

他急匆匆的一嗓子，吓坏了众人，也让众人一时间没反应过来。

"星星怎么会丢呢？"徐张荔先喊一声。

"是啊，我刚才还看见他在院子里呢。"

老赵急得五官都扭曲在一起，他求助地看雷旭："雷主任，你一定要帮我的，星星，星……"

"老赵，你别急，慢慢说。"

雷旭过来安抚他，让他平复下心情，但雷旭心里也在着急。星星这孩子平时很懂事，放学回来根本不出门，怎么会无缘无故失踪？他想过后问老赵："老赵，报警了吗？"

"还不到24小时，报警能有用吗？"

"未成年人失踪等什么24小时？丢多长时间了？"

"我在院里巡逻一圈儿，回来发现孩子不见了，查监控是将近1小时前出去的。"

"大荔，你替老赵报警，让警方启动'团圆'系统，以100公里为半径，随时推送失踪信息，才1个小时还来得及，我们分头去找。"雷旭让老赵别慌。

"老赵留在院里等，孩子有可能会自己回来，我们马上出去找，你把星星的近照发给我。"

老赵操作手机，发送星星照片。

雷旭对徐张荔和刘柳说道："我马上请示陈检组织人力去火车站、码头和几个关键出城口，配合警方一起找，咱们几个认识星星，更有利于辨认，我、副主任、大荔、小柳，咱四个分别朝东、南、西、北方向沿主路找。"

"好，我这就通知都姐和杨大姐。"刘柳说着拿起电话挨个通知。

雷旭几人一边急匆匆地往外走，一边分头打电话。"团圆"系统是公安部联合互联网公司研发的一款专门寻找丢失儿童、打击人贩子的软件，它是一款能以一定距离为半径向范围内的所有公安、巡警及众多主流App推送消息的全民协查软件。失踪1小时，推送给100公里以内半径的警察跟大众，失踪2小时推送给半径200公里以内的警察和大众，失踪超过3小时会推送给半径500公里以内的警察和大众。

雷旭开车向东，边开边观察路边的情况。

都子瑜驾车向南，同时观察着路两侧的行人和周边车辆。

刘柳坐着出租车向西，主要观察带小孩的人群。

忽然，刘柳看到路边一个男人拉扯着一个男孩，男孩大哭不止。她着急得屁股点火，在后面使劲拍打司机座椅让他停车，然后从车门蹿出去一把抓住男人拉走的小孩，看一眼，发现不是星星，急忙道歉，跳回车上，叫司机开车溜走，一气呵成。

徐张荔着便装，骑着共享单车向北沿街寻找，不时地观察着路边的孩子、车辆。

而在一处僻静街道上，一辆客货两用车的车斗里立着一个中号黑色垃圾桶，随着车的行进颠簸着，一个中年男人开车，中年妇女坐在副驾驶。

中年妇女张牙舞爪地窃喜："简直像白捡的一样，没想到这么顺手。"下午她在游乐场发现有个小男孩一个人背着小书包坐在游乐场滑梯上发呆，她过去一把就捂住嘴巴给带走了，全程愣是没有人问，简直像白送一样。

中年男人笑了，他对这个孩子很满意，说道："嗯，这孩子不错，能要个好价钱，这次能捞一笔。"

"咱们给老马打电话吧，让他赶紧来接货。"

"着啥急，快帮我看着路，咱们抓紧时间出城。"

雷旭开着车行驶在路上，边走边留意路边情况，车子经过一个小游乐场时，他无意中看了一眼游乐场方向，一脚刹车，将皮卡车停下。

星星曾经拉着他来过这个游乐场，但却不肯玩各种游乐设施，而是坐在滑梯上不下来。雷旭当时问过星星为什么不下来。星星说，只要站得高高的，妈妈来了，他就会看见她。

神经被触动，雷旭本能地下车跑进游乐场。游乐场空荡荡的一个人没有，他有些失望，转身要离开时，在入口的垃圾桶附近看到一个拾荒者在翻找一个脏脏的小背包。

"这个书包你哪来的？"拾荒者不搭理他。

雷旭过去仔细辨认，确定就是星星的书包，指了指说道："这个书包是我侄子的，我们找了好久了，还给我吧。"

"你说是你的就是你的？这是我捡的。"

雷旭掏兜给他50块钱："这包我买了。"

拾荒者看了眼包，看了眼钱，雷旭忍不住低声说："小哥，咋的，你还要背着书包去上学啊。"

拾荒者接过钱，把包递给了雷旭。

他迅速从书包里搜出一本课本，上面写着：赵星星。

他双手握紧拳头，左右焦急张望，他确定星星是被掳走了，无意中他瞥见原本的三色分类垃圾桶只剩下绿色和蓝色两只垃圾桶，中间的黑色垃圾桶不见了，地上还留有放置垃圾桶的痕迹。

他顿时警觉，拨出电话："大荔，马上和接警公安联系，在振发路小游乐场找到星星的书包，还有游乐场的中号的黑色垃圾桶不见了，立刻把新信息补推给'团圆'系统，严查小货车、客货两用车和三轮车。"

"收到！"

雷旭挂上电话，快步离开去追货车。

消息被推送进"团圆"系统，周围百公里范围内巡逻的警车、交警都注意到了这个消息，路口交警下车设卡开始检查往来货车。

货车内，中年妇女张望着前后路况和路边的情况，嘴里嘟囔着："现在这活儿越来越不好干了，到处都是摄像头。"

雷旭一边开车沿街行驶，一边留意其他车辆，手机响了，他按下免提。

"主任，公安来消息了，在独立路和青岛街交会处发现可疑车辆，我把截图照片发给你，你看一下。"

"好。"雷旭挂断电话把车停在路边查看照片，导航青岛街发现就在附近，立刻启动车子赶往现场，几条街内的警车全部打开警笛，震慑过往车辆。

在有大批警车鸣笛的路口，一般的过往车辆都会本能地减速看会儿热闹，这也就间接地造成了交通的拥堵，也为犯罪分子逃离增加了难度。

中年男子不明白为什么大街上忽然有警笛，他做贼心虚，油门渐渐地变松，对面忽然出现一辆警车，他吓一跳，本能地想跑："坏了，有警察！"

"在哪？"中年妇女也精神了。

"前面，不会是抓咱的吧？"

中年妇女紧张地看着路前方，确认下后说道："没事，它没亮警灯，往前开！"

"要不咱找个地儿，把货卸了吧？"

"卸什么货啊？往前开！煮熟的鸭子都到嘴边了，我不能让它飞了！"

"咱不能要钱不要命了是不是？"中年男人急了。

"别废话，你就往前开！"

就在这时，迎面开来的警车突然亮起警灯，并快速挡在客货两用车前面，中年男人和中年妇女顿时蒙了，中年妇女转身跳下车拔腿就跑，中年男人从车上跳下来，想逃却被冲上来的警察一把按住。女人也没跑出多远就被警察按住带了回来。

雷旭的皮卡车从后面驶过来，直接横在客货两用车后面，他急匆匆地跳下皮卡车，打开客货两用车车斗上的黑色垃圾桶，星星果然在里面，手上绑着胶带，嘴上粘着胶带，还在昏迷中。雷旭心疼不已，忙把星星抱出来，帮他解开胶带。

老赵焦急地等在派出所院里，电话里告诉他星星找到了，但他心里还是没底，星星是在他眼皮子底下丢的，这要是找不回来……明知道星星已经找回来了，可这人还是爱胡思乱想。

他身边有两名警察在陪着他。忽然一辆警车闪着警灯进院，停下来，那对中年男女戴着手铐被警察押下车，路过老赵，男人垂头丧气，女人还有点不服气，老赵气愤地扑上去要动手，被警察劝住。

"你干什么你，要打人啊你！"

"你少说两句！"中年妇女还要叫嚣，被警察呵斥住，带进屋里。

雷旭的皮卡车快速开来，老赵连忙跟跄着冲到皮卡车前，打开副驾驶的门，抱起星星，紧紧搂在怀里，激动得说不出话来。

"爷爷!"

好在只是虚惊一场,星星也没有受伤。

老赵不停地查看,翻过来摸过去,反复确认,嘴里还念叨道:"乖孙儿,你要把爷爷吓死了,快让爷爷看看,伤没伤着,没挨打吧?"

"放心吧,都检查过了,没受伤,就是受了点惊吓。"

老赵抱着星星转头激动地冲雷旭鞠躬:"雷主任,警察都和我说了,您提供的关键信息太重要了,是你救了星星啊。"老赵越说越哽咽,越说声音越小。

"万幸找到孩子了,老赵,星星这么小的年纪,你怎么能让他自己跑出去?"

老赵红着眼眶哽咽道:"我以后一定注意。"

"关键是孩子的安全防范教育得跟上。"

"是是是。"老赵眼眶湿润,脑袋里全是星星。

"爷爷,雷叔叔早就教过我啦,他还教我背爸爸妈妈的手机号码,我还会背爷爷、雷叔叔、都阿姨的号码,还有大荔阿姨、小柳阿姨和杨奶奶的号码……"

"表现不错!"雷旭摸摸星星的头,从后座上拿下来他的书包,"书包还在,作业没丢。"

"我谢谢您,雷叔叔!"

老赵抱着星星坐雷旭的车回检察院,雷旭抱着星星进大楼,都子瑜等在那,看见他们回来,过去接过星星,说道:"都阿姨都听说了,星星特别棒!"

星星一手搂住都子瑜的脖子,一手搂住雷旭的脖子,将两个人的脸贴得很近,两个人连忙尴尬闪开。徐张荔从外面回来,看见他们先回来了,跑进大厅来看星星:"星星找到了,太好了。"

这时,一辆出租车停在大门口,赵志斌从后座下来,车门都没关就要冲进检察院。

气势汹汹的样儿一看就来者不善,老赵脸色难看地往外走,迎面过去想拦住儿子,边走嘴里也在边喊孙子:"星星,你爸来接你了。"

赵志斌急急地走进来,第一时间不是看星星,而是对老赵劈头盖脸地训斥道:"你怎么连个孩子都看不住?"

"我……"

"你一天不就两件事吗?看一个门和看一个孩子,都没干明白。"

老赵委屈闭嘴,不敢反驳。

赵志斌这时才转过身看儿子,训斥道:"星星,过来上车跟我回家。"

星星背过脸不看赵志斌,搂紧都子瑜的脖子。

"我叫你下来跟我回家啊!"赵志斌再次呵斥道,声音洪亮,又是夜晚,整个检察院都快听到了。

星星执拗地不肯下来。

赵志斌又看了眼老赵，气不打一处来，没好气道："以后记住了，我不接电话一定是有事，别一个劲找我。"

当着这么多人的面，儿子训老子，老赵脸色发烫，愈发难堪。

"你是老赵的儿子？你怎么这么说话。"雷旭看不下去了，替老赵说话。

"你谁啊？"

"你是星星他爸，孩子丢了不找你找谁？"徐张荔大声嚷嚷。

赵志斌又看她一眼："你又是谁啊，找我有用吗，找警察啊！"

徐张荔被气得冷笑："儿子丢了让找警察，这是你这个当爸的能说得出口的话吗？"

"我说出口怎么了！"赵志斌从一进来就憋着火，见谁跟谁吵，说完一把从都子瑜怀里抢过星星，大声呵斥："谁让你乱跑的？净给我添乱！"

星星被赵志斌吓得大哭起来。赵志斌抬手就打星星的屁股："还哭，你还有脸哭！"

"你怎么打孩子啊。"老赵心疼地护住星星，把星星抱在怀里，眼眶又红红的。

"我打他怎么了，我是他爸我还不能打他了？"

"哎！动什么手啊？当着我们的面还敢打孩子？"徐张荔是真忍无可忍了，谁家孩子丢了不心疼，找回来不偷着乐还动手打，现在想教育，早干吗去了？

"我告诉你，我不管你打的是谁，打人就是犯法。"

"你这人怎么这么多事？别人的家事，你们管得着吗？"

"我们还真就管得着！"徐张荔掏出警官证。

"警察了不起啊，我还就真不信了。"

星星哭着喊："我不想和爸爸走了！我就要待在这儿！"

"不跟我走，你想去哪，还被人拐走吗？！"赵志斌被徐张荔怼得窝火，抬手就打，老赵没挡住，星星被打了一巴掌，哭得更厉害了。

雷旭看不下去了，正要出手，徐张荔冲上去一个标准的擒拿动作控制住赵志斌。

老赵本能地刚想冲过去制止，他犹豫了一下，停住了脚步，将星星紧紧搂在怀里。

子不教父之过，他无能，管教不了儿子，只能拜托给别人管教，看着赵志斌痛苦的样子，老赵悔恨地闭上眼睛。

都子瑜冷冷地走过来，双手抱着肩膀居高临下地看着赵志斌，毫无感情道："我还真不是吓唬你，听说过'督促监护令'吗？我们九部的第一份'督促监护令'就要发给你这样的家长！"

老赵听着都子瑜的话，心里五味杂陈。

赵志斌被擒拿的一只胳膊不能动弹，整个人都得弯下腰，他另一只手捂着肩膀使劲抬头挣扎着问："什么令？没听过，你们什么意思？"

"如果你不履行你的监护职责，我们将依法对你追责。"

"你吓唬谁呢？"

都子瑜看他油盐不进，厉声道："没有吓唬你，孩子的事不只是你的家事，也是我们九部的事，更是整个社会的事，我们不只要管，还要一管到底。"

今夜无风，贤湖区检察院都子瑜就是最飒的风！

风波过后，九部归于平静，赵志斌真的不敢再打星星了，老赵抱星星回去睡觉，经过今天这么一闹，星星受了点惊吓，一安静下来就打哈欠了。

雷旭睡了快一周的硬板床，也想自己的宿舍了。

检察院内静悄悄的，雷旭在宿舍抽屉里拿出一个老旧的随身听，拿在手里转圈，里面的磁带磨损得每个角都有破碎，他按下播放键，里面传来的是搅带的声音："哎，还是不行。"他叹口气把随身听关掉，随手从抽屉里翻出丁永刚案件的资料，不知过了多久，雷旭抬头看了眼窗外，发现门卫室的灯还亮着。

翌日休班，他逛遍了整个贤湖区的商场，就为了能找到一个会修这种随身听的店铺，问了好几家都不行，最后还是有人给他东指西指，走到离厕所不远的在商场门口的柜台。

一只黄灯镶在玻璃柜台里，老头半靠在座椅上。

雷旭小心地把随身听递给他，老师傅拿起来看一眼直接扔柜面上，直摇头："现在谁还用这个呀，早就淘汰了。"

"别呀，师傅，您再仔细看看，看看能不能修。"

老师傅鼻梁子卡眼镜，看了雷旭一眼："能修，一块电路板两节小电池，有什么不能修的，问题是，零件我去哪买呀。"

这年头，追求音质的玩音响，不追求音质的直接在网上下载歌曲听，谁还腰上别个随身听啊，早停产了。

"老师傅，你再给想想办法，我跑了好几个地方了，他们都说您的手艺就没有修不好的电器，您这都名声在外了，帮帮忙，它对我非常重要……"

老师傅看雷旭那脸色，指了指随身听，揶揄一句："里面有女朋友跟你表白的录音吧。"以前很流行把话录里面跟对象表白。

雷旭尴尬地笑笑。

"我只能试试。"

"谢谢，谢谢。"雷旭牙花子都笑出来了，恍惚间瞥见一个黑衣人一闪而过，他转过头去看，商场里人来人往，早没影了。

饺子躲在柱子后面往下压了压鸭舌帽，摘掉口罩看雷旭，刚才他故意离得很近就是为了听清雷旭的话。

为了保险起见，雷旭留了押金让老师傅先找配件，这个随身听对他很重要，他不能留下，怕丢。

死马当活马医了，剩下的就是看医生了。

能不能修好,雷旭还得等时间,但九部的工作他不能再等了,苏达坠楼究竟何因,还有他坠楼前跟自己的那通电话。

雷旭想着这些走到陈亭毅办公室:"陈检,您找我?"

"坐。"

雷旭刚坐下,都子瑜跟着进来了。

陈亭毅正给雷旭倒茶水,水倒了一半笑着问:"你们两个怎么一个脚前一个脚后,是商量好的不一起来吗?"

都子瑜说:"我刚从法院回来。"

雷旭尴尬笑笑。

陈亭毅让都子瑜也坐,给他们两人倒茶水:"咱就喝杯茶吧,祝贺雷旭沉冤得雪,重返工作岗位。"

"谢谢陈检,这次给院里添麻烦了。"

"你虽然来院里的时间还不长,但我可早把你当作老同志了,说麻烦就见外了……不过有个人你真得好好感谢一下。"

雷旭一听愣了一下,跟都子瑜对视一眼,等待下文。

陈亭毅指了指都子瑜,言有所指地说:"你这突然出事儿,她直接就顶上去了,院里的领导可没少跟我夸她。"

"是是,必须感谢,也让陈检费心了。"雷旭心里有数,知道自己能够脱险离不开九部,更离不开都子瑜帮忙。

雷旭心里有数,陈亭毅心里却是乱糟糟的,没一点数,他喝口茶水说道:"好在你这次有惊无险,不然我真不知道该怎么跟省院领导交代呀。"

"是我不够谨慎,以后一定注意。"

"不光是你,我们都要吸取教训,有些案件,你该避嫌还是要避嫌的。"

雷旭和都子瑜愣住了。才刚重返工作岗位就要让自己避嫌,雷旭忍不住问:"您是指,周龙的案子?"

陈亭毅点点头,赞赏道:"是啊,周乔是苏达坠楼案的关键证人,和他父亲周龙的死有没有关系还不好说,你又刚刚从苏达案中洗清嫌疑,所以,周龙的案子你还是先不要参与了,让子瑜继续负责。"

"陈检,可是我认为主任没有回避的必要。"都子瑜插句话,哪知道她刚说完,陈亭毅就批评她:"雷旭在那些不良媒体的报道里,是个有过'污点'的检察官,目前他正处于舆论旋涡的中心,你知道现在有多少双眼睛盯着雷旭、盯着院里吗?"

"可是,陈检……"

"子瑜啊,你把事情想得太简单了,一个人身上哪怕染上那么一小点污点,不管是你自己染上的,还是别人溅上的,想洗掉都没那么容易。"

都子瑜的情绪化太明显,陈亭毅是检察院副检察长,他说让回避就等于拍案定板,你反驳他,只能是发牢骚,改变不了任何结果。

　　雷旭看她一眼,不让她继续说下去,说道:"陈检说得对,我服从院里安排。"

　　出了办公室,都子瑜还是满肚子牢骚:"你怎么就能同意了呢?"

　　"不同意难道要上检委会吗?"雷旭劝都子瑜冷静点,自己回避又不是九部回避,不还有她在吗,难道他还不相信她的实力吗?

　　"行,既然你回避了,那我去提审周乔,你就不要跟着了。"都子瑜生气自己在为雷旭说话,到头来他们倒成一伙的了。

　　见她气哼哼走了,雷旭有苦说不出啊。

　　周乔被徐张荔接回检察院,在贤湖区检察院讯问室,都子瑜负责讯问,刘柳负责记录,于老师坐在周乔旁边,俞队跟同事在观察室监督讯问过程。

　　"周乔,谢谢你能说实话。"

　　周乔点点头,知道雷旭没事了,他心里的石头也落地了。都子瑜心里对他表情的变化颇感欣慰,可问话还得继续,她说道:"周乔我希望你还能跟我们说实话。"

　　周乔陷入挣扎,回忆那晚案发经过。

　　"我回家,还没进屋就听见他在骂我妈。"

　　"他是怎么骂的?"

　　周乔陷入痛苦的回忆……

　　那晚,周龙又喝了很多酒,他每次只要心气不顺就会喝酒,喝多了就回家又打又骂。这次又是跟别人喝酒时无意中听见老房子拆迁给了很多钱,他就气不打一处来,就因为房子卖了给乔丽看病,到头来损失了一大笔。家徒四壁,更是让他心里产生巨大的落差。

　　肆意的谩骂让周乔忍受不了,他冲进屋,正好看见周龙一脚踹在乔丽肚子上。

　　乔丽痛苦地捂着肚子,那一刻,墙上的钟表显示"22:52"!

　　时光倒流,仿佛回到了11号那天晚上。

　　周乔扶住乔丽,让她好受一些。

　　周龙已经坐回桌子前,端起了酒杯继续喝酒,就像没事人一样无视乔丽。

　　"妈,你没事吧?"

　　乔丽捂着肚子努力倒着气,跟他摇头:"死……死不了。"

　　周乔气愤地看向周龙喊道:"你为什么又打我妈?"

　　周龙端着酒杯看他一眼,警告他:"别找打啊! 这个家还轮不到你说话。"

　　乔丽吃力地低声劝周乔:"你爸又喝醉了,别和他犟嘴,去外面躲一躲啊。"

　　"妈,你没事吧? 还能站起来吗?"

乔丽摇摇头。

"你整天除了喝酒、打人，你还会干什么？"

"你个小王八犊子，你就这么跟你老子说话！你他妈有一点正事吗？整天就知道跟在那个姜筱洁屁股后面转，没出息的东西，我看你迟早进去吃牢饭！"

周乔冲过来，夺下周龙手里的酒杯，重重摔到地上。周龙气得站起来想扇周乔耳光，却连站都站不稳："行啊，厉害了，敢摔我酒杯！这还没用你养活老子呢！"

周乔倔强地看着周龙。周龙被周乔看得愣了两秒，随即笑了，笑中带着鄙视："乔丽，你看看你儿子多出息！能替你出头了！你是不是想打爹骂娘啊?！他妈的养了个白眼狼！"

乔丽在一旁表情痛苦，发出低低的呻吟声。

"别他妈装！活不起就赶紧去死！"

周乔崩溃了，一脸愤怒，用力推向周龙，周龙没有防备，脚下不稳，向后倒去，后脑勺重重地撞在了桌子边缘，周乔和乔丽都吓傻了，一起看向周龙。

周龙挣扎了几下，没力气站起来，挣扎着摸到手边的拖布杆，颤抖着举起来，指着周乔，眼睛里满是愤怒和凶狠。

乔丽虚弱地推开周乔说道："快跑！你爸在气头上呢，别拱他火了。"

"我不走，我走了你怎么办？"

"别管我，我没事，你再不跑，一会儿你爸缓过来又该打你了，快走。"

"妈，那你呢？"

"不用担心我，没人拱他火他气就消了。"

周乔看了看乔丽，又看了看挣扎的周龙，跑出家门。

时间渐渐虚幻，扭曲，墙上的电子钟再次闪烁，又过去了一分钟。

周乔讲述完一切，蜷缩在椅子上，浑身颤抖，痛苦地挣扎，呼吸都变得急促，于老师递给他一杯水，安慰道："周乔，别害怕，没事了，都过去了。"

周乔接过水杯，大口地喝水，水杯见了底，他的心情也渐渐平复了一些。

都子瑜很难受地看了眼刘柳，她感觉她听了一个很压抑的故事，有着不一样的感同身受。

"周乔，不管怎么样，你都要坚强。"

"嗯。"周乔喝着水含糊地点头，使劲咽下去后，努力喘口气，说道，"这就是那天咱们从海边离开，雷叔叔开车送我回家之后发生的事。"

"后来呢？"

"后来我就去了电竞酒店。"

"虎毒还不食子呢，周龙……"都子瑜狠狠瞪刘柳一眼，后者立马闭上嘴巴，检察官怎么能说这种带有诱导性的话。

周乔失魂落魄地低头,都子瑜再次问他:"周乔,你刚才说,推周龙的人不是你妈妈,是你?"

周乔抬起头,坚定地点头,说道:"是我,我推的我爸,和我妈没关系!"

"那你离开家以后,家里发生了什么,你知道吗?"

周乔摇摇头。

"你妈最后一次联系你是什么时候?"

周乔想了想,说道:"12号早晨,她给我发了一条信息,让我照顾好自己,那时我并不知道家里出了大事,还以为就是平常的叮嘱呢,也没多想。"

都子瑜和刘柳眼神交流,示意可以结束了。

都子瑜起身,走到周乔跟前,眼神复杂地看着他:"周乔,你现在是家里唯一的男人了,你要做家里的顶梁柱,明白吗?"

周乔低着头点点头。

"今天就到这里。"都子瑜转头对于老师道,"于老师您辛苦了。"

于老师陪同周乔起身往外走。

走到门口,周乔忽然停下喊道:"我早就想离开那个家了,但我不能丢下我妈。"

突如其来的一幕让所有人愣住,周乔喊完话哭得泣不成声,抽噎着往外走,没有让任何人安慰他,他的懂事让人心疼。

都子瑜看着周乔的背影,回味着他说的话:"现场有三个人的痕迹,我们首先要确定第三个人是周乔。"

"当天晚上电竞酒店的监控显示,周乔步行进入酒店大堂的时间是23:12,从他家到电竞酒店步行大约需要15分钟。"

"那他应该是22:57左右离开家的,雷主任那天是几点送他到家的?"

刘柳查看下周乔的材料,确认道:"雷主任说送他到小区门口是22:50,看着他进去的,他家距离小区门口一两分钟的路程。"说到这她恍然大悟,激动拍案道:"也就是说,周乔在家停留了5分钟。周乔的通话记录显示,乔丽案发当晚根本没有给他打过电话,所以,乔丽刻意隐瞒了周乔在家。"

都子瑜赞许地看向刘柳,说道:"是这个逻辑,进步很快啊。"

刘柳被看得不好意思了,扭捏地说:"别夸我,小心我骄傲。"

"走吧,去案发现场看看。"既然已经确定周乔那晚回过家,现在缺少的就是他作案的时间证据。

第 十 七 章

心 结

　　都子瑜要去现场——周乔家，一个楼龄有二三十年的老旧小区，小区楼层最高只有六层。这个小区和这个旅游城市的高楼大厦矗立在一起，显得有些格格不入。

　　也许只有这些老房子才能体现出一个城市的烟火气。

　　案发现场在1单元101室，是由普通住户改造成的电动车修理铺，屋内住人，屋外搭棚做修理铺，到处堆放着杂乱的电动车配件和废品。门口拉着警戒线。公安跟检察院的警车停在修理铺门口，立刻聚集了一些围观的群众。

　　周龙的尸体已经被运走了，但屋内依旧保持着原有的杂乱和狼藉，现场各处摆放着证据编码牌。两位技术队警察在工作。

　　都子瑜、徐张荔、俞队等人走进来，迎面看见的是家徒四壁。真是家徒四壁，家里连一件像样的家具都没有，左边是沙发，中间是四角餐桌，电视柜上面一个40英寸的电视，阴暗、潮湿的味道扑鼻。

　　"咦，什么味?"徐张荔嫌弃地捂住鼻子来回扇风，警察给他们指了指沙发，那上面画着尸体的位置，沙发距离桌子几步远，沙发上周龙头部躺下的位置有被鲜血浸染的痕迹。徐张荔捂住嘴，在一旁用相机拍照。

　　警察拿出几张周龙的伤口照片递给都子瑜。

　　"周龙身上有四处伤，都集中在头部，其中三处在头面部，包括两处抓痕和一处钝击伤，伤口与烟灰缸形状吻合;一处在后脑，伤口与桌子一角的形状基本吻合。"俞队说着指指3号证据牌处的桌角。

　　都子瑜注意到，桌子一角是周龙头部被撞击点，血迹不多，距离这里几米远的地方是被掀翻的饭桌，地上散落着菜盘。她看看照片，走到桌子旁，蹲下来，模拟周龙的视线角度看向门口方向："法医怎么说？"

"尸检结果显示，周龙死于外伤引起的颅内出血，是后脑部撞击这个桌子边缘造成的。"俞队指了指3号证据牌的位置。

徐张荔拍完照片，大声说："现在乔丽的供述和周乔的供述是两个版本，他们都说是自己推的周龙。"

俞队指了指另一处痕迹牌给她们看，说道："母子俩抢着承担责任这个可以理解，但是技术队勘查结果显示，现场有三个人的痕迹。"

徐张荔换个通风好的地方，大咧咧说道："那说明乔丽说谎的可能性很大。"

"嗯，但她的身体暂时不适合讯问，我们尽快加强外围工作。"

"我认为，取证的方向应该重点围绕三点进行。"都子瑜打断他们的对话。

"您说。"俞队认真地听着。

"按照周乔的供述，他离开时，周龙还在用拖布杆指着他威胁他，那么，第一，周龙死亡的真实时间是什么时候？第二，从周乔离开家到周龙死亡这段时间里，究竟发生过什么？"

俞队叫跟着同来的警察做记录，检察院提出的建议一定要认真对待，这也是他们下一步侦办案件的方向，警察认真做着记录，都子瑜把语速放缓了些，等他记录得差不多了，继续说道："第三，导致周龙死亡的直接原因，除了依靠法医鉴定结果之外，还有没有其他推论，还有，我建议对乔丽和周乔做一下伤情鉴定。"

徐张荔认可地点点头，都子瑜说话时候，她也不嫌弃味大了，很认真地在听，并补充道："这样才好判断到底是谁推的周龙？"

都子瑜点点头。

俞队看了眼警察的记录，都记下了，跟都子瑜说道："这些已经做了，还在等结果呢。"

这些需要技术分析的事情急不得，两人又在客厅观察了一圈，烟灰缸、拖布、打翻的酒杯都在。

徐张荔的电话响了，她走到一旁接起来，很快挂断电话，疾走回来："主任，医院那边来电话，让咱们带着周乔赶快过去，乔丽的状况不太好。"

都子瑜愣了一下，乔丽怎么突然不好了，不是已经稳定了吗？

还是俞队在去医院的路上又跟她讲了一些乔丽的情况，乔丽因为长年累月遭受家暴，身体有不少毛病。

医院走廊，刘柳先到一步，同来的还有周乔，医生看见他直接问他家里还有没有大人，周乔摇头，一声不吭地趴在抢救室门上扒着门缝往里看。刘柳过去把他拉回来，安慰道："周乔，别着急。"

"怎么是个孩子！家里就再没有一个大人了吗？"医生嘟囔一句。

刘柳赶忙问："医生，他妈妈现在怎么样？"

"我上次就说过了，介入栓塞手术只是止住血，病人的肝功能已经出现衰竭，现在情况比较危险。"

"那有什么办法吗？"

医生摇头："除非做肝脏移植手术，并且要越快越好，否则，撑不了几天。"

"肝脏移植，那得需要多少手术费？"

"三十万左右吧。"医生说了个大概的数字，实际加上后期恢复、乱七八糟的费用，没五十万元估计是撑不下来，这还得是手术成功，一旦出现排异现象，需要二次移植，那费用就更多了。

徐张荔掐着手指头算也得攒两年工资，不吃不喝才能凑够手术费，她尚且如此，你让周乔上哪弄这么多钱去，这下难了。

周乔扒在门上一言不发，默默地擦着眼泪，他们说的话他都听得见，听到需要三十万元的手术费时，周乔呆住了。

"医生，要是手术，成功的概率有多大？"徐张荔问。

"不好说，那得看病人身体能撑到哪一步，会不会出现排异现象，你们也别想那么多，目前迫切需要的是合适的肝脏器官，不然一切都是空谈。"

乔丽现在住院的所有费用都是公安局在承担——她毕竟是在看守所突发的情况，可涉及肝脏移植，很难说公安局还会不会继续承担医疗费用。警察小吴跟另一名警察始终在走廊打电话汇报情况。都子瑜也想到这一点，可这种事没法说，除了安慰周乔，她也想不出更好的办法。

都没问题了，医生去病房巡查去了。乔丽被推进ICU病房，只准许一名家属探望，还得隔着玻璃，周乔站在玻璃窗外面心疼地看着乔丽：她嘴上戴着呼吸机，身上插满管子，才几天，她的身体就开始浮肿了。

突然，乔丽的头微微动了一下，慢慢地苏醒过来，ICU的护士急忙上前查看，仪器表显数据各项指标均正常。乔丽缓慢睁开眼睛，看见玻璃窗外面的周乔，她激动地动了下手指，玻璃窗隔音，她看见周乔在喊她"妈……"，也发出"嗯、嗯"的急促声。

两人像是在互相回应着，忽然，乔丽情绪激动，她冲周乔使劲摇头，监控仪器发出刺耳的警告，两名护士急忙跑进来检查仪器，同时拉上病房的帘子。徐张荔蹙眉看着周乔，百思不得其解，他跟乔丽说话她也看见了，只说了一句话，乔丽情绪就变得激动了。徐张荔叫人带周乔去休息，她们几个去监控中心看重症监护室的监控，屏幕上，周乔的脸被放大，再放大，反复播放他说话那几秒。

"我当时也看见周乔说了一句话，好像是，妈，我，爱你？"刘柳当时也观察到周乔在说话，只是隔着玻璃，她也没听见说的是什么。

"不对，乔丽那么大反应肯定不能这么简单。"

"我看着像,妈,我——爱——你。好像是这句话。"俞队脸贴显示屏上反复看了好几遍,眼珠子都要瞪进去了,嘴还跟着口型发音。

"不可能,周乔很内向,怎么可能说出这样的话。"徐张荔始终坚信,不是"我爱你"这么简单。

"也没什么不可能,他差一点就失去妈妈,表达一下爱意也很正常啊。"刘柳分析,周乔一定是听了她们问医生手术的事,医药费那么贵,他根本承担不了,所以心里难过,才跟乔丽表白。

"不对!"徐张荔坚决否定,抬头指着监控画面说,"你们没看见他说完,他们俩的情绪都不对了吗?"

周乔眼睛里哪是爱,那分明是后悔。

"确实!"

"我知道了!"徐张荔惊呼道。她试着解读唇语:"我、害、了、你!"

"我爱你,我害了你。"刘柳重复着咬重这两句话,口型和发音确实很像,"可他为什么要这么说呢?"

"我害了你。"俞队盯着屏幕,面色沉重,说道,"我害了你,一定是牵扯到案件的真相,根据我的办案经验,周龙很可能就是周乔推倒的,乔丽是替周乔顶罪,听完儿子说那句话后,她害怕儿子自首,所以才会情绪激动。"

"还真是为母则刚啊,乔丽应该是知道自己的身体撑不了多久了,所以想把事情顶下来。"

徐张荔和刘柳吃惊对视。

"现在怎么办?"

"周乔的话也只是我们猜测和臆想的,还要看证据。"俞队感慨万千,他办案这么多年还是第一次为案情头疼。

乔丽再次稳定后,突然开始配合公安局机关讯问,不再否认当天晚上周乔回过家,可是对于推倒周龙一事,她还是坚持是自己所为。

讯问的结果传到检察院,刘柳疑惑:"你们说乔丽为什么会改口,说案发时周乔在家?"

"估计那天乔丽看见周乔和我们在一起,她应该是害怕周乔为了保护她,已经把实情告诉我们了。"

"那她为什么还坚持说是自己推倒的周龙?"

"为了帮周乔呗。"徐张荔和刘柳俩人你一句我一句说着,都子瑜坐在那分析,两人说的都对,但又都不全面,她打断两人说:"我又仔细研究了乔丽和周乔的几份笔录和讯问过程回放,周乔一直很紧张,乔丽却很镇定,对事发经过的描述逻辑非常清晰,但邻居说乔丽晕血,这就很奇怪。"

"这个好解释,在侦查学上讲,这个叫关注的事超过了晕血对她的强烈刺激。"徐张荔在学校时做过类似的实验,一旦人精神高度集中在一件事上往往会忘记其他事情。

都子瑜点点头支持她的说法。

"那就难办了。"刘柳拿两根笔在空中比画,一个是周乔,一个是乔丽,"他俩都承认当时两个人在现场,可他俩都说是自己推的周龙,那周龙是谁推的?"

"联系俞队做个模拟侦查实验吧。"都子瑜说道。

两人都在场,又都承认对周龙下手,那致命一推是谁就很重要,还有一点啊,至关重要,就是推周龙那一下的时候,周龙是不是在对乔丽施暴。

要是持续施暴过程中被推倒,那性质又不一样了。

都子瑜不是想替谁开罪,涉及未成年,她一定要谨慎再谨慎。

徐张荔说声"好",就去联系俞队了,这个案子发展到现在,应该快有眉目了。

都子瑜手机振动下,是苏达的妈妈给她推送了一条新闻,她把几家污蔑苏达的不良媒体给告了,今天出判决结果,还上了新闻。

都子瑜打开新闻链接,让她们看:"苏达妈妈发给我的,她将侵犯苏达名誉权和隐私权的一家网络平台和多家自媒体告上法庭,刚出判决结果。

刘柳读新闻:"自媒体吃瓜吃出官司,被法院判决构成侵害名誉权,法院判决被告发布道歉信,并支付原告精神损害赔偿金十万元,自媒体公开道歉。"

"就该狠罚他们,苏达的悲剧里,那些不良媒体有不可推卸的责任。"提起这些事,徐张荔就义愤填膺,"那些不良媒体人不分青红皂白,胡编乱写,以为在网上发就找不到他们了,应该狠狠收拾他们,让他们知道,网络不是法外之地!"

刘柳附和道:"是啊,最早发表雷主任和姜筱洁聊天的那个网站服务器在国外,但转载这篇文章的网站和营销号也都被处罚了。"

都子瑜也心有所感,说道:"处罚还是有效果的,雷主任在看守所被围堵的新闻就没被恶意报道,新闻自由并不代表没有边界,走吧,我们去找俞队。"

贤湖区公安局为了模拟出真凶,做了大量的尝试,经过多次实验,最后得出的结果出奇地一致,凶手都指向一人——周乔。

在案情通报会上,俞队拿出早已准备好的现场模拟导图和定论材料,检察院众人人手一份,看着上面的最终结论,都子瑜很感慨。

"我们通过5次侦查实验,排除了当时患病的乔丽推倒周龙的可能性,我们又通过7次侦查实验,判定实施这一行为的人是周乔。"

在医院目睹周乔跟乔丽那一幕,凶手是谁其实已经不难揣测,只是就目前而言,证据还很匮乏。

"周乔的几次笔录内容,和侦查实验基本吻合,乔丽的最新笔录内容,也和侦查实验基本吻合。"刘柳指出多份笔录的共同之处。

俞队很肯定地说道："现在周乔成了周龙死亡案件重要的嫌疑人，按照法定程序，应该立即拘留他。"

"拘留!"虽然合情合理，但徐张荔还是本能地有些抗拒。

都子瑜思忖下说道："周乔还是未成年人，他的主要动机是为了保护长期被家暴的乔丽，并且排除主观故意致周龙死亡的可能性，我的意见是，对周乔取保候审。"

取保候审也是强制措施的一种，采取强制措施就代表周乔已经被正式列为犯罪嫌疑人，但不限制自由他就可以继续照顾乔丽。

俞队最后表态："行吧，未成年人的案子，我们尊重你们的意见。"

贤湖区公安局刑警队正式提出对周乔采取强制措施，由徐张荔负责对接全部法律文书和宣读决定。再见周乔时，他憔悴了许多，那可怜的样子让徐张荔很不忍心："周乔，你要坚强啊。"她想了半天，只想出这么句话安慰他。

带着手续回九部，徐张荔整个人都不好了，坐在椅子上发呆，时不时叹一口气。

窗外闷热的空气时不时地会吹进来，吹得人心烦。

都子瑜打电话问进行到哪一步了，徐张荔长吁短叹地把情况大致说了一遍："周乔已经取保了，现在就这么个情况。"

雷旭是全看在眼里，他虽然在避嫌，但并不妨碍他了解整个案件。

相对其他人的压抑，杨甜有不同意见，她耐着性子等徐张荔挂断电话，才忍不住道："主任，怎么就给周乔取保候审了呢？ 是，周龙这个人是不怎么样，但是他是周乔的亲爹呀，这么大的事情，我认为你们还是慎重考虑考虑吧。"

刘柳差点惊呼，她瞪大眼睛难以置信地看着杨甜："大姐，周乔的动机其实就是为了保护长期受家暴的乔丽，这是原生家庭的原因造成的吧。"

"我不同意这个说法! 我不是说你啊，小柳，我是针对这个事情，现在很多人都把自己犯的错误归结到原生家庭上，那你说怎么着，父母生了他，养了他，还管出错来了？"杨甜的嗓门大了些，让所有人都有些发愣。

闷热的天气让人烦躁，徐张荔拧开最近的窗户，让风再进来些，说道："姐，你先别着急。"

"我没着急，你就拿我来说吧，我是从大山里出来的，从小爸爸走得早，我妈一个人拉扯着三个孩子，就吃糠咽菜，连拉带拽地把我们养活了，按理说我这个原生家庭条件不怎么样啊，但是我们三个人仍然很努力，我虽然没什么成就吧，但是我们活得还是踏踏实实的呀。反正我认为，周乔他犯的错不能都归结在他的父母身上吧，周乔本身是有错的。"

此时此刻的杨甜让人感觉到一丝生疏，平日里她得过且过的性格跟现在格格不入，所有人都很诧异。

"大姐，人跟人也不一样，不能混为一谈吧？"

"那之前他参与诈骗,被附条件不起诉,可是后来又在管教期间他……他又犯了错,你说现在不管他是不是故意的,反正我认为,就不能再放宽对他的教育和管束。"

雷旭几人面面相觑,没说话。

杨甜也意识到自己情绪有些失控,胡乱挥下手,说:"这是我的个人看法,仅供参考,我忙我的去了。"

雷旭不明白一向和善的杨大姐今天是怎么了,变得这么激进,对周乔取保不好吗?目睹她忧心忡忡出门,连撞上陈亭毅都不打一个招呼,这还是他认识的那个杨大姐吗?

"陈检。"雷旭起身打招呼。

"陈检。"

"陈检。"徐张荔、刘柳跟着起身。

陈亭毅摆摆手,回头看了眼走远的杨甜,回头问他们:"杨大姐这是怎么了? 发这么大火?"

"不知道,平时杨姐都乐呵呵的,不知道今天怎么了。"

"唉,别看她平时乐呵呵的,其实这个人挺苦的,儿子不在身边,老曹身体又那样,你们正好有时间,我跟你们说说杨大姐吧,免得你们对她有误会。"

雷旭点点头,他还真想了解下九部每个人的过去。

陈亭毅很随意地找张椅子坐下,跟他们聊起杨甜的过往:"杨大姐啊,她儿子和周乔一样也是问题少年,因为他们两口子都太忙了,疏忽了对儿子的管教,直到有一天警察找上门来以后才知道出了问题。他们家曹老师是在教育局上班的,他儿子居然偷了他办公室的钥匙,在电脑上盗取模拟考试的试题及答案,在网上卖,被人抓着了。其实按照他的成绩啊,考大学是完全可以保送的,可是就是因为这事被学校开除了。"

"他、他这有病吧,放着学不好好上,去犯罪。"

"你说大姐在检察院,老曹在教育局,按理说他们教育出来的孩子应该不会差吧,可是当我问他,你这么做是为什么呀,你知道那孩子怎么回答我的吗?"

徐张荔摇头。

往事浮现,陈亭毅重重地叹了口气,说:"其实,他就是为了玩游戏,想买一个PSP。"

"就因为一个游戏机?"徐张荔嗓门很大,完全沉浸在震惊中。

"对啊,后来他就埋怨他父母为什么不找关系,保住他的学籍,可是杨大姐的意思是,孩子犯了错误,就应该承担自己的责任,母子两个人就那么杠上了,一杠就是八九年,谁都不服软。曹老师也因为这事丢了工作,承受不了这个打击,中风了。从那以后,杨大姐就一个人,又要照顾曹老师,又要照顾年迈的婆婆,一晃这么多年,硬是自己挺过来了。其实我跟你们说,这是一个很好的案例,我们可以借鉴。"

"没想到杨大姐名字里边带了个甜字,生活这么苦。"徐张荔一阵唏嘘。

"是啊。"陈亭毅也很感慨,回想过去这么多年,杨甜在单位从来都是笑呵呵,没提过任何难处跟要求，实属不易。

众人沉浸在唏嘘中，雷旭默默地拨通杨甜的电话。

"哎，大姐，跟您商量一下，您那边要是忙完了，能不能陪着周乔去探望一下他妈妈？主要我们几个都没时间，好，您辛苦。"

雷旭挂断电话发现所有人都看着自己，陈亭毅、徐张荔是这样，刘柳更是一脸不解。

"我觉得杨大姐心里有结，咱们得帮她解开，我不知道这个周乔行不行，但我想试试。"

雷旭的解释让陈亭毅对他有了新的看法，心情复杂地离开了九部。

隔日，杨甜和周乔透过医院玻璃看进去，乔丽昏迷不醒，浑身插了更多的管子。

周乔一下子哭了，将脸紧紧贴在玻璃上。

"妈，你醒醒啊……妈，你不要我了……妈，你别离开我啊……"

周乔的每一声呼唤，昏迷的乔丽都听不见，他身边的杨甜则红了眼眶，将脸扭到一旁，不想让周乔看到她的眼泪。

那一声声妈是在呼喊乔丽，又何尝不像一把锥子锥在杨甜的心里？护士掐着时间来拉上窗帘换药，周乔失魂落魄地往外走。医院的小花园里，周乔红着眼睛，还沉浸在对乔丽的担忧中。

"我妈什么时候能醒过来啊？"

杨甜心情复杂，安慰他说："你妈肯定会没事的，你是男孩子，要学会坚强……"

看见远处的长椅，杨甜问他："你吃饭了吗？"

周乔擦擦眼睛，不好意思地摇头。

"来，跟杨阿姨在这儿坐一下吧。"两人坐在医院小花园的一张长椅上，杨甜道，"今天本来不是我陪你来探视的，大家都有各自的案子要处理，实在脱不开身，我才来的。"

周乔没说话。杨甜从包里拿出一份麦当劳套餐递给周乔，自己则拿出保温杯喝水。周乔推回去："您吃吧，我不饿。"

"拿着吧，我在单位吃过了！"

"我真的吃不下，谢谢。"

杨甜看着套餐，有些感慨，说："多好吃的东西，怎么吃不下？我儿子小时候最喜欢吃这个套餐了，每次给他买，他都可开心了，但他每次都吃不完一整套。"

"他不是吃不完，是舍不得吃完，留给您吃的。"

杨甜很意外，看向周乔。

"每次我妈给我买好吃的，我都假装吃不完。"

杨甜的眼睛一下红了，周乔的话似乎戳中了她的泪点。

周乔望着人来人往的医院大门，语气笃定地说道："我想立刻长到18岁，那样我就可以把我的肝给我妈，救我妈了。"

杨甜心疼地摸摸周乔的头，两人的目光都看向医院里那形形色色的人群，一个仿佛看见了十八年后，一个仿佛回到了十八年前。

杨甜怀着沉重的心情回到九部。

雷旭跟徐张荔正在各自的桌前忙活，看见她进来，急忙喊："杨大姐，乔丽状态怎么样？"

"挺好的，医生说恢复得很快。雷主任，我想和您聊两句啊。"

"您说。"雷旭放下钢笔，好整以暇。

"您派我去陪周乔，我开始挺抵触的，可后来我换位思考了一下，周乔这孩子够可怜的，爸爸刚没，妈妈又病危。他不是没有挽救价值，况且他太聪明了，聪明脑袋用到正地方和歪地方都了不得，咱不能推开他，让他和坏人接触，而是应该及时拉他一把，让他走上正路，最关键的是，他符合取保候审条件，你们给他办取保候审是对的。"

杨甜态度忽然转变，让一旁的徐张荔忍俊不禁，暗暗朝雷旭竖大拇指。

雷旭思忖下说："虽然给周乔取保候审了，但对他的教育和帮助不能放松。"

"对，我和于老师联系，对他的心理疏导从之前的每周一次，改为每周两次，我全程陪同。"

"太好了，那辛苦您了。"

杨甜面露难色。雷旭问："还有事？"

杨甜忙说："我在想，周乔现在只有乔丽一个亲人了，就算咱们帮他筹齐了手术费，也不一定能找到合适的肝源，还是救不了乔丽。"

徐张荔也在想这个问题，就算有供体也要排队："肝源确实难找，大家一起想想办法吧。"

雷旭若有所思地点头。

以他对周乔的了解，周乔那么懂事一定会想办法给乔丽手术，只是他一个孩子能想出什么办法呢。

孙云骁在办公室处理工作，段威进来。

"孙总，您找我？"段威进屋，关上门问道。

孙云骁开门见山告诉他周乔想要预支10万给他妈治病："你去找他聊聊，10万不是小数目。"

"好的。"孙云骁一开口，段威就明白他的目的，心领神会应声离开。

晚上，徐张荔拎着一个行李箱，有些疲惫地出现在雷旭宿舍楼下，旁边的周乔背着一个双肩包,脸上有一丝期待。

徐张荔敲雷旭门,开门刹那,雷旭一脸惊讶。

"周乔? 这是怎么回事?"

"借一步说话。"徐张荔放下行李箱,雷旭跟在身后。走到一旁角落,徐张荔看着周乔,低声说道:"俞队那边最近很忙,没时间照顾他,他主动要求说要来你这儿住。我一想我们那儿几个女的确实也不太方便,就你这儿最安全。"

周乔的危险还没解除,除了公安局确实他这最安全。

雷旭有点为难,他哪会照顾一个孩子,但看周乔那懂事的模样,他又不忍心拒绝,最终还是叹口气拎起行李箱,对周乔说:"进来吧。"

"那我把人交给你了,我就不进去了。"徐张荔如释重负地离开。

雷旭关门,转身看到周乔不自在地站在屋中间,他在自己的床边给周乔搭行军床:"站着干什么? 找地方坐啊。"

周乔想了想,拘谨地坐在一张椅子的边缘上,四处看着到处堆放的杂物。

雷旭连忙将一些杂物随手整理着:"我这儿地方不大,你当自己家就行,但不能乱翻。"

周乔乖乖点头。

"缺什么就跟我说,哦,当然了,我知道你眼下最缺的是肝源和钱,我们也在尽量帮你想办法,但是……"

周乔打断雷旭:"你不用说了,雷叔叔,我知道你们在尽量想办法,但我不会抱太大希望的,因为希望越大,失望就越大。"

雷旭语塞:"你能这么想,也好。"

周乔的态度很拘谨:"还有,我给您作证是因为我看到了真相,您不用觉得亏欠我。我家的事儿已经给你们添很多麻烦了,我住在这儿期间,不会再给你们添麻烦的。"

"孩子,别想那么多,踏实在这儿住。"

周乔这孩子确实很懂事,一早上就起床跟老赵去打八段锦,还顺道把星星的玩具警车给修了。

雷旭洗漱完走了出来,满脸惊讶,靠近看周乔捣鼓的地方,脸上满是不可思议:"你还会修这个?"

"你之前的走线不合理,把一根线卡断了,我接上了。把车顶拆了,把线从车篷的盖子底下穿过去,外表看不出来,也免得星星碰到。"

"你这小脑瓜还真挺聪明,跟谁学的!"雷旭由衷地夸奖。

被夸的周乔露出笑容。周乔突然出现在检察院没有一丝违和感,相反,很多人都夸他懂事,白天在老赵那帮忙,晚上回雷旭宿舍睡觉。

一张单人行军床靠在雷旭的大床旁边,周乔躺在床上面朝墙壁方向,屏住呼吸假装睡着,竖起耳朵听着动静,终于等到从外面关门锁的声音,门外的脚步声渐行渐远。

屋子内只剩下周乔一人。他长出了一口气,坐起来,环视屋子,表情十分纠结。他翻身下床,一边听着外面的动静,一边快速在屋子里到处翻找着什么,终于发现了自己要找的一个旧随身听,他快速将旧随身听揣进书包里,急匆匆地开门走了出去。

第 十 八 章
消失的随身听

周乔一夜未归,躲在暗处焦急地拨打着一个未知号码,一遍一遍地打,可始终无人接听,一直到天亮,手机才有回响,"未知号码"来电。

周乔急忙接电话:"喂？东西我拿到了,你在哪？我去找你。"

"你前方20米有一辆面包车,上车。"

周乔环视四周,一边往前走寻找面包车,一边问:"你是谁？我为什么要上车？"

"少废话,要验一下货。"饺子对周乔恨之入骨,自然没好脾气。

"好吧,那钱……"

对方不等他说完,直接挂了电话。

周乔来到一辆面包车前,犹豫了一下,上了面包车的副驾驶座。饺子戴着墨镜坐在驾驶位,朝周乔伸出手。

饺子:"东西呢？"

周乔很紧张地抱紧书包问他:"钱呢？"

饺子姿势不变,回头看他,冷冰冰道:"先让我看看东西。"

周乔只好掏出旧随身听,饺子接过随身听,打开舱门,拿出一盘旧磁带,上面印着"自闭症儿童康复训练教程5"。饺子感觉被骗,愤怒道:"你他妈逗我玩儿呢？这不是我要的东西。"

"你只让我拿随身听,我也没看里面装的是什么啊。"周乔说话很无辜,饺子不看他,低头将旧磁带放回旧随身听内。周乔突然将随身听抢回去:"我不知道这个东西为什么这么值钱,但既然值钱,你们就要付我钱。"

饺子感觉自己被要了,面露凶相,伸出手臂去抢周乔手里的随身听。

周乔突然看到饺子手臂上的那个特殊文身图案,大惊失色,欲开车门下车,发现车门被饺子锁住了,接着喉咙突然一紧,他被饺子事先准备好的绳子紧紧勒住,他喘不过气,拼命挣扎。

饺子恶狠狠地看着他,咬牙切齿道:"在烂尾楼我就该杀了你,让你在医院又躲过一次,去死吧。"

周乔拼命挣扎,他突然看到车前方挡风玻璃前放着一瓶劣质车载香水,他挣扎着拿到香水,朝饺子的脸上喷去。

车厢里弥漫刺鼻的劣质香水味,饺子眼睛里全是火辣辣的感觉,他下意识捂住眼睛。

周乔趁机打开车门锁,跳下面包车,旧随身听掉落在车内。他疯狂逃进主路旁的一条窄巷里,惊魂未定地观察着外面的动静。

周乔的手机响了,他吓了一跳,是"雷叔叔"来电,赶紧接起来:"喂?雷叔叔。"

"你怎么自己跑出去了? 快给我个定位,我拉你去医院。"

惊魂未定的周乔始终躲在巷子里不敢出来,一直到雷旭出现在巷子口,他才敢跑上车。看他紧张的模样,雷旭微微蹙眉:"你干什么去了?"

周乔魂不守舍满头虚汗,不肯回答。

"我打你电话,你怎么不接?"

周乔还是不愿意回答。

"你妈妈的肝源找到了,现在正在手术。"这句话挑拨了周乔的神经,他催促雷旭快点开车。

一到医院,周乔就扑到ICU病房试图隔着门缝看向病房内,里面是正在给乔丽做各项检查的护士。他很着急,回头看见小吴和另外一位看守所警察站在门口,忍不住问:"雷叔叔呢?"

"雷主任去见医生了,马上就回来。"

周乔点点头,紧张得两只手无处安放。

小吴拍拍他的肩膀,安慰他不要紧张。

"这个手术的风险是不是很大? 万一……"

"不会的,别吓自己,这个病区的很多患者都在等肝源,你妈妈能遇到匹配的肝源很不容易,你应该为她高兴才对。"

周乔点点头。

病房门被打开,依旧昏迷不醒的乔丽被两位护士推出病房,推向手术室方向。周乔扑到近前,跟着病床跑,哭着说:"妈……你一定会没事的,我等你。"目送着两位护士将乔丽的病床推进手术电梯,电梯门关闭的瞬间,周乔的拳头攥得发抖。

手术一直在继续。

手术室门口聚集了很多人，雷旭坐在长椅上打盹，时不时地安慰周乔两句让他休息下："手术还要很长时间，你休息下，没事的。"

周乔一直未合眼，盯着手术室门，手攥成拳头。小吴和另一位警察坐在远一些的椅子上睡着了。电梯门打开，都子瑜拎着几份快餐走过来，坐在周乔的旁边。

"子瑜姐。"

雷旭醒过来，都子瑜将快餐递给雷旭、周乔和两位警察："手术进行多久了？"

雷旭看看手表："医生说情况比较复杂，已经六个半小时了，应该快了。"

周乔看看雷旭，对都子瑜说道："医生告诉我了，是雷叔叔找到的肝源，还付了手术费。"

"不是的，孩子，肝源的确是我托北京的朋友帮忙找到的，我也没想到一下就配型成功了，可手术费真的不是我个人付的。"

"可医生说你付过了啊。"

都子瑜让两人快吃东西，她解释说："是这么回事，雷叔叔联系了省城一家公益医疗基金，杨阿姨联系了民政局和社区，加上你妈妈的医疗保险，凑齐了手术费。"

周乔抿着嘴唇，再次欲言又止。

"手术中"的灯熄灭了。

手术室的大门打开，浑身插满各种仪器的乔丽被推出手术室。雷旭、都子瑜、周乔立刻迎上去。主治医生很疲惫地摘下口罩，说了句："手术很顺利。"周乔的一颗心终于放了下来，哇的一声大哭起来。

都子瑜也跟着激动起来，高兴地安慰他："手术顺利，别哭了啊。"

周乔还是止不住眼泪，走到雷旭面前，"扑通"一声跪在地上，大嚷道："我对不起雷叔叔，我偷了你的东西，很重要的东西。"

雷旭顿时蒙住了。

贤湖区公安分局讯问室。

警察连夜对周乔进行讯问，于老师陪同。雷旭跟徐张荔眼神复杂地站在审讯室外间看着里面的情况。警察在跟周乔谈话，先问了些无关紧要的事情缓解他的情绪，在问到他为什么偷雷旭的随身听时，外间的雷旭眼神更加复杂。

周乔眉头蹙紧又舒开，下了很大决心说道："我妈手术需要很多钱，我实在没办法，就去找肖经理商量预支工资，肖经理说需要请示一下公司。后来，一个陌生号码联系我，让我偷一个随身听做交换，还承诺会帮我找肝源。"

外间，雷旭的拳头紧握。

"我知道它可能非常重要，也知道这件事不对，可为了救我妈，我顾不了那么多了，就做了错事。"

"现在那个随身听在哪?"

"在一个男人的手里,在面包车里他想杀我,随身听掉在了车里,现在肯定在他那。"

"你看清他长什么样了吗?"

"没有,他戴着口罩跟鸭舌帽,不过他手臂上有一个文身。"

听见他说文身,雷旭、徐张荔都很吃惊,在烂尾楼推苏达下楼的人手臂也有文身。

"文身?"

"对,和我在苏达坠楼现场看到的那个人的文身一样。"

"你能确定是一样的文身吗?"

"确定!"周乔笃定是同一个人,无论身高、体型,还是文身都一模一样。

嫌疑人浮出水面,警方根据周乔提供的线索调取了面包车周围的监控,最终锁定了犯罪嫌疑人。

但是周乔现在的问题很严重,他取保候审期间又偷了雷旭的东西,于老师陪着他从讯问室出来时,周乔低着头不敢看雷旭的眼睛。

雷旭也不肯看周乔。

徐张荔示意雷旭和周乔说句话,执拗的雷旭不肯低头。

"走吧,我送你和雷叔叔回去。"

"我还是去医院陪我妈妈吧。"

"你妈妈在重症监护室,你见不到她。"徐张荔接过周乔安慰他,说,"我给你说,俞队明天就能接你走了,你在雷主任这再凑合一晚。"

周乔不肯回去是不想面对雷旭。但一个孩子又能去哪,雷旭终究有些心软,但是还是没说话,拿过周乔肩上的书包,大步走了出去。徐张荔拉着发愣的周乔,快步追上雷旭。

饺子被抓了,段威来给孙云骁报信。孙云骁不停地开关打火机,烦躁地看着站在眼前的段威问:"什么时候的事?"

"半小时前。"

孙云骁手中打火机开关的频率更快了。

"饺子很讲义气,不会乱说的。"

"我信你,不敢信他。"

"饺子是我兄弟,我信他,你信我就够了。"

"哦?"孙云骁还是不信。

"当年我出狱后找不到工作,饭都要吃不上,是孙总你收留了我,没有你,就没有我们全家的今天。我交代过饺子,他知道实在扛不住了该怎么说。"

孙云骁思索着,没再说话。

饺子被抓,戴着手铐坐在公安局讯问室的椅子上,俞队和一位警察坐在他对面。

"姓名?"

"饺子。"

俞队看着他问:"没问你外号,身份证上的姓名?"

"焦峰!"

"说说吧,你都做了什么?要不我给你提个醒?先从苏达说起,你为什么杀害苏达,嫁祸给雷旭?"

"你说的我听不懂。"

"听不懂?你能看懂吧。"

俞队让把电脑转给饺子看,屏幕上显示了一个烟盒的锡纸碎片,指甲盖大小。

饺子看一眼收回目光。

"这是你留在现场的,经过鉴定,上面有你的DNA,你怎么解释?"

饺子沉默了。

"还是不说是吧?好,那我再给你看样东西。"

电脑播放了一段模糊的视频,视频模糊晃动但很清晰地记录了饺子把苏达推下楼的过程。

"是你吧。"俞队很淡定。

饺子蒙了。

"是不是你?说话!"俞队厉声质问。饺子可不是未成年人,他没那么多顾虑。

证据摆在面前,饺子扛不住压力,不再狡辩:"是……是我。"

"那再说说偷随身听的事吧。"

饺子立马说道:"不是我偷的,是一个孩子给我的。"

"杀苏达陷害雷旭、试图杀证人周乔、引诱周乔偷随身听都是有人指使你干的吧?这个人是谁?"

"没有人指使我做任何事情。"

"你想好了再回答我,我们要是没有充分的证据,会跟你在这浪费时间吗?"

饺子没想到杀害苏达会留下这么重要的证据,如今百口莫辩只能用沉默来抵抗审讯,俞队恰好不怕,他有的是时间跟他耗着。

审讯一直在持续。

贤湖区闷热的天气,让审讯室空调开得很冷,同样感觉到一丝丝凉意的还有雷旭,他躺在大床上,思绪放空。

周乔躺在行军床上,也沉默着无法开口。

"我知道你没睡,也知道你还在生我的气,对不起,你救了我妈妈,我却做了对不起你的事。"许久,周乔开口承认错误,可雷旭还在装睡,没有回答。

"那个随身听为什么那么值钱啊?"周乔侧身看他。

雷旭忽然从床上坐起来,生气地看着周乔。周乔吓了一跳,胆怯地去看雷旭。雷旭想了想,重新躺下,转个身将背冲着周乔,不再理会他。

周乔拧动下身体,自顾自地说着:"抢走随身听的人一定知道里面藏着什么天大的秘密,你一定也知道是什么秘密吧? 那你为什么不藏得再隐蔽一点呢?"

雷旭气得坐起来瞪着他说:"那合着还是我错了?"

周乔没想到他反应这么强烈,尴尬地闭上嘴巴,赶紧翻身躺好。雷旭重新躺下,周乔偷偷看他一眼,低声说道:"对不起。"

闷热的天气,不知道是什么昆虫在外面叫唤个不停,一直持续到天亮,可今天却没有响起熟悉的八段锦背景音乐。

星星妈要来接星星了,老赵从睁开眼睛就不离开孙子,给他装书包,给他穿衣服,看着长大的孙子,老赵是真舍不得。

"什么时候来啊?"知道消息后,雷旭来看望老赵。

"就快了。"老赵抹下眼睛,看星星还处在懵懂,摆弄着玩具,他就难过。

雷旭不知道该怎么安慰,只能无奈地拍拍他肩膀。

"雷主任,谢谢你,谢谢你上次帮我找到星星,你不用安慰我,这孩子还得是跟妈在一起。"

次日。

星星妈来接星星。雷旭一早来了,跟老赵站在一起,老赵抱着星星十分舍不得,周乔也跟在杨甜身后。对面是星星妈,她来接星星回家,看见雷旭,她诚恳地说:"谢谢雷主任,谢谢都副主任,谢谢你们九部所有人这段时间对星星的照顾。"

九部发出第一份"督促监护令",星星父母必须执行,九部有义务监督,星星妈今天就是来接星星回家。

雷旭看着舍不得走的星星,说:"星星,我们的电话号码你都记得,想我们了就打电话。"

星星点点头:"嗯。"

徐张荔把准备好的书包给星星背上,舍不得地说道:"以后和妈妈住在一起,开不开心?"

"开心。"

星星转身搂着老赵:"爷爷,我会想你的。"

老赵的眼圈又红了:"星星乖,听你妈妈的话。"

星星背着小书包,抱着雷旭跟周乔起早帮忙修好的皮卡车模型,和妈妈牵着手走出了检察院大门。

老赵背过身子悄悄抹眼泪。周乔看着母子俩的背影，眼圈红了。杨甜和徐张荔都看着星星的小背影，有些不舍。

雷旭似乎不愿面对这种分离的场面，寻找话题说道："杨大姐，您的工作效率也太高了。"

"我也舍不得这个小开心果，可是，孩子还是要在妈妈身边，才能茁壮成长。"

徐张荔收回目光，问道："星星爸那边商量好了吗？"

杨甜说："说好了，每月3号前把抚养费转给星星妈，每月至少陪伴星星两次。"

雷旭有些担心，道："我对他们还是不放心。"

"咱们的'督促监护令'针对的是星星父母和继父继母这样的家长，咱们和司法社工会随时回访。"

老赵红着眼睛忍不住抹眼角，哽咽道："让我说什么好呢。"星星跟他在一起生活这么多年，突然分开，他是万分舍不得，可对自己那个不争气的儿子，他又不知道该说什么。

徐张荔安慰老赵："星星和妈妈在一起，你应该为他高兴啊。"

"高兴，高兴。"老赵嘴上说高兴可心里舍不得。

星星已经被带上车，离开了检察院。

杨甜回头对周乔说："周乔，你收拾一下行李，俞叔叔一会儿过来接你。"

"好的，杨阿姨。"周乔有些失落。

听见杨甜说话，徐张荔转过来看周乔，说："周乔，有事随时打电话给我们，我们也会随时和你保持联系的。"

周乔点点头，看向雷旭，雷旭也在看他，两人已经冰释前嫌。周乔郑重地开口说道："雷叔叔，那天晚上在宿舍你和我说的话，我会牢牢记在心里，我知道该怎么做。"

"好孩子，记得就好。"

"大荔姐，替我转告子瑜姐、刘柳姐，谢谢你们。"

徐张荔点点头："一定带到。"

雷旭拍拍周乔的肩膀，纵有千言万语，只汇成一个和解的眼神。

饺子被依法批捕，如段威所说，警察并没有找上孙云骁。经过三天时间的挣扎，他又恢复了有恃无恐的状态。

孙云娣推开孙云骁办公室的门，他正跟一个女孩在电脑前一边打游戏，一边腻歪。门被推开，孙云骁刚要发火，转头发现是孙云娣，忍住了，将坐在大腿上的女孩推开，让她出去。

女孩匆匆离开。

"都什么时候了，你还有这心思？"孙云娣一进屋就开始教训人。

孙云骁并不在意,仍自顾自地在打游戏,嘴上不咸不淡地问一句:"怎么了?进门就教训人。"

孙云娣压低声音问道:"这次你闯大祸了!"

孙云骁看了眼孙云娣,没说话。

"饺子的事我都知道了,你敢保证,这事儿真和你没关系?"

孙云骁放下键盘,靠在椅子上说:"不管有没有关系,这事儿肯定牵连不到我。"

"你绕这么一大圈,到底要干什么呀?"孙云娣很着急。

"雷旭那一定有我要找的东西,这个东西一旦到了我手里,祝劼就得乖乖地听咱们的。"

"你这叫引火上身你知道吗?"孙云娣情绪激动,她刚要开口教训,孙云骁就抢先说:"想成就大事,就要冒大风险。"

孙云骁执迷不悟,孙云娣也泄了气,语重心长地问他:"你跟我说句实话,是不是真有你说的那东西?"

"我派出去的眼线一直盯着雷旭,发现他也没闲着,他一直在盯着祝劼,所以说,东西一定有。"

雷旭还不知道他早被人盯上了,这个时间还在办公室忙碌。

17:40,已经过下班时间了,杨甜照惯例要回家照顾老曹,剩下雷旭、都子瑜、徐张荔、刘柳在各忙各的。

徐张荔回头戳刘柳,用眼神示意她看时间,刘柳会意,做了一个OK的手势,然后挺直腰板,清了清嗓子装模作样地大声问徐张荔:"荔姐,晚上准备吃什么呀?"

"啊?"徐张荔回答一声,眼睛始终盯着都子瑜。

刘柳装模作样道:"我挺饿的,但不知道吃啥。"

"是啊,这杨大姐回去照顾曹老师了,你说我也孤孤单单一个人。"

"那要不咱俩一块?"

"行吧……"徐张荔跟刘柳有一搭没一搭地聊着,两人都在等着雷旭跟都子瑜,可这俩人没有加入话题,仍埋头在工作。徐张荔忍不住了,伏案过去问都子瑜:"哎,要不晚上咱们四个一起?"

"对啊,都姐,你之前不是一直说让我们去你家吃火锅吗?择日不如撞日,要不今天?"刘柳也跟着附和。

"辣锅。"

"清汤。"

徐张荔跟刘柳很没默契地说了两种锅底后,对视一眼,徐张荔急忙改口:"都行。"

两人那点小心思早被看穿了,都子瑜笑着合上卷宗:"我没问题。"

雷旭依然装着埋头工作。

徐张荔干脆起身走近雷旭:"雷主任。"

"哎?"雷旭抬头。

"我这次不让你请刺身,你别装听不见。"

雷旭尴尬地笑笑:"不,啊……咳……我不去了,你们……你们三个吧。"

"这次我跟小柳请客。"

"不是,我……好歹我也是主任嘛,我去了你们有压力,你们三个多热闹。"

"要不去吧,难得她们两个兴致那么高。"都子瑜出来打圆场,最近大家神经一直绷着,是该放松放松了。

都子瑜发话了,雷旭也不好再端着了,点点头答应道:"那……那就去吧。"

徐张荔与刘柳见"计谋得逞",心中暗喜。

"收拾,走。"徐张荔迫不及待收拾桌子,把卷宗全抢过来锁进柜子里,也不管都子瑜阻拦,嚷嚷着下班。

雷旭晚上还要回来宿舍,开着破皮卡车先行一步到达都子瑜家,上楼敲门看没人,犹豫下又按了按门铃,还是没人,他拨通都子瑜电话:"喂,你们到哪了?"

"你到了? 一个附条件不起诉的孩子出了点小状况,大荔和刘柳先去解决一下,晚会儿过来,我拐个弯去超市买点火锅材料,她们办完事儿回来能吃上现成的。"

"附近的超市吗? 我们一起吧。"

"我自己去就行,你进屋等着吧。"

"我进……不合适吧?"雷旭下意识地看了看大门。

"那有什么不合适的,咱俩有这么生分吗? 140125。"

"什么?"

"我家大门密码,140125。"

"……哦,那好。"雷旭站在门口犹豫好半天,看左右无人才鼓足勇气按下密码,14012……手指顿在空中,眼前的景色渐渐模糊,语音播报出"密码正确"。门锁被打开的瞬间,雷旭耳边仿佛传来了校园里的嬉闹声,是滨河政法大学,雷旭惊叹地看了眼手中的椰子,和停放在一旁的自行车,时间仿佛又回到了2007年1月25日。

滨河政法大学女生宿舍楼下,雷旭独自一人,推着自行车,站在楼下,抬头望着都子瑜所在的宿舍,窗户内透出昏暗的灯光。

女生宿舍内,都子瑜在台灯下写信,钢笔在纸上写下娟秀的字体:雷旭,当你看到信的时候我应该已经离校了,原谅我的怯懦,我怕自己面对你就没有了此时的清醒和冷静。

宿舍楼下,雷旭的自行车停在女生宿舍楼下,雷旭怀里抱着一个椰子,静静地等在那里,久久地看着那扇透出昏暗灯光的窗户。

宿舍内,都子瑜坐在台灯前写信。

"这段时间我一直在问自己,是什么让我重新思考我们的未来呢?或者说,是什么让我这么不堪重负呢?肯定不是一次辩论赛的输赢,也不是因为自己不够优秀。辩论赛前我就在反复质问自己:'到底为什么而活?'一个人能为自己而活应该很轻松吧?可我们都不是一个人活着,我们有亲人,亲人才是我们活下去的理由。从爸爸离开的那一天起,妈妈就把所有的希望寄托在我身上。我不在她身边的这四年,她每天担心我的安全,担心我的健康……慢慢地,开始失眠,开始变得神经质,你比我志向高远,我知道读完研,你可能会选择继续读博,将来无论是做法官、检察官,还是律师,你都会是群体里最优秀的那一个。你知道我有多么羡慕你吗?羡慕你每次面对抉择时的勇气,更羡慕你能一直随心而至、随性而往。可我终究无法成为你那样的人。"

宿舍楼下,雷旭活动着僵硬的脖子,继续看着那扇窗户。

"这四年的时光,我会珍藏在心中,日后若能相逢,希望能笑着问候。祝好!都子瑜。"

宿舍内,都子瑜躲在窗帘后,远远注视着楼下渐行渐远的雷旭,有泪滑过脸颊。

校园小路。雷旭骑着自行车,在路灯下走远。

电梯门开合的声音,和自己轻微叹息的声音都在提醒着雷旭,他很勉强地叹口气,打开门口灯的开关,环视房间,干净整洁,鞋柜里除了各种女式鞋之外,只有两双女式拖鞋。

雷旭在门口换上鞋套,走进客厅在客厅各处转着,看着,局促地张望,坐也不是站也不是,最后在沙发上坐下来。好在都子瑜没让他等太久——门外响起按密码的声音,雷旭急忙站起来,都子瑜拎着两袋火锅食材回来了。

"坐啊。"都子瑜换好拖鞋,拎着食材去厨房。

没用太久,两人就面对面坐下,看着火锅沸腾,雷旭好不尴尬,他忍不住先开口说:"1月25号……"

都子瑜没说话。

雷旭把到嘴边的话又咽回去,无奈又感慨地说一句:"一晃,分开十年了吧。"

"十二年。"都子瑜看似漫不经心地在夹菜,可回答的时间分毫不差。雷旭不知道再说什么,尴尬地看看手机上的时间:"这俩人咋回事啊,还没忙完?"

"哦,忘了跟你说了。她俩刚才来电话了,说还得去走访孩子父母,让咱俩先吃,别等她们了。"

雷旭和都子瑜两个人开始吃火锅,气氛有些尴尬。

都子瑜手机响了,都妈打来的视频通话。

都子瑜:"妈。"

"吃饭了吗？"

都子瑜将手机镜头转向桌上的火锅："正吃着呢，吃火锅呢。"

"和同事啊？"

"对。"

"大荔啊？"

"大荔一会儿过来。"

"小柳？"都妈刨根问底。

"小柳一会儿跟大荔一起过来。"

"还有别的同事？"都妈语调变高，都子瑜冷漠地把手机收回来，说道："对，我们说一点工作上的事，那……"

"还有谁？"都妈不知道怎么练的，都子瑜的话她好像没听见，继续着自己的话题，问还有谁在一起。

"妈，我不跟你说了，我先挂了。"都子瑜推脱不过，将视频挂断。

都子瑜冲雷旭尴尬地说道："吓我一跳，我妈没事总喜欢给我打视频。"

正尴尬时，都妈视频又打来了。都子瑜接起电话。

"你这是有情况不跟我说是吧？"

"不是，我没有情况，我就是跟同事有工作上的事，想说一下。"

"你不跟我说说清楚信不信我现在就过来。"

都子瑜看向雷旭，雷旭主动向都子瑜要手机。

都子瑜把手机递过去，冲电话说道："看吧，你认识。"

雷旭冲着手机打招呼："阿姨，您好啊，好久不见。"

"雷旭啊。"都妈有些惊讶。

雷旭端正手机，说道："是我是我。"

"你怎么回吉平了？"

"啊，嗯，我回了。"

"你黑了，瘦了，成熟了，你爸妈都挺好的？"

"都挺好的，退休了，全国各地溜达，旅游。"

都妈像打开了话匣子，火锅里的汤沸腾着，可能火锅都不知道，自己会有一天从火锅变成干锅。

"好多年没见过了，改天咱们两家好好聚聚啊。"都妈感慨万千。

"好。"雷旭端着手机，似乎一点也不累。

"小雷啊，成家了吧？"唠了半天，都妈话锋一转，期待地问了一句。

都子瑜也不动声色，在关注雷旭这个问题。

"还……没呢。"

都妈肯定还想说我们子瑜云云，可惜她只说了一个"我们"就被都子瑜紧张地打断："妈，你别说那些了，雷旭现在是我领导，是回来工作的，不说了，我们要聊工作了。"

都子瑜去抢回来手机，还能听见里面都妈扯着脖子的喊声："你们聊，小雷，常来啊。"

都子瑜挂断视频通话，松了口气。

雷旭看着她，说："你妈还是那性格，一样的爽朗，没想到阿姨一眼就能认出来我。"

火锅沸腾的热气隔在两人中间，也隔开了视线看不清表情，都子瑜暗暗出一口气，隔着朦胧的热气看他："那能认不出来吗？你也没什么变化。"

一时间，两人陷入对彼此的回忆中。

"你变化倒挺大，那时候整天趾高气昂的。"还是雷旭先开口。

"那时候咱俩怎么那么喜欢互相杠啊，因为一点小事争来辩去的。辩论赛上也争得面红耳赤的，不过最后还是你赢了。"都子瑜感慨道。

雷旭好像是自言自语，又好像是自嘲，说道："赢了个辩论，输的就太多……"

不禁回想起两人最后一次吵架，那还是在学校辩论会，那时的都子瑜还梳着长长的马尾辫。

雷旭回想起就忍不住笑。

滨河政法大学的操场上，都子瑜停好自行车总会东张西望，那时候她还很黏雷旭。雷旭也总会在她失去耐性时，从旁边钻出来，然后手里捧着个椰子递给她，都子瑜也每次都会使劲喝上一口。

"甜吗？"

"你买的都甜！"

雷旭从不去接都子瑜递回来的椰子，因为他受不了。

"就一口，没事的。"都子瑜再次使劲递了递胳膊。

"你这是成心让我过敏好上不了明天的辩论赛啊。"

"好心没好报！"都子瑜翻白眼拿回来自己喝，嘴里嘟囔着："我是用那种手段的人吗？"

"对了，你来多久了？"

雷旭推着自行车跟她并排走在一起，看了眼时间："半个小时吧。"

两人沿着校园的小路走。

"你这么快就结束了？不用排练吗？你这是明显没看得起我们呀，我告诉你，你可不要轻敌，我们可是很厉害的。"

"哪敢轻敌啊，长江后浪推前浪，一代新人换旧人，就怕你们太厉害把我们都拍在沙滩上。"雷旭半开玩笑道。

惹得都子瑜忍不住捶他一拳顺势挽住他左臂："说我是后浪，那你就是前浪呗？倚老卖老,咱们可说好了明天辩论环节咱俩对打,你的对手是我,我挑你,你也得挑我!"

"这么自信?"雷旭忍不住侧目看她。

"那当然! 要挑战就挑战站在顶峰的人才有征服感。"

"那可说好了,输了可不准一哭二闹三上吊。"

"我要是输了,哭不哭闹不闹看心情,上吊肯定不,你要是输了别面子上挂不住,恼羞成怒就行。"

那时都子瑜的自信跟现在一样都是源自实力。可她怎么也不会想到一场辩论赛会改变两个人的命运。

那时候他希望都子瑜能够跟他继续读研,能继续在学校陪着他。可每次提起这个话题,都子瑜总是很伤感。总会把头贴在雷旭的背上,用难以察觉的伤感拒绝他。

都子瑜是母亲一个人带大的,那时候她妈妈身体又不好,她只想着赶紧毕业然后回吉平陪在母亲身边,为此她不惜放弃了理想和前途,选择了平淡安稳的生活。

想起往事,气氛再次陷入尴尬。

良久,火锅都要干了,雷旭先打破沉默:"主要也是理念不一样,不过挺有意思,你看命运,又把我们凑一块。来了吉平之后,我发现好多事情都挺怪的,从姜筱洁推翻陈述、苏达翻案,被释放之后又被战队禁赛,一直到被饺子推下楼,栽赃给我,你说这个背后要是没有人指使,说不过去的。"

都子瑜点点头。

"尤其是周乔,被苏达所在的电竞战队招进去,又被那个'陌生号码'指使偷我的随身听,如果他没有冲随身听下手,我还不会把这些事和一件旧案往一块联系呢……"

提及旧案,都子瑜也想起一桩陈年旧案,说道:"还记得我之前和你提过的那起旧案吗? 跟姜筱洁这个案子如出一辙,嫌疑人认罪之后,当庭翻供,被害人呢也当庭推翻了陈述,你想如果背后没有'高人'指点的话,怎么可能当庭有这么高的法律手段?"

"详细说说。"提起工作,两人谁也不尴尬,劲头也十足。

都子瑜把火锅关小,让热气散散,冲雷旭说道:"被害人叫沈雨儿,被告人叫孙云骁……"

"孙云骁!"雷旭惊呼一声打断她。

"你认识他?"

"我之前在省检的那个案子,跳楼的叫宗有亮,宗有亮的老婆叫孙云娣,孙云娣有个弟弟,叫孙云骁,并且我发现孙云娣与祝劼关系紧密。"雷旭边说,边拿手机搜索孙云骁,马上关联出睡帽网吧、睡帽电竞酒店、Z&K电子竞技俱乐部、仕杰电竞基地等相关企业。

都子瑜看到"查查看"检索到的信息,有些惊讶:"他名下这么多关联企业!"

"都是祝劼的仕杰集团旗下的。"雷旭拨通刘柳电话,"小柳,帮我查一下睡帽网吧、睡帽电竞酒店、Z&K电子竞技俱乐部,还有仕杰电竞基地的资金背景,嗯,越快越好……"

都子瑜被雷旭带得也紧张起来,此时电话响起,是杨甜打来的。

"喂,杨大姐。"

杨甜戴着头盔,骑着"小拉风"行走在午夜街头,"小拉风"上立着一个手机架,架着手机,杨甜边骑车,边用免提通电话,说:"小都,我这有个事情我想了想还是觉得应该告诉你,你现在在哪呢?"

"我现在在家呢,雷主任也在,如果方便,您要不要过来一趟?"

"行啊,我这就过去。"

"好好好,那我们等你,见面聊。"都子瑜挂断电话,告诉雷旭,杨大姐马上过来,也有重要消息。

雷旭隐约间有种直觉,姜筱洁跟都子瑜说的那起陈年旧案一样,背后可能都是孙云骁。

杨甜戴着头盔,骑着"小拉风",走在午夜街头,免提通话:"老曹,我去小都家聊一下工作……估计会晚,今天就不去医院了,你早点睡啊……"

"小拉风"经过一个十字路口时,一束强光照射,杨甜下意识转头,一辆闯红灯的面包车径直撞向"小拉风"。杨甜被撞得飞起,重重摔到地上,头盔滚到路旁,手机界面还显示在通话中。面包车没有丝毫犹豫直接开走,路边瞬间有人过来围观。

十分钟后,有警笛闪烁,杨甜被120拉走,街口一处阴暗的角落,段威拨通孙云骁电话:"孙总,事情办好了。"

"那你最近先避避风头。"

"我知道了,孙总。"挂断电话,段威抽出手机卡扔进绿化带。

医院门口,陈亭毅一边表情凝重地往里走,一边给老曹打电话:"曹老师,您别着急,杨大姐已经进抢救室了,好的,手术结束,我第一时间打给您……"陈亭毅快步走进医院。

医生准备为杨甜做手术,护士脚步匆匆进进出出,补充各种急救药品和血袋。一位护士跑出抢救室,举着手术同意书喊:"谁是家属?快!签字!"

陈亭毅出现在徐张荔和刘柳身后:"我来签!"陈亭毅从护士手中拿过手术同意书签上自己的名字。

陈亭毅问护士:"病人的情况怎么样?有危险吗?"

"创伤性颅脑损伤,具体还要看手术情况。"护士快步跑进手术室,三人在门外焦急等待。

陈亭毅看着"手术中"的亮灯,表情沉重:"雷旭和都子瑜都通知了吗?"

徐张荔脸色难看,说道:"通知了,他们去交通队了,现在在回来的路上。"

陈亭毅点头。

"还有,陈检,肇事车辆找到了。"

"那人呢?"陈亭毅阴沉地问一句。

刘柳摇头:"还没有找到肇事者。"

"为什么,他们说什么了?"陈亭毅挑起眼皮看她。

徐张荔接过话说:"车是偷的,肇事者在撞人之后弃车逃逸了。"

刘柳继续说:"但有目击者称,看到一名30多岁的男子,身高一米八左右,很壮。"

陈亭毅陷入思考,半天后,他看了看时间说道:"要不然这样吧,你们俩先在这儿守着,手术完了以后,给我打个电话,好不好? 我现在先去杨大姐家看看她的家属。"

"嗯。"徐张荔点头。

陈亭毅转身走出几步,又回头叮嘱:"另外她儿子曹文超我也打电话了,正从外地往这儿赶。"

"好。"徐张荔下意识回答。

"好吗?"陈亭毅问。

刘柳看他脸色阴沉,知道他心情不好,小心地说道:"好,好的,陈检。"

陈亭毅无奈,他也发现自己心情变化得有些太快,叹了口气说:"行了,那你们俩辛苦,好吧,我先去了。"

陈亭毅快步离开。

第 十 九 章
受人指使

陈亭毅开车直奔杨甜家的方向,同时用另一部手机和孙云骁免提通电话。

孙云骁坐在办公室里,表情很冷,一直在等他,电话接通刹那,孙云骁皮笑肉不笑地调侃他:"陈检,您终于肯主动联系我了? 不避嫌了?"

"你知道伤害公职人员是什么罪行?"陈亭毅腮帮子都要咬穿了,额头上青筋蹦起,他恨不得立刻冲过去打孙云骁一拳。

孙云骁的嘴角露出一抹邪笑:"这话怎么说呢? 陈检。"

"你做了什么不清楚吗? 跟我揣着明白装糊涂! 有意思吗?!"车里充斥着陈亭毅的咆哮声。

孙云骁把话筒拿开一点,声音阴冷地说道:"你有时间追问这个,还不如好好想想究竟让那个姓杨的抓到了什么把柄,毕竟你我都在一条船上,我翻了,你也跑不了。"

"王八蛋!"陈亭毅气愤地挂断电话。

陈亭毅开车到检察院大门口,停好车,进了办公楼。

无人的九部,忽然发出指纹锁响动的声音,漆黑的走廊,陈亭毅私下看看,悄悄地推开门,走进办公室,来到杨甜办公桌前,用手机手电照亮,在抽屉、小书架等处翻找着什么,在抽屉底层看到一个笔记本,翻开来看。

杨甜平时有记录的习惯,每一页都记得很有条理,月计划、周计划、日计划、完成清单、备忘录等等。

陈亭毅没有发现什么,刚要放回去,在笔记本最后一张内页看到一个车牌号,令他一惊:滨C8E652。

陈亭毅小心地将这页纸撕了下来。

时间从深夜转到凌晨,天光放亮。都子瑜、雷旭、徐张荔和刘柳四人等在手术室外。徐张荔和刘柳坐在一条长椅上,刘柳紧靠在徐张荔身上睡得很熟,"手术中"的灯灭了,手术室的门打开,医生走了出来。众人赶紧站起来,迎上去。

"抢救很成功,病人可以转至ICU进行监护了,等平稳后就没什么大事了。"医生很疲惫地交代了一句。

雷旭等人长出一口气。"谢谢。"雷旭紧紧地握着医生的手。

"太好了,辛苦,医生。"刘柳悬着的一颗心终于放下了。

"谢谢,谢谢医生。"

护士进手术室把还在昏迷中的杨甜推出来,雷旭等人远远地看着仍在昏迷中头上包裹着纱布的杨大姐,说:"ICU咱就不看了,让杨大姐好好休息。"

都子瑜同意道:"先这样,大荔,你留下来守一下。"

"嗯。"

"我跟小柳一会儿要去趟乔丽那儿,因为周龙的案子,还有些细节需要捋清,有什么事随时给我们打电话。"周乔要被起诉了,都子瑜要赶在最后这几天把整个案情捋清。

"我也先回趟院里。"雷旭说道。

"好,我知道了,都慢点啊。"徐张荔送大家离开,她留下继续守在ICU外面,隔着玻璃看见躺在床上的杨大姐,她心里五味杂陈。

人就是这样,谁也不知道明天跟意外哪个先来,乔丽本以为自己可能挺不过这一关了,可是没想到雷主任他们不光帮自己找到肝源,还帮着筹集了手术费。

病房里,乔丽很想坐起来感谢都子瑜。

"都检察官,谢谢你们,坐。"

都子瑜回头看了眼守在门口的小吴跟另外一名看守所的警察,坐下来说道:"我们刚才去见了医生,说你恢复得很好。"

"多亏了你们,还有啊,替我谢谢雷主任。"

"放心,一定转达。我们来看看你,跟你说一说周乔最近的情况。"

"他没给你们添麻烦吧?"乔丽很紧张儿子。

刘柳拿出笔记本开始记录。都子瑜把最近发生的事情跟乔丽说了下:"最近发生了一件事,周乔这个孩子确实挺孝顺的,为了给你凑这个手术费呢,他偷了雷主任一个很重要的东西……"

乔丽脸上的笑容消失了。她最怕这孩子做傻事,眼里有泪水在打转,忍不住问:"他……他偷东西?"

"周乔他偷东西是受人指使的,那帮人来头可不简单。"

刘柳一句话直接戳中了乔丽的心脏,她再也承受不住,担心得哭了,她哽咽着问:"我儿子……我儿子现在……他在哪儿,我想见见他。"

"别着急,别着急,放心,孩子现在很安全,俞队长他们已经派了人手对周乔进行保护。"都子瑜急忙安慰她。

乔丽看着都子瑜,有些无措。

"你不用担心,有我们在呢,周乔年纪还小,未来的路还很长,这样一味地包容和隐瞒,只能害了他。"都子瑜说的是实情,周乔终究是犯了错。

刘柳看着乔丽说道:"其实,我们根据现场勘察,已经推出来案发的真实情况,乔女士,你现在隐瞒真相是在犯罪。"

乔丽眼神躲闪着,不再说话。

"我们是想帮你跟周乔的,你自己说出真相,对你和周乔都是有好处的。他现在正是上学的年纪,你却放任他沉迷游戏,这也是你和周龙产生矛盾的一部分原因,你作为孩子的妈妈,应该给他正确的引导。"都子瑜还在劝说乔丽,她边说边观察乔丽的反应。

乔丽终于点点头,开始讲述真实的案发过程。

"那天,周乔回来时,周龙已经气消了在一边喝酒,看到周乔就骂他没出息,只会打游戏,周乔见我受伤,一气之下把他爸推倒在地,我怕他起来再打周乔,我就让周乔赶紧躲出去了。等我回过身后,看见周龙已经抓着椅子站起来了,我怕他去打周乔,就拿烟灰缸砸了他……"

事实已经清晰,周龙致死的原因是后脑摔伤致颅内出血,所以周乔就是凶手。

三日后,贤湖区法院开庭受理周乔过失致人死亡一案。都子瑜等人作为未成年人检察官,应诉出庭。被告席上,周乔手足无措悔恨地低着头。作为公诉人,都子瑜提出,未成年人犯罪应以教育为主,处罚为辅,本案中,周乔犯罪是因为要保护长期受到家暴的妈妈,所以贤湖区检察院充分认为,周乔应当从轻处罚。

公安机关在起诉意见书中也提及周乔的犯罪动机,并不是蓄意谋杀或伤害,而是出于保护母亲,也希望法院可以从轻量刑。

公诉人都子瑜,被告人周乔。

"周乔是否认罪认罚?"

"是。"周乔对自己的所作所为供认不讳。

庭审两个小时,最终在综合考量后,法院宣布:"所有人起立!"公诉人都子瑜,身穿检察官制服,眼神坚毅充满了光。法庭回荡着法官的声音,对周乔做着最后审判宣读:"本院认为,被告人周乔因其母亲被被害人家暴,出于愤怒,在被害人周龙已停止施暴行为后,将其推倒,致其脑后撞击硬物死亡。其行为构成过失致人死亡罪。被告人周乔以非法占有为目的,帮助他人诈骗20万元人民币,数额巨大,其行为构成诈骗罪。公诉机关指控被告人周乔犯过失致人死亡罪、诈骗罪的事实清楚,证据确实、充分,罪名成立,应予以支持。"

听见儿子所犯种种,乔丽的泪水止不住往外流。

法官继续在宣读:"被告人周乔犯有二罪,依法应予数罪并罚。被告人周乔犯罪时为已满十六周岁未满十八周岁的未成年人,依法应当减轻处罚。被告人周乔具有自首情节,到案后如实供述自己的罪行,依法可以从轻处罚。是共同犯罪中的从犯,应当减轻处罚。诈骗钱款已退还被害人,可酌情从轻处罚。取得被害人谅解,可酌情从轻处罚。被告人法治观念淡薄,辨别是非能力弱,是其走上犯罪道路的主要原因。对此,本院希望通过本案的审判,被告人能正视自己的过错,痛改前非,重新做人。同时,本院也希望被告人的家庭能给予其更多的关爱和引导,督促其改过自新。"

周乔不敢抬头,死死地握紧拳头。

"依照《中华人民共和国刑法》第二百三十三条,第二百六十六条,第十七条第一、三款,第二十五条第一款,第二十七条,第五十二条,第六十七条第一、三款,第六十九条第一款,第七十二条第一、三款,第七十三条第二、三款之规定判决如下:被告人周乔犯过失致人死亡罪,判处有期徒刑两年,缓刑三年。犯诈骗罪判处有期徒刑一年,缓刑两年,并处罚金5000元。数罪并罚,决定执行有期徒刑二年六个月,缓刑三年,并处罚金5000元。"

听见最后宣读那一刻,乔丽整个人瘫软在椅子上,周乔血脉偾张,脸上止不住的潮红,他看向都子瑜,眼中有泪水,有激动。

身穿制服的雷旭、徐张荔和两位司法社工站在法院大门外等候。都子瑜、刘柳走出法院大门,都子瑜拎着公文包,刘柳拉着卷宗箱。后面跟着的是周乔和乔丽,周乔来到众人面前,朝他们深深鞠躬,久久不肯抬头,肩膀抽动着,感慨的泪水流下来。乔丽也跟着周乔鞠躬,被徐张荔和刘柳扶起来。都子瑜扶起周乔,说道:"九部已经协调民政部门给你们提供了保障性住房和最低生活保障金。"

乔丽喜极而泣,哽咽道:"让你们费心了,你们是我和周乔的大恩人。"

周乔也很意外,眼泪鼻涕流在脸上,泣不成声地说:"谢谢子瑜姐,谢谢雷叔叔,谢谢大家。"

周乔感激地朝雷旭、都子瑜几人再次鞠躬。

"周乔,你在计算机应用方面很有天赋,司法所帮你联系的吉平市职业学校,里面有信息安全技术专业。"都子瑜说道。

雷旭扶住周乔,将两位社工介绍给周乔和乔丽,指着她们说:"这两位是司法所派来的司法社工,负责周乔的社区矫正工作,以后你们会经常打交道。"

周乔、乔丽和两位司法社工打招呼点头。

"遇到任何困难,你和妈妈随时可以找九部、找我们。"

"我以后会好好学习，一定照顾好我妈妈。请大家放心。"

众人欣慰地看着周乔。雷旭拍拍周乔的肩膀，说："好孩子，时间不早了，走吧。"

乔丽含泪与周乔告别："儿子，好好照顾自己，妈妈等你回家。"

周乔跟随两位司法社工上车离开。雷旭、都子瑜、徐张荔和刘柳目送着车远去。

贤湖区喧闹的城市，一片祥和，空气中也弥漫着新鲜的味道。九部的工作还在继续。

案件编号为吉贤检刑诉〔2007〕031号的沈雨儿案卷宗摆在都子瑜的办公桌上，都子瑜正在翻看着卷宗，陈亭毅走进来："来得这么早啊。"

都子瑜被吓了一跳，立刻合上卷宗："陈检！"

陈亭毅扫了一眼卷宗，封面上被告人"孙云骁"的名字格外醒目。

陈亭毅看似无意地说道："怎么想起来研究这起旧案子了？"

雷旭走过来，解围道："是我让都子瑜找出来的，我接触过的涉未案件很有限，想多学习学习。"

陈亭毅思忖下问："这起案件有些年头了吧？"

"2007年，将近12年前。"都子瑜当年是主要办案人，对案件时间记得很清楚。

陈亭毅点点头："这么久了吗？我没记错的话，是你给我当助理时，咱们师徒办的第一起案子。"

"是的，陈检。"

"雷旭，小都可是个做检察官的好料，那时候就明察秋毫，如果不是她在复勘现场时发现了关键证据，还锁定不了嫌疑人呢。"陈亭毅说着，意味深长地看了一眼都子瑜。

都子瑜看着陈亭毅，有些五味杂陈。

陈亭毅往外走，说道："你们忙吧，我还有个会。"

送走陈亭毅，雷旭警惕地观察四周，又把门关上："刚才他说，是你发现的关键证据？怎么回事？"

"沈雨儿在案发时处于迷幻状态，完全不记得对方的样子。"都子瑜陷入回忆。

2007年。

沈雨儿和赵一菲等几名女同学聚在一间包房内唱歌、喝酒，气氛很嗨，其中一个女孩的头上戴着生日帽，桌上摆着生日蛋糕。沈雨儿靠在赵一菲耳边说："不行了，喝太多了，我去下卫生间。"

赵一菲大声道："我陪你？"

沈雨儿摇摇头，摇摇晃晃地走出包房，沿着走廊，朝洗手间走去。迎面走来一个男生和沈雨儿搭讪，递给她一瓶啤酒，沈雨儿推辞不掉，接过啤酒，碰杯，喝酒，头更晕了，浑身瘫软,失去意识。

男生把浑身瘫软的沈雨儿掠进角落一间空包房,关上房门……沈雨儿清醒过来,发现自己孤零零地躺在沙发上,衣衫不整,顿时大惊失色,跌跌撞撞地跑出包房。赵一菲正在焦急地四处找她,发现她从一间包房跑出来,赵一菲搀扶着沈雨儿走出KTV……

都子瑜心情沉重:"嫌疑人作案时戴了安全套,对沈雨儿的体检没能提取到嫌疑人的相关证据。"

雷旭略微惊讶,说道:"说说你取得关键证据的具体细节。"

都子瑜继续回想当年,她内心深处还是很感谢陈亭毅的,当年她刚上班,接触这类案件没有经验,陈亭毅带她到KTV时教她注意观察细微细小的细节。

两位公安技术警察详细介绍了案发现场,陈亭毅围绕包房沙发教都子瑜仔细观察,指导她如何寻找证据,当年的都子瑜除了频频点头,就是用笔在本子上记录。

"当年,公安请求检察院提前接入,陈检带我去现场后告诉我观察平时看不到的地方,注意被大家忽略的地方,他教我要用侦查思维去面对案件,注意那些大家容易忽略的隐蔽角落,然后我在沙发缝隙发现了一小块纸巾。"

回想当年,陈亭毅怕证据灭失,带她去复勘现场,她还真找到了关键证据,现在想起来,她还有些骄傲。

"当年,公安技术民警用工具提取走了纸巾,后来在上面鉴定出了DNA。"

雷旭感到不可思议,忍不住感叹:"你按照陈检的指引,去查找被掩盖的角落,于是在沙发缝隙找到了那一小块儿沾有体液的纸巾?"

都子瑜点点头:"是的。"

雷旭看着案卷若有所思,说:"于是,嫌疑人孙云骁投案自首,餐巾纸屑上的DNA与他完全吻合。于是,批捕、起诉、开庭……"

雷旭说了三个"于是",都子瑜越听越觉得有问题:"现在回顾起来,似乎一切都过于顺利了。"雷旭凝视着卷宗中判决书的最后一页:一、被告人孙云骁无罪;二、驳回附带民事诉讼人原告人沈雨儿及其法定代理人赔偿其精神损害20万元的诉讼请求。

都子瑜现在回想起来,沈雨儿跟姜筱洁的案子如出一辙:"都是当庭翻供,理由也都是自愿发生关系。"

"沈雨儿现在在哪儿? 还能联系上她吗?"雷旭合上卷宗问道。

都子瑜认真想了下说:"这件事情之后,她和家人就换了联系方式……不过有个地方应该能找到一些线索,你先看看卷宗,我带大荔先去一趟。"

吉平市第三人民医院,大门旁的竖牌上写着"吉平市精神卫生中心"。

院长办公室,都子瑜和徐张荔坐在院长和一位年长的老护士长面前,都子瑜表明来意,询问沈雨儿的情况。

院长努力回忆下,说:"沈雨儿当年只在这里住了一个多月,就转院到上海了,我记得我第一次来看她的时候,她的情绪特别激动,需要注射镇静药物,后来她的情况有好转吗?"

护士长摇头,她对沈雨儿印象很深刻,来的时候精神状态很不好,她说:"沈雨儿时好时坏,失控的时候多,只有亲属探视的时间比较安静。"

徐张荔问:"探视她的都是什么人?"

"亲属只有她母亲来过,朋友有两个,一男一女,从年龄看,好像是她的同学。"护士长隔窗指着外面说,"每次他们来,就在那儿坐着,一坐就是一下午。"

视线渐渐模糊,她仿佛看见了2007年的窗外长椅,那时沈雨儿安静地坐在上面,低着头,把玩着一个金刚藤手镯,对面坐着一个男孩,手腕上戴着同款金刚藤手镯,稍远处坐着一个女孩,抱着一本书,静静地看着沈雨儿,三人就那么静静地坐着。

"院长,我们能看一下当年的探视记录吗?"

院长递过来探视记录本。都子瑜翻看着上面的记录,里面详细地记载着来看望沈雨儿的人员记录。"上面只有沈雨儿母亲沈华和赵一菲的探视记录?那个男生怎么没有记录?"

"我们院有规定,不允许男士单独会见女患者,他是陪同赵一菲来的,就没有登记。"

都子瑜用手机翻出孙云骁的照片给院长看:"院长,您看那个男生是这个人吗?"

院长仔细辨认了下,摇头说:"不是。"

院长从患者档案柜中拿出一只金刚藤手镯,递给都子瑜。都子瑜和徐张荔看到手镯,都愣住了,不明白是何意。护士长解释道:"沈雨儿走之前突然发病,几个护士控制不住她,我还被她咬伤了,我记得那天的雨很大,撕扯中,手镯掉在草丛里了,大家帮她找,没找到,她走了以后,保洁在泥土里发现了手镯。"

都子瑜接过手镯仔细翻看,很普通但很精致的一个手镯。

"你们把手镯拿走吧,如果能见到沈雨儿,就把手镯还给她。"

"好的,院长。"都子瑜装起手镯跟徐张荔离开医院。

雷旭晚上睡不着觉,留在办公室加班,今晚夜风很凉爽,很适合思考,他反复翻看沈雨儿案的卷宗,当再次看到案卷上写的案发时间2007年5月6日21时30分左右时,觉得5月6日这个日期有些眼熟。

陈亭毅在医院等了很久,等在ICU病房外面,看着躺在ICU病房里还在昏迷的杨甜,他的心情很复杂,一边是共事很多年的老同志,一边是……

"给您添麻烦了,陈叔。"曹文超隔着玻璃看向病房内浑身戴着各种检测仪器的杨甜,不露声色地擦掉泪水。

陈亭毅看看杨甜,又看看曹文超,突然很内疚,五味杂陈,拍拍他的肩膀:"你妈嘴上不说,心里一直惦记着你,她这一倒下,家里的事就全指望你了,你得担起责任来,有什么困难跟院里说。"

曹文超默默地点头,陈亭毅越发内疚。

雷旭回到宿舍,从箱子里翻出宗有亮案的相关资料,把孙云娣的资料抽了出来,看到孙云娣父母于1999年5月6日死于煤气中毒时,若有所思。

此时有人敲门,雷旭打开房门发现是老赵。

"老赵?找我有事?"

老赵有些戒备地看看周围,进来快速关上房门,欲言又止。

"怎么了?碰到为难的事儿了?是不是星星的事?"

老赵摇摇头:"雷主任,我能进去说吗?"

雷旭看老赵神经分分的模样,拉开张椅子让他过来坐,站起来给他倒水,问他:"老赵,是不是星星爸不肯给抚养费,没事,我们可以一起想办法。"

老赵摇摇头,脸色很纠结,拒绝雷旭倒水的好意,他思忖下说:"有件事我犹豫很久了……陈检不太对劲……"

雷旭感到惊讶,等老赵下文。老赵回忆起昨天已经很晚了,他在院子里巡逻,陈亭毅忽然开车进来,很匆忙,都没看见他打招呼,径直上楼打开九部的门,来到杨甜办公桌前,用手机手电照亮,在抽屉、小书架等处翻找着什么,最终陈亭毅小心地将一页纸撕了下来。

这一切被躲在窗外的老赵看得清清楚楚。

老赵从兜里掏出一张皱巴巴的纸,递给雷旭:"陈检把它撕碎了,丢进一个垃圾桶里,被我翻出来,粘好了。"

雷旭接过被重新拼凑粘好的纸看着,上面是一个模糊的车牌号:滨C8E652。

"你是说,你在暗中观察陈检时发现的?"

老赵急忙摆手否认:"哎哟,我哪敢啊,我是巡逻时无意中撞见的。"

雷旭掂量着手里的纸条,盯着他问:"你是偶然撞见的,还是一直觉得有什么不对劲?"

老赵支支吾吾地说:"我一个看门的,哪敢瞎觉得呀,雷主任,你和九部的每个人对星星都那么好,我都记在心里,这盯梢打小报告的事儿,我不能再干了。"

"以前是谁让你这么做的?"

老赵只好坦白:"陈检。自打您调来,他就让我盯着您,说您办事冒失,容易给院里抹黑,可是,通过我的观察,发现您不像陈检说的那样,加上昨晚他实在反常,我就琢磨着,他让我盯着你,会不会是另有目的呀。"

雷旭不露声色地点点头,说道:"行,我知道了,你去忙吧。"

老赵转身要走,又有些不放心:"雷主任,要说这事儿也怪我自己一时糊涂,我这人没啥本事,还以为院领导器重我,我好好干转工勤编就能安享晚年了,谁承想……"

"放心吧,老赵,我心里有数。"雷旭晃晃手里的纸条,"谢谢你。"

老赵叹口气,不知道再说什么,摇摇头,退出去,从外面关上了房门。

等脚步声走远,雷旭拿起手机,拨出电话呼叫"吕琛"。

"喂?"

"帮我查查这辆车,滨C8E652。"雷旭告诉他车牌号。

"没问题。"

雷旭惊讶:"都不问我为什么要查?"

"该说的时候你自然会说。"

雷旭笑了。

"保密纪律咱懂,这事就交给我吧。"

雷旭挂断电话,靠在椅子上发呆,回想着一夜之间发生的事,回想他和都子瑜梳理的案件线索,忽然他从椅子上一跃而起,拿起白板笔,在白板上画人物关系图:姜筱洁、苏达、周乔、沈雨儿,所有人都指向中心位的孙云骁。

雷旭随后又列出孙云骁关联的企业:睡帽网吧、睡帽电竞酒店、Z&K电子竞技俱乐部、仕杰电竞基地等。

雷旭盯着最中心的孙云骁的名字,用笔圈出来,若有所思。

所有的事情仿佛都在围绕一个圈发展,而这个圈的中心就是孙云骁,雷旭望着白板上被圈起来的名字,陷入深深的沉思。

仿佛在这面纱之下有一根线头被自己抓住,只要用力拉扯这根线头,就会让这层面纱被揭开,看见真相。

日月轮转。

当心事重重的陈亭毅来到办公室后,雷旭跟都子瑜立刻敲门进入。

"你俩来了,坐,杨大姐今天的情况怎么样?"

都子瑜率先说:"还在昏迷,不过身体的各项指标都很平稳,我已经叮嘱刘柳抽空勤跑跑,帮曹文超照顾照顾曹老师和家里的老人。"

"好,想得周到,小柳这孩子,表面看大大咧咧的,其实心挺细的,挺会关心人。你俩找我有事?"

"陈检,我们觉得'沈雨儿案'需要启动审判监督程序重新调查。"都子瑜提起12年前那起案件,雷旭始终在观察着陈亭毅的情绪。

陈亭毅愣住了,惊讶地问:"为什么? 是有新证据了吗?"

都子瑜犹豫了一下说:"是的。"

"什么证据? 能站稳吗?"

雷旭抢先说道:"我们认为是很有利的证据,能证明沈雨儿和孙云骁发生关系时并不是自愿的。"

雷旭说完,继续观察陈亭毅。

陈亭毅脸上不自然的表情稍纵即逝,掩饰得很好,他微微蹙眉,严肃道:"这能不能再审,还要等上级单位来定,这不是件小事,还是要谨慎对待。另外,依照我办这类案件的经验,再审成功的很大一部分阻力就是被害人不配合,他们有这种想法也可以理解,谁愿意总陷在过去的痛苦里呢。"

陈亭毅像是支持再审,可话里话外又像是不希望案件再审,说得很矛盾。

雷旭很自然地接过话茬:"我们会想办法做通当事人的工作。"

"我还有一个顾虑啊,真要是再审了,就是承认我们当年的办案过程存在瑕疵。这无论是对个人还是对院里的影响都很不好,你们好好考虑考虑,好吧? 去忙吧。"陈亭毅就差没直接说我不同意了,雷旭跟都子瑜走后他就有些坐不住了,起身站在窗前思索着。

雷旭跟都子瑜离开,回到办公室,像往常一样继续工作。

而检察院外,一辆租车公司的日租轿车停在路边车位,徐张荔坐在驾驶位,穿着运动服,盯着检察院大门方向,刘柳忽然敲副驾车窗,吓了她一跳。

徐张荔打开副驾车门,脸都扭曲在一起了,死乞白赖地喊她:"赶紧上车。"

刘柳坐进副驾一脸诧异地看她:"你大中午的不休息,把我叫这来干吗?"

徐张荔扔给刘柳一个鸭舌帽和太阳镜:"别废话,赶紧戴上。"

"你这哪儿弄的车呀,汽油味儿好大。"

"租的。"徐张荔没好气道。她不知道汽油味大,她不想开窗户透透气?"现在有一个特殊的事情,你得跟我一起。"

"什么特殊事情还要租车?"神神秘秘的,刘柳一点没注意到问题的严重性,在车里东张西望,好奇她扔给自己的鸭舌帽跟太阳镜,在脑袋上比画两下。还要伪装,去干什么?

"别玩了,赶紧戴上,一会儿你就知道了。"徐张荔扒拉她一下,让她赶紧的。这时候,陈亭毅的车开出来了,她连忙发动引擎。

刘柳似乎明白了,徐张荔把她怀里鸭舌帽里的墨镜翻出来扔她身上,让她赶紧戴上,她开车远远跟在陈亭毅车的后面。

徐张荔开车,刘柳坐在副驾驶座,紧张又刺激地远远地跟在前方陈亭毅车的后面。

跟踪副院长,这要是被发现,不掉脑袋也差不多了,刘柳双手压住墨镜腿,弓腰蹲在车里。

她这模样，徐张荔也跟着紧张，双手死死握住方向盘，远远地跟在后面。陈亭毅突然减速，打右转向灯，靠边停在一辆白色商务车后。

徐张荔连忙找车位靠边停车，两人观察着前方陈亭毅的车。从白色商务车上走下来一个男人，四下看看，上了陈亭毅的车。

"张鸿图?"徐张荔惊呼。

"他不是苏达的辩护律师吗?"刘柳感到不可思议，扶着墨镜偷偷露出条缝隙在那偷看。

"是啊，陈检怎么会见他?"

"难道陈检和姜筱洁案有关联?"

徐张荔摇头，说:"应该没那么简单。"

突然，张鸿图从陈亭毅的车上走下来，朝自己的白色商务车走去，陈亭毅跟商务车分开，朝着检察院的方向开。徐张荔琢磨了一下，开车远远地跟在白色商务车后面。

白色商务车停在一处咖啡厅旁，张鸿图大大咧咧坐在一张露天桌子前，品尝着中午阳光下的咖啡。沈雨儿从远处走进咖啡厅外廊，走到张鸿图面前坐在他对面，一脸的戒备。

日租轿车停在不远处的路边，徐张荔和刘柳坐在车内观察着张鸿图。

张鸿图像是见了朋友一样自顾自地聊着，沈雨儿倒是十分拘谨，好像并不想跟他扯上瓜葛。

张鸿图:"你很清楚我的手段吧，没忘吧? 你爸、你妈、幸福里小学三(1)班你妹妹……"

沈雨儿惊恐、忍耐。

张鸿图微微欠身，拿出一个装礼金的红色信封，递给沈雨儿。

沈雨儿接过信封，从里面拿出一张银行卡，顿时愣住了。

张鸿图盯着沈雨儿手指上的婚戒:"幸福来得不容易，要珍惜!"

这一幕正好被徐张荔用手机录下。

在张鸿图没起身之前，徐张荔悄悄开车离开。紧张又刺激的跟踪任务。

孙云骁做梦可能也不会想到，他的得力助手，知名大律师会被人跟踪。

张鸿图也没想到，他吃饱了撑的还在担心孙云骁，孙云骁却靠在椅子上打游戏，厮杀正酣，张鸿图欲言又止。

孙云骁把键盘一推:"说话呀? 站我这儿演哑剧呢? 卡收了吗?"

"收倒是收了，可我心里还是打鼓。"

"她不都要结婚了吗? 还有什么可担心的?"孙云骁不解，卡也收了，人也要结婚了，还能翻出来当年的旧事?

张鸿图说的不是这个，他说："婚戒都戴上了，应该已经领证了。我倒是不担心她，主要是那两个检察官，这俩人万一盯着咱们不放，还真不太好处理。"

"那你说我该怎么办？"

"当断则断。"张鸿图说着做了个抹脖子的手势。

孙云骁盯着张鸿图，目光玩味："你这是为我考虑，还是为了劼哥啊？"

"孙总，自从劼哥去省里，我都跟着你七八年了，你这么说，我可真有点寒心了。"

孙云骁笑笑，没再说话。

沈雨儿离开咖啡店，杨晨一直在等她，张鸿图猜测得不错，她马上就要结婚了，而且今天就要挑选婚纱。两人在婚纱店服务员的帮助下整理婚纱，杨晨拉起沈雨儿的手，二人戴着婚戒的手十指相扣走到镜子前，看镜子中的自己有多美。

雷旭和都子瑜站在婚纱店外，隔着落地窗看着试装的两人。

都子瑜看着穿婚纱的沈雨儿，不忍心道："实在不想破坏这个画面。"

"这就是长痛和短痛的问题！"雷旭拉着都子瑜，欲走进婚纱店，二人说话间，沈雨儿朝窗外看过来，和都子瑜四目相对，都愣住了。

杨晨看到都子瑜也愣了一下，示意服务员带沈雨儿进里间换装。杨晨很爱沈雨儿，把她呵护得很好，在婚纱店休息厅，他还不忘回头确认沈雨儿在休息室。

几人坐下后，杨晨率先开口："都检察官，你好。"

都子瑜惊讶道："你认识我？"

杨晨点点头，说："当年开庭时我就在外面等雨儿，我记得你是那起案件的检察官。"

都子瑜纠正他说："助理检察员。"

杨晨不觉得有什么不一样，很抵触地说道："赵一菲跟我提过你们想重新调查这个案件，但是雨儿现在很好，我们已经开始新生活了，我不希望她想起那段不愉快的经历，希望你们不要打扰我们。"

都子瑜回想沈雨儿忧郁的表情，问他："她真的很好吗？"

杨晨愣住。雷旭注意到杨晨手腕上戴着一个和沈雨儿同款的金刚藤手镯，指着问他："杨先生，你的手镯真别致，是什么材质的？"

杨晨晃动下手镯，勉强笑下说："金刚藤的。"

"戴很多年了吧？都包浆了。"

"嗯，十多年了，高中夏令营时买的，不值钱，但很有纪念意义。"

都子瑜从包里拿出那个金刚藤手镯，交给杨晨："市三医院院长托我把这个转交给沈雨儿。"

杨晨接过手镯，惊喜不已，爱不释手道："雨儿特别喜欢这个手镯，我都不敢想能把它找回来。"

"手镯都能失而复得,沈雨儿呢?"都子瑜看着他,希望他能明白,"困扰沈雨儿12年的噩梦,是时候把她叫醒了。"

都子瑜的话像把刀插在杨晨心脏上,他低着头,眼圈发红,似乎陷在痛苦的回忆中。

雷旭看着他,语重心长地说:"杨晨,你给她一个婚礼还远远不够。"

杨晨再次愣下。

"婚纱再好看,也遮不住她心里的伤。"

"雷主任是想说,我们都希望雨儿能真正幸福。"都子瑜希望杨晨明白,躲避不是最好的解决办法,只有面对才能把问题从根源挖除。

两人的话让杨晨陷入挣扎,他痛苦地说:"给我们一点时间考虑,行吗?"

"不用考虑了。"

众人抬头,发现沈雨儿不知什么时候站在门口,早已泪流满面。杨晨心疼地揽过沈雨儿,沈雨儿和他对视,两人很默契,似乎都在下一个决心。

"开庭前,有一个人找到我和我妈妈,说服我改变陈述,并且承诺给我们一笔封口费,我不同意,可我拗不过我妈……"沈雨儿坐下来讲述了当年翻供的内情,说到心痛之处,她泣不成声。

杨晨用力搂住沈雨儿,说:"我来说吧,后来,雨儿在法庭上改变了陈述,孙云骁被无罪释放,雨儿的精神状态越来越不好,住进了市三医院。最近这个人又找到雨儿,给了她一笔钱,我们知道又是封口费,我们会把两笔钱都交出来。"

"如果需要,我会出庭作证。"沈雨儿态度坚决。这么多年她每时每刻都在做那个噩梦,她想逃避,可到头来根本逃不掉,都子瑜说得对,躲避不是最好的解决办法。

杨晨揽住沈雨儿郑重地点头,从内心深处来讲,他更渴望凶手能够绳之以法。

雷旭和都子瑜从婚纱店走出来,边走边说话:"沈雨儿咱们见过了,现在有必要去见见孙云骁了。"

"嗯,我也是这么想的。"都子瑜手机响,是徐张荔打来电话,她点开免提问:"大荔,有新情况了吗?"

"俞队说,焦峰交代了,苏达是他推下楼的,随身听也是他从周乔手里抢走的。"

"受谁指使的?"雷旭冲着话筒大声问一句。

"一个绰号'威哥'的人,本名段威,目前下落不明,公安正在全力抓捕。"徐张荔大声说道。

"这个威哥又是谁?"

"孙云骁的手下。"徐张荔在电话里把知道的情况都告诉了他俩。

雷旭和都子瑜对视一眼,越来越接近两人的猜测了。

第二十章

绑架

孙云骁在办公室,脸色很阴沉,他相信段威,可他不相信公安的手段,正在胡思乱想,雷旭跟都子瑜被秘书带了进来,坐在他对面。

都子瑜向孙云骁出示证件,并拿出录音笔放在桌面上:"请理解,这是我们的正常工作流程。"

孙云骁很淡定:"理解理解,二位检察官,不知道我能帮上什么忙?"

初次相见,孙云骁的声音让雷旭一愣,他不动声色地坐下来,偷偷打开手机录音。

"段威是你的员工吧?"都子瑜问。

"对啊,公安局的俞队刚走,也是找我来了解段威的情况,他到底犯了什么事?"

再次开口,雷旭更加怀疑两人不是初次"见面",丁永刚那段录音里,那个威胁他的人,声音跟孙云骁说不出地相似,他故意引导孙云骁说出关键词"耍花样"。

他问:"我想,他犯了什么事,你应该比我们清楚。我劝你别耍花样。"

"我为什么要耍花样?"

两段声音在脑海中重合,雷旭不动声色引导关键词"交出来",说道:"如果你看见段威,会把他交出来吗?"

孙云骁不以为然,冷冷笑下,说:"怎么交出来?我根本不知道他现在在哪。"

雷旭继续引导关键词"祝劫",说:"据我们了解,你的几家电竞产业都是仕杰集团投资的,集团董事长叫什么来着?祝……"

孙云骁补充:"祝劫。"

"对,祝劫,他很器重你呀。"

"他认为电竞产业很有前景,才投资给我的。"

雷旭点点头，起身在办公室转悠，说道："的确，电竞现在是热门产业，苏达是你公司战队的选手吧？"

他故意问出这个名字，孙云骁突然听到这个名字也微微愣了下，但马上调整情绪，一脸惋惜地说："是。这孩子很有天赋，可惜太不自律了，又死得不明不白，害公司亏了很多钱。"

"孙总不好奇苏达是怎么死的吗？"雷旭突然问。

"我每天忙得要死，实在没精力好奇别的事。"

"他死的时候，我当时就在旁边，可惜了。"

孙云骁被雷旭的一番轰炸弄得心神不宁，他不愿再多说话，只是摇摇头，甚至眼神都不愿再有交流。

"我想问一下，2007年5月6日晚上，你在干什么？"孙云骁眼神闪躲正好触碰上都子瑜发问。

孙云骁的目光瞬间变得更冷，说道："看来，二位检察官今天是特意打我脸来了……"

十几年前的事被旧事重提，彻底激怒了孙云骁，他略带嘲讽地说："其实你情我愿的事，本就不该被弄上法庭，好在法律是公正的，我被无罪释放了。"

"我问的是，2007年5月6日晚上，你在干什么？"

"不知道都检察官重提旧事是什么意思？如果是调查，我配合。如果是闲聊，那咱们改日吧。"

雷旭和都子瑜看着慌乱、焦躁的孙云骁，两人对视，知道目的达到了。

"既然孙总忙，咱们先告辞吧。"雷旭跟都子瑜准备离开。

临走到门口，都子瑜突然回头问："沈雨儿报案的那个KTV也是祝劼的吧？"

孙云骁内心已经慌乱，不知道她又掌握了什么线索，慌乱地应付道："祝总家大业大，他有多少产业可能自己都未必清楚，我怎么会知道？"

看着雷旭跟都子瑜离开后，孙云骁怔怔地叹口气。

回去的路上，都子瑜开车，雷旭坐在副驾驶座，他忽然说："我知道孙云骁那天在干什么。"

"哪天？"

"案发当天，5月6日。"

雷旭手机忽然振动，他扭动下身体拿出手机，是刘柳，他接起电话。

"杨大姐醒了！"

"太好了！"雷旭松了口气。

养护中心，杨甜躺在病床上，闭着眼睛，看上去很虚弱，陈亭毅站在床边，盯着她，表情复杂。这时，刘柳带着徐张荔走进来。

陈亭毅问刘柳:"雷旭和都子瑜怎么没来?"

"他俩在滨海新区那边,一时还过不来。"

杨甜慢慢睁开眼睛,视线扫过陈亭毅、徐张荔和刘柳,眼神看上去很陌生。

徐张荔来到床前关切地问候她:"杨大姐,你终于醒了。"

杨甜看着徐张荔,眼神很陌生,像是不认识她:"你……是?"

"杨大姐,是我,大荔啊。"

杨甜依旧没认出徐张荔,说话含糊不清:"谁?"

徐张荔吃惊地回头看所有人:"杨大姐这是怎么了,怎么好像不认识我了?"突如其来的变化让所有人都为之一愣。

徐张荔弯下身一脸着急地帮她回忆:"咱们一个办公室的,我是咱们办公室里边力气最大的那个,徐张荔。"

陈亭毅小心地弯腰下来,凑到跟前试探性地喊一声:"杨大姐。"他一直在观察杨甜的表情,看杨甜眼神陌生地看着自己,礼貌地点点头。

"你……好。"

曹文超端着洗脸盆和毛巾走进来:"醒了就这样,我和刘柳她都不认识。"

众人惊讶,陈亭毅再仔细盯着杨甜看了一眼,起身将曹文超叫到一边,低声询问:"医生怎么说?"

"是外伤导致的记忆障碍,需要时间恢复。"

众人唏嘘。

杨甜看着陈亭毅,吃力地问道:"您母亲……好了?"

陈亭毅愣住了。

徐张荔、刘柳和曹文超也都愣住了。

陈亭毅掩饰着伤感,假模假样地点点头:"嗯,好多了,这几天好多了。"

刘柳不明所以,低声询问:"陈检,您母亲生病了?"

陈亭毅眼神复杂地多看一眼床上的杨甜,叹气道:"好多年前的事了,看来,杨大姐的记忆真的出了问题。"

曹文超用湿毛巾仔细地给杨甜擦着手。

陈亭毅放下戒心,走过来说:"你看你儿子多孝顺。"

杨甜不说话,眼神迷茫地看看曹文超:"你……谁呀?"

曹文超看陈亭毅和徐张荔,无奈地说道:"这句话她也问了我好几遍了。"他说完转过头对杨甜说:"我是隔壁床家属。"

杨甜吃力地努力挤出一丝笑容:"谢谢。"

曹文超努力克制着情绪,低头继续用毛巾给杨甜擦手。

离开医院后,所有人的心情都很沉重,那么好的一个人说不记事就不记事了,刘柳跟徐张荔在办公室聊起杨大姐，两人怎么也想不通。

"杨大姐可是'行走的智能档案库'啊，怎么突然连咱们都不认识了？"

"我有个警院同学，在执行任务中头部受伤，后来智力下降得非常明显，已经不能上班了。"

身后有人叫徐张荔："哎，大荔。"

徐张荔回头看是都子瑜，急忙把吃的递给她："回来了老都，快来吃口东西，来。"

"姐。"刘柳打声招呼。

都子瑜一边坐下，一边问："杨大姐情况怎么样了？"

"还是老样子，谁都不认识，只认识陈检。"

刘柳说着起身过来，都子瑜没明白，一脸疑惑地问："什么意思？"

徐张荔解释："医生说是大脑受到了重创，只能记住中深层的长期记忆，哎，先吃口东西吧，先吃。"

"杨大姐家这么多年都靠她一个人，这会儿可怎么办呢？"

"没事，都姐，我家离医院近，我随时来回跑跑。"

"辛苦你了，小柳。"

"应该的。"

雷旭下班后就把自己关在宿舍，反复用手机播放和孙云骁的对话录音片段。"我为什么要耍花样？……怎么交出来？我根本不知道他现在在哪。……祝劫。"

雷旭又从手机录音里找出磁带的录音备份，录音损坏严重，断断续续地播放："别耍花样……下车……不想死得太难看就赶紧交出来。"

两段录音，反复对比，他感觉，孙云骁的声音跟威胁丁永刚的声音很像，他听得有些烦乱，在白板上梳理的人物关系图上，从孙云骁的名字处画个箭头指向丁永刚，在箭头横线上写上"杀害？"。

他正在沉思，一通电话打破沉默。"你给我的那个车牌号查到了，车主叫孙云骁。"是吕琛来电话，上次雷旭叫他帮忙查的车牌号有结果了。

孙云骁今天在雷旭这出镜的频率格外高，杨大姐为什么要记他的车牌号？又跟陈检有什么关系，值得冒险半夜去偷？

"知道了，一会儿我给你发两段录音，你找人帮我鉴定一下是不是同一个人的声音。"

"没问题。"雷旭挂断电话，看着他梳理的人物关系图再次陷入沉思，冥冥之中，他隐约觉得这个孙云骁也许是贯穿两件事的关键线索。

与此同时。

滨河某私密会所内，祝劫略有些拘谨地坐在一个男人对面，从祝劫的表情就能看出来这个男人在他这举足轻重。

"这件事我们确实有失误啊，都怪孙云骁那个小子不听话，到处给我惹麻烦，可这也是雷旭逼得也太紧了。您哪，太仁慈，要不是您坚持把他调过来，说他在吉平翻不起什么大风大浪，我们今天也不至于这么被动啊。"祝劼像是在检讨一样地抱怨。

"的确是我大意了，让他逮着机会，把陈年旧案翻出来了。"这个男人竟是省院副检察长刘立明。

"所以，现在还得您出面，把这个案子压下来。"祝劼满脸讨好的笑容。

"这个案子既然引起了雷旭的注意，以他的性格，不论是不是重启，他一定会一查到底的。"

"领导，你得拿个主意。"

"这件事情到了今天这个局面，你就用你的方式解决吧。"

次日。都子瑜开车行驶在路上，雷旭将老赵给他的那张皱巴巴的纸递给她，都子瑜疑惑地将车靠边停下，接过纸看下，不解地问道："这是杨大姐的笔迹，从哪儿来的?"

"眼神不错，是陈检撕了扔掉的。"

"陈检?"都子瑜不明白雷旭什么意思。

"这个车牌号的车主是孙云骁。"

"又和孙云骁有关?"都子瑜惊讶。

"恐怕与孙云骁有关的还不只是这些，你听说过几年前丁永刚丁老师的事吗? 我怀疑丁老师的死和沈雨儿案之间有什么关联。"

都子瑜一愣，看了雷旭一眼："那我们现在该怎么办?"

"我觉得你先继续查沈雨儿的事。"

"那你呢?"

"清明节到了，我去看个故人。"

临出发前，雷旭又去了趟修车场，破旧的修车场，门口歪歪扭扭喷着模糊的油漆"老曹修车"。老曹正吃饭呢，看他开车进来一下子没反应过来，等雷旭把车升起来，钻进车下面干活，他才急忙干两口饭，端着饭碗过去："你这车还开着呢?"

雷旭在车下面忙活，又拆又卸的，可是一无所获。

"咱都这么久没见了，你还一过来就是自助啊，能不能多少也让我赚点啊? 你说你这车都拆多少次了，再拆真就要报废了，五千，卖给我吧……"

雷旭不吭声，车底下传来"叮叮咣咣"的声响。

曹师傅把碗筷放到一边，弯腰去看他："我说，都一年没来了，你这是去哪发财了? 我有次在电视上看到有个检察官，那个人怎么那么像你啊!"

雷旭不打算理他。

他忍不住喊："唉！说话！行不行？"

一身油渍麻花修车服的雷旭从车底下爬出来，头发支棱着，满脸油泥，大喘口气回答他："不卖！你给再多我也不卖！"

"认识这么些年了，我连你是干啥的都不知道，还挺神秘……"

雷旭放下车，钻进驾驶室把车发动着，听着发动机颤抖的声音，曹师傅实在不忍心他再折腾，伸出五根手指说："五千五，你再琢磨琢磨！"

雷旭开车驶离修车厂，行驶在公路上。

他从副驾驶包里翻出一盘磁带，将磁带装进磁带舱，按下播放键，录音机发出断断续续的声音。

"……别耍花样……你是知道我们想要什么……不想死得太难看就赶紧交出来。"

"……"

"……是谁派你们来的？是宗有亮，还是祝劼？……你们把车拆了兴许会有发现……他们的罪行10个G都存不下……"

雷旭按下按键，弹出磁带放回包里，孙云骁做梦也不会想到费半天劲让周乔偷走的是复制品，是雷旭录的。

车开进滨河墓地，雷旭手捧着鲜花走到丁永刚墓前，凝视着丁永刚的黑白照片："丁老师，我来看您了。我刚进检察院就把您当作榜样……直到阴差阳错拿到您留下的录音磁带，我才知道这个案子的复杂凶险……我曾心生胆怯想远离此案，可录音中您的嘶吼始终在我脑中挥之不去，现在我感觉离真相越来越近了，我一定会查个水落石出。"

阳光洒下墓园，鲜花在墓碑前晃动。

破旧的皮卡车行驶在路上，录音机里反复播放着那盘磁带的声音。

"你们是什么人？"

"别耍花样，下车。"

"是谁派你们来的？是宗有亮，还是祝劼？"

"你认识祝劼?!"

"……你们把车拆了兴许会有发现……他们的罪行10个G都存不下……"

为什么要说把车拆了兴许会有发现？雷旭脑海里忽然闪现出周乔在检察院修玩具车的一幕，他当时鼓捣几下就解决了问题，"警灯"就亮了起来。周乔当时把车顶拆开，把一根被卡住的线从车篷的盖子底下穿过去，就好了，而外表却看不出来。

雷旭眼神迷离，回想起当初在墓地，丁帅手里那个皮卡车模型……想到这一幕，他忽然如醍醐灌顶般恍然大悟，原地掉转车头，朝丁永刚的老家海岗村方向飞驰而去。

到了海岗村，雷旭将车停在一户人家门口，车子刚停稳，副驾驶一侧的车门就被拉开，把雷旭吓了一跳。丁帅站在车外，低着头，坐上副驾驶座，右手娴熟地抠着副驾驶门把手,雷旭注意到门把手一处陈旧的破损,估计是丁帅小时候抠的。雷旭的视线落在他另一只手里的皮卡车模型上。

丁妻陈蓉从院内跑出,看见皮卡车,看见雷旭,微微愣下:"雷旭,你来了。"

透过副驾驶车窗,雷旭勉强地笑下,丁帅安静地坐在车里,眼神中有着似曾相识的迷茫。陈蓉有些伤感地走近车子,说:"丁帅,认识这车。"

雷旭点点头,低声道:"丁老师的案子有线索了。"

陈蓉怔了片刻,说道:"进屋说吧。"

陈蓉把丁帅哄下车,雷旭跟在他们身后,视线一直在关注着丁帅手里的皮卡车模型。可当他走进老宅,抬起头时,顿时愣住了:房间里陈列着上百个车模型。

雷旭看看丁帅手里的皮卡车模型,又看看上百个车模型。

"老丁喜欢车,可以说爱车如命,丁帅很像他。这些车模都是老丁买的,爷俩一起拼的。"陈蓉慈爱地抚摸着丁帅的脑袋,丁帅低头摆弄着手里的皮卡车模型。

雷旭看着这些车模,有些伤感。

"老丁走了以后,丁帅就喜欢摆弄这些车模型,拆了装,装了拆。他和其他孩子不太一样,不会表达自己的情绪,这些车模是他对老丁的念想。"

雷旭有些犯难了,说道:"陈姐,我要找一个被丁老师藏起来的重要证据……我,我不知道该怎么跟你说合适。"

"和车模有关吧? 我看你的眼睛一直没有离开丁帅手里的车模。"

雷旭有些意外,点点头,看看车模又看看丁帅:"根据我的推测,有可能会在这些车模里。"

"丁帅从来不让人碰他这些车模,我带他去我妈家住两天,你安心在这里找。"

雷旭不知说什么好,略有些激动道:"谢谢,不过你放心,我一定会把这些车模恢复原样。"

"应该我谢你才对,谢谢你为老丁、为我们家做的这一切。"

一切如常,该忙的人都在忙。

都子瑜、徐张荔、刘柳伏案工作,徐张荔忽然抬头说一句:"老都,我没听你的,因为我们确实发现了一些问题。"

"嗯?"都子瑜抬头看她,等待下文。

"当年陈检的母亲因为胃癌去世,在最后的治疗阶段用到了一种进口靶向药,对癌症晚期效果不错,但价格昂贵。"

都子瑜依然不语,等徐张荔继续说。"当年每支药大概2.5万元,老太太一共用了17支,总价42万多。这还不是重点,重点是,这个特效药一般人根本买不到。"

陈亭毅不过是一名检察官,怎么会有这么大能力搞到这么难买的药,言外之意已经不言而喻，都子瑜脸色十分难看。徐张荔说完也不再继续这个话题。如今的九部，杨大姐在养病，雷主任避嫌不知道在哪，就剩下她们三个，气氛像这外面的天气一样沉闷。都子瑜低头摆弄着手机，徐张荔、刘柳对视一眼，都从对方眼睛里看出了复杂的情绪。

另一头，丁永刚老家，雷旭看着满屋子的车模型，将它们逐一摆到自己面前，用工具小心翼翼地拆卸那些皮卡车模型。

他现在是进入到了一个比拼耐心和细心的环节，稍有不慎就会错过证据，他必须小心，不遗落这些车模的任何角落。

时间一点点过去。

陈亭毅坐在办公室看着都子瑜发来的邀约信息，心情复杂。信息内容如下：师父，下了班我在单位食堂等您。

他知道自己藏不住了。

陈亭毅关上手机，叹息一声看向窗外，回忆着杨甜、都子瑜及融洽的九部和他们为未检工作付出的努力，愧疚涌上心头。他为自己的迷失而悔恨。

傍晚，检察院食堂，陈亭毅低头看着都子瑜手机里的一张张照片：陈母病例档案、出院记录等照片，张鸿图上陈亭毅车、两人密谈的照片，写有孙云骁车牌号那张褶皱纸的照片。

"当年复勘沈雨儿案的案发现场，你之所以能发现关键证据，是我提前放置并引导的你。"陈亭毅说出了当年的实情，那张沾有体液的纸巾是他提前放置的，孙云骁不过是替人顶罪。

都子瑜非常难过，痛心地问他："您为什么这么做？"

"为了我的老母亲能多活几年。没想到因为这个特效药，我也成了别人的棋子。"

"是仕杰集团的祝劫？"

"是。"陈亭毅没有隐瞒。

"孙云骁和沈雨儿当庭翻供和推翻陈述，也是您指使的？"

"不是我，我当时也很意外。"

"祝劫找孙云骁替谁顶罪？"

陈亭毅摇头："这个我真不知道，祝劫从来没和我提过，但我猜一定是个举足轻重的人，否则他不会这么卖力。"

"杨大姐的车祸也和你有关吧？"都子瑜这个问题让陈亭毅整个人都愣住了。他愣了片刻后，说道："你为什么会这么想？子瑜，我不是一个杀人不眨眼的坏人，杨大姐的事，我也是后来才知道的。"

"那是孙云骁？"

陈亭毅点点头，说："应该是他安排的人干的，因为杨大姐曾经看见过我俩见面，也看见过我上了他的车。"

两人都沉默了,气氛一度有些尴尬。都子瑜忍不住感慨:"当年我刚来咱们院,就是您带着我,从助理检察员一路走到今天,您在我心里曾经是像大山一样值得依靠的父辈。其实,在此之前,我就发现您和我们查的案子有牵连,我多么希望我的判断是错的。"

陈亭毅沉默了,回想十几年弹指一挥间,正如都子瑜说的,自己看着她一步步从助理检察员走到今天。

"这十几年来,一直都是您拉着我的手带着我走,后来您迷路了,把手松开了,师父,我该往哪儿走?"都子瑜的话直戳陈亭毅心底,他忍不住发出一声感慨:"子瑜啊,别叫我师父了,你也用不着替我难过,路是我自己走的。"陈亭毅沙哑的声音让自己都无地自容,他很内疚,也很后悔,自己为什么会走到今天。

都子瑜的眼泪止不住了。陈亭毅看着都子瑜的样子,心如刀绞,微微红着眼眶,感慨地说:"这路啊真是一步错、步步错,这个案子是我多年的心结,也是我职业生涯的污点,我没有一天安宁过。"

都子瑜忍不住去擦眼泪。

"子瑜,谢谢你为我着想,没有带着雷旭一起来见我,让我不至于太难堪。我知道的都跟你说了,我心里舒服多了。我料理好家里的事,就去自首,你们有什么需要我的,我会全力配合。"

陈亭毅说完起身离开了,留都子瑜一个人在空荡荡的餐厅里无声哭泣。

夜。

雷旭拆了一天的车模型,累得头晕眼花,没有任何发现,又将模型一一复原。看着满屋子被拆了大半的车模,他强提眼皮让自己保持清醒。

但他也不是一无所获,起码现在他对车体构造了如指掌,熟练多了,拆卸的速度也快了。一宿的时间,雷旭累得瘫软,就势躺下,手里举着一个拆卸到一半的车模型。突然,他在车的变速箱下面,底盘上面,连接杆隐藏处发现了一张 SD 卡。

雷旭惊喜到坐起来,欣喜若狂,快速拿出电脑,插入 SD 卡读取内容。他将内容拷贝到另一张 SD 卡和一个 U 盘中,将 U 盘和原始 SD 卡分别放到隐秘角落。

灰蒙蒙的天空有一抹鱼肚白在耀眼。

"天要亮了。"雷旭兴奋地看着窗外,回头再看一眼丁永刚家,摆放整齐的车模型,百感交集,"丁老师……"

最后把丁帅心爱的皮卡车模型摆放在桌子上,雷旭轻轻地离开丁永刚家,锁好院门,准备上车。突然身后有一阵细碎的声音,他下意识回头,看到一个身影,紧接着,头部被重击,眼前一黑。

黑灯瞎火的，路边连个人影都没有，雷旭被扔在车里，车下是忽明忽暗的手机屏幕，段威在给孙云骁打电话。

　　"孙总，东西到手了，我这就回去。"

　　孙云骁欣喜，挂了电话，点燃一根雪茄，双脚跷到桌子上。段威办事他放心，雷旭这次终于栽在他手里了。

　　想着东西到手，就算是祝劫也得乖乖听他的，孙云骁心里一阵狂喜。

　　皮卡车被扔在路边，雷旭被带到一个废旧工厂，早有人挖好了坑等他，刚进来直接被扔进去，下一秒，一车沙子倒下来，直接埋到他胸部。

　　"这是他的手机。"

　　已经解锁后的手机，被点开微信界面，一条条对话往下翻着，一直到点开都子瑜的对话框。

　　数秒后，手机被锁屏扔在沙堆上，溅起的沙子打在雷旭脸上。

　　从段威挂断电话，孙云骁一直在等，等了一上午，终于办公室的门被推开了。

　　祝劫走进来，身后跟着孙云娣和祝劫的两个手下，走在最后的手下把门关好。

　　孙云骁看见祝劫，顿时愣住了，站起身迎接："劫哥，你怎么来了？"

　　祝劫从兜里拿出一个装SD卡的小透明盒子给孙云骁看，笑话他说："你小子野心不小啊，都算计到我头上了。"

　　"劫哥，你这是什么意思？"

　　"少跟我装糊涂，你给我解释解释这是什么？"

　　孙云骁一脸茫然，看了眼跟在后面的孙云娣，解释道："我哪知道是什么啊？姐，你看劫哥又冤枉我。"

　　孙云娣给孙云骁使眼色，急忙说："云骁，你先跟劫哥认个错。"

　　"这卡里是什么？"祝劫把SD卡扔在孙云骁面前。

　　孙云骁低头看了半晌，忽然一副恍然大悟的样子，说："劫哥，这是丁永刚留下的东西吧。我可是为了您和仕杰集团，才大费周章找回来的，您是不是误会我了？"

　　"误会？"祝劫冷笑下，示意手下把鼻青脸肿的段威带上来。段威胆怯地抬头看了孙云骁一眼又低下头。

　　孙云骁被揭穿，脸色很难看，顿时哑口无言。

　　雷旭从昏迷中醒过来，发现自己在一个土坑里，沙子埋到胸部，动弹不得。他环视四周，发现是在一个空旷的废弃工厂，五个打手分散在各处。一个男人坐在雷旭对面的一张椅子上，背朝光线，脸在阴影里。

　　雷旭避开刺眼的光线，认出男人是张鸿图，有些吃惊："张律师。"

　　"雷主任好记性。"

　　"是孙云骁指使你的？"

"那个跳梁小丑,他都自身难保了。"张鸿图冷笑一声,晃晃雷旭的手机,给雷旭看他和都子瑜微信联系的界面。

雷旭发出消息:那件事发现了重要线索,来这个地方找我,先不要告诉其他人。

雷旭:发送的定位。

雷旭:取消都子瑜语音通话的记录。

张鸿图翻过来手机看看时间,说道:"都子瑜,都检察官已经在来的路上了。"手机随即响了,是都子瑜打来的,张鸿图按掉电话,都子瑜再次打进来。

"把手机还我!"雷旭挣扎着喊道。

"反正我已经把定位发给她了,你可以直接告诉她'千万别来'。咱俩赌一赌,她会不会来? 或者,你也可以一直不接电话,你看看她会不会来。"

"你太卑鄙了! 有事冲我来,和她没关系!"

"你们九部有一个是无辜的吗?"张鸿图怒吼一声。他被彻底激怒,要不是想着两个狗皮膏药一块解决,他早埋了雷旭了。

"怎么样? 想好了吗? 接还是不接? 怎么接? 不接就没机会了。"

"我接!"雷旭无奈点头。

张鸿图蹲过来,按通手机,放在雷旭耳边。

雷旭深吸一口气,努力靠近话筒,语气轻松地说道:"都主任,你到哪儿了?"

"你发的定位准吗? 为什么要约在这个地方?"

"哦,我不是说请你吃椰子鸡吗? 这家是私厨,就在我给你发的定位附近,是咱们同届校友开的,环境不错,咱们边吃边聊。"雷旭说完看张鸿图一眼,后者很满意。

都子瑜迟疑片刻说道:"……哦,那行吧,一会儿见。"

张鸿图很得意,挂了电话随手把手机扔一边,整理下衣服坐回去说道:"雷主任,问你几个问题啊……"

电话被挂断,都子瑜直接把车停在路边,思考片刻,拨打徐张荔电话:"大荔,雷主任可能有危险,我把定位发给你,你马上报警。"

"啊? 怎么回事?"

"来不及和你解释了,我现在赶过去。"

"老都,冷静点,你自己去太危险了,要不你先回来,我陪你一起去!"

"没时间纠结了,我开着手机实时定位!"都子瑜匆匆挂断电话,驾车离开。雷旭前言不搭后语,一定是遇到了威胁不能跟她明说,椰子鸡,还同届校友,亏他想得出来。

孙云骁办公室。

祝劼将身上的西装脱下来,丢给旁边的手下,挽起衬衫袖子,狠狠抽了孙云骁一个耳光。孙云骁疼得直咧嘴,敢怒不敢言。孙云娣忙上前劝阻:"劼哥,看在我的面子上,饶了他这一回吧,是他不懂事。"回头对孙云骁说:"还不快道歉!"

"对不起,劫哥。"

"劫哥不是你叫的。"

"对不起,祝总,我错了!"孙云骁大声喊道,心里一点也不服气。

祝劫冷冷地看着他,讽刺他道:"我早就提醒过你,别跟我耍小聪明,就你这点儿智商,差得远了。"孙云骁不说话,却明显不服气。

"你拿丁永刚留下的这张卡想干什么?取代我吗?"

"劫哥,我哪敢啊。"孙云骁叫屈。

"你不敢?"

"劫哥,这次就饶过他吧。这么些年,我们姐弟相依为命,要不是有劫哥,我们俩早就露宿街头了,我们知道感恩。"孙云娣替弟弟求情。

"听听,要知道感恩!雷旭和那个姓都的检察官已经找过你了吧?"

孙云骁一愣,说:"我可一个字都没说。"

祝劫想了想,伸手给孙云骁正了正衣领,孙云骁以为他还要动手,下意识地躲闪。一番整理后,祝劫使劲扶了扶孙云骁的肩膀,语重心长地跟他说:"你现在一个字没说,将来半个字也不许说。疼吧?知道疼才能让你长记性。"

孙云骁一脸茫然地看着他。

祝劫的语气缓和下来说道:"我相信你知道该怎么做,毕竟,关上门咱们是一家人。放心吧,只要你守口如瓶,后边的事情我来摆平。"

孙云骁看向孙云娣,努力平复自己的情绪。

傍晚,天空下起了细密的小雨。

都子瑜开车到废弃工厂附近,手机导航显示距离目的地还有2.9公里。前方一个岔路口突然冲出一辆车,她连忙刹车减速,另一辆车开过来,挡住都子瑜的去路。

没等都子瑜拉开车门下车,路边冲出来两个人,从后面快速将头罩套在她头上,将她的双手反绑控制住,同时抢下她的手机,关机丢到路边。

被罩上头套的都子瑜被推搡着上车。

"怎么停了呢!"手机上都子瑜的定位忽然停止不动,徐张荔立马紧张起来。

徐张荔举起手机看外面,问警察:"还有多远?"

警察看了眼导航,说:"4公里。"

"那不对呀,还没到怎么就停了呢?"徐张荔急得坐不住,不停给都子瑜打电话。

"关机了,开快点!"徐张荔打不通电话更着急了。

废弃工厂里,虚弱的雷旭听见外面有动静,紧张地睁开眼睛,极力看向工厂门口。看见两个人押着被蒙着头罩的都子瑜进来,他塞着纱布的嘴里发出"嗯、嗯"的喊声。

似乎是心有所感，都子瑜也紧张地喊道："放开我，你们是谁？雷旭在哪？"

雷旭听到都子瑜的呼救声，也十分无奈，他以为自己的暗示都子瑜收到了，没想到她还是来了。都子瑜被拿下头罩，适应光线后看到被埋在坑里的雷旭，还没等她做出反应，就被人推进坑里，和雷旭背对背绑住。

"都检察官，好久不见。"

"张鸿图？"都子瑜跟雷旭一样惊讶，"是孙云骁派你来的？"

"他就是个小丑，现在都自身难保了。都检察官，一样的话我不想重复说两遍，我有一些疑问，刚才已经问过雷主任了，现在我再问你一遍，如果你俩说的不一样，那就对不起了，这车沙子就送给你俩。"

第二十一章

螳螂捕蝉，黄雀在后

都子瑜顺着张鸿图手指方向看去，一个装满沙子的翻斗车在土坑边随时待命。

"第一个问题，丁永刚的案子，你们查到哪一步了？"

紧张对峙，雷旭极力想转过头，奈何他被绑着，嘴里还塞着纱布，根本看不见身后的都子瑜。都子瑜紧张地看着翻斗车，对张鸿图说："找到了一盘磁带。"

"磁带现在在哪？"

"被饺子偷走了。"

"饺子是谁？"

"孙云骁的手下。"

张鸿图点点头，说："都检察官还算有点儿诚意。"

雷旭和都子瑜松了一口气。

张鸿图继续问道："再说说孙云骁，你们都查到了什么？"

雷旭再次紧张起来。

都子瑜盯着翻斗车，说："沈雨儿案案发时，孙云骁根本不在现场，他是替人顶罪！"

"那他是替谁顶罪啊？"

"我们也想知道！但我们真的不知道！"

张鸿图笑了："好吧。"雷旭和都子瑜又都松了一口气。

"下一个问题，孙云骁替别人顶罪的事，除了你俩，还有谁知道？"

"没有了，只有我们两个知道。"

张鸿图突然提高嗓门，厉声吼道："你撒谎！雷主任不是这么说的！"说罢，他推开椅子朝着翻斗车挥手让司机把沙子卸土坑里。

翻斗车靠近,雷旭和都子瑜都紧张地大喊大叫。

"我没撒谎!没有其他人知道!"都子瑜冲张鸿图大声喊道。

张鸿图挥手示意翻斗车暂停,回头看都子瑜,一脸玩味的笑,说:"我知道你没撒谎。"

雷旭和都子瑜要被吓瘫了。

可张鸿图再次抬起手,准备挥手。

"等等,我都答对了,你为什么还挥手?"

张鸿图笑了,一脸鄙视地看她,说:"这个游戏规则由我来定,看你俩互相紧张的样子,应该不只是同事关系,那我就做做好事,送你们一起走。"

张鸿图朝司机挥手示意,翻斗车继续倾斜,一车沙子眼看就要倾泻下来。突然一声枪响,司机右肩膀中弹,整个人向后仰,翻斗车一阵晃动后停止了倾斜。与此同时,门外传来车辆从远处开过来的声音,五六个持枪警察冲进来跟张鸿图手下交战。

张鸿图愣了下,忙喊手下还击,然后自己趁乱从侧面逃出工厂。一帮乌合之众很快就被警察制服,徐张荔冲进来跳进土坑,拔掉雷旭嘴里的纱布,把他和都子瑜都救了上来。

雷旭喘口粗气,问:"张鸿图呢?"

警察已经控制住现场,一部分人在清点人数,一部分人在继续追击。

徐张荔左右看了一眼,说道:"让他给跑了,警方已经在追捕了,你们两个没事吧?"

都子瑜摇摇头说:"张鸿图太狡猾了,竟然给了我一个假定位。大荔,你是怎么找来的?"

"咱俩一直实时定位呢,我们先到了你定位消失的地方,在附近很快就排查到这里了。你俩的车呢?"徐张荔扶着两人走出来,有警察和医护人员过来帮忙检查身体。

雷旭和都子瑜被分开检查,两人都一脸无奈,都子瑜被挟持的时候车还打着火,雷旭那破车更是不知道被扔哪去了。

"不知道被他们劫到哪儿去了,先报失吧。"都子瑜很是无奈地说道。

一名警察走过来说:"还得麻烦二位跟我回去做下笔录。"

"能不能让我的两位同事先跟你们回去做笔录,我要立即去一下海岗村,去取一个非常关键的证据。"

"我派人和你一起去取。"

"好。"雷旭急忙上了警车。

张鸿图趁乱逃出工厂,在一片草丛里深一脚浅一脚地慌张地逃跑,回头张望看没有人追上来,他弓腰躲在一处土坑里,掏出手机打电话:"劫哥,出事了。"

"你在三号工地等着,我派人接你。"

祝劫和孙云娣等人走后,屋子里就剩下孙云骁和被打得鼻青脸肿的段威。

段威跪在孙云骁面前低着头道歉："对不起！孙总，是我不小心。"

"他中途截和不奇怪，换作是我也不会放过这个机会，只是，我费了多大功夫才拿到那个东西，被他抢走实在不甘心。"屋里没有祝劫，孙云骁说话也再没有顾忌。

"要不我想想办法，再帮你抢回来。"段威挣扎着起身。

孙云骁抬头无奈地看他一眼，说："你得了吧，忘了自己已经被通缉了？"

段威顿时低头不说话了。

孙云骁略有些生气地看他，说："当初你是怎么打包票的？说饺子是你兄弟，你信他，让我信你就够了，结果饺子怎么把你供出来了？！"

"他肯定是扛不住了。"

孙云骁看着低头的段威，眼睛里带着杀气。

"孙总，我知道该怎么做，我回去安顿一下家人，就离开吉平，绝不牵连你，万一被警察抓住，我不会说出半个字，事儿到我这儿就算断了。"

孙云骁从抽屉里拿出一张银行卡，放在段威手心："自己保重。"

段威朝孙云骁鞠了一躬，转身走了出去。

屋里只剩他一人后，孙云骁烦躁地抽着烟。东西找到了，但落到了祝劫的手里……

手机突然响了，是个未知来电，他疑惑地接起来。

"你在哪呢？有事找你。"

孙云骁一愣："陈检？"

"他们已经查到了祝劫让你替谁顶罪，正在办逮捕令。"

"你为什么告诉我？"

"废话，你露了，我怎么藏啊？我在老地方等你，你开我的车走，把这些年收集到的祝劫的罪证都带上，会是你保命的筹码。"陈亭毅愤怒的声音让原本还沉浸在痛苦中的孙云骁心中一乐，顿时放下戒备，笑着调侃道："关键时刻，还是你陈检靠谱啊。"

陈亭毅烦躁地让他赶紧的，然后直接挂断了电话。

孙云骁在办公室一直等到天黑才离开，开车到约定好的地点。果然，陈亭毅的车早就停在那，灯光一晃，陈亭毅脸色铁青地坐在车里。

孙云骁把车停他旁边，下车朝陈亭毅走过去："谢谢啊，陈检。"

突然，停在暗处的几辆警车的车大灯点亮，灯光照得孙云骁睁不开眼睛。孙云骁纳闷地看向陈亭毅，陈亭毅表情严肃，定定地看着他。

孙云骁顿时明白自己上当了："陈亭毅，你要我！"他朝陈亭毅扑过去，警察冲过来挡在陈亭毅和他中间，几招将他控制住。

孙云骁挣扎着喊："陈亭毅，你骗我！你忘了你跟我是一条船上的，我栽了，你也好不了！"

陈亭毅目光坚毅，看着孙云骁被两位警察押上警车。

"陈亭毅，你忘恩负义！"孙云骁被按进车里还在咒骂陈亭毅。看着警灯远去，陈亭毅重重地出了一口气。

另一边，张鸿图躲在草丛里直到天黑，都没敢出来。一直到远处有辆车亮着灯驶来，停到附近，他才敢露头。看见从车上下来的人，他急忙跑过去，可刚跑没几步，忽然看见另外两三个人也从车上走下来，而且用手电在草丛里来回照射，不像来接他，倒像是要抓他。

张鸿图察觉不对，消失在夜色之中。

私密会所内，祝劼接到刘立明的电话，得知孙云骁被抓，气得抱怨："他就是一个蠢货。"

"事已至此，就不说这些气话了，还是想想后边怎么办吧。"刘立明很淡定，声音听不出波澜。

打听不出消息反而是好消息，孙云骁被抓，很难不供出祝劼，下一步该怎么办才是当务之急。

"知道了，我来想办法。"祝劼挂断电话，大口大口地抽着雪茄，记忆如潮水般涌来，过往那些事如影片一样闪现……

雪茄的烟雾遮挡住了视线，等他回过神，突然发现张鸿图坐在沙发上，这吓了他一跳，可很快他便镇定下来，把雪茄按灭在烟灰缸里，不耐烦地说："不是让你等我消息嘛，怎么不请自来了？"

"你请不请，我都会回来找你，又是那位大领导的电话吧？"

"我跟谁打电话跟你没关系。"

张鸿图笑笑，丝毫不理会祝劼情绪上的波动，轻蔑地笑下说："那我就说点跟我有关系的吧。"

祝劼一声冷笑，斜眼看他："明白，要钱是吧？说个数。"

"谈到钱呢，再谈别的都不值钱了，行，这个数。"张鸿图伸出五个手指。

祝劼蹙眉问他："五百万？"

张鸿图阴阳怪气地说道："我是你一手带起来的，你了解我，五千万！"

祝劼沉默着，半天没说话。

"这些年我帮你做的事，还不值这个数吗？"

祝劼眼里带着杀气，按下座机上的一个按键。

"人不能贪得无厌，你胃口这么大，不怕被噎死啊？是，这些年你是帮我铲除了不少事，可我也没亏待你吧，你有什么不平衡的。"

张鸿图丝毫不惧祝劼的威胁，看着门外人头攒动，仍然镇定自若地说："你现在是逍遥自在啊，我就要亡命天涯了，你还不放过我，祝劼，你别太过分。"

张鸿图说着从兜里拿出一张照片,摔到祝劫面前。

祝劫看着照片,惊住了,是刘果在国外站在一栋别墅门口的照片。

张鸿图冷冷地笑道:"我的命不值钱,但这个刘果应该值点钱吧?"

祝劫拿起照片看了又看,重新点燃一根雪茄,淡淡地看着他,说:"看来你是有备而来啊,你还有什么后手?"

"你在他爸身上可砸了不知道多少个五千万,还有这套美国的别墅也值不少钱吧?"

几个黑衣人冲进来,不由分说地将张鸿图控制住,其中一个人掏出匕首,抵在张鸿图的脖子上。

张鸿图心里有些发慌,挣扎道:"你不能杀我。"

祝劫示意黑衣人松开他,他不知道张鸿图知道多少,还得再问问他。

张鸿图伸了伸脖子,心悸地回头看了眼黑衣人,冲祝劫威胁道:"这些年确实跟祝总学了不少,该知道的不该知道的我都整理好了。我写了一封邮件,如果12小时之内不取消的话,邮件就会自动发送,收件人是雷旭。"

祝劫想了想,笑了,冲一名黑衣人摆手:"去备现金。"

黑衣人回声"是"便转身出去了。

张鸿图暗暗得意:祝劫也没那么可怕。

一夜的时间就这么寂静无声地过去了,贤湖区公安分局讯问室内,两名警察坐在桌前,一名警察在电脑前记录,另一名警察问话。

"孙云骁,我提醒你,不是你一句不知道,就可以逃避法律的制裁!"

孙云骁面带微笑,一言不发,问了一晚上了,他除了不知道就是不说话。

警察看着闷头的孙云骁说:"我再问你一次,指使焦峰杀害苏达,以及蓄意谋杀公职人员的人是不是你?"

"我的律师来之前,我没有什么可说的。"

九部办公室,雷旭、都子瑜、徐张荔都在,刘柳在检查都子瑜的伤势。

"没事,长几天就好了。"

"还好荔姐带人及时赶到。"刘柳虽然没去现场,但也听说了现场的凶险,那一车沙子要是倒下来,那人可全完了,想想都后怕。

徐张荔双手拖住下巴,看她们几个,调侃道:"这回我和雷主任,还有老都也算是过命交情了。"

"就差我了呗?"刘柳可怜巴巴的表情把大家逗得哭笑不得。

徐张荔摆摆手,严肃地说:"还有一件事,这次能顺利抓捕孙云骁,陈检起了很大作用。"

雷旭思索着说："请公安彻底检查一下孙云骁的车。"

"查过了，在后备厢盖的缝隙处提取到少量陈旧血迹和脱落的表皮细胞。"

雷旭一愣："血迹？刑侦支队技术人员怎么说？"

"他们说，由于这辆车常年停放在地下车库，温度、湿度比较适中，应该不会影响DNA活性，已经去做鉴定了。"

雷旭心里隐隐有种冲劲，他压抑住冲动说："好，最近大家辛苦了，再坚持一下！"

都子瑜附和说："只要能抓到幕后的真凶，再辛苦也值得。"

徐张荔点头，说出另一个消息："还有，段威也落网了，可什么都没问出来。"

"公安那边还没有张鸿图的消息？"

徐张荔摇摇头看着雷旭说："还在搜捕，公安反馈说，他手机信号最后出现的地点就在废弃工厂附近，之后就失联了。几个手下都招了，说是被他买通当打手，没问出有价值的信息。"

雷旭蹙眉思索，说："张鸿图当年出面摆平孙云骁、沈雨儿，显然是受祝劼的指使。"

都子瑜点点头赞同道："张鸿图很可能是祝劼派到孙云骁身边的卧底，所以才会有螳螂捕蝉，黄雀在后。"

听她说完，雷旭叹口气："以祝劼的行事风格，张鸿图可能凶多吉少。"

三人一阵沉默。

他们预料的不错，孙云骁在公安局讯问室并没有等来张鸿图，而是另外一名律师，他坐在孙云骁对面意味深长地看着他，说道："你姐惦记你，哭得厉害，你姐夫在照顾她。"

孙云骁知道祝劼在拿孙云娣威胁他，平静地点头说："我会好好的，不让他们担心。"

见过律师后的孙云骁面对审讯的态度比之前更顽固。

"你们所说的这些指控有没有证据？没有的话，我没有什么可说的。"孙云骁看一下时间，接着说，"这马上也24个小时了，我是不是可以走了？"

再继续干耗也问不出结果，警察放开孙云骁让他离开。孙云骁满脸不屑地走出讯问室，在走廊碰上匆匆赶回来的俞队。

"俞队！"

俞队看他一眼，把拘留证递给他看："孙云骁，你现在是一起刑事案件的重大嫌疑人，我们要对你采取强制措施。"

孙云骁顿时愣住了，俞队让他看仔细点，后面一警察随即给孙云骁戴上手铐，直接又把他押回了讯问室。

俞队坐到孙云骁对面，一位警察坐在旁边用电脑记录。

"孙云骁，我对你的名字很耳熟啊。"

孙云骁还没缓过神，没有答话。

"在这间屋子里，我们讯问过焦峰、段威、苏达，你都认识吧？"

孙云骁脸色发白，依旧没说话。

"……丁永刚你还记得吧？"

听到丁永刚的名字后，孙云骁开始不再淡定，他坐立不安，眼神闪躲。俞队将一份司法鉴定报告放到他面前。

孙云骁看着鉴定报告。"认字吧？我们在你的车里查出丁永刚的血液样本，你的声音和丁永刚被谋杀现场留下的录音经科学比对完全吻合，你怎么解释？"

孙云骁彻底傻掉了，他没想到，当年……会被录音。

2015年。丁永刚开车行驶在漆黑寂静的道路上，转弯处突然冲出几辆开着强光的车，他的车被逼停。他意识到来者不善，打开了手机录音，想了想又迅速摁下车内录音机的录音键，并将车窗摇下。

孙云骁带领几个黑衣人迅速围上他。丁永刚淡定地坐在车内问来人："你们是什么人？"

孙云骁打开车门，威胁道："别耍花样，下车！"

丁永刚没有熄火，他慢慢地推开车门，边下车边问："你们到底是什么人，想干什么？"

孙云骁不耐烦地说："把东西交出来"。

一名黑衣人上前对丁永刚搜身，搜走他的手机。

"现在是法制社会，袭击司法人员，你们知道后果吗？"

"看来你是知道我们想要什么，不想死得太难看就赶紧交出来。"

"是谁派你们来的？是宗有亮，还是祝劼？"

孙云骁怔下，问："你认识祝劼？"

后面黑衣人怼他下，说："少跟他废话，去车上搜。"

几个黑衣人迅速到丁永刚车上翻找。

丁永刚被推开，被黑衣人按住，他看着他们上车翻找，大声喊道："那么重要的东西，我会带在身上吗？你们把车拆了兴许会有发现。"

几个黑衣人并未发现车机在录音，搜查一番后，都冲车下摊手、摇头，一无所获。

黑衣人懊恼，准备上前打丁永刚，被孙云骁拦住。

孙云骁小声跟他说："怎么那么不冷静，老大交代了，不能验出外伤。"孙云骁回头冲丁永刚威胁道："车里没有，那就是在家里了？我们是不太想吓着你家人的，特别是你那个傻儿子。"

其他人嚣张地哄笑。

丁永刚被气得发抖，怒斥他："有事你们冲我来，要是敢动他们，我死都不会放过你们。"

孙云骁示意几个黑衣人把丁永刚塞进那辆滨C8E652车的后备厢。

丁永刚挣扎着喊道："他们的罪行10个G都存不下，你们也不会有好下场……"

许久，车机录音指示灯灭。

孙云骁原本以为这段回忆自己已经忘了，没想到时隔这么多年，还会有录音来提醒他。他整个人像泄了气的皮球。

"孙云骁，你还不打算说吗？"

孙云骁抬头看俞队一眼，萎靡道："录音是哪来的？"

"这个你不用知道。"

"能给我支烟吗？"

孙云骁深深地吸了几口烟，淡定地说："是宗有亮，都是他让我干的。宗有亮让我带人截住丁永刚，说丁永刚手里有他和祝劫行贿受贿的证据，让我无论如何把证据抢回来。可丁永刚死都不肯交出来，宗有亮就让我用药把他迷晕，用我的车拉他到海边丢进海里。这都是宗有亮的意思。那些匿名举报信也是他做的手脚，他怕站不稳，就让我给丁永刚换上泳裤，可以解释成畏罪自杀，也可以解释成游泳溺亡。"

俞队："那张鸿图的死亡和你有没有关系？"

孙云骁震惊："张鸿图死了？！"沉默良久，孙云骁缓缓地说："张鸿图一定是祝劫杀的……俞队，我姐就在祝劫身边，祝劫拿她的命威胁我，请你们一定要保护好我姐，我求求你了，她叫孙云娣。"

俞队点点头。

孙云骁接着说："还有一件事我要坦白，我没强奸沈雨儿，是祝劫让我替别人顶罪的！"

"你替谁顶罪？"

"我真不知道，都是祝劫一手安排的，那天是5月6日，我父母的忌日，我回老家祭拜，祝劫给我打电话让我赶回去。我到KTV的时候，已经过了晚上12点了……"

法网恢恢，疏而不漏。孙云骁的案子总算尘埃落定了。

下一步就是逮捕祝劫。根据线索，祝劫已经开车逃亡，俞队开着警车行驶在路上，身旁副驾驶座上的是一名年轻的警察，两人正在追祝劫的车，行驶到一窄路时，俞队的车和另一辆警车加速，超过去将祝劫的车逼停。

"下车！"两名警察拉开车门，车里除了司机只有孙云娣坐在里面。

"祝劫不在。"警察汇报，俞队看了车上一眼，说："立刻联系交通队调监控，查从祝劫私人会所开出去几辆车，立刻在路面布控。为了避免节外生枝，公安封锁了全部出城的路口，一直到深夜，天上下起了雨，警车疾驰在空荡的街道上。

公安局讯问室，孙云娣被带回讯问。

"你为什么会在祝劫的车里？"

面对警察讯问，孙云娣脸色很难看，说："祝劫他说和我分头走，在高速公路口会合，没想到他是为了让我引开你们，太阴险了……当年他给老宗行贿，被老宗的同学丁永刚拿到了证据。丁永刚劝老宗自首，老宗表面答应他，其实对丁永刚动了杀心，是祝劫和老宗杀了丁永刚，还栽赃他……"

渡口码头上，稀稀拉拉的工人在装卸渔船，乔装打扮的祝劫穿着工装，警惕地混进了人群，忽然四周车头灯亮起，照向祝劫。祝劫眯起眼睛，发现自己被一群警察围住，他举起双手，束手就擒。

公安局，雷旭和都子瑜在讯问室外观看里面的审讯。

祝劫态度依旧嚣张："丁永刚的SD卡我看了，你们既然有备份，一定也看了，我没什么可说的。"

"SD卡没什么说的，那这个呢？"警察拿起装在证物袋里的U盘给祝劫看。

"这个U盘是孙云娣交给我们的，里面是一段监控视频，经过受害人沈雨儿辨认，正是她被侵害时KTV包厢里面的监控录像。还有这个，是孙云骁交代的，这些年你指使他进行不法活动的记录，时间、地点和受害人情况，不法收支明细都在里面。我们警方已经掌握了确凿的证据，狡辩无济于事，我劝你还是如实交代吧。"

"我说。"祝劫连续叹了几口气，全盘托出，道："这一切都起源于沈雨儿的案子，当年刘立明的儿子刘果在我的KTV包房里迷奸了沈雨儿，被包房内的监控拍下来了。我就拿着监控视频去找了刘立明，他为了救儿子嘛，就选择跟我合作……我通过他，搭上了当时还在吉平的宗有亮，之后滨海新区开发，在宗有亮的运作下，我的仕杰地产顺利中标……就这样，我的事业从吉平一路发展到省里，成了现在的杰出企业家。"

日夜交替。贤湖区检察院接待室，李笑颜和姜林海再次坐在雷旭对面。

"听说筱洁的状态好了很多。"

再次见面，姜林海的眼神不再那么暗淡，他说："是啊，筱洁准备报考美院，我和她妈妈都支持她。"

雷旭看看李笑颜，又看看姜林海，有些意外两人的变化，他有些顾虑，说："今天找你们来，可能会揭开你们刚长好的伤疤……现在孙云骁落网了，张鸿图意外死亡，但筱洁的案子还是要有一个真实的结论。"

"你们放心，我们愿意出庭作证。"看着李笑颜态度坚决，雷旭很高兴——半年前她极为排斥二审，要带着女儿出国，姜林海同样忍气吞声，甚至一度给人一种事不关己的感觉。

如今这一家人走出阴霾，他很为他们高兴。

半个月后，吉平市中级人民法院审判庭。雷旭、都子瑜应诉出庭，审判席下，分别站着被告人孙云骁、祝劫、刘立明、陈亭毅、刘果、焦峰、段威。

旁听席上李笑颜情绪激动。

"全体起立！"

审判长宣读判决："被告人孙云骁犯故意杀人罪，判处死刑，剥夺政治权利终身。犯包庇罪，判处有期徒刑三年。犯妨害作证罪，判处有期徒刑两年。数罪并罚执行死刑，剥夺政治权利终身。

"被告人祝劫犯故意杀人罪，判处死刑，剥夺政治权利终身。犯妨害作证罪，判处有期徒刑两年。犯行贿罪，判处无期徒刑并处没收个人全部财产。数罪并罚执行死刑，剥夺政治权利终身，并处没收个人全部财产。

"被告人刘立明，知法犯法，包庇其子刘果性侵未成年人，干预案件审判，犯妨害作证罪、滥用职权罪、巨额财产来源不明罪，数罪并罚，决定执行死刑，剥夺政治权利终身，并处没收个人全部财产。

"被告人陈亭毅犯受贿罪，判处有期徒刑四年并处罚金20万元。犯徇私枉法罪，判处有期徒刑四年。数罪并罚判处有期徒刑六年并处罚金20万元。

"被告人焦峰犯故意杀人罪，判处死刑，剥夺政治权利终身。被告人段威犯故意杀人罪（未遂），判处有期徒刑八年。

"被告人刘果犯强奸罪，判处有期徒刑八年。

"姜筱洁及家人受孙云骁威胁，在庭上做虚假陈述，考虑其没有造成恶劣后果，情节显著轻微，不予追究刑事责任。"

法槌落下，昭示着盘踞在吉平市的祝劫团伙彻底覆灭。

旧船厂。

周乔坐在海边一脸的期待，姜筱洁悄悄走到他的背后，在后面给他戴上一个头戴式耳机。

"闭上眼睛。"

周乔刚要转身，身后传来柔和的声音，他不明所以，但很听话地闭上眼睛。姜筱洁操作手机，周乔耳机内传出一段音乐，周乔沉浸其中。她从包里拿出一个大盒子，打开盒子，关掉音乐："好了，睁开眼睛吧。"

周乔睁开眼睛，看到盒子里面装着键鼠套装，他惊喜不已地摘掉耳机，兴奋道："都是送我的？"

"这耳机音效和降噪都很不错吧？还有这个专业的键盘、鼠标，都是你最需要的东西。"

"这很贵的。"周乔小心翼翼捧起键盘,爱不释手。

姜筱洁喜欢他这样,宠溺地看着他说:"你姐我现在赚稿费了,有一家出版社让我给一本畅销书画插画。"

周乔眼睛盯着键盘,竖起大拇指夸奖道:"厉害,厉害!"

姜筱洁很得意。周乔看她得意的模样,也来了句冷幽默:"以后找我做模特的话,我考虑给你打打折。"

"以后找我画像是需要收费的。"姜筱洁翻白眼看他。

"当模特还要倒给钱? 我不干。"

张芸芸拎着奶茶走过来挡在他俩面前,说:"当模特? 我来呀!"

姜筱洁看到张芸芸,上去抱住她:"你迟到了。"

张芸芸将奶茶分给两人。

"谢谢芸芸。"

"迟到还不是因为排队买奶茶嘛。"

姜筱洁笑着不撒手。张芸芸拉着姜筱洁,三人并排坐在一起,她隔着姜筱洁问周乔:"周乔,听筱洁说,你在学校网络安全大赛中得了一等奖。"

"老师鼓励我参加全国性大赛呢。"

"我记得你跟我说过,你的梦想不是在世界级大赛上拿奖吗?"姜筱洁问他。

周乔不好意思地挠头:"好,我一定会让五星红旗飘扬在世界级大赛上的。"

"有志气!"张芸芸夸他一句,转过头问姜筱洁,"筱洁,你呢? 确定报考美院了?"

"确定了,已经在准备美术专业课考试了。"

"没想到你妈妈还这么支持你。"

"是啊,她变化挺大的,不像以前那么强势了,医药网也结束经营了,她和我爸专心经营民宿,俩人也不像以前那样总是吵架了。"姜筱洁回想这一年,感觉像做梦一样,她也终于有了家的感觉,"别光说我俩了,你呢,确定报考方向了吗?"

"我打算到国外读书,和我爸妈一起生活。"

三个孩子都笑了。

姜筱洁看着海面,问周乔:"乔阿姨身体怎么样?"

"她很好,你们猜,我妈要学习,让我帮她买什么书?"

姜筱洁惊讶道:"医学类的书?"

周乔摇摇头。

"烹饪方面的书?"

周乔再次摇摇头:"我妈要自学法律,说以后要去当司法社工。"

"真为乔阿姨高兴,她找到了自己的人生目标。"

张芸芸站起来提议道:"既然都找到了自己的人生目标,合张影吧,别辜负了这美景。"她拿起手机,自拍模式,三个孩子凑到一起。

此刻,阳光很暖,三个孩子背靠着一望无垠的大海,笑脸在这一刻定格。

姜筱洁熟练地抢过手机修图。张芸芸笑着抢回来发朋友圈。三张笑脸照片,配文字:好朋友见面,开心。

一晃数日,滨河省人民检察院大会议厅。

雷旭看着会议厅上颁奖仪式的横幅,不禁回忆起当年的"丁永刚同志个人一等功颁奖仪式"……

2009年9月。

滨河省人民检察院大会议厅,红色横幅上印着:丁永刚同志个人一等功颁奖仪式。台下坐着滨河省检察院的领导和同事们。雷旭和一位女检察官站在侧台,雷旭手里托着一等功立功证书和奖章,女检察官手里拿着一束鲜花。

主持人慷慨激昂说:"为表彰先进,弘扬典型,激发斗志,省院决定授予丁永刚个人一等功,请秦伦军检察长为丁永刚颁奖。"

雷旭低头羡慕地看着金灿灿的奖章。丁永刚在热烈的掌声中走上台,省院检察长从雷旭和女检察官手中接过一等功立功证书、奖章和鲜花,颁给丁永刚。记者举起相机,给检察长和丁永刚合影留念,雷旭羡慕地探头看着丁永刚,半个身子入画,记者后来将这张他和丁永刚唯一的非正式合影送给了他,也成了他俩唯一的合影。

雷旭看着手机里那张他和丁永刚唯一的非正式合影,抬头再看会议横幅,上面的字已经变成"吉平市贤湖区检察院第九检察部荣获集体一等功颁奖仪式"。

都子瑜轻拍雷旭,将他从记忆中拉回来。主持人在台上慷慨陈词:"吉平市贤湖区检察院第九检察部的同志们,以未检案件为线索,用生命、勇敢、智慧践行忠诚、干净、担当,追查出未检案件背后的窝案、串案,为同志洗清了冤屈,惩罚了犯罪。同时,在未检工作中,探索出'坚决打击、强化保护'的工作理念,被最高人民检察院荣记集体一等功。"

省院检察长为九部全体颁发奖牌和证书、鲜花。雷旭、都子瑜、徐张荔、刘柳手拿奖牌、证书、鲜花面朝台下,身后响起浑厚的颁奖词:"以利剑锋芒,清黑暗污浊;以柔情暖意,换阳光重临。你们用宽容耐心,给'少年的你'带去司法温暖;用机制创新,为受伤的孩子送去长久保障;你们以检徽之光关照未来,以法律之盾守护明天。"

墓园肃静异常,陈蓉把一束鲜花放在丁永刚墓前,丁帅把那个军车模型也放在墓前。

雷旭把那朵小小的白纸花郑重地放到墓前,说道:"丁老师,案子已经破了,祝劼和孙云骁都伏法了,幸亏当年您的坚持,您可以安息了。"

陈蓉抹了一把眼泪,丁帅安静地看着墓碑。

雷旭接着说:"我还记得当初您说过,司法人不惧怕任何威胁,您说得对,没有您,我没有底气,也做不成今天这样。"

再次回到九部,雷旭恋恋不舍地环视着周围,他的办公桌已经收拾干净了,都子瑜、徐张荔、刘柳站在那,一起看向他。徐张荔忍不住说:"既然舍不得走,就留下吧,继续给我们当九部主任。"雷旭伤感地笑笑。

"大荔姐,雷主任调回省里九部也是主任,所以他还是咱们的雷主任。"刘柳一向开朗,劝徐张荔不要太伤感。

"我回去是有很重要的任务,领导让我整合全省检察系统的未检资源,组建我们自己的灯塔未检团队。"

"主任,我们支持你,只要你需要,老九部的人随叫随到!"都子瑜的话让雷旭更加伤感了,他极力掩饰着自己跟大家有说有笑。

都子瑜很懂他,知道他不愿意面对离别,找了个借口说:"小柳,大荔,你们跟我去一趟档案室,我要查几个案子的卷宗。"

刘柳刚要说什么,徐张荔朝她递眼色,刘柳会意,跟着徐张荔出门。

"主任,我们先去忙了。"

雷旭不舍地冲都子瑜点点头。都子瑜走了出去,在外面轻轻把门关上。雷旭在屋子里踱步,在每一张桌子前恋恋不舍,他拿起都子瑜桌上的相框看了又看;拿起徐张荔桌边的哑铃,试着举了几下,吃力地放下;给杨甜桌上的小绿植浇了水;把刘柳桌上倒下的笔筒扶起来,把杂乱的笔和本子一一摆正。

雷旭的脑海里回想起他第一次在陈亭毅的带领下,踏进九部时的情形:当时屋子里也是一个人都没有,有四个椰子。雷旭笑下,他还记得自己为了跟大家融在一起,吃力地把办公桌搬出来,又挪回里间。雷旭看看里面的隔间,如今已不再是独立的空间,坐在那的人也不再是九部的吉祥物。雷旭的眼前仿佛再一次看见了都子瑜,看见大荔在纠正他是张荔不是大力;他脑海里浮现出他走进九部,迎接他的一张张笑脸。

因为案件,雷旭和大家因为案情争得面红耳赤;因为案情,雷旭和大家欢呼雀跃……大家得知雷旭出事,焦急万分……大家加班到深夜,工作到黎明。往事一幕幕,雷旭控制住情绪,坐回自己的办公桌前,放眼看去,纵有不舍,终有离别。

雷旭起身走出九部,轻轻关上房门。安静的九部,雷旭的办公桌上整齐地放着五个椰子,椰子上刻着字:雷主任好棒。

半年后。

云美直播基地，徐张荔和刘柳乔装成直播博主，鬼鬼祟祟在VIP包房附近徘徊，两人在一起叽叽咕咕，趁着浓妆艳抹的年轻女孩陆续走进各自的房间，互相打掩护偷偷录视频取证。

隔日，徐张荔、刘柳和三位公安局网安支队的警察对云美直播基地展开突击检查。

"自从上次停业整顿以后，宋总对我们要求特别严格，没有再容留未成年的情况了。"基地经理见拦不住，跟在徐张荔他们身后走进直播基地。

"宋总呢？"

"宋总……"

基地经理话没说完，徐张荔、刘柳和三位警察已经走进总经理办公室，屋里空荡荡的，哪有宋总。经理走过去，从柜子里拿出几瓶水分给他们，满脸褶子笑着说："今天你们来没有预约，宋总临时有事出去了，要不咱们等一会儿？"

"不在呀，那我们先随便看看。"徐张荔在墙壁上左敲敲，右推推，左右看看，然后指着一个安全出口问经理，"安全出口，通到哪儿？"

经理过来瞅一眼，说："一个杂货间。"

徐张荔和刘柳合力打开门，一股发霉的味道扑面而来，基地经理不好意思地说："不好意思，里面乱糟糟的，一直没有收拾。"

俩人往里走，徐张荔推开一摞纸箱子说："你们这杂货间也不怎么乱啊。"

刘柳翻开箱子看里面："怎么全是空箱子？"

徐张荔诧异地回头看了眼，拿起一个箱子看看，回头问经理："这是装什么的？"

"我估计是些耗材吧。"

"耗材？这什么标注也没有，装什么耗材，拿下来我看看。"

基地经理把货架上的箱子打开，把里面的东西拿出来给徐张荔看："你看，是纸巾。"

屋里到处都是空箱子，唯独靠在墙上这几个里面装着纸巾。徐张荔过去把箱子推开，观察一阵后敲了敲墙壁，里面传出来的是空墙砖的声音——明显是道暗门。

"这里是干什么的？"

经理表情有点不自然："啊，什么，你说这，这是杂物间。"

一名警察发现不对劲，率先进入暗门，徐张荔、刘柳与经理紧随其后。

暗门后是一条向下走的楼梯，众人沿着楼梯下去，看到一个一个的小隔间，里面全都是直播设备。刘柳站在直播间内的多台直播设备前，感慨道："还真是别有洞天啊。"

两位警察在对直播设备和直播内容检查取证。

徐张荔指着直播设备问经理："解释一下吧，这怎么回事？"

"我，我不知道，我也是第一次下来。"

"你是这里的经理，你会不知道？"

"这是宋总的地方,平时也不让我们下来。"经理脑袋冒汗,看这帮人挨个电脑打开看,他这心都揪一起了。

警察统计完,将一份名单递给徐张荔,说:"老徐,这是调取的直播记录,这个直播平台叫云美直播,半个小时前几乎是同时下线,在没来得及彻底删除的直播记录中发现未成年少女主播。"

刘柳和徐张荔对视一眼。这回徐张荔脸上再没有那种嬉皮笑脸的表情了,冷着脸严肃地问经理:"这个怎么解释?"

经理直冒冷汗:"这个确实不知道。"

云美直播基地被查封。

早上6:30,手机闹铃响起,都子瑜立刻起床关了闹铃,开启高效却一成不变的一天。她打开烧水壶烧水,然后刷牙查看微信,把刚烧开的水倒进方便面里,从衣橱拿出检察官制服换上,然后拿起泡好的方便面。

时钟正好显示七点整。电梯门开,都子瑜边吃泡面边走出,同时发语音催促刘柳。

"小柳,马上出发了,快点!"

滨河省人民检察院。都子瑜、徐张荔提着公文包,刘柳拉卷宗箱走进省检察院的大楼,三人都身着检察官制服。门牌上写着滨河省人民检察院第九检察部。雷旭坐在办公桌前忙碌。一阵敲门声,他下意识抬头,都子瑜、徐张荔、刘柳走进来,看见熟悉的面孔,他忽然愣住,一瞬间仿佛回到了贤湖区检察院九部,他兴奋地起身,激动地看着她们说道:"哟,娘家人来了。"

"雷主任,我们接到一起贩卖'聪明水'的案件,这种药并没有进入精神类药品管控名录,对未成年人危害很大,因为销售网络在省内覆盖面很大,我们特来向您汇报。"

雷旭看着都子瑜,恍恍惚惚,总感觉又回到了从前,回到了九部。他忍不住一个劲点头:"好,汇报得很及时,咱们下午开个联席会议讨论一下。"说完话,他注意到徐张荔身上的检察官制服,惊呼道:"大荔,这身衣服难得啊。"

徐张荔有点不好意思,扭捏地瞪他一眼,大大咧咧说:"是……是不是这个更合适我啊?"

大家被徐张荔逗笑。

都子瑜笑着看雷旭说:"知不知道为了这身制服大荔付出了多大的努力?"

"想象得出来,那我们得重新认识一下,你好,徐检察官。"

徐张荔正色握手:"雷主任。"

"呵呵……假不假。"雷旭转头看向刘柳说,"哎,我听说你最近办了很多漂亮案子。"

"别夸我了,雷主任,我真不禁夸。"刘柳脑瓜子摇得跟拨浪鼓似的,脸上又胖了。

雷旭忍不住笑,看见这些人,他真的打心眼里高兴。

"哎,对了,小柳,数字吉平未检平台是不是你干的?"

"哦,对。"

一开始刘柳就愿意在网上宣传一些富有正能量的检察院案例,没想到,真让她弄成了。雷旭严肃道:"这个弄得很好,我们要全省范围内全系统推广。"

"那太好了,现在这个平台的功能还在升级,大家多提提意见。"刘柳一点都不谦虚,惹得大家一阵哄笑。

"等你好消息。对了,杨大姐怎么样?"

"杨大姐恢复得可好了,曹文超也把工作调回吉平了。"

"嗯。"

都子瑜知道他想问什么,跟他说:"经过那件事之后,他们一家人相处得更融洽了。"

"这才真是把苦熬成甜了。"

雷旭和都子瑜都很感慨,徐张荔和刘柳看着两人,用眼神交流:"柳儿,咱俩好不容易来趟省里,要不我请你吃顿好的?"

刘柳明白她啥意思,催促她:"走,走。"

"哎,打我脸呢,来我这了必须得我请,等我收拾完下班了,我请大家吃火锅。"

"行啦,雷主任,不用,你就请都姐就行啦,走走走。"刘柳推着徐张荔,两人打闹着走出办公室,后面叫都叫不住。

眨眼工夫,办公室只剩下都子瑜和雷旭了,跟在贤湖区检察院九部一样,又是他们两个。

雷旭小心地看着都子瑜,贴过去问她:"你……吃火锅吗?"

"呵……可以。"

"那我请你吃火锅。"雷旭凑上去,两人并排站在一起,都子瑜脸色有些红。

天不热。她僵硬地站在那,尴尬地闪躲着眼神问他:"你那个旧皮卡车找回来了吗?还开吗?"

"不开了,已经送给了丁老师的儿子丁帅。"那次事后,雷旭还真把皮卡车找回来了,不过,他送给了丁老师的儿子丁帅。

暖风吹拂,丁帅在自己的"安全屋"里享受着那一份宁静安逸。在丁永刚老家院内一角,皮卡车被卸掉四个轮子,装扮成丁帅的"安全屋",车前方风挡玻璃处摆着一排车模。

丁帅自在地躺在皮卡车内,手里拿着一个车模,阳光照进车内,天空有白云飘过,有风吹过……